Ewiger Mond

EWIGER MOND

Das Buch

Kiichi Shimano, Gründer und Sensei der Zenzen Schule in Kyoto, verliebt sich in seine Kalligraphie-Schülerin Hanako Suzuki. Als sie nach einer kurzen Affäre jedoch plötzlich verschwindet, sucht er verzweifelt nach ihr – und wird in San Francisco fündig. Doch Hanako weist ihn zurück. Nicht willens seine Liebe aufzugeben, bleibt Shimano in Kalifornien, wo er eine Kalligraphie-Schule gründet. Dennoch ist er weit davon entfernt, ein zufriedenes Leben zu führen, denn für ihn gab und gibt es nur eine Sehnsucht: die nach Hanako Suzuki …

»Eine wunderbar komponierte Liebesgeschichte voll Sehnsucht und Sinnlichkeit« *Echo zum Sonntag*

»Den Roman zu lesen … ist wie das Betrachten einer wunderbaren Kalligraphie« *Publishers Weekly*

Der Autor

Todd Shimoda entstammt einer japanischen Familie, die in der dritten Generation in den USA lebt. Er studierte Mathematik und Naturwissenschaften in Berkeley und arbeitet in der Forschungsabteilung für Künstliche Intelligenz an der Colorado State University.

L. J. C. Shimoda, Ehefrau des Autors und Illustratorin des Buches, ist Künstlerin und studierte Japanische Kunstwissenschaft und Kalligraphie in Japan.

Todd Shimoda

EWIGER MOND

Roman

Kalligraphie von
L. J. C. Shimoda

Aus dem Englischen von
Claudia Feldmann

List Taschenbuch

Besuchen Sie uns im Internet:
www.list-taschenbuch.de

Umwelthinweis:
Dieses Buch wurde auf chlor- und säurefreiem Papier gedruckt.

Ungekürzte Ausgabe im List Taschenbuch
List ist ein Verlag der Ullstein Buchverlage GmbH, Berlin.
1. Auflage März 2006

Titel der amerikanischen Originalausgabe:
The Fourth Treasure (Doubleday, New York)
Published by arrangement with Doubleday, a division of
The Doubleday Broadway Publishing Group, a division of Random House Inc.
Umschlagkonzept: HildenDesign, München
Umschlaggestaltung: Hauptmann und Kompanie Werbeagentur,
München–Zürich, unter Verwendung einer Vorlage von
Büro Jorge Schmidt, München.
Titelabbildung: © Bilderberg/Mauritius
Gesetzt aus der Minion
Satz: LVD GmbH, Berlin
Druck und Bindearbeiten: Clausen & Bosse, Leck
Printed in Germany
ISBN-13: 978-3-548-60612-5
ISBN-10: 3-548-60612-1

Für Adrielle und Karen

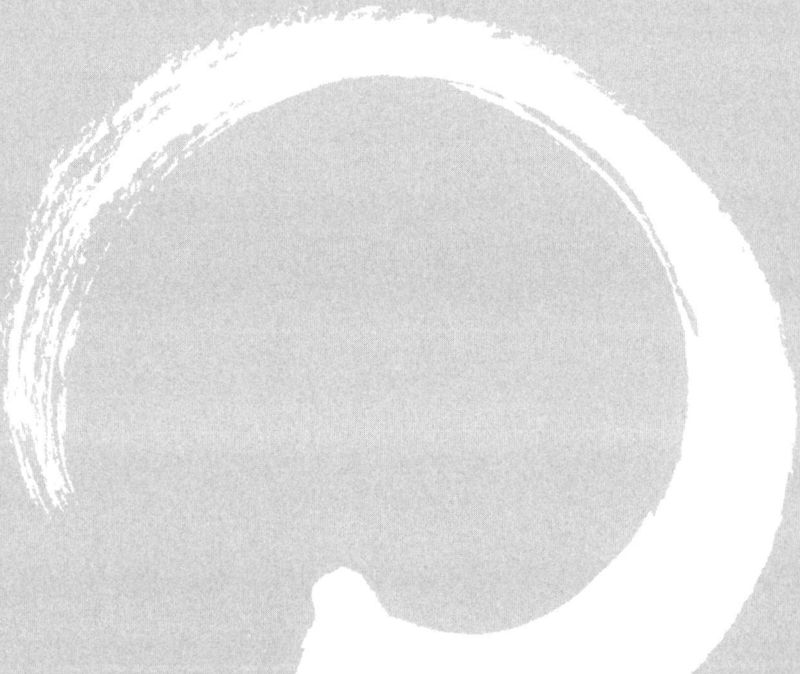

Ewiger Mond

第四の宗

shodô Kalligraphie. Die Technik des Schreibens mit einem japanischen Pinsel und *sumi* oder dunkler indischer Tusche im japanischen Stil. Sie gilt gleichermaßen als Kunst wie als Form der schriftlichen Kommunikation.

A Cultural Dictionary of Japan, Momoo Yamaguchi and
Setsuko Kojima (eds.)
Japan Times 1979

Rückwärts reitend auf dem hölzernen Pferd,
Galoppiere ich in die Leere.
Trachtest du mich aufzuspüren?
Ha! Versuch, den Sturm mit einem Netz zu fangen.

Kukoku (1328–1407)

Zen Poetry: Let the Spring Breeze Enter, Lucien Stryck and
Takashi Ikemoto (eds.)
Grove Press 1995

KAPITEL 1

Theorien des Bewusstseins

BERKELEY

Kiichi Shimano, Gründer und Sensei der Zenzen Schule für japanische Kalligraphie, tauchte einen Pinsel in die Quelle schwarzer *sumi.* Sanft drückte er den Pinsel gegen den Reibstein, bis genau ein Tropfen überschüssiger Tinte in die Quelle zurückgeflossen war. Dann malte er mit einer fließenden Bewegung einen schlichten horizontalen Strich auf das Papier. »Sehen Sie«, sagte er zu Gozen, seinem besten Schüler, »wenn der Winkel zu flach ist, wirkt der Strich leblos. Versuchen Sie es noch einmal.« Gozen nickte und befeuchtete seinen Pinsel mit Tinte.

Während Gozen das horizontale Radikal übte, wünschte Zenzen Sensei, er wäre damals vor dreiundzwanzig Jahren, als ihm endlich klar geworden war, dass sie nichts mehr mit ihm zu tun haben wollte, nach Kyoto zurückgekehrt. Sie hatte ihm nie gesagt warum, aber ohne sie gab es für ihn keinen Grund, in Amerika zu bleiben. Andererseits war ihm auch in Japan nichts geblieben: keine Schule, in der er unterrichten konnte, keine Schüler, denen er sein Wissen vermitteln konnte, keine Familie – oder jedenfalls keine, die noch etwas mit ihm zu tun haben wollte. Aber zumindest wäre er in Japan zu Hause gewesen.

Doch selbst nachdem er begriffen hatte, dass es zwecklos war, ihr weiter zu folgen, streifte er durch die Straßen von San Francisco, bis er an ihrem Mietshaus an der Ecke Bush und Taylor Street am steilen Hügel von Nob Hill vorbeikam. Ohne stehen zu bleiben, ging er am Tempura House an der Powell Street vorüber, in dem sie arbeitete. Dennoch hegte er keine Hoffnung, dass eine Begegnung mit ihm ihre Meinung ändern würde. Oder ihre Gefühle.

Nach einem solchen Tag ziellosen Wanderns suchte er sich stets ein preiswertes Restaurant und aß allein zu Abend.

Damals hatte er am East Bay Center for Japanese Arts, einer chaotisch organisierten Schule in Berkeley, Kalligraphie unterrichtet. Das Zentrum war in einem alten Haus im südlichen Teil

Der horizontale Strich ist eines der vierundzwanzig grundlegenden Radikalen *(gakunenbetsu kanji haitôhyô)*, die von der japanischen Behörde für kulturelle Angelegenheiten festgelegt wurden. Jedes *kanji* – japanische Schriftzeichen, die aus dem Chinesischen übernommen wurden – besteht aus einer Kombination von Radikalen. Andere Klassifikationen umfassen zwischen acht *(eiji happô)* und zweiundsiebzig Radikale. Das horizontale Radikal sieht einfach aus, und doch ist es eines der schwierigsten. Es darf weder zu horizontal und symmetrisch noch zu schräg und asymmetrisch aussehen.

Die Qualität des Pinsels (einer der vier Schätze des Kalligraphen) ist von großer Bedeutung. Die meisten hochwertigen Pinsel werden aus den Brusthaaren chinesischer Schafe hergestellt. Diese Haare sind sehr haltbar und gerade und verfügen über genau die richtige Biegsamkeit, um eine kontrollierte Führung des Pinsels zu ermöglichen. Obwohl ein guter Kalligraph auch mit einem schlechten Pinsel beachtliche Ergebnisse erzielen kann, werden herausragende Werke stets mit den besten Pinseln erschaffen.

Lehrbuch der Zenzen Schule für japanische Kalligraphie

des Campus untergebracht, einen halben Block von der verrückten Telegraph Avenue entfernt, der letzten Bastion der Hippiekultur der Sechziger. Er erinnerte sich noch sehr genau daran, wie er das Zentrum zum ersten Mal betreten hatte: ramponierte Stühle um einen Holztisch, der mit schmalen Brandspuren von Räucherstäbchen überzogen war, darauf eine skurrile Zeitschriftensammlung von *The Economist* bis *Mad*, und eine Pinnwand voller handgeschriebener Zettel, auf denen alles Mögliche angeboten wurde, von japanischem Sprachunterricht über Karate und Aikido bis hin zu Zen-orientierter Haustierpflege.

Erstaunlicherweise entwickelten viele seiner Kalligraphieschüler trotz ihrer im Vergleich zu seinen japanischen Schülern enthusiastisch undisziplinierten Herangehensweise Talent. Vielleicht hatten die strengen, formgebundenen Übungen seine japanischen Schüler gebremst. Oder seinen amerikanischen Schülern fehlte die Angst vor Fehlern, was ihnen ermöglichte, schneller Fortschritte zu machen.

Fern von Japan nahm sein eigener Kalligraphiestil mit der Zeit eine persönlichere, weniger traditionelle Richtung an. Mehr nach innen gekehrt. Dazu trugen sicher seine einsamen Nächte bei. Während er allein war, entdeckte er eine Traurigkeit in sich, die jedoch nicht deprimierend war, sondern tröstlich und ihm zum Gefährten wurde. Er brauchte nicht mehr allein zu Abend zu essen.

Zwei Jahre später unterrichtete er einen Gruppe hervorragender und hingebungsvoller Schüler, während das Zentrum allerlei Veränderungen durchmachte – Lehrer hörten auf, neue wurden eingestellt, Schüler gingen, weniger kamen nach. Sein Geld zu bekommen, war schwierig geworden, einen regelmäßigen Stundenplan aufzustellen, unmöglich. Als die Zerrissenheit nicht mehr zu ertragen war, beschloss er, sich selbstständig zu machen, seine eigene Schule des *shodô* – des »Wegs der Schrift« – zu gründen.

Er hätte seine Schule gerne in San Francisco aufgemacht, vielleicht im japanischen Viertel, aber in Berkeley, wo es mehrere Zen-

Zentren und andere asiatische Religions- und Kunstvereinigungen gab, war die Anzahl potenzieller Schüler größer. In einem ruhigen Viertel, einige Blocks westlich vom Campus, fand er ein Haus, in dem er sowohl wohnen als auch unterrichten konnte. Mit der Zusage einiger seiner Kalligraphieschüler, ihren Unterricht bei ihm fortzusetzen, und dem Ersparten aus seiner Zeit am East Bay Center war er in der Lage, das Haus zu kaufen.

Für die offizielle Anmeldung brauchte seine Schule einen Namen. Ihm fiel absolut nichts ein – *zenzen* auf Japanisch: nichts, nichts. Also nannte er seine Schule so. Und er wurde Zenzen Sensei.

»Sehen Sie«, – er deutete auf den Pinselstrich, den Gozen gerade vollendet hatte, – »selbst leichter Druck verbreitert den Strich auf inakzeptable Weise.«

»Ja, Sensei.«

Zenzen Sensei hatte Gozen schon oft darauf hingewiesen, doch um dieses Konzept umzusetzen, genügte es nicht, es zu hören, man musste es unzählige Male üben, bis der Pinselstrich reines Gefühl war und kein Denken.

»Versuchen Sie es noch mal«, sagte er zu Gozen. »Versuchen Sie, nicht zu denken.«

Gozen tauchte seinen Pinsel in die Tinte und starrte auf das Papier.

Reines Gefühl und kein Denken … oder noch besser, kein Gefühl und kein Denken. Welcher Künstler konnte etwas so Schönes wie Herbstblätter erschaffen? Oder etwas so Bewegendes wie einen alten, sterbenden Baum, der eine letzte Frühlingsblüte hervorbringt?

Gedanken und Gefühle stehen dem Schaffen von Kunst nur im Weg. Das hätte er ihr gesagt, wenn sie ihn gelassen hätte. Er hätte ihr gesagt, sie solle alles wegwerfen, die Pinsel, die Tinte, das Papier und den Reibstein. Vor allem den Reibstein. Alles wegwerfen und die Kunst in ihr selbst finden.

Der Reibstein … die Entdeckung, wer sie war … nun verstand er endlich, warum sie nichts mehr mit ihm zu tun haben wollte …

Plötzlich verspürte der Sensei einen so glühenden Schmerz hinter seinem linken Auge, dass er nach Luft rang und mit der Hand an seinen Kopf fuhr. Blindlings griff er um sich, stieß dabei gegen den niedrigen Tisch, an dem sie arbeiteten, die Tinte schwappte über und die Pinsel flogen durch den Raum. Der Pinselhalter rollte über die *tatami*-Matten. Reispapier segelte durch die Luft und landete neben dem Sensei, der mit einem Stöhnen zusammengebrochen war. Dann herrschte Stille.

Wenn ich aufhöre zu reden
– wird sie zuhören?

Purpurrote Blätter, Fallend

NOVEMBER 1975
KYOTO, JAPAN

Kiichi Shimano, der oberste Sensei der Daizen Schule für Kalligraphie, blickte aus seinem Atelier hinaus in den Garten. Der Herbstwind hatte purpurrote Blätter vom Ahorn gezupft und sie auf eine Weise auf dem moosbedeckten Boden verteilt, die vollkommen zufällig war und doch große Ausgewogenheit und einen lebendigen Rhythmus aufwies. So einfach für die Natur, so schwer für den Künstler. Der Unterschied musste darin liegen, dass der Künstler sein Werk durch Denken und Fühlen erschafft. Die Natur hingegen kennt weder das eine noch das andere; sie gehorcht lediglich ein paar einfachen Regeln – der Schwerkraft, der Macht des Windes, dem Wechsel der Jahreszeiten –, diesen jedoch in unendlich vielen Variationen.

Daizen Sensei nahm seinen Pinsel auf und konzentrierte sich auf die japanischen *kanji* für »purpurrot«. Das Wort war Teil eines Gedichts, das er begonnen hatte:

Purpurrote Blätter,
Fallend

Kein besonders kunstvolles Gedicht, wie er zugeben musste.

Doch seit er ein paar Monate zuvor zum neunundzwanzigsten obersten Sensei der Daizen Schule ernannt worden war, hatte er keine Zeit mehr, bessere Gedichte zu schreiben. Als Daizen Sensei hatte er eine Menge Pflichten: den Zeitplan für die Übungsstunden aufstellen, die Schüler den verschiedenen Lehrern der Schule

In der Zusammensetzung bedeuten die beiden Zeichen für »purpurrot« – *makka* – wörtlich »wahres Rot« oder »blutrot«. Herbstfarben, vor allem Purpurrot, stehen für die wahre Essenz des Lebens: eine aus dem Innern kommende Traurigkeit. Deshalb sollten die Pinselstriche für *makka* dieses Gefühl durch einen leicht nach unten gerichteten Eindruck von Schwere wiedergeben.

Das erste Zeichen für »purpurrot« – *ma* – bedeutet »wahr« oder »Quintessenz«. *Ma* ist aus den Zeichen für »gefallene Person« entstanden. Warum eine gefallene Person für »wahr« stehen soll, ist nicht bekannt. Vielleicht repräsentiert der Geist einer Person ihre wahre Essenz.

Lehrbuch der Zenzen Schule für japanische Kalligraphie

zuweisen, bei den Wettkämpfen als Richter fungieren, sich um die Finanzen der Schule kümmern und vieles mehr. Und dann die Interviews; das letzte war gerade an diesem Morgen gewesen, eine Liveübertragung für das Morgenprogramm einer Fernsehstation in Osaka. Die Reporterin hatte zwar enthusiastisch gewirkt (bisweilen sogar übertrieben), sich jedoch offenbar nur für die oberflächlichen Aspekte des *shodô* interessiert: »Was für einen Pinsel benutzen Sie? Wo bekommen Sie Ihre Tinte? Wie oft üben Sie? Und wie lange?« Als ihr nichts mehr einfiel, fragte sie nach seinem Alter und taufte ihn auf seine Antwort hin den »jungen Sensei«. Er war vierunddreißig – fünfzehn bis zwanzig Jahre jünger, als es für einen frisch ernannten obersten Sensei üblich war – und damit der zweitjüngste Sensei in der Geschichte der Daizen Schule. Der Jüngste war der Samurai Sakata gewesen, der fünfzehnte oberste Sensei, der als Begründer der Wettkämpfe in japanischer Kalligraphie galt, wie sie bis heute üblich waren.

Die letzte Frage der Reporterin lautete: Wie beurteilte der junge Sensei seine Aussichten im nächsten Daizen-Kurokawa-Wettkampf?

Daizen Sensei hatte mit dieser Frage gerechnet und einen kurzen Abriss über die Geschichte dieses Wettkampfs vorbereitet: Im Jahr 1658 hatten Sakata und der Gründer der Kurokawa Schule für Kalligraphie zum ersten Mal den Daizen-Kurokawa-Wettkampf in Kalligraphie ausgetragen. Seither wurde er alle drei Jahre abgehalten und sorgte dafür, dass die beiden Schulen ihr hohes Ansehen bewahrten.

Er antwortete, er wisse nicht, wie er abschneiden würde, aber er werde sich anstrengen, sein Bestes zu geben.

Er hatte gehofft, die Reporterin würde ihn fragen, warum richtig ausgeführte Kalligraphie von spiritueller Kraft erfüllt ist. Warum so unendlich viel hingebungsvolles Üben nötig ist, um auch nur ein mittelmäßiges Niveau zu erreichen. Warum jemand im Zeitalter der populären Massenmedien eine so alte Kunstform erlernen will.

Doch sie hatte nichts dergleichen gefragt.

Mit einem langsamen, gleichmäßigen Ausatmen verlagerte der Sensei sein Gewicht auf seinen Schwerpunkt. Als er die richtige Haltung eingenommen hatte, tauchte er seinen Pinsel in die Quelle seines Reibsteins, des Daizen Reibsteins. Hätte die Reporterin ihn nach seinem Reibstein gefragt, hätte er ihr erklärt, dass der erste Daizen Sensei – der Dichter Jinmai, der die Schule im Jahr 1409 gegründet hatte – ihn gemeißelt hatte. Als er in den Ruhestand gegangen war, hatte er ihn seinem Nachfolger geschenkt. Dies hatte sich zu einer Tradition entwickelt, bis der erste Daizen-Kurokawa-Wettkampf stattfand und der Reibstein dem Gewinner als Wanderauszeichnung übergeben wurde. Beim letzten Wettkampf hatte der achtundzwanzigste Daizen Sensei den Reibstein nach drei schrecklichen Niederlagen wieder zurückerobert. Wenige Monate später war er an Bauchspeicheldrüsenkrebs gestorben.

Den Wettkampf zu gewinnen, war die oberste Pflicht des Daizen Sensei. Alles andere konnte vernachlässigt werden, falls dies nötig war, um zu gewinnen. Nicht nur die Anhänger der Kalligraphie verfolgten die Wettkämpfe mit begeisterter Faszination, sondern erstaunlicherweise fast ganz Japan. Das Fernsehen brachte nicht nur Liveübertragungen vom eigentlichen Wettkampf, sondern auch begleitende Sendungen – vorher mit Voraussagen von Experten und Interviews mit den Teilnehmern, hinterher mit detaillierten Analysen der Ergebnisse und weiteren Interviews. Jeder Wettkampf führte an beiden Schulen zu einem enormen Andrang neuer Schüler, wobei natürlich die Schule, die gewonnen hatte, die besseren Interessenten anzog.

Daizen Sensei wusste, um den direkten Wettkampf gegen den obersten Sensei der rivalisierenden Schule zu gewinnen, musste er Zeit und Energie investieren, und zwar sehr viel mehr, als er es als Schüler oder Lehrer getan hatte. Selbstverständlich hatte er bereits an Hunderten von größeren und kleineren Wettkämpfen teilgenommen, doch im Vergleich zum Daizen-Kurokawa-Wettkampf

Eine gute Haltung ist äußerst wichtig, wenn man *shodô* übt; sie ermöglicht es dem Kalligraphen, eine Verbindung zwischen Körper und Geist aufzubauen und ihre Kraft zu nutzen. Die richtige Haltung ist natürlich und entspannt. So sollten die Schultern zum Beispiel nicht angespannt und hochgezogen sein, sondern locker in ihrer normalen Position bleiben. Ebenso sollte der Rücken weder steif durchgedrückt noch träge gekrümmt sein, sondern seinen natürlichen, elastischen Schwung aufweisen.

Wenn der Kalligraph eine schlechte Haltung hat, werden seine *kanji* gezwungen und unnatürlich aussehen, als hätten auch die Pinselstriche eine schlechte Haltung.

Lehrbuch der Zenzen Schule für japanische Kalligraphie

war selbst der bedeutendste von ihnen wie ein sommerlicher Abendspaziergang über den Pfad der Philosophie in Kyoto.

Sechs Monate vor diesem Wettkampf trugen die leitenden Lehrer der Schule untereinander einen Wettkampf aus, um ihre Rangfolge festzulegen. Vor dem letzten Wettkampf hatte Daizen Sensei ganz knapp gegen Aragaki gewonnen. Durch den Sieg hatte er den Rang des obersten Lehrers erlangt, was dazu geführt hatte, dass er oberster Sensei geworden war. Im Rückblick war er überrascht, dass er Aragaki besiegt hatte. Vielleicht kam es daher, dass Aragaki den Sieg sehr viel stärker angestrebt hatte als er. Sein Gegner hatte sich vor dem Wettkampf zwei Monate lang in sein Atelier zurückgezogen und stundenlang geübt, während Daizen Sensei nicht eine Minute mehr geübt hatte als seine üblichen drei Vormittage in der Woche.

Während des Wettkampfs hatte Daizen Sensei aufgeschaut und gesehen, dass Aragakis Züge in höchster Konzentration angespannt und seine Schläfen mit Schweißperlen überzogen waren. Vielleicht hatte Aragaki gespürt, dass der oberste Sensei der Schule noch vor dem Jahresende sterben und somit der oberste Lehrer zum neuen Daizen Sensei aufsteigen würde.

Aragaki war nicht der dienstälteste Lehrer der Daizen Schule; er war noch jung, aber bereits zehn Jahre länger in der Schule als Shimano. Die beiden anderen leitenden Lehrer (beide mit sehr guter Technik, aber nach Ansicht von Daizen Sensei ohne kreative Ader) waren elf beziehungsweise achtzehn Jahre länger in der Schule als Aragaki. In nahezu allen japanischen Kunstschulen, ob sie Kalligraphie, Teezeremonie oder die *biwa*-Flöte unterrichteten, ging die Leitung normalerweise auf den ältesten Sohn des obersten Sensei über.

In der Daizen Schule wurde der oberste Sensei durch einen Wettkampf der leitenden Lehrer bestimmt. Obwohl dieses Vorgehen subjektiv gefärbt war – eine gewisse persönliche Voreingenommenheit seitens des amtierenden obersten Sensei, dem das letzte

Urteil oblag, war kaum zu vermeiden –, hatte sich das System über die Jahrhunderte bewährt. Die Schule war stark geblieben und hatte mehr als die Hälfte der Daizen-Kurokawa-Wettkämpfe gewonnen.

Unfähig, sich zu konzentrieren, brach Daizen Sensei seine Übungsstunde ab. Er reinigte seinen Pinsel, dann leerte und säuberte er den Daizen Reibstein. Er musste erst noch lernen, den Umgang mit ihm zu schätzen. Der Daizen Reibstein war klobiger als die Reibsteine, die er während der ersten zwanzig Jahre seiner Kalligraphie-Praxis benutzt hatte, und fühlte sich anders an, was ihn oft ablenkte. Am meisten machte ihm die Schwierigkeit zu schaffen, die Tinte im richtigen Schwarzton anzumischen. Da der Daizen Reibstein aus einem Stück Naturstein gemeißelt war, wies er zahlreiche Unebenheiten und kleine Vertiefungen auf, die es schwierig machten, die passende Menge vom Tintenblock auf den Stein zu reiben.

Es war seltsam und ausgesprochen irritierend, dass es ihm so schwer fiel, sich an den Daizen Reibstein zu gewöhnen. Der Legende zufolge hätte er sofort seine Kalligraphie verbessern und eine Erleuchtung herbeiführen sollen.

Doch weder das eine noch das andere war eingetreten.

Bevor er sein Atelier verließ, verneigte der Sensei sich kurz vor einer Schriftrolle an der Wand, einer Kalligraphiearbeit, die der erste Daizen Sensei am Tag der Schulgründung angefertigt hatte. Das Gedicht – »Lebe das Leben wie eine Kunst« – war zum Motto der Daizen Schule geworden. Dann ging der Sensei durch die kühle Luft des Gartens zu seinem Wohnhaus. Seine Frau Yuriko zog sich gerade ihren Mantel an.

»Bist du schon fertig mit Üben?«, fragte sie. »Ich gehe einkaufen und danach zu Mutter, um ihr Lebensmittel zu bringen. Dann fahre ich mit ihr ins Krankenhaus zu Vater. Brauchst du irgendetwas?«

»Nein, danke.« Ihr Vater hatte sich ein paar Tage zuvor den

Ei bedeutet sowohl »ewig« als auch »lang« und hat sich vermutlich aus dem Piktogramm eines Flusses und seiner Nebenläufe entwickelt. Dieses *kanji* ist unter Kalligraphen sehr bekannt, weil es in sich die acht grundlegenden Strichformen – oder Radikale – vereint, die in allen *kanji* zu finden sind. Diese acht Radikale werden *eiji happô* genannt.

Lehrbuch der Zenzen Schule für japanische Kalligraphie

Blinddarm herausnehmen lassen. Nach der Operation hatte sich ein Blutgerinnsel gebildet, das ihn beinahe getötet hätte. »Richte ihm gute Besserung aus.«

»Mache ich.« Sie schlüpfte in ihre Schuhe, griff nach ihrer Tasche und wandte sich zur Tür. Dann blieb sie noch einmal stehen. »Ach, da hat jemand für dich angerufen. Eine Frau, die gerne Stunden nehmen möchte. Ich habe ihr gesagt, sie soll in der Schule anrufen, aber sie wollte unbedingt mit dir persönlich sprechen.« Mit einem kurzen Nicken, als wolle sie sich selbst bestätigen, dass dies alles war, verließ sie das Haus und ging die Straße hinunter zur Bushaltestelle.

Daizen Sensei streifte seine hölzernen *geta*-Sandalen ab. Er ging durch das angenehm stille Haus zum Hauptraum, wo er sich neben dem niedrigen Tisch mit dem Telefon auf den mit *tatami*-Matten ausgelegten Boden setzte. Auf einem Notizblatt stand der Name – Hanako Suzuki – und eine Nummer.

Er hätte das Blatt zusammenknüllen und wegwerfen sollen. Mit dem Leiter einer berühmten Schule auf diese Weise in Verbindung zu treten, war ein schwerer Verstoß gegen die Etikette. Es war zu direkt, zu anmaßend.

Doch es weckte seine Neugier, dass eine Frau bei ihm anrief, weil sie Interesse daran hatte, *shodô* zu lernen. Nur zwei der Daizen Schüler waren Frauen – *shodô* galt noch immer als eine traditionell männliche Kunst –, und es würde sowohl der Kunst als auch seiner Schule gut tun, wenn mehr Frauen hinzukämen.

Außerdem war es gut, dass sie ihn angerufen hatte und nicht einen der leitenden Lehrer, denn die hätten sie davon abgebracht, der Schule beizutreten. Seine Kollegen hatten noch nie eine Frau angenommen und würden es wahrscheinlich auch niemals tun, obwohl das Thema unter ihnen bisher nicht konkret angesprochen worden war.

Daizen Sensei starrte die Telefonnummer an. Eigentlich hatte er jetzt überhaupt keine Zeit für eine neue Schülerin; er sollte sich voll und ganz auf den nächsten Daizen-Kurokawa-Wettkampf konzentrieren.

Er nahm den Hörer ab und wählte. Nach dem zweiten Klingeln antwortete eine Frauenstimme.

»Hallo, ist dort Suzuki-*san*?«, fragte er.

»Ja.«

»Hier ist Daizen von der Daizen Schule.«

»Danke, dass Sie zurückrufen, Sensei. Entschuldigen Sie bitte, dass ich Sie so überfalle, aber ich habe das Interview mit Ihnen im Fernsehen gesehen und wollte unbedingt mit Ihnen sprechen.«

So etwas hatte Daizen Sensei bereits vermutet. »Soweit ich verstanden habe, möchten Sie Unterricht nehmen. Haben Sie schon Vorkenntnisse?«

»Nein. Auf der Highschool war ich in einer Kalligraphie-Gruppe, aber das würde ich nicht als Vorkenntnisse bezeichnen.«

Der Sensei nickte. Viele angehende Schüler sagten, sie hätten bereits Erfahrung mit Kalligraphie, aber um Daizen Schüler zu werden, brauchte man weit mehr als ein paar Hobbykurse. »Wir haben nur wenige Plätze und nehmen daher nur Schüler, die bereit sind, ernsthaft zu arbeiten.« Er hoffte, das würde ausreichen, um sie abzuschrecken, falls sie es nicht wirklich ernst meinte.

Nach einer langen Pause sagte sie: »Das bin ich, Sensei.« Ihre Stimme war sanft, aber bestimmt.

»Natürlich«, sagte er. Die meisten, die anriefen, sagten das, zumindest am Anfang. Doch ihre Worte strahlten eine konzentrierte Ruhe aus, die ihnen Kraft gab. »Vielleicht sollten wir uns treffen, um das Ganze zu besprechen. Heute Nachmittag, vor meinen Abendkursen, habe ich noch ein wenig Zeit. Woher kommen Sie?«

»Aus Kobe.«

»Mit dem Zug?«

»Ja.«

»Wie wäre es, wenn wir uns am Bahnhof in Kyoto treffen? Um drei? Ich muss ohnehin in einen Laden in der Nähe, Material einkaufen. Im Bahnhof ist ein kleines Café, auf der rechten Seite hinter den Fahrkartenschaltern.«

»Ich danke Ihnen vielmals, Sensei.«

Drei Uhr – das passte wunderbar. Hanako nahm an, dass das Treffen mit dem Sensei nicht länger als eine Stunde dauern würde. Selbst wenn sie die Stunde für die Rückfahrt von Kyoto nach Kobe einrechnete, würde sie immer noch genug Zeit haben, um das Abendessen zu kochen. Trotzdem würde sie sicherheitshalber ein paar Dinge für das Essen vorbereiten, für den Fall, dass es doch länger dauerte.

Und selbst wenn das Essen nicht pünktlich fertig war, würde es vermutlich gar nicht auffallen. In den zwei Jahren seit ihrer Hochzeit war ihr Mann Tetsuo nur ein paarmal zu einer normalen Essenszeit zu Hause gewesen. Oft hatte er Besprechungen, die sich bis in den späten Abend hinzogen. Und mindestens einmal in der Woche war er auf Reisen, nach Nagoya, Tokio oder irgendeiner der anderen Städte, in denen das Suzuki-Imperium seine Niederlassungen hatte. Dennoch wollte sie das Abendessen pünktlich fertig haben, nicht nur für den Fall, dass er tatsächlich kam, sondern einfach für sich selbst. Außerdem – was sollte sie sonst mit ihrem Tag anfangen?

Sie schälte und entkernte eine Gurke, dann schnitt sie sie in Scheiben, jede einzelne exakt halb so breit wie der Nagel an ihrem kleinen Finger. Während sie schnitt, dachte sie an das Fernsehinterview, das sie an dem Morgen gesehen hatte. Der Sensei hatte so sanft und doch so überzeugt gesprochen, als kenne er große Geheimnisse aus einer anderen Welt. Seine Welt war bestimmt ganz anders als ihre.

Zum einen lebte sie in einem neuen Haus, in einem neuen Viertel, das die Firma ihres Mannes entworfen hatte. Die Immobilienfirma hatte ein Gebiet mit heruntergekommenen Häusern aufgekauft und alles abgerissen, nachdem sie die bisherigen Bewohner –

nicht ohne Schwierigkeiten – davon überzeugt hatte, zur Modernisierung Japans beizutragen. Ihr Haus war das Musterhaus gewesen, komplett eingerichtet und sogar mit Nahrungsmittelvorräten versehen, als sie es zum ersten Mal betreten hatte. Tetsuos Firma konnte das Musterhaus nicht verkaufen; niemand wollte es haben. Wenn Kunden ein neues Haus kauften, wollten sie ein *neues* Haus, keines, durch das Hunderte von Füßen getrampelt waren, das begafft und bis in die hinterste Ecke inspiziert worden war.

Hanako hatte es nichts ausgemacht; das Haus war gründlich gereinigt worden.

Nein, die Welt des Sensei war bestimmt voll traditioneller Schönheit, voll Introspektion, voll von Schätzen. So hatte er den Daizen Reibstein bezeichnet, den er während des Interviews gezeigt hatte – als einen der vier Schätze. »Vier Schätze?«, hatte die Reporterin gefragt. »Ja«, hatte der Sensei geantwortet, »die vier Gerätschaften, die man für die Ausübung von *shodô* braucht: *fude* – Pinsel, *sumi* – Tinte, *kami* – Papier und *suzuri* – Reibstein.«

Sie hatte auch vier Schätze: einen automatischen Reiskocher, einen elektrischen Messerschärfer, einen Kühlschrank mit Abtauautomatik und einen nagelneuen Mikrowellenofen mit Drehplatte.

Als Daizen Sensei die Tür zu dem Café öffnete, begrüßte ihn eine Frau mit tiefer Verneigung. Der Sensei erwiderte die Verneigung, wobei er jedoch nur leicht den Kopf vorbeugte. Als sie sich aufgerichtet hatte, fragte er: »Suzuki-*san*?«

»Ja, Sensei. Ich danke Ihnen, dass Sie gekommen sind.«

Sie setzten sich an einen Tisch in der Nähe der Tür und bestellten einen Kaffee. Sie hatte ein eher schmales Gesicht und eine gewölbte Stirn, was ihr etwas leicht Europäisches gab. Obwohl er nichts von Mode verstand, wirkte das Kleid der Frau teuer – nichts, was seine Frau kaufen würde; Yuriko zog funktionale, alltagstaugliche Kleidung vor. Auch Hanakos Frisur erschien ihm modisch, etwas kürzer geschnitten und mit einer Andeutung von Locken. Yuriko trug ihr Haar nach wie vor in der traditionellen Länge.

»Darf ich fragen«, sagte der Sensei, »warum Sie Interesse haben, an der Daizen Schule *shodô* zu lernen?«

»Nun ja«, begann Hanako, hielt dann jedoch inne. Schließlich nickte sie kurz, als habe sie einen Entschluss gefasst. »Ich bin seit zwei Jahren verheiratet. Ich war jung und etwas naiv, als ich geheiratet habe, aber jetzt habe ich das Gefühl, ich weiß, wer ich bin.«

Zuerst fand der Sensei ihre Aussage zu direkt und ichbezogen. Auf jeden Fall war es eine ungewöhnliche Aussage für eine japanische Hausfrau. Dann musste er schmunzeln, bremste sich jedoch.

Offenbar hatte sie die leichte Bewegung seiner Mundwinkel bemerkt, denn sie lächelte fast ein wenig schelmisch. »Ich weiß, das klingt albern. Was können zwei Jahre schon ausmachen?«

Nun lächelte auch er.

Sie sahen zu, wie die Kellnerin ihre Kaffeetassen und einen Teller mit kleinen Süßigkeiten auf den Tisch stellte. Als sie gegangen war, sagte er: »Das hängt wohl von den zwei Jahren ab.«

Sie wandte den Kopf ein wenig ab, als wolle sie ein weiteres Lächeln verbergen. »Stimmt. Sie sind sehr scharfsichtig. Ich habe den Sohn eines bekannten Immobilienunternehmers geheiratet.«

Der Suzuki, dachte der Sensei.

»Das sage ich nicht, um Sie zu beeindrucken«, fuhr sie fort. Ihr Blick war auf den Tisch gerichtet. »Aber es erklärt vielleicht ein wenig, warum ich das gesagt habe.«

Der Sensei trank einen Schluck Kaffee. »Ich verstehe«, sagte er, da ihm nichts Besseres einfiel. »Was genau haben Sie damit gemeint, dass Sie jetzt wissen, wer Sie sind?«

Sie überlegte einen Moment. »Ich weiß nicht, ob mir das hilft, eine Ihrer Schülerinnen zu werden, Sensei.«

»Nein, wahrscheinlich nicht. Bitte entschuldigen Sie, falls ich Ihnen zu nahe getreten bin.«

»Natürlich nicht. Schließlich habe ich davon angefangen.«

Der Sensei nickte. »Vielleicht erzählen Sie mir einfach, warum Sie *shodô* lernen wollen.«

Sie rührte nachdenklich in ihrer Tasse. »Ich bin zu dem Schluss gekommen, dass ich etwas anderes brauche, um mich zu definieren.«

Der Sensei blinzelte überrascht. Diese Antwort hatte er noch nie gehört. Angehende Schüler sagten für gewöhnlich, sie wollten eine der traditionellen Künste erlernen oder etwas »Beruhigendes« tun. Viele gaben zu, dass sie gar nicht genau wussten, warum. Er erwiderte: »Sie sagen, Sie brauchen etwas, um sich zu definieren, aber eben haben Sie gesagt, Sie wüssten, wer Sie sind.«

Hanako schloss langsam die Augen und öffnete sie dann wieder. »Ja, das klingt widersprüchlich.«

»Ich wollte damit nicht sagen –«

»Nein, Sie haben ganz Recht. Warten Sie, vielleicht kann ich es erklären.«

Sie überlegte so lange, bis die Stille anfing, unbehaglich zu werden.

»Ich weiß – und bitte verzeihen Sie, dass ich so viel rede –, dass ich ein Mensch bin, der etwas braucht, um sich zu definieren, um etwas Greifbares in seinem Leben zu haben. Und ich glaube, dass ich das im *shodô* finden kann.« Ihr Kopf war leicht geneigt und abgewandt, aber sie hatte voller Überzeugung gesprochen, als sei dieses Eingeständnis der wahre Grund für ihr Treffen gewesen.

»Als ich in der Gruppe an meiner Schule Kalligraphie geübt habe, hatte ich das Gefühl, wirklich ich zu sein. Ich weiß, das klingt seltsam. Obwohl ich dieses Gefühl damals nicht verstanden habe. Genau genommen weiß ich gar nicht mehr, was ich damals gedacht habe. Vielleicht ist es nur das, was ich jetzt im Rückblick empfinde.«

Der Sensei nickte und trank erneut von seinem Kaffee. »Ich weiß nicht, ob *shodô* Ihnen bei Ihrer Suche helfen wird. Letzten Endes ist Kalligraphie nur eine Kunst. Aber es stimmt, dass man durch jede Form disziplinierten Übens die Selbsterkenntnis steigern kann. Disziplin ist der Schlüssel – es liegt bei Ihnen, wie weit Sie sich in Ihre Übung einbringen. Je mehr Sie es tun, desto stärker leben Sie Ihr Leben als Kunst.«

Ihre Augen beobachteten ihn mit ruhiger, konzentrierter Aufmerksamkeit, als dächte sie über eine tiefere Bedeutung seiner Worte nach.

Plötzlich klangen die Worte in seinen eigenen Ohren hohl, als hätte er gedankenlos einen Werbeslogan dahergeplappert. »Gut«, sagte er schnell, um den Gedanken aus seinem Kopf zu verbannen. »Wann möchten Sie mit dem Unterricht anfangen?«

Ihr Gesicht hellte sich auf. »Wäre morgen zu früh, Sensei?«

»Morgen wäre ein hervorragender Tag.«

BERKELEY

Gozen sah, wie Zenzen Sensei einmal zuckte, dann noch einmal, aber es kam kein Ton mehr aus seinem fest zusammengepressten Mund. Er ging auf die Knie und hielt das Ohr dicht an den Mund des Sensei; sein Atem war flach. Dann streckte er die Hand aus, um das Durcheinander aufzuräumen. Nein, nicht jetzt. Er stand auf und lief aus dem Atelier zum vorderen Teil des Hauses, in den Gemeinschaftsraum der Schule, in dem ein Telefon stand.

In den vier Minuten, während er auf den Krankenwagen wartete, konnte Gozen nichts anderes tun, als im Türrahmen des Ateliers zu stehen und den Sensei anzustarren, sein weißes Haar, das stets seine Autorität unterstrichen hatte, ihn jetzt jedoch alt und schwach aussehen ließ, dem Tod nahe. Als der Krankenwagen, dessen klagender Sirenenton von den umliegenden Häusern reflektiert wurde, eintraf, öffnete Gozen den beiden Sanitätern die

Tür. Ihre Rettungskoffer – orangefarbene, harte Plastikkisten, getragen von Händen in Latexhandschuhen – knallten gegen die Wände des schmalen Flurs, als sie ihm ins Atelier folgten.

Einer der Sanitäter stellte ihm Fragen, während seine Kollegin sich um den Sensei kümmerte. »Er hat sich an die Stirn gefasst«, sagte Gozen und ahmte die Bewegung nach.

»Gut«, sagte der Sanitäter und beugte sich hinunter zu seiner Kollegin. »Könnte ein Schlaganfall sein.« Sie nickte. Er griff nach seinem Funkgerät und sprach mit der Notaufnahme im Krankenhaus. Danach sagte er zu ihr: »Wir bringen ihn direkt rüber.«

Gozen folgte dem Krankenwagen, bis er ihn wegen der Geschwindigkeit verlor. Als er am Krankenhaus ankam, rollten sie den Sensei gerade durch eine Doppeltür, an der ein Schild befestigt war: »Zutritt verboten – Nur für Rettungspersonal«.

Er fuhr weiter und suchte sich einen Parkplatz. Bevor er ausstieg, dachte er an den gequälten Gesichtsausdruck des Sensei. Als hätte ihn der gesamte Schmerz der Welt wie ein Blitzschlag getroffen.

Er ging zum Haupteingang des Krankenhauses, blieb jedoch vor der Tür stehen und verschränkte die Arme. Sollte er jemanden anrufen? Hatte der Sensei Angehörige? Niemand hatte je über die Familie des Sensei gesprochen, nicht einmal der Sensei selbst. Er lebte allein in dem Haus, aber das bedeutete natürlich nicht, dass er keine Angehörigen hatte.

Warum war nicht jemand anders da gewesen, als der Sensei zusammenbrach? Jemand, der wusste, was zu tun war und wen er anrufen sollte.

Gozen stand eine Viertelstunde vor dem Eingang, bis er sich zögernd in Bewegung setzte. Als er direkt vor der Tür angekommen war, blieb er erneut stehen. Eine Frau in einem Geschäftskostüm mit einer Ausweiskarte um den Hals hielt ihm die Tür auf. Langsam betrat er die Eingangshalle, während die Frau an ihm vorbeiging.

Als er schließlich bei der Anmeldung ankam, hielt er sich

krampfhaft am Tresen fest. »Kann ich Ihnen behilflich sein?«, fragte die Empfangssekretärin.

»Ja, bitte. Mein Sensei … Zenzen Sensei ist hier.«

»Ist er ein Patient?«, fragte die Empfangssekretärin. »Wie ist der Name?«

»Meiner?«

Die Frau schüttelte den Kopf. »Nein, der des Patienten.«

»Zenzen Sensei.«

»Das ist sein Name?«

»Na ja, so nennen wir ihn. Ich bin sein Schüler.«

»Zenzen?« Sie begann zu tippen. »Wie schreibt man das?«

»Äh … Z-e-n-z-e-n.«

»Das habe ich eingegeben. Versuchen wir's mal anders. Wann ist er denn eingeliefert worden?«

»Gerade eben, mit dem Krankenwagen.«

»Er ist in der Notaufnahme? Warum sagen Sie das denn nicht gleich?« Die Empfangssekretärin drückte ein paar Knöpfe und sprach in ihren Telefonkopfhörer. Nach kurzem Warten sagte sie zu Gozen: »In ein paar Minuten kommt jemand zu Ihnen. Bitte nehmen Sie so lange Platz.« Sie deutete auf den Wartebereich.

»Kann ich draußen warten?«

»Draußen? Sie dürfen hier nirgends rauchen, auch nicht draußen.«

»Rauchen?« Er klammerte sich noch fester an den Tresen. »Ach so, nein, ich möchte einfach nur raus.«

»Gut, aber bleiben Sie in der Nähe der Tür, damit wir Sie nicht überall suchen müssen.«

»Ich danke Ihnen.« Er verneigte sich tief, als wäre sie die Kaiserin von Japan, dann stürzte er nach draußen. Dort holte er tief Luft und ließ sich gegen die Wand sinken.

Ein paar Minuten später kam eine Frau mit einem Ärztekittel auf ihn zu. »Gehören Sie zu dem asiatischen Mann, der in die Notaufnahme eingeliefert worden ist?«

»Zenzen Sensei?«

»Ja, den meine ich. Er hatte einen Schlaganfall, vermutlich ausgelöst durch eine Hirnblutung. Wir behandeln ihn und führen Tests durch, um herauszufinden, welche Schädigungen möglicherweise vorliegen. Atem und Herzschlag sind stabil, er schwebt also nicht in akuter Lebensgefahr. Allerdings liegt er im Koma. Aber das ist im Moment ganz gut für ihn.«

Gozen bemühte sich, aus dem Wortschwall schlau zu werden.

»Ich bin Dr. Raman. Hier ist meine Karte. Wir brauchen jemanden aus seiner Familie, um ein paar Formulare auszufüllen. Sind Sie mit ihm verwandt, oder wissen Sie, wen wir anrufen können?«

Gozen wäre am liebsten davongelaufen. »Nein, ich wüsste niemand.«

»Niemand? Wie heißt er? Zenzen?«

Gozen presste die Augen zu. »Er ist Zenzen Sensei«, sagte er, als würde das alles erklären.

Die Ärztin betrachtete ihn stirnrunzelnd. »Ist er Japaner?«

»Ja.«

»Könnten Sie versuchen, irgendwelche Angehörigen ausfindig zu machen und sie bitten, mich anzurufen, sofern sie Englisch sprechen? Oder könnten Sie dolmetschen? Wir brauchen seine Sozialversicherungsnummer.«

Er nickte in der Hoffnung, dass die Ärztin sich damit zufrieden geben würde.

Sie deutete auf die Karte. »Sagen Sie ihnen, sie sollen mich so schnell wie möglich anrufen.«

»Ja, Doktor.«

Gozen fuhr zur Schule zurück, die Hände um das Lenkrad geklammert, um sie vom Zittern abzuhalten. Er hatte keine Ahnung, wie der Sensei wirklich hieß; alle nannten ihn nur Zenzen Sensei, wie es in jeder traditionellen japanischen Kunstschule üblich war. Ihn mit seinem richtigen Namen anzusprechen, wäre unhöflich gewesen.

»Gozen« war ebenfalls nicht sein richtiger Name; in Wirklichkeit hieß er Shinichi Takagawa. Als Schüler und Lehrer von höchstem Rang in der Zenzen Schule hatte Zenzen Sensei ihn mit diesem Künstlernamen ausgezeichnet. Gozen nahm sich selbst kaum noch als Shinichi Takagawa wahr. Er war Gozen, so wie Zenzen Sensei einfach Zenzen Sensei war.

Als er wieder bei der Schule angekommen war, parkte er seinen Wagen, holte tief Luft und ging hinein, um das Durcheinander im Atelier zu beseitigen.

Innerhalb kurzer Zeit hatte er die ordentliche Funktionalität des Raumes wiederhergestellt, abgesehen von den geisterhaften Umrissen der Tintenflecke auf den *tatami.* Er hatte darauf herumgeschrubbt, bis die Matten anfingen sich aufzulösen. Nachdem er mit dem Aufräumen fertig war, durchsuchte er das Atelier nach irgendwelchen persönlichen Informationen über den Sensei.

An den Wänden lehnten Bögen von Übungspapier, die durch die getrocknete Tinte verzogen waren. In einem Wandschrank lagerten Rollen besten Reispapiers, das für endgültige Werke verwendet wurde. Kästchen mit Tintenblöcken und Pinseln waren in einen kleinen Schubladenschrank sortiert. Auf einem Regalbrett standen Pinselhalter, kleine gemeißelte Kunstwerke. Rollen mit Schriftzeichen verzierten die Wände.

Da er nichts fand – was ihn nicht weiter überraschte, da das Atelier ausschließlich zum Ausüben von *shodô* benutzt wurde –, durchsuchte er den Hauptraum an der Vorderseite des Hauses, wo Vorträge und Gruppenübungen abgehalten wurden. Dort gab es aufgehängte Schriftrollen, gerahmte Werke, ein paar Pflanzen und zahlreiche Kissen, die auf dem Boden verteilt waren. Außerdem ein Teeservice mit mehreren Schälchen und einen Tisch mit einem Blumenarrangement, ein Geschenk von einem der Schüler, der auch *ikebana* lernte.

Von dem Drang besessen, das Ganze hinter sich zu bringen, ging Gozen schnell die Küche durch, wurde jedoch auch dort nicht fündig. Nach einem kurzen Blick ins Bad ging er in das Arbeitszimmer des Sensei, das auch als Büro der Schule fungierte. Er sah einen Aktenschrank durch, in dem Rechnungen und sonstiger Schriftverkehr aufbewahrt wurden, doch alles war auf den Namen der Schule ausgestellt, nicht auf den des Sensei. Außerdem standen dort noch Unterlagen über Schüler, Fachliteratur und Kataloge. Nichts Persönliches. Selbst im Adressbuch war niemand aufgeführt, der nicht direkt oder indirekt mit der Schule zu tun hatte.

Schließlich stieß er auf das Steuerformular zur Bestätigung der Gemeinnützigkeit, das der Sensei mit seinem vollen Namen unterschrieben hatte: Kiichi Shimano. Immerhin ein Anfang.

Das Schlafzimmer des Sensei lag an der Rückseite des Hauses. Gozen spähte zur Tür hinein. Der Raum war sparsam eingerichtet: zwei Stehlampen, ein Schrank, eine Kommode und ein Futon, der zusammengerollt in einem langen, offenen Wandschrank lag. An der Wand hing eine schlichte, gerahmte Kalligraphie – die Zeichen für »tief«, »Selbst« und »Entdeckung«. Langsam ging er darauf zu. Sein Blick fiel auf die rote Signatur, die in stilisierter Form den Namen »Suzuki« darstellte. Darunter war ein zweites Siegel, eine Gegensignatur. Es war das Siegel des neunundzwanzigsten Daizen Sensei.

Gozen, der bis vor einigen Jahren, als er zum Studium nach Berkeley gekommen war, in Japan gelebt hatte, hatte von der berühmten Daizen Schule für Kalligraphie gehört. Seltsamerweise waren jedoch in der Zenzen Schule weder die Daizen noch irgendwelche anderen japanischen Schulen je erwähnt worden. Vielleicht wollte der Sensei mit keiner von ihnen in Verbindung gebracht werden, damit seine Schule unabhängig blieb, selbst um den Preis der Isolation. Aber warum hatte der Sensei dann die Arbeit eines Daizen Schülers aufgehängt?

Gozen suchte weiter. Im Schrank befanden sich Kleidungsstücke auf Bügeln, Schuhe und ein Stapel Bücher, hauptsächlich englische und englisch-japanische Wörterbücher. Er schloss die Tür und sah sich um; das Einzige, was noch übrig blieb, war die Kommode.

Fukai – »tief« – ist eine Kombination aus den Zeichen für »Wasser« und »Loch«. Die Striche sollten flüssig und voller Tiefe sein, als könne man auf dem Grund einer Quelle Bedeutung finden. Achten Sie darauf, dass Sie die Striche für »Wasser« nicht zu leicht und lebendig machen, sonst wird die Wirkung zerstört. Das zweite Zeichen bedeutet »Ich« in adjektivischer Form.

Jibun – »Selbst« – ist abgeleitet aus »Nase« und »teilen«. In Japan deutet man auf seine Nase, um sich selbst zu bezeichnen, nicht auf seine Brust. Das zweite Zeichen, »teilen« oder »verstehen« (im Sinne von etwas auseinander nehmen), ist ein Schwertstreich. Der Grund, warum diese beiden Zeichen benutzt werden, um den Begriff »Selbst« darzustellen, ist nicht mehr nachzuweisen. Vermutlich sollen sie das wahre Wesen eines Menschen ausdrücken. Möglicherweise bezieht sich diese Bedeutung eher auf die unbewusste Wahrnehmung als auf die bewusste, aber das ist reine Spekulation. Diese beiden Zeichen sollten mit dem Blick nach innen gemalt werden, nicht mit einem Blick zurück.

In der obersten Schublade lagen nur Socken und Unterwäsche. Hastig schob er sie wieder zu und öffnete die mittlere. Darin lag allerlei Krimskrams: eine Armbanduhr, die nicht funktionierte, Münzen, eine Straßenkarte von San Francisco.

Zum Schluss zog er die unterste Schublade auf. Es befanden sich nur zwei Dinge darin: eine staubige Holzkiste von der Größe eines dicken Wörterbuchs und ein Umschlag. Er trug keine Adresse, aber in der oberen Ecke stand ein verblichener Geschäftsname – »Privatdetektei Kando« – mit einer Adresse in Kyoto. Gozen drehte den Umschlag um; er war mit Klebefilm verschlossen, der mittlerweile vergilbt und brüchig war.

Er legte den Umschlag und die Holzkiste auf die Kommode. Die Kiste war mit einem einfachen Schnappschloss versehen. Gozen öffnete sie. Geschützt von einem dicken Samtpolster, lag darin ein Reibstein. Er war wunderschön, aus Naturstein gemeißelt und mit Spuren getrockneter Tinte in den winzigen Vertiefungen.

Das Siegel auf der Schriftrolle … der Reibstein … die Geschichte, die er als Junge gehört hatte, von einem verschwundenen Sensei und dem wertvollen Reibstein einer Schule … Ihm entfuhr ein lautes »Oh!«. Dies musste der Daizen Reibstein sein. Er schloss die Holzkiste und legte sie zusammen mit dem Umschlag zurück in die Schublade. Dann lief er ins Atelier, schnappte sich ein Stück Papier und schrieb darauf: »Unterricht fällt aus, der Sensei ist krank.« Er befestigte es an der Haustür und rannte davon.

KYOTO

Die letzten beiden Zeichen, *hakken* – Entdeckung –, setzen sich zusammen aus den Zeichen für »Anfang« (aus

Während er an einem ruhigen Morgen einer ruhigen Woche in seinem Büro saß und die Zeitung las, kam Kando, Inhaber und einziger Angestellter der Privatdetektei Kando, zu dem Schluss, dass ihm die trägen Phasen seines Geschäfts besser gefielen als die geschäftigen, die nur arbeitsreicher, aber weniger einträglich geworden waren. In der immer stärker werdenden Rezession der Neunziger, deren Ende nicht abzusehen war, hatten viele seiner Kunden kein Geld mehr, um ihn für seine Nachforschungen zu bezahlen. Dennoch nahm er die meisten Aufträge an, in der Hoffnung, dass ihnen vielleicht irgendwann eine andere Möglichkeit einfiel, um ihn zu entschädigen.

Er trank einen letzten Schluck Tee und stellte das alte, angeschlagene Schälchen auf den Schreibtisch neben das glänzende Stilett, das er einem verwilderten acht- oder neunjährigen Jungen abgenommen hatte, der damit eine herumstreunende Katze bedroht hatte. Er war den beiden über den Weg gelaufen, als er nach dem Hintereingang eines *yakitori*-Restaurants gesucht hatte, das Pleite gegangen und verlassen worden war.

Er war fast fertig mit seiner Lektüre, als sein Blick auf einen kurzen Bericht über die Ergebnisse des letzten Rangfolgewettkampfs der Daizen Schule für Kalligraphie fiel. In dem Artikel waren die Lehrer mit ihrem jetzigen und früheren Rang aufgelistet. Außerdem wurde die Vermutung geäußert, der Leiter der Schule – der dreißigste Daizen Sensei, Aragaki – würde sich nach dem nächsten Daizen-Kurokawa-Wettkampf in den Ruhestand zurückziehen.

Der Artikel, ebenso wie jede Erwähnung der Daizen Schule, erinnerte Kando an den Fall der verschwundenen Schülerin. Dreiundzwanzig Jahre zuvor hatte der neunundzwanzigste Daizen Sensei – Kiichi Shimano, Aragakis Vorgänger – ihn beauftragt, eine seiner Schülerinnen zu suchen, die nicht mehr zum Unterricht kam und verschwunden war. Er hatte die Schülerin, Hanako Suzuki, gefunden, und obwohl er ihr nie persönlich begegnet war, musste er immer wieder an sie denken.

In seinem Atelier inspizierte Hideo Aragaki, der dreißigste Daizen Sensei, die Spitze seines Lieblingspinsels. Er begann auszufransen, zwar nur ganz wenig, nicht genug, um seine Kalligraphie zu be-

dem Bild eines Bogenschützen, der einen Pfeil abschießt) und »betrachten« (von einer Person, die sich hinkniet, um etwas zu untersuchen). Wie bei den Zeichen für »tief« und »Selbst« implizieren die Zeichen für »Entdeckung«, näher an etwas heranzugehen, um mehr zu sehen als die oberflächlichen Züge von Dingen, Ereignissen oder der eigenen Existenz. Daher sollten die Striche durch sanfte Ruhe zu näherer Betrachtung einladen.

Lehrbuch der Zenzen Schule für japanische Kalligraphie

einflussen, aber er würde nur noch einen Daizen-Kurokawa-Wettkampf überstehen. Genau wie er selbst.

Der Rückzug in den Ruhestand würde ihn von der Unzufriedenheit erlösen, die sich während seiner Herrschaft als Daizen Sensei in ihm ausgebreitet hatte. Sein Verlangen, Kalligraphie zu praktizieren, insbesondere, um sich in hochrangigen Wettkämpfen zu messen, war nicht erloschen, aber es war auch kein loderndes Feuer mehr. Dieses Verlangen hatte vor über zwanzig Jahren seinen Höhepunkt erreicht, als sein Vorgänger Shimano noch an der Daizen Schule gewesen war. Der inbrünstige Wunsch, Shimano zu besiegen und Daizen Sensei zu werden, hatte ihn viel stärker angetrieben als jeder der berühmten Gegner, gegen die er angetreten war.

Immerhin war Aragaki anfangs froh gewesen, als Shimano verschwunden war, obwohl er den Daizen Reibstein mitgenommen hatte. Er bezweifelte stark, dass Shimano auch nur einen einzigen Daizen-Kurokawa-Wettkampf hätte gewinnen können. Der Stil seines Vorgängers war zwar gelegentlich spektakulär, aber ihm fehlte eine solide Technik. Wenn man seine Arbeiten genauer betrachtete (was Aragaki unzählige Male getan hatte), kamen viele Schwächen ans Licht, die unter seiner kühnen Flüssigkeit verborgen waren. Nicht nur in Bezug auf Ausgewogenheit und Art der Ausführung, sondern auch in Bezug auf seinen Charakter, als entblöße jeder seiner Striche einen Makel in seiner Persönlichkeit. Aragaki hatte nie begriffen, warum die meisten Lehrer, und vor allem der oberste Sensei, Shimanos Arbeiten seinen eigenen vorgezogen hatten.

Ein leichter Windstoß, der durch das Fenster hereinwehte, brachte das Reispapier auf seinem Übungstisch zum Rascheln. Die Ablenkung genügte ihm, um seine Utensilien wegzuräumen und das Atelier zu verlassen. Er ging die schmale Straße im Arashiyama-Viertel entlang, an der sein Haus und Atelier lagen, und strebte seinem bevorzugten Spazierweg zu, der am Tenryuji-Tempel vorbei und in den Bambuswald der Okochi-Sanso-Villa führte. Das Arashiyama-Viertel war berühmt für seine Bambus-

Papier, vor allem hochwertiges Papier, war in Japan früher überaus wertvoll. Es wurde von Hand gefertigt, und nur die Meister dieses Handwerks waren in der Lage, erstklassiges Papier herzustellen. Da der Kleber, der bei der Papierherstellung benötigt wurde, sich bei warmem Wetter oft zersetzte, konnte Papier nur in der Zeit von November bis März gefertigt werden.

Heute wird nur noch sehr wenig Papier auf traditionelle Weise hergestellt, obwohl handgeschöpftes Papier eine wesentlich gleichmäßigere Oberfläche aufweist. Wie bei allen Schätzen sollten Sie nur das beste Papier benutzen. Preiswertes wälder, aber dies war der schönste. Die Stille und die kühlen, tiefen Schatten belebten wie immer seine Sinne. Wenn der Wald ihn doch nur von seiner zunehmenden Besessenheit mit Shimano und dem Daizen Reibstein befreien könnte.

Hadernpapier ist gut zum Üben; verwenden Sie die raue Seite, da es größere Kontrolle erforderlich macht. Bei der Verwendung von hochwertigem Reispapier *(washi)* wird der Pinsel dann sehr viel leichter zu kontrollieren sein, und der Kalligraph kann schneller arbeiten (obwohl ihm dann auch leichter Fehler unterlaufen).

Lehrbuch der Zenzen Schule für japanische Kalligraphie

BERKELEY

Tina Suzuki stieg in Berkeley aus der BART-Schnellbahn und wandte sich Richtung Shattuck Avenue. Während sie an der Ampel wartete, warf sie einen Blick auf die Uhr: noch eine gute halbe Stunde, bis der Unterricht begann. Zeit genug für einen Kaffee. Sie hatte extra eine frühere Bahn genommen, um an ihrem ersten Tag des Graduiertenstudiums nicht zu spät zu kommen.

Als es grün wurde, überquerte sie mit einem ganzen Pulk von Menschen die Straße; die meisten von ihnen waren ebenfalls Studenten, wie an ihren Rucksäcken unschwer zu erkennen war. Viele hatten asiatische Gesichtszüge. Sie hatte gehört, dass nahezu die Hälfte der Studenten an der University of California chinesischer Abstammung war. Größtenteils kamen sie aus San Franciscos Chinatown, das nur drei Blocks von ihrem eigenen Zuhause begann.

Mit schnellen Schritten löste sie sich aus der Menge, bog in eine Seitenstraße ab und steuerte auf das Half Note Coffee House zu. Dort bestellte sie sich einen Kaffee und setzte sich mit ihrem Becher an einen winzigen runden Tisch, kaum größer als ein Aschenbecher. Die Tische schienen absichtlich so sparsam entworfen zu sein, damit die Studenten gar nicht erst auf die Idee kamen, ihre Unterlagen darauf auszubreiten und sich stundenlang an einer einzigen Tasse Kaffee festzuhalten. Es waren nur wenige Tische besetzt, größtenteils mit Professoren und älteren Studenten, die lasen oder sich unterhielten.

Wenn sie aus dem Fenster blickte, das wegen des relativ warmen

Wetters geöffnet war, sah sie die Rasenflächen des People's Park und dahinter das Institut für Gehirn- und Verhaltensforschung: zwei große, mit Zedernholzschindeln bedeckte Gebäude, die durch einen Flügel aus Glas und Aluminium verbunden waren, in dem sich Seminarräume und Büros befanden. Der Anblick erinnerte sie vage an die beiden Gehirnhälften, die durch das Corpus callosum verbunden waren.

Sie trank einen Schluck Kaffee und stellte befriedigt fest, dass das Koffein bereits pflichtbewusst die Aufnahme von Adenosin an den neuronalen Rezeptoren ihres Gehirns blockierte und somit dafür sorgte, dass das anregende Glutamat stärker floss. Mit geschärftem Aufmerksamkeits- und Konzentrationsmechanismus und weit geöffneten Verbindungen zwischen ihren Basalganglien und ihrem Stirnlappen blickte sie auf die Uhr an der Wand, leerte ihre Tasse und stand auf.

Sie durchquerte den Park und betrat das Institut. An der Kreuzung der beiden Hauptflure blickte sie etwas ratlos nach rechts und links. Die Räume waren nicht nummeriert, und sie sah nirgends einen Hinweis auf den Seminarraum. Sie wandte sich um, um nachzusehen, ob sie vielleicht daran vorbeigelaufen war.

Eine Frau mit gesund aussehender Bräune und einem Wust von rötlich blonden Dreadlocks kam um die Ecke, einen zum Bersten vollen Rucksack über die eine Schulter geschlungen und einen Styroporbecher in der Hand. Es duftete nach Milchkaffee.

Sie lächelte. »Suchst du Hebb?«

»Du meinst den Seminarraum? Ja.«

»Dachte ich mir. Komm einfach mit.« Mit einer Hüftbewegung warf sie ihren Rucksack in Position und marschierte davon. Als Tina sie eingeholt hatte, sagte sie: »Ich heiße übrigens Gillian Rock. Du bist bestimmt neu, oder? Ich habe dich jedenfalls noch nie hier gesehen.«

»Tina Suzuki. Nett, dich kennen zu lernen«, sagte sie. »Ja, ich bin im ersten Jahr. Und du?«

Corpus callosum: das weiße Gewebe (bestehend aus Nervenzellen), das die beiden Gehirnhälften miteinander verbindet. Bei Frauen im Verhältnis zum Gesamthirn größer als bei Männern; keine Ahnung, was das unter funktionellen Aspekten bedeuten könnte. Vielleicht können Frauen leichter Gefühle und Sprache miteinander verbinden. Interessanterweise haben Autisten meist ein kleineres Corpus callosum. Hervorstechendstes Symptom von Autismus ist die Schwierigkeit, sich sozial und sprachlich angemessen auszudrücken.

Notizen zur Neurologie
Christina Hana Suzuki

»Im dritten, jedenfalls theoretisch. Ich habe letztes Jahr von IGB gewechselt.« Gillian trank einen Schluck von ihrem Kaffee, ohne ihren Schritt zu verlangsamen. »Integrative Biologie«, fügte sie hinzu.

»Ah. Verstehe.«

Tina und Gillian gingen durch einen weiteren Flur, bis sie schließlich an einer Tür mit der Aufschrift »Seminarraum Donald O. Hebb« ankamen. Sie setzten sich auf die beiden letzten freien Stühle am hinteren Ende der langen Tischreihe, und Tina nahm ihr Notizbuch und einen Stift heraus.

Abgesehen von dem Professor – der eindeutig daran zu erkennen war, dass er wesentlich älter war, ein Oberhemd trug und konzentriert auf einen Stapel handgeschriebener Notizen blickte –, waren die meisten anderen Anwesenden, genau wie Tina, Anfang zwanzig, bis auf einige wenige, die etwa Mitte dreißig waren. Einige weitere Studenten kamen in den Raum geeilt und lehnten sich, da keine Stühle mehr frei waren, gegen die Wand.

»Gehörst du zu Professor Alamos Studenten?«, fragte Gillian.

Tina schüttelte den Kopf. »Nein, ich bin bei Professor Porter. Und du?«

»Bei Greenwald. Was ist Porters Spezialgebiet? Irgendwas mit Sprache, oder?«

»Ja.« Tina bemerkte, dass der Professor von seinen Unterlagen aufgeblickt hatte. Er sah auf die Uhr, dann sprach er mit einer scharfen Stimme, die Tina zusammenzucken ließ.

»Wir beginnen pünktlich. Heute ebenso wie an jedem anderen Tag.« Er hielt kurz inne, bis die Unruhe im Raum sich legte und alle ihm ihre Aufmerksamkeit zuwandten. »Ich bin Alonzo Alamo. Wie Sie sehen, übersteigt die Anzahl der Anwesenden die der vorhandenen Stühle. Diese Unannehmlichkeit wird sich jedoch bis zu unserer nächsten Sitzung in einer Woche erledigt haben, da die Teilnehmerzahl des Seminars auf zwölf Studenten begrenzt ist.«

Einer der älteren Studenten, der auf der anderen Seite von Gillian saß, beugte sich zu ihr und flüsterte ihr etwas zu. Gillian grinste.

Adenosin: ein Neuromodulator ($C_{10}H_{13}HN_5O_4$), der für die Steuerung der autonomen Körperfunktionen (wie Herzschlag und Atmung) und einiger mentaler Eigenschaften (wie Aufmerksamkeit) zuständig ist.

Glutamat: ein stark anregender Neurotransmitter ($C_5H_9NO_4$), der das »Feuern« der Neuronen erleichtert und so für schnelle Bewegungen und schnelles Denken sorgt.

Basalganglien: eine Gruppe von Kernen, die spezielle Funktionen des Großhirns regulieren wie Aufmerksamkeit oder motorische Kontrolle (wie sie z. B. zum Tanzen, Malen oder auch nur zum Gehen notwendig ist).

Notizen zur Neurologie
Christina Hana Suzuki

Kurz darauf beugte sie sich zu Tina und murmelte: »Wie Jesus und die zwölf Apostel.«

Tina schmunzelte und warf einen Blick auf den Studenten neben Gillian. Er sah gut aus, dunkles Haar, Latino-Typ. Er lächelte ihr zu.

Der Professor las von seinen Notizen ab: »Das Thema dieses Seminars ist ›Die neurale Theorie des Bewusstseins‹. Oder, anders gesagt: Welche Teile unseres Körpers, insbesondere unserer Nervenzellen, lassen Bewusstsein entstehen, unsere bewusste Wahrnehmung, unsere phänomenologischen Gefühle? Oder, anders gesagt: Warum erscheint uns ein rotes Objekt rot, warum schmeckt Salz salzig, warum empfinden wir Furcht als Furcht?«

Er sah von seinen Notizen auf, ließ den Blick durch den Raum schweifen und senkte ihn dann wieder. »Zunächst einige Grundregeln. Die allerwichtigste: Dies ist ein neurologisches Seminar, kein philosophisches.«

Gillian murmelte zu dem Latino-Typen neben ihr, gerade laut genug, dass Tina es hören konnte: »Oder, anders gesagt …«

»Oder, anders gesagt«, fuhr der Professor fort, »wir werden dieses Thema unter rein wissenschaftlichen Aspekten betrachten, insbesondere unter neurobiologischen und neurophysiologischen, obwohl auch einige neuropsychologische behandelt werden – notgedrungen. Was wir jedoch *nicht* betrachten werden, sind philosophische Aspekte. Wir werden nicht über Descartes' Dualismus reden oder über die Vorzüge des Funktionalismus gegenüber extremem Materialismus oder irgendeinem anderen ›Ismus‹, wie wohl überlegt oder zutreffend sie auch sein mögen. Falls sich also unter Ihnen irgendwelche Philosophen befinden, die kein solides Fundament in Neurologie oder zumindest in funktionaler Neuroanatomie haben, oder die hier sind, um sich in philosophischen Debatten zu ergehen, dann kann ich Ihnen sofort sagen, dass Sie nicht zu der endgültigen Zwölfergruppe gehören werden. Sie können also ebenso gut gleich gehen und Ihre Zeit sinnvoller verwenden.«

Er ließ den Blick über die Reihen von Studenten gleiten. Einer mit einem schmalen Ziegenbärtchen und einer schwarzen Strickmütze stopfte sein Notizbuch in den Rucksack und schob geräuschvoll seinen Stuhl zurück. Mit einem giftigen Blick auf den Professor verließ er den Raum. Sofort schlüpfte einer der stehenden Studenten auf den frei gewordenen Stuhl.

Mit einem beiläufigen Schnuppern, als wolle er die Atmosphäre im Raum nach dem Abgang des Philosophiestudenten überprüfen, fragte der Professor: »Sonst noch jemand?« Er wartete einen Moment, dann wandte er sich wieder seinen Unterlagen zu. »Eine weitere Regel lautet, dass wir das Bewusstsein nicht mittels Metaphern diskutieren werden. Oder, anders gesagt, ich möchte keine Sätze hören wie: ›das Gehirn ist wie ein Computer‹, oder ›das Bewusstsein ist wie eine Theaterproduktion, mit Dingen, die auf der Bühne geschehen, und anderen, die hinter den Kulissen ablaufen‹, oder ›der Geist ist wie eine Wolke, die sich aus Tropfen neuronaler Aktivität zusammensetzt‹.« Er hielt inne, sah auf und wandte sich wieder seinen Notizen zu.

»Dies ist ein einsemestriger Intensivkurs. Ich erwarte von den Teilnehmern, dass sie bei allen Sitzungen anwesend sind, und zwar ohne Ausnahme. Ich bin bei allen Sitzungen hier, also warum sollten Sie es nicht sein? Sie sind der Grund, weshalb ich hier bin. Wenn Sie bereits jetzt wissen, dass Sie nicht regelmäßig teilnehmen können, dann muss ich Sie bitten, sich Ihrem Philosophenkollegen anzuschließen.«

Niemand rührte sich.

»Gut. In den ersten drei Wochen werden wir eine Menge lesen, und zwar aus verschiedenen Quellen. Einige Texte werden einer Theorie des menschlichen Bewusstseins näher sein als andere, zumindest auf den ersten Blick. Diejenigen, die diese erste Informationsflut überleben und damit zurechtkommen, werden in der Lage sein, das Material wirklich und grundlegend zu verarbeiten. Oder, anders gesagt: Sie werden diejenigen sein, die es schaffen.«

Er blätterte eine Seite um. »Natürlich gibt es keine allgemeingültige Bewusstseinstheorie. Auch keine, die in weiten Kreisen akzeptiert wird, und nur wenige, die überhaupt Anhänger haben. Das Ziel dieses Seminars ist es, auf eine solche Theorie hinzuarbeiten. Wenn Sie zur Entwicklung einer solchen Theorie nichts beitragen können, dann verschwenden Sie Ihre Zeit, meine Zeit und die Ihrer Kommilitonen. Unter Beitragen verstehe ich in erster Linie, auf jede Stunde vorbereitet zu sein.

Der Hauptanteil Ihrer Abschlussnote wird sich aus der Leitung eines der Seminare ergeben. Jeder von Ihnen – und damit meine ich die zwölf endgültigen Teilnehmer – wird der Reihe nach ein Referat halten, das wissenschaftliche Elemente aus dem Lesestoff in Beziehung zu einem Aspekt der Theorie setzt, und die anschließende Diskussion leiten. Oder, anders gesagt: Sie müssen eine Behauptung, eine Rechtfertigung und eine Verteidigung liefern.«

Er sah auf. »Und wenn Sie nicht wissen, was diese Begriffe bedeuten, sollten Sie zusehen, dass Sie es herausfinden.«

Einer der Studenten hob die Hand. »Entschuldigen Sie die Unterbrechung, aber was waren die letzten beiden noch mal? Nach der Behauptung?« Sein Stift schwebte über dem Notizblock.

»Rechtfertigung und Verteidigung.«

»Danke.« Hastig schrieb er die Worte auf.

Professor Alamo wandte sich wieder seinen Notizen zu. »Heute möchte ich, dass Sie sich ein oder zwei Bögen Papier nehmen. Darauf schreiben Sie bitte Ihren Namen und Ihre E-Mail-Adresse sowie die Antworten auf zwei Fragen, die ich Ihnen gleich stellen werde. Ich werde Ihre Antworten noch heute lesen und daraufhin die zwölf Teilnehmer auswählen. Jeder von Ihnen wird das Ergebnis bis zehn Uhr heute Abend per E-Mail erfahren. Diejenigen, die zugelassen werden, können sich die Semesterunterlagen im Kopierzentrum des Instituts abholen. Bitte sehen Sie zu, dass Sie die Texte für die erste Stunde bis zum nächsten Mal gelesen und vor allem verstanden haben.«

Er sah auf und fragte: »Muss ich noch irgendwas erklären, bevor ich Ihnen die Fragen stelle? … Nein? Gut. Frage Nummer eins lautet: Was können Sie zu diesem Seminar und insbesondere zu der Entwicklung einer Theorie des Bewusstseins beitragen?« Er wartete, bis sie die Fragestellung aufgeschrieben hatten. »Frage Nummer zwei: Santiago Ramón y Cajal und Camillo Golgi bekamen 1906 gemeinsam den Nobelpreis für ihre Pionierarbeit auf dem Gebiet der Neuronenforschung. In Bezug auf einen grundlegenden Aspekt der Neuronen waren sie jedoch vollkommen unterschiedlicher Ansicht. Welcher Aspekt war das, und welche Ansichten vertraten sie?« Da keine weiteren Fragen kamen, blätterte Alamo zu einer freien Seite seines Notizbuchs und begann zu schreiben.

Tina starrte ihr Blatt an, das bis auf ihren Namen und ihre E-Mail-Adresse leer war. Sie lauschte auf die anderen, deren Stifte bereits über das Papier schabten; ein Geräusch wie krabbelnde Insekten.

SAN FRANCISCO

Tina stieg die Treppe zu der Zweizimmerwohnung ihrer Mutter im fünften Stock hinauf, in der sie aufgewachsen war. Die Wartungsfirma hatte den einzigen Aufzug des Hauses wegen einer Komplettüberholung auseinander gebaut, die eigentlich nur eine Woche dauern sollte, sich jedoch mittlerweile schon zwei Wochen hinzog. Im fünften Stock angekommen, ging Tina zu Apartment 504. Die Tür stand einen Spalt offen; Tina trat ein und schloss die Tür hinter sich. »Ma?«

»Ha-*chan*«, rief ihre Mutter Hanako vom Wohnzimmer herüber. Sie nannte Tina meist bei dieser verkürzten Form ihres zweiten Vornamens – Hana – ergänzt durch das japanische Suffix, das Zuneigung ausdrückte.

Tina ging durch den Flur; auf der linken Seite befand sich das Schlafzimmer ihrer Mutter, auf der rechten zwei große begehbare Kleiderschränke. Die Tür des ersten stand offen; Tina hielt inne und spähte hinein. Vor vielen Jahren war die Trennwand zwischen den beiden Schränken entfernt worden, sodass daraus ein kleines Zimmer wurde, in dem Tina gewohnt hatte, bis sie auf das College in San Diego gegangen war.

Bis zum Alter von acht Jahren hatte Tina auf einem Klappbett im Zimmer ihrer Mutter geschlafen. An ihrem achten Geburtstag hatte sie verkündet, sie sei zu alt, um im gleichen Zimmer wie ihre Mutter zu schlafen, und wolle ein eigenes Zimmer. Sie hatte ihrer Mutter nicht gesagt, dass sie auch den muffigen, fettigen Geruch des Frittieröls aus dem Tempura House leid war, in dem ihre Mutter arbeitete. Der Geruch hing in ihrem Arbeitskimono und klebte an ihrem Haar und ihrer Haut.

Einige Wochen vor ihrem achten Geburtstag hatten sie ihre Tante Kiyomi in ihrem Haus in der Nähe des Golden Gate Park besucht. Tante Kiyomis Kinder hatten beide ihr eigenes Zimmer. Auf dem Heimweg hatte Tina ihre Mutter gefragt, warum sie nicht in eine größere Wohnung zogen. »Das weißt du doch«, hatte Hanako geantwortet. »Wegen deiner Collegeausbildung, *neh*? Man braucht Geld, um aufs College zu gehen.« Anstatt in eine größere Wohnung zu ziehen, bot Hanako ihrer Tochter an, ihr Schlafzimmer zu nehmen; sie würde auf dem Sofa schlafen. Doch Tina hatte bereits ein Auge auf die gemütlichen Schränke geworfen. Sie spielte ohnehin oft darin; vor kurzem hatte sie sich dort mit einer Decke ein Zelt gebaut, in dem sie dann mit einer Taschenlampe ihre Bücher las.

Hanako hatte sich ein paar Tage gesträubt, doch dann war eines Morgens der Bruder von einem der Köche, der Tischler war, mit seinem Werkzeugkasten bei ihnen erschienen. Tina hatte nie erfahren, ob ihre Mutter die Erlaubnis bekommen hatte, die beiden Schränke in ein Zimmer zu verwandeln, nahm jedoch an, dass das Ganze ohne großen Aufwand wieder rückgängig zu machen war.

Als Tina aufs College gegangen war, hatte ihre Mutter die Wandschränke nach und nach wieder ihrem eigentlichen Zweck zugeführt und ihre Kleider, die sie zuvor in einem kleinen Garderobenschrank im Schlafzimmer aufbewahrt hatte, hineingehängt. Tinas Möbel – ihr Bett, eine winzige Kommode und ein Schreibtisch – standen noch immer darin, waren jedoch mit Kartons und Stapeln von Briefen und Zeitschriften bepackt. Ihre Mutter entwickelte sich allmählich zum Hamster.

Tina betrat das Wohnzimmer und stellte ihren Rucksack auf dem Boden ab. Hanako lag auf dem Sofa, ein Kissen im Rücken und eine japanische Frauenzeitschrift auf den Knien. Ihre Mutter klappte die Zeitschrift zu und setzte sich auf.

»Ma, du solltest deine Tür nicht offen stehen lassen.«

»Aber ich wusste doch, dass du kommst«, sagte Hanako. »Du hattest mir doch Bescheid gesagt –«

»Auch wenn du weißt, dass ich komme.«

»Wie du meinst, Ha-*chan*.«

Tina setzte sich auf den Fußboden. »Wie fühlst du dich?« Bei ihrer Mutter war vor einem Jahr multiple Sklerose festgestellt worden.

»*Genki*.« Gut. »Ich habe noch ein bisschen gelesen, bevor ich zur Arbeit muss. Wie war es an der Uni?«

»Ging so. Wir hatten nur eine Stunde, und da haben wir einen Test geschrieben.«

»Einen Test? Am ersten Tag?«

»Na ja, so was Ähnliches.« Tina hatte als Letzte abgegeben. Gillian und ihr Sitznachbar, mit dem sie herumgescherzt hatte, waren als Erste fertig gewesen und zusammen hinausgegangen.

Professor Alamo hatte Tina kaum angesehen, als sie ihm die Bögen gegeben hatte. Sie hatte geschrieben, andere Teilnehmer besäßen sicher mehr Kenntnisse von der Neurologie als sie, da sie ihren ersten Abschluss in Psychologie gemacht habe. Sie habe jedoch an einem Seminar über die neurologischen Aspekte der Psychologie teilgenommen und festgestellt, dass dieses Thema sie am meisten fessele. Sie hatte hinzugefügt, ihr sei bewusst, dass es unendlich viel zu lernen gebe, doch sie sei eine fleißige Studentin und immer gut vorbereitet. Ihr wertvollster Beitrag zu der Entwicklung einer Theorie des Bewusstseins werde ihr »offener Geist« sein.

Zur zweiten Frage hatte sie geschrieben, dass ihr sowohl Santiago Ramón y Cajal als auch Camillo Golgi ein Begriff seien, vor allem Letzterer, dessen Name mit einer Färbemethode verbunden sei, die es ermöglichte, einzelne Nervenzellen unter dem Mikroskop sichtbar zu machen. Außerdem sei eine bestimmte Sorte von Gehirnzellen im Kleinhirn nach ihm benannt. Über Cajal wisse sie weniger, nur, dass er mit Hilfe von Golgis Färbemethode erstmals viele der verschiedenen Arten von Nervenzellen identifiziert habe und dass er im Allgemeinen als Begründer der modernen Neuroanatomie gelte. Dass die beiden gemeinsam den Nobelpreis bekommen hatten, habe sie nicht gewusst, und sie habe auch keine Ahnung, worin ihr Streitpunkt bestanden haben könnte. Möglicherweise – das sei aber reine Vermutung – hätten sie unterschiedliche Ansichten über die Funktionsweise der Nervenzellen gehabt, darüber, wie Signale unter ihnen weitergegeben werden. Man hätte annehmen können, dass die Nervenzellen direkt miteinander verbunden sind, anstatt Signale mittels Neurotransmittern über die Synapsen weiterzuleiten. Welcher der beiden Wissenschaftler welche Theorie vertreten haben könnte, wisse sie jedoch nicht.

»Bist du sicher, dass du arbeiten gehen willst, Ma?«

»Robert-*san* behandelt mich mit *reiki.*«

Hanako hatte Robert, Tinas Freund, ins Herz geschlossen. Alle außer ihrer Mutter nannten ihn »Mr. Robert«. Den Namen hatten ihm seine Studenten in Japan gegeben, als er dort Englisch unterrichtet hatte. Er sprach fließend Japanisch, sehr viel besser als Tina, und er beherrschte sowohl *kana* – die zwei Formen der japanischen Silbenschrift – als auch *kanji,* die kunstvolleren und komplexeren Schriftzeichen, die sich aus dem Chinesischen entwickelt haben. Tina konnte nur *kana* und ein paar *kanji* lesen und lediglich ein

Cerebellum: das Kleinhirn, eine Masse aus eng gefaltetem Gehirngewebe unterhalb der beiden Großhirnhälften, die für die Planung und Feinabstimmung von Bewegungen zuständig ist.

Golgi-Zellen: hemmende Interneuronen (Zellen, die Signale zwischen anderen Nervenzellen weiterleiten) in der Kleinhirnrinde.

Notizen zur Neurologie
Christina Hana Suzuki

paar Dutzend Zeichen von beidem schreiben. Abgesehen von seinen Fähigkeiten im *shodô* war Mr. Robert ein Experte in *reiki,* einer Art Energiemassage, *aikidô*-Kampfkunst, *taiko*-Trommeln, *chadô*-Teezeremonie, *kendô*-Schwertkampf und Zen-Meditation. Er konnte professionelles *sushi* zubereiten, *tempura* ebenso gut kochen wie die Chefköche des Tempura House, die verschiedenen Abstufungen des *sake* am Geschmack erkennen und mindestens hundert japanische Gedichte aufsagen. Er hatte japanische Literatur und Philosophie studiert und fünf Jahre in Japan gelebt. Er und Tina hatten sich kennen gelernt, als er gerade seinen Abschluss in Japanologie an der Universität in San Diego machte.

»Hilft das *reiki*?«

Hanako nickte, zuckte jedoch im gleichen Moment zusammen und fasste sich ans Bein.

»Was ist?«

»Nichts«, sagte Hanako und lächelte ihrer Tochter beruhigend zu. »Mir geht es gut.«

»Warst du in letzter Zeit mal beim Arzt?«

Hanako nickte. »Ja, letzte Woche. Er sagt, es ist alles in Ordnung.«

Tina bezweifelte, dass sie bei ihrem Arzt gewesen war; Ärzte waren teuer. Und selbst wenn sie dagewesen war, hatte er bestimmt nicht gesagt, mit ihr sei »alles in Ordnung«. Ihre Mutter hatte in letzter Zeit stärkere Beschwerden. Sie beklagte sich nie, aber sie war nicht so munter wie sonst. »Ma, du musst dir keine Sorgen mehr um das Geld für meine Ausbildung machen. Ich habe doch ein Forschungsstipendium bekommen, weißt du nicht mehr? Ich arbeite als Assistentin in der Uni. Ich brauche kein Geld.« Tina hatte nie das Geld ihrer Mutter gebraucht, um ihre Ausbildung zu finanzieren. Ein Stipendium hatte den größten Teil ihrer Studiengebühren in San Diego abgedeckt, und mit dem monatlichen Gehalt, das sie für ihre Tätigkeit als Forschungsassistentin bekam, hatte sie genug, um sich selbst zu versorgen.

Es klingelte. Tina ging in den Flur und drückte auf den Türöffner. Als sie ins Wohnzimmer zurückkam, war ihre Mutter aufgestanden und räumte auf, obwohl es nichts aufzuräumen gab.

Tina nahm ihren Rucksack und brachte ihn in den Flur. In dem Moment klopfte es an der Tür, und sie machte auf.

Mr. Robert war überrascht, als er sie sah. »Tina! Ich dachte, du wärst in der Uni.«

»War ich auch, aber wir hatten nur ein Seminar. Heute Abend ist ein Empfang für die neuen Studenten, also habe ich mir gedacht, ich komme rüber und besuche Ma, anstatt den ganzen Nachmittag in Berkeley herumzusitzen.«

Sie sagte, ihre Mutter warte im Wohnzimmer, und folgte ihm durch den Flur. Sein Haar war gerade lang genug, um es zu einem Pferdeschwanz zu binden – was Tina nicht leiden konnte –, aber zu kurz, um nach etwas auszusehen.

»Wie war dein erster Tag?«, fragte er.

»Gut«, sagte sie. »Das wird bestimmt spannend.« Sie hatte keine Lust, ihm von Professor Alamos Auswahlquiz zu erzählen, da er garantiert eine Bemerkung dazu ablassen würde.

»Schön.« Als sie das Wohnzimmer betraten, sagte Mr. Robert zu Hanako: »*Konnichiwa, ogenki desu ka*?«

Hanako saß wieder auf dem Sofa. »*Genki,* Robert-*san*«, erwiderte sie.

»Sie meint, es geht ihr viel besser«, sagte Tina. »Aber ich weiß nicht, ob es wirklich gut ist, wenn sie arbeiten geht. Sie ist den ganzen Abend auf den Beinen. Das muss doch die Hölle sein.«

»Mir geht es prima, Ha-*chan*«, sagte Hanako. »Und ich gehe gerne arbeiten. Was kann ich hier denn schon tun? Nichts.«

»Schon gut, schon gut«, gab Tina nach. »Wahrscheinlich hast du Recht.«

Mr. Robert hockte sich neben sie. »Eine *reiki*-Behandlung würde dir doch bestimmt gut tun, oder?«

Hanako warf Tina einen Blick zu, bevor sie antwortete. »Ja, bitte.«

Mr. Robert breitete eine Decke auf dem Boden aus, und Hanako legte sich bäuchlings darauf. Er kniete sich neben ihre Beine und drückte mit seinem breiten Daumen, dessen Nagel auf ein Nichts zurückgeschnitten war, langsam auf eine Stelle unterhalb ihres Knies.

Als Hanako zusammenzuckte, fragte Tina: »Ma, bist du sicher, dass das gut für dich ist?«

»Natürlich ist es das«, erwiderte Mr. Robert. »Ich fülle ihr *chi* auf. Wie könnte das schlecht für sie sein?«

»Ist schon in Ordnung«, sagte Hanako.

»Konzentriere dich darauf, mein *chi* aufzunehmen«, sagte Mr. Robert zu Hanako.

Sie holte tief Luft und atmete langsam aus.

»Alles, was ich tue«, sagte Mr. Robert leise zu Tina, »ist, ihrem Körper zu helfen, sich mit seinem *chi* selbst zu heilen.«

Tina hätte ihm am liebsten entgegnet, dass es keinerlei Beweise, wissenschaftlicher oder sonstiger Art, für die Existenz einer mysteriösen Lebensenergie namens *chi* gab. Und ebenso wenig eine Heilmethode für MS, weder in der östlichen Medizin noch in der westlichen. Aber sie wollte in Gegenwart ihrer Mutter keinen Streit anfangen. »Ich muss zurück nach Berkeley, zu dem Empfang. Soll ich dir noch irgendwas besorgen, bevor ich gehe, Ma?«

»Nein danke, nicht nötig«, sagte ihre Mutter.

Die erste Lektion

NOVEMBER 1975
KYOTO, JAPAN

Um fünf vor halb zwei stieg Hanako vor dem Atelier des Daizen Sensei aus dem Taxi. Sie war gut durchgekommen. Die anderthalbstündige Lektion würde um drei zu Ende sein, sodass sie Zeit genug hatte, mit dem Taxi zum Bahnhof und von dort mit dem Zug nach Hause zu fahren, bevor Tetsuo möglicherweise zurückkam.

Von außen sah das Atelier des Sensei kleiner aus, als es im Fernsehen gewirkt hatte. Eine Anordnung von drei großen, flachen Steinen bildete einen kurzen Pfad durch den Vorgarten. Sie bewunderte die sorgsam platzierten Bambuspflanzen, das sanft fließende Wasser in dem steinernen Becken und die Kamelie, deren Blätter mit Tauperlen bedeckt waren.

Sie ging zur Tür und klopfte leise. Der Sensei öffnete ihr sofort. »Suzuki-*san*«, sagte er. »*Yoku irashaimashita.*« Willkommen, ich freue mich, dass Sie kommen konnten.

»*Onegaishimasu,* Sensei«, erwiderte sie mit einer tiefen Verneigung. Bitte helfen Sie mir zu lernen.

In einem kleinen Raum mit Blick auf den seitlichen Garten zwischen dem Atelier und dem Haupthaus begann er seinen Unterricht. »Als Erstes ist es wichtig, die richtige Einstellung des Geistes zu haben. Ihre bewussten Gedanken können bei der Ausübung Ihrer Kunst zugleich stören und helfen. Sie müssen in der Lage sein, das Bewusste und das Unbewusste miteinander zu verbinden. Das ist jedoch sehr schwierig, da stets das eine oder das andere versucht zu dominieren.«

Hanako saß vollkommen reglos da und atmete kaum.

»Der zweite wichtige Punkt ist die Haltung. Es ist am besten, im *seiza*-Stil zu sitzen, wie bei der Meditation, sofern Sie diese Position über eine längere Zeit aufrechterhalten können. Diese Haltung bringt den Körper in die richtige Aufrichtung. Natürlich setzen sich heutzutage auch viele Leute zum Üben an einen Tisch. Dagegen ist nichts einzuwenden.«

Mit einer schnellen Bewegung korrigierte Hanako ihre Haltung.

»Gut«, sagte der Sensei. »Als Drittes folgt das Halten des Pinsels.« Er nahm einen Pinsel in die Hand. »Achten Sie darauf, wie meine Finger nach unten weisen. Mein Daumen ist parallel zum Papier. Und mein Handgelenk ist leicht gebeugt. Sehen Sie?«

»Ja, ich sehe es«, sagte sie, den Blick konzentriert auf den Pinsel in seiner Hand gerichtet.

»Gut. Mit dem Daumen drücken Sie den Pinsel leicht gegen die Finger. Sie müssen den Pinsel frei, aber kontrolliert bewegen können. Versuchen Sie es einmal.«

Hanako bemühte sich, den Pinsel so zu halten, wie der Sensei es ihr gezeigt hatte, doch ihr Griff war entweder zu fest oder zu locker.

Der Sensei berührte sanft ihre Finger. »Ihr *chi* – Ihre Lebensenergie – ist an der Oberseite Ihrer Finger, Ihrer Hand und Ihres Armes und macht sie unausgewogen und schwer zu kontrollieren. Das kommt daher, dass Ihr bewusster Geist das Unterbewusstsein beherrscht. Entspannen Sie sich und lassen Sie das Unterbewusstsein die Führung übernehmen. Dann wird sich die Energie ganz von selbst nach unten senken.« Er legte die Hand an die Unterseite ihres Armes, ein kleines Stück oberhalb des Ellbogens. »Ja. So ist es besser. Spüren Sie den Unterschied?«

Die Berührung ließ sie erschauern. »Ja, ich spüre es.«

»Jetzt schicken Sie Ihr *chi* durch die Spitze des Pinsels hindurch. Halten Sie es nicht an der Spitze auf. Ich versuche jetzt, Ihnen den Pinsel aus der Hand zu ziehen.«

Der Sensei ergriff das obere Ende und zog gleichmäßig daran. Der Pinsel blieb in seiner Position über dem Papier.

»Gut«, sagte er. »Ja, das ist gut.«

»Es ist schwierig.«

»Sie werden es lernen«, sagte der Sensei. »Eines Tages wird es einfach passieren, ohne dass Sie darüber nachdenken.«

»Ich weiß nicht.«

BERKELEY

Tina war, abgesehen von den Leuten, die für das Büfett zuständig waren, die Erste, obwohl sie absichtlich fünf Minuten später gekommen war. Der Empfang fand in einem großen Seminarraum des Instituts statt. Ein Besprechungstisch, der lang genug war, um ein kleines Flugzeug darauf zu landen, war an die Wand geschoben worden, und die Lieferanten arrangierten gerade die letzten Speisen und Getränke darauf. Platten mit Rohkost waren dekorativ um Schalen mit Dips angeordnet, Scheiben von Aufschnitt und Käse reihten sich in Röllchen aneinander, und dazwischen stand ein üppiger Korb mit aufgeschnittenen Brötchen. In Sektkühlern warteten Bier, Softdrinks und Wasser, und umgeben von Weingläsern standen Flaschen mit Burgunder und Chablis.

Als sie dort in dem Raum stand, erschien ihr plötzlich alles ganz falsch – hierher zurückzukommen, um ihren Doktor zu machen. Was sollte sie mit dem Abschluss anfangen? Sie konnte sich nicht vorstellen, in der Forschung zu arbeiten oder an der Universität zu unterrichten wie Professor Alamo. Aber was sollte sie sonst tun? Bei ihrem Bewerbungsgespräch für das Forschungsstipendium hatten sie sie gefragt, was sie mit ihrem Abschluss arbeiten wolle. Sie hatte geantwortet, sie wolle so viel wie nur möglich lernen und dann sehen, wohin ihre Interessen sie zogen. Ziemlich vage, aber im Großen und Ganzen die Wahrheit.

Gerade als Tina hinausgehen wollte, um irgendwo abzuwarten,

Das Radikal *soku* ist eines der *eiji happô*. Beginnen Sie den Strich mit der Pinselspitze in nahezu horizontaler Haltung, ausgerichtet auf die obere linke Ecke des Papiers. Ziehen Sie den Pinsel in Richtung auf die untere linke Ecke vom Papier. Das Radikal kann auch leicht in Richtung des nächsten Striches enden.

Soku bedeutet »Seite«, vielleicht weil das Radikal mit einer Bewegung von einer Seite zur anderen ausgeführt wird. Der innere Winkel des Striches sollte relativ scharf sein, nicht zu sehr gerundet. Es erfordert eine starke Verbindung zwischen Geist und Körper, um so die Richtung des Pinsels mit flüssiger Präzision zu ändern.

Lehrbuch der Zenzen Schule für japanische Kalligraphie

bis noch andere Leute kamen, tauchte Professor Karyn Porter hinter ihr auf. »Sieht aus, als wären wir die Ersten.«

»Hallo, Professor Porter.«

»Bitte nennen Sie mich doch Karyn«, sagte sie mit breitem Lächeln.

»Also gut, Karyn.« Tina folgte ihr zu den Getränken, wo die Professorin sich ein Glas Rotwein nahm. Tina entschied sich für Weißwein.

»Und, wie gefällt Ihnen Ihre erste Woche?«

»Sehr gut, obwohl ich bisher nur im Seminar von Professor Alamo war.«

»Keine Sorge, wir sind nicht alle so … nun ja … so wie er.« Sie schmunzelte. »Gehen wir lieber nicht ins Detail.«

»Genau genommen weiß ich noch gar nicht, ob ich in dem Seminar bin. Er hat eine Art Aufnahmetest gemacht.«

Porter nickte, während sie trank, was dazu führte, dass ihr Wein überschwappte und ein Tropfen auf ihr Gesicht spritzte. »Ich weiß. Ich werde mal mit ihm sprechen.«

»Wirklich?« Tina war nicht so sicher, ob das eine gute Idee war.

»Überlassen Sie das nur mir.« Die Professorin fuhr sich mit der Zungenspitze über die Oberlippe. Dann fiel ihr Blick auf einen Stapel Servietten. »Entschuldigen Sie mich«, sagte sie und verschwand.

Tina schlenderte zum anderen Ende des Tisches und inspizierte das Büfett. Allmählich füllte sich der Raum, und Gillian kam auf sie zu, eine Flasche Bier in der Hand.

»Sieht ziemlich öde aus, die Party.« Gillian trank einen Schluck Bier und sah sich um.

»Bis jetzt gebe ich dir Recht.«

»Wie fandest du Alamo?«

Tina fragte sich, ob Professor Porter sie wirklich in das Seminar bringen konnte, indem sie einfach nur mit ihm redete. Sie zögerte einen Moment, bevor sie antwortete. »Er ist eigenartig.«

»Ja, ein eigenartiges Arschloch.«

»Der Philosophiestudent, der gegangen ist, hat ihn wahrscheinlich noch ganz anders genannt.«

»Ganz bestimmt. He, da ist Wijjie.« Gillian winkte Richtung Tür. Tina wandte sich um und erkannte den Latino-Typen, der neben Gillian gesessen hatte. Er winkte zurück, schnappte sich ein Bier und kam zu ihnen.

Gillian stellte sie einander vor. »Das ist Tina Suzuki. Tina, das ist Wijjie.«

»Freut mich, Tina«, sagte er und gab ihr die Hand,.

»Ebenso … Wijjie?« Er hatte einen angenehmen Händedruck.

»War nicht meine Idee«, sagte er und warf Gillian einen Blick zu.

Sie lachte. »Ich bekenne mich schuldig.«

»Ich weiß nicht, ob mir der Name gefällt.«

»Du wirst dich dran gewöhnen, glaub mir.«

»Warum Wijjie?«, fragte Tina.

»In Wirklichkeit heiße ich William James. William James Cruz.«

»Ich finde, Wijjie ist perfekt«, sagte Gillian. »Findest du nicht auch, Tina?«

»Mir gefällt's. Warte mal, bist du etwa nach dem Psychologen William James benannt?«

»Gut erkannt. Ja, nach dem Psychologen und – o Graus – *Philosophen.* Das hat sich meine Mutter ausgedacht. Die ist nämlich selbst Psychologin und Philosophin an der Universität von Colorado.«

»Na, hoffentlich kriegt Professor Alamo das nicht raus«, sagte Tina grinsend.

»Nein, besser nicht.« Wijjie zeigte mit der Bierflasche auf sie. »Erzähl mal was von dir.«

»Da gibt's nicht viel zu erzählen. Ich habe gerade in San Diego meinen Abschluss in Psychologie gemacht und interessiere mich für alles, was mit dem Geist und dem Gehirn zu tun hat. Und du?«

Gillian stupste Wijjie mit dem Ellbogen an. »Der Kerl ist ein Onkel Doktor – kaum zu fassen, was?«

Wijjie nickte und zuckte zugleich die Achseln. »Jetzt willst du bestimmt wissen, warum ich mir noch mal vier bis sechs Jahre Büffelei antue, oder?« Er trank einen großen Schluck Bier. »Ich hab selbst keine Ahnung.«

Eine kräftige Stimme hallte durch den Raum. Tina wandte sich um und erkannte den rundlichen, bärtigen Leiter des Instituts. »Guten Abend allerseits. Bringen wir die Formalitäten hinter uns, damit wir uns wieder dem Gelage widmen können.«

Nachdem der Leiter seine Willkommensrede und die Vorstellung abgeschlossen hatte, bemerkte Tina, dass Professor Porter und Professor Alamo in einer Ecke standen und sich unterhielten. Er war gut einen Kopf größer als sie und beugte sich leicht zu ihr, als habe er Mühe, sie in dem Stimmendurcheinander zu verstehen. Tina drehte sich um, damit er ihren Blick nicht bemerkte. Sie wünschte, sie hätte Professor Porter gesagt, sie solle lieber nicht mit ihm über den Test sprechen.

Als Gillian verkündete, sie habe genug von dem Empfang, gingen sie zu dritt in eine Kneipe gegenüber der BART-Station und setzten sich ins obere Geschoss an einen Tisch mit Blick auf die Shattuck Avenue.

Wijjie holte ihnen einen Krug Bier, und als er ihnen einschenkte, verspürte Tina leichte Gewissensbisse, weil sie noch unterwegs war, anstatt nach Hause zu Mr. Robert zu gehen. Sie fragte Wijjie: »Wie lange hast du als Arzt gearbeitet?«

»Nur ganz kurz. Als ich mein praktisches Jahr abgeschlossen hatte, war mir klar, dass das nicht mein Ding war.«

»Wie kommt's?«, fragte Gillian. »Den schwierigsten Teil hattest du doch hinter dir, oder?«

Wijjie zuckte die Achseln. »Keine Ahnung. Ich hab einfach gemerkt, dass es ein Fehler war.«

»Ich habe eine Frage, Dr. Cruz«, sagte Tina. »Haben Sie schon mal einen Patienten mit MS behandelt?«

»Multiple Sklerose? Hmm …« Wijjie überlegte einen Moment.

»Fortschreitende Zerstörung der Myelinscheide um die Nervenfasern, was zu einer Verschlechterung der muskulären und kognitiven Funktionen führt. Als Symptome können auftreten: Taubheitsgefühle, Kribbeln, Neigung zu Krämpfen, Müdigkeit, Schmerzen unterschiedlicher Intensität, Lähmungen und Sehstörungen, im psychologischen Bereich unter anderem auch Depressionen. Eine Heilung ist bisher nicht möglich, aber es gibt einige Medikamente auf der Basis von Interferonen, wie zum Beispiel Avonex, Betaferon und Copaxone, die das Auftreten der Symptome mildern und das Fortschreiten der Krankheit bremsen können. Außerdem spezielle Medikamente gegen einzelne Symptome wie Muskelerstarrung und Krämpfe. Einige Patienten reagieren positiv auf Biofeedback oder Selbsthypnose zur Dämpfung der Schmerzen.« Er trank einen Schluck Bier. »Warum fragst du?«

»Meine Mutter hat MS.«

»Das tut mir Leid, Tina.«

»Oje«, sagte Gillian. »Das ist echt übel.«

Wijjie griff nach seinem Bierglas, stellte es jedoch wieder hin, ohne zu trinken. »Wie weit ist es fortgeschritten?«

»Das weiß ich nicht. Sie redet mit mir nicht darüber.« Tina schwieg einen Moment. »Es scheint schlimmer zu werden.«

Wijjie schüttelte den Kopf. »Stammzellentherapie könnte eine Heilung ermöglichen, aber das wird noch viele Jahre dauern. Vor allem, wenn sie weiter die Forschungsgelder kappen und den Zugang zu Stammzellen unterbinden.«

»Ich habe mal im Fernsehen einen Typen mit MS gesehen, der meinte, das Beste, was man tun könnte, wäre, einen Joint zu rauchen«, sagte Gillian.

»Das habe ich auch schon gehört«, sagte Tina.

»Als Medikament ist Cannabis in Kalifornien sogar zugelassen«, sagte Gillian.

Tina sah zu Wijjie hinüber. »Was meinst du dazu?«

»Logischerweise gibt es bisher kaum harte wissenschaftliche

Fakten darüber. Und die wird es auch erst dann geben, wenn es frei verkäuflich ist und Pharmakonzerne es für astronomische Preise verkaufen. Aber es wird immer wieder erzählt, dass das Zeug einige Symptome mildert, wie zum Beispiel die Krämpfe und den Appetitmangel.«

»Ich kann mir meine Mutter nicht mit einem Joint in der Hand vorstellen. Glaubt ihr wirklich, das hilft?«

Gillian schlug mit der flachen Hand auf den Tisch. »Na klar. Der Typ hat Stein und Bein geschworen.«

»Aber man braucht doch ein Rezept, um dranzukommen, oder?«

»Ein Rezept?« Gillian lachte. »Mann, ich hab Zeug dabei, wenn du welches haben willst.«

»Wieso überrascht mich das jetzt nicht?«, sagte Wijjie schmunzelnd.

»Danke für das Angebot«, sagte Tina, »aber ich glaube nicht, dass ich meiner Mutter auch nur vorschlagen könnte, sie soll Marihuana rauchen.«

»He, Wijjie, warum redest du nicht mal mit Tinas Mom? Schließlich bist du der Onkel Doktor.«

»Lass doch den Quatsch mit dem ›Onkel Doktor‹«, sagte Wijjie. »Klar kann ich mit ihr reden, kein Problem.«

»Danke. Ich komme drauf zurück.«

Als Gillian nach dem Bierkrug griff, bemerkte Tina eine Tätowierung auf ihrem Schulterblatt. Es war das japanische Zeichen für »Mond« – *getsu*. Das Zeichen war in Dunkelblau gemalt und von einem roten Kreis umgeben. »Interessante Tätowierung«, sagte Tina.

»Kannst du es lesen?«

»Es ist das japanische Schriftzeichen für ›Mond‹. Ist der rote Kreis das *enso* aus dem Zen?«

»Lass mal sehen«, sagte Wijjie.

Gillian drehte sich zu ihm und schob den Träger von ihrer Schulter. »Ja, genau. *Enso*.«

»Was bedeutet das?«, fragte Wijjie und fuhr mit dem Finger über den Kreis.

»Es ist ein Symbol für die Ewigkeit«, sagte Tina. »Glaube ich zumindest.«

»›Ewiger Mond‹«, sagte Gillian. »Darum dreht sich alles. Die universellen Zyklen des Lebens.«

»Für mich sieht dieses *enso*-Ding eher aus wie eine Null«, sagte Wijjie. »Ich will ja keinem auf die kulturellen Zehen treten, aber bedeutet das nicht eher ›nichts‹ als ›alles‹?«

»Das ist Zen, Wij«, sagte Gillian. »Alles im Nichts. Stimmt's, Tina? Hilf mir doch mal.«

»Um ehrlich zu sein, weiß ich nicht viel über Zen.« Mr. Robert wüsste es, dachte sie. »Klingt aber ziemlich Zen-mäßig. Hast du noch mehr Tätowierungen?«

»Ja, aber die kann ich dir hier nicht zeigen.«

»Trink noch ein bisschen«, sagte Wijjie und schenkte ihr nach. »Dann kannst du sie der ganzen Kneipe zeigen.«

»Dazu braucht's mehr als Bier.«

»Kannst du Japanisch?«, fragte Wijjie, während er zusah, wie Gillian den Träger wieder über ihre Schulter zog.

Außer mit ihrer Mutter sprach Tina nicht gerne Japanisch. »Ich verstehe, was meine Mutter sagt, solange es nicht über den Grundwortschatz hinausgeht, und ein paar Worte kriege ich zusammen. Und du? Cruz ist doch ein Latino-Name, oder? Sprichst du Spanisch?«

»Ungefähr so viel wie du Japanisch, schätze ich. Wie sieht's mit dir aus, Gillian?«

»Was ist mit mir?«

»Hast du irgendwelche fremdländischen Einschläge unter deinen Vorfahren?«

»Nö, bloß Engländer und Schotten. Und nein, ich kann so gut wie kein Schottisch.«

»Wieso trägst du Dreads?«

»Was ist los, gefallen sie dir nicht?«

»Habe ich doch nicht gesagt. Machst du auf Rastafari?«

»Ja, aber ohne den religiösen Kram. Ich picke mir nur das raus, was ich cool finde. Außerdem würde ich ziemlich langweilig aussehen, wenn ich mir nicht ein bisschen Mühe gäbe. Wie ein ganz normales weißes südkalifornisches Mädchen.«

Tina berührte eine der Strähnen. »Wie hast du das gemacht?«

»Das war der pure Horror. Als Erstes –«

Wijjie stand auf. »Während ihr euch über eure Haare unterhaltet, hole ich uns noch 'nen Krug Bier.«

»– habe ich mir ganz viele kleine Zöpfe geflochten und damit Dauerwellen gemacht. Danach bin ich zu einer Stylistin gegangen, die immer vier oder fünf davon mit einer Art Gel zusammengedreht und sie dann gegen den Strich gekämmt hat. Es war echt die Hölle. Und drei Wochen lang durfte ich sie nicht waschen, damit sich die Verfilzung nicht löst.«

»Steht dir klasse«, sagte Tina.

»Danke. Könntest du auch tragen.«

Tina zog an den Spitzen ihrer schulterlangen Haare. »Ich weiß nicht. Hast du schon mal eine Asiatin mit Dreads gesehen?«

Gillian legte die Stirn in Falten. »Nein, ich glaube nicht.«

Wijjie kam zurück und schenkte ihnen nach. »Na, fertig mit dem Thema Haare?«

»Was mich mal interessieren würde«, sagte Tina, »ist die Antwort auf diese Frage über Cajal und Golgi.«

»Du meine Güte, wie trivial«, seufzte Gillian. »Dieser Spinner hat sie doch nicht alle.«

»Ich hab's hinterher nachgeschaut«, sagte Wijjie. »Golgi glaubte, das Gehirn sei ein Geflecht aus Nervenzellen – die Retikulartheorie. Cajal hingegen meinte, es bestünde aus einzelnen Zellen – die Neuronentheorie.«

»Echt?«, sagte Gillian. »Darauf habe ich auch getippt.«

»Und du, Tina?«

»Ich habe so was Ähnliches geschrieben. Aber nicht genau das.«

»Das reicht bestimmt«, meinte Wijjie. »Ich hatte nicht den leisesten Schimmer, aber ich schreibe meine Doktorarbeit bei Alamo, also muss er mich in sein Seminar nehmen. Allerdings glaube ich nicht, dass der Punkt wichtig ist. Bestimmt geht es eher darum, wie man die erste Frage beantwortet.«

»Meinst du?«, sagte Tina.

»Wovon redest du, Doc?«, fragte Gillian.

»Wir werden sehen.« Er leerte sein Bierglas. »Ich komme um vor Hunger. Lasst uns zu mir gehen und was zu essen machen. Wir können ja mal nachsehen, ob wir die Mails schon bekommen haben.«

Alamo schickte die letzten E-Mails an die Studenten seines Seminars ab. Er hatte Cruz angenommen, seinen neuen Doktoranden und Forschungsassistenten, und einige andere, die herausragende, vor Intelligenz sprühende Antworten auf die Frage gegeben hatten, was sie zu dem Seminar beitragen könnten und welchen Gewinn die übrigen Teilnehmer aus ihrer Gegenwart ziehen würden. Die restlichen, die er außerdem aufgenommen hatte, waren diesbezüglich weniger präzise gewesen. Die Frage nach Golgi und Cajal war eher als zusätzliche Entscheidungshilfe gedacht, und es ging ihm dabei nicht vorrangig um die richtige Antwort, sondern um kritisches Denken. Zum Schluss hatte er noch zwei freie Plätze übrig gehabt, und einen davon hatte er Christina Suzuki gegeben – sie studierte zwar bei Porter, doch das sollte kein Hinderungsgrund sein.

Porter und ihre Theorie über den Zusammenhang von Sprache und Bewusstsein (ihr zufolge ergab sich ein höheres Bewusstseinsniveau aus einem höheren Sprachniveau, beziehungsweise die beiden waren so eng miteinander verwoben, dass sie eigentlich ein und dasselbe waren) gingen ihm gegen den Strich. Ihm war vollkommen unverständlich, weshalb Porter die Sprache so wichtig nahm. Das Gerede der Menschen war nicht interessanter als Hundegebell.

Doch eine weit größere Komplexität zeigt sich, wenn der Impuls weitergeleitet wird und das Zentrum des Bewusstseins erreicht. Der Impuls bewegt sich über kompliziert verästelte Nervenbahnen fort, bis er schließlich die Oberfläche des Gehirns erreicht, also die Großhirnrinde. Denn das Bewusstsein ist – zumindest beim Menschen – ausschließlich in diesem Bereich angesiedelt. Bis der Impuls hier ankommt, muss seine Weiterleitung isoliert verlaufen, denn würden andere Nervenbahnen, die mit anderen Bereichen der Haut verbunden sind, ebenfalls reagieren, wäre der Ort der Verletzung nicht eindeutig festzustellen. Wenn schließlich die Empfindung des Schmerzes

Sein Ärger war bei einem Forschungsseminar der Dozenten des Instituts ausgelöst worden, als er einen Überblick über die Beweise gegeben hatte, die seine Vorstellung von einer neuralen Theorie des Bewusstseins untermauerten. Sein Schwerpunkt lag auf den Frontallappen des Gehirns – nicht, dass das Bewusstsein notwendigerweise dort angesiedelt sein musste, aber dort zeigte sich während der wachen Phasen die stärkste Aktivität. Er zeigte Dias mit Gehirnaufnahmen von Patienten mit Schädigungen der Stirnlappen und spekulierte darüber, inwiefern die Untersuchung solcher Schädigungen bei der Entwicklung einer Theorie des Bewusstseins hilfreich sein könnte.

Nach seiner Präsentation stellte Porter lange, verklausulierte Fragen. Es war offensichtlich, dass es ihr nicht darum ging, einen konstruktiven Dialog zu entwickeln, sondern sich in den Vordergrund zu spielen. Bei jedem Forschungsergebnis, das er als Beweis anführte, runzelte sie die Stirn, sodass die Haut wie zerfurchte Gehirnmasse aussah. Dann fing sie wieder an: »Aber …« Sie brachte entgegengesetzte Deutungen für seine Beweise vor und verwies dann auf ihre eigenen Forschungen.

Doch Porter hin oder her, Christina Suzuki war eine schwierige Entscheidung gewesen; sie drückte sich besonders vage aus, was ihren Beitrag zu dem Seminar betraf. Womöglich hatte sie sogar versucht, witzig zu sein, indem sie von einem »offenen Geist« sprach, mit dem sie das Studium des Bewusstseins angehen wolle. Bei der zweiten Frage war sie sich nicht sicher gewesen, obwohl ihre Vermutung richtig war. Trotzdem war es nur eine Vermutung gewesen, wie sie selbst zugegeben hatte. Immerhin war sie ehrlich gewesen und hatte nachgedacht. Wenn er keine Studentin mit rasiermesserscharfem Verstand und erstklassigem Grundwissen haben konnte, dann waren ihm Ehrlichkeit und Nachdenken immer noch lieber als überzogene Selbstdarstellung. Tatsächlich waren es oft die ehrlichen Studenten, die Langsamen, Gründlichen, die nach einer Weile seine Lieblinge wurden und am Ende die besten Ergebnisse vorlegten.

wahrgenommen wird, begrenzt auf die verletzte Hautstelle, kann diese Wahrnehmung innerhalb des Zentralnervensystems verschiedene Reaktionen auslösen, und zwar Gedanken und Handlungen.

Aus der Laudatio von Professor Graf K. A. H. Mörner, Rektor des Königlichen Karolinska Instituts, anlässlich der Verleihung des Nobelpreises für Physiologie oder Medizin 1906 an Santiago Ramón y Cajal und Camillo Golgi.

Notizen zur Neurologie
Christina Hana Suzuki

Tina nahm die letzte Bahn, die um halb eins von Oakland's Rockridge Richtung Stadt fuhr. Wijjie wohnte in einem dreistöckigen Mietshaus zwei Blocks von der Haltestelle entfernt. Er und Gillian brachten sie zur Bahn. Wijjie umarmte sie zum Abschied.

»Hier, der ist für deine Mum«, sagte Gillian und drückte ihr einen Joint in die Hand. Tina packte ihn in eine Tasche ihres Rucksacks.

»Glückwunsch noch mal«, sagte Wijjie. Sie war in Alamos Seminar aufgenommen worden, genau wie er und Gillian.

Der BART-Waggon war leer, bis auf ein paar schlafende Obdachlose, deren Köpfe im Rhythmus des Zuges hin- und herschwankten. Der Boden war übersät mit Zeitungen, Fastfoodbehältern und Pappbechern, obwohl Essen und Trinken in den Zügen verboten war.

Bis zur Haltestelle an der Sixteenth Street in San Francisco, die am nächsten an der Wohnung lag, wo sie mit Mr. Robert lebte, hatte sie eine gute halbe Stunde Fahrt vor sich.

Als Wijjie sie gefragt hatte, ob sie Japanisch sprach, hatte sie an einen der seltenen Regentage in San Diego denken müssen, an dem sie und Mr. Robert sich zum ersten Mal begegnet waren. Sie hatte in der Mensa gesessen; wegen des Regens waren alle drinnen geblieben, und so waren fast sämtliche Tische besetzt gewesen. Mr. Robert hatte höflich gefragt, ob er sich auf den freien Stuhl ihr gegenüber setzen dürfe. »Natürlich.«

»Entschuldige die Frage«, sagte er, nachdem er sie eine Weile über sein Sandwich hinweg beäugt hatte, »aber bist du japanischer Abstammung?«

Komische Ausdrucksweise, dachte Tina. »Ja. Meine Mutter stammt aus Osaka. Ich heiße Tina Suzuki.«

»Ah«, sagte er, als bestätige das eine Theorie. »Suzuki. Was für ein Zufall. Ich heiße Smith. Robert Smith.«

»Wieso ist das ein Zufall?«

»Nun ja … Suzuki ist der Name, der in Japan am häufigsten vorkommt, genau wie Smith hier.«

»Ich muss gestehen, das wusste ich nicht. Das ist allerdings ein Zufall.« Sie lächelte ihm zu.

Er sah sie einen Moment verwirrt an, dann lächelte er ebenfalls. »Entschuldige, das war nicht gerade besonders geistreich. Sprichst du Japanisch, wenn ich fragen darf?«

»Nur ein bisschen«, sagte Tina.

»Deine Eltern sprechen es doch bestimmt zu Hause.«

»Ich lebe nur mit meiner Mutter. Sie versucht immer wieder mal, mit mir Japanisch zu sprechen, aber seit ich zur Schule gehe, sehe ich sie nur ein paar Wochen im Jahr. Inzwischen habe ich das meiste wahrscheinlich vergessen.«

Mr. Robert erzählte ihr, dass er fünf Jahre in Japan gelebt hatte, in Nishinomiya, gar nicht weit von Osaka. Tina war noch nie in Japan gewesen, was Mr. Robert sehr überraschte. Selbst ihre Mutter war nie wieder in Japan gewesen, seit sie vor Tinas Geburt nach San Francisco gekommen war.

Nach einer Weile raffte er sich auf, sie zu fragen, ob sie Lust hatte, abends mit ihm essen zu gehen. Er wollte mit ihr in eine hervorragende *sushi*-Bar gehen, ein winziges, verstecktes Restaurant, das kaum jemand kannte. Tina willigte ein. Sie sagte ihm nicht, dass sie schon mal in der *sushi*-Bar gewesen war und drei oder vier andere in der Stadt kannte, die besser waren.

Als er sie später abholte, hatte es aufgehört zu regnen, und die Luft war erfüllt von der kühlen Frische, die Tina an das ständig feuchte San Francisco erinnerte. Mr. Robert unterhielt sich auf Japanisch mit dem Besitzer des Restaurants. Tina verstand einiges davon; er klang flüssig, jedenfalls für ihr relativ ungeübtes Ohr. Manchmal fragte Mr. Robert sie etwas auf Japanisch, aber sie antwortete immer auf Englisch, wenn sie die Frage verstand. Nach einer Weile gab er es auf, sie mit seinen Sprachkenntnissen beeindrucken zu wollen – sofern das seine Absicht war –, und wechselte für den Rest des Abends zu Englisch.

In der Nacht schliefen sie miteinander. Tina fand ihn ganz nett, wenn auch vielleicht ein bisschen einseitig. Alles drehte sich nur um Japan. Ein paar Wochen später zogen sie zusammen. Sie mochte seine Kenntnisse von Japan und seinen Respekt vor dem Land; durch ihn fühlte sie sich zum ersten Mal stolz, »japanischer Abstammung« zu sein. Er schätzte sie auf eine Weise, wie es ihre beiden vorigen Freunde, mit denen sie jeweils nur kurze Zeit zusammen gewesen war, nicht getan hatten. Vielleicht lag es daran, dass ihre Mutter nie über Japan sprach, ihr nie von den Gebräuchen, der Geschichte und den Traditionen erzählte. Obwohl Tina zugeben musste, dass sie nie große Neugier verspürt hatte; andere Dinge interessierten sie mehr.

Ihre Bahn rollte auf die Haltestelle zu und hielt an. Sie stieg aus und eilte zum Ausgang, vorbei an den Gestalten, die den nächtlichen Mission District bevölkerten – Betrunkene, Speed-Junkies und Typen, die aussahen, als fixten sie das mexikanische Heroin, das überall gedealt wurde. Sie gelangte unversehrt zu ihrer Wohnung, die vier Blocks entfernt war.

Mr. Robert lag bereits im Bett, wachte jedoch auf, als sie ins Schlafzimmer kam, und fragte schläfrig, wie der Empfang gewesen war. »Oh, gut«, sagte sie und verspürte leichte Gewissensbisse, weil sie ihm nicht erzählte, wie schön der Abend gewesen war. Er murmelte noch etwas, dann schlief er wieder ein.

Sie zog sich aus und schlüpfte ins Bett.

Noch vor Anbruch der Dämmerung wachte Tina vom Geheul einer Sirene auf, die an ihrem Haus vorbeifuhr. Da sie nicht wieder einschlafen konnte, stand sie auf und ging in die Küche. Gähnend, aber hellwach saß sie im trüben Licht. Die Stille und Dunkelheit umschlossen sie schützend wie eine riesige *enso*-Tätowierung.

Die erste Stunde bei Professor Alamo hatte sie durcheinander gebracht. Sie verspürte eine vages Gefühl von Furcht, wie nach einem Albtraum. Als treibe eine unsichtbare Kraft sie auf etwas Fremdes zu. Noch einen Schritt, das ist gut für dich.

Die Gespräche mit Gillian und Wijjie nach dem Empfang hatten ihr gut getan; sie hatte sich seit langem nicht mehr so wohl gefühlt. Und sie hatten die Anspannung des ersten Tages gelöst und ihr Vertrauen gegeben.

Sie schrieb eine Nachricht für Mr. Robert, dass sie schon nach Berkeley aufgebrochen war, um früh loslegen zu können. Vor allem wollte sie anfangen, die Texte für Professor Alamos Seminar zu lesen.

Hanako stand auf und setzte sich Wasser für ihre morgendliche Tasse grünen Tee auf. Während sie darauf wartete, dass es heiß wurde, räumte sie das Geschirr von der Portion Nudelsuppe weg, die sie sich nach der Arbeit schnell gemacht hatte. Als sie eine Schublade aufzog, um ein Paar Stäbchen einzusortieren, rollten drei Röhrchen mit Tabletten nach vorne. Es waren die Medikamente, die sie gegen Schmerzen, Muskelkrämpfe und Depressionen einnehmen sollte. Ganz hinten in der Schublade lag das Kästchen mit den Betaferon-Ampullen, die sie sich jeden zweiten Tag spritzen sollte. Sie hatte es zwei Wochen lang versucht und dann beschlossen, sie nur dann zu nehmen, wenn sie spürte, dass ein Schub kam. Die Spritzen taten weh, lösten Frösteln und Gliederschmerzen aus und, was am schlimmsten war, durchzogen sie mit einem Gefühl trauriger Müdigkeit.

Der Arzt hatte ihr gesagt, dass das passieren konnte. Er hatte ziemlich lange Haare und einen buschigen Schnurrbart, der seinen Mund verdeckte. Er war nett zu ihr, geduldig und vergewisserte sich stets, dass sie ihn verstand. Depressionen waren eine Nebenwirkung des Medikaments, hatte er gesagt. Er würde es keinen Patienten verschreiben, die bereits unter Depressionen gelitten hatten oder selbstmordgefährdet waren, weil es diese Tendenzen wieder wachrufen beziehungsweise verstärken könne. Er hatte sie gefragt, ob sie schon mal unter Depressionen gelitten habe.

Nein, hatte sie geantwortet.

Gut, hatte er gesagt, ihr aber dennoch ein Antidepressivum verschrieben, nur für den Notfall. Vermeiden Sie Stress, hatte er gesagt. Jede Art von Stress.

Der gestrige Abend war gut verlaufen. Kein Stress. Alle ihre Gäste waren freundlich gewesen und hatten sie gelobt. Sie hatte keine Symptome gespürt, keinen Schmerz und kein Kribbeln. Oder die Taubheitsgefühle, die genauso schlimm waren wie die Schmerzen.

Sie gab eine kleine Menge Teeblätter in die Kanne, dann noch eine. Ihr linkes Bein wurde ein wenig taub und begann zu kribbeln, als bekäme sie einen leichten elektrischen Schlag. Sie versuchte es zu ignorieren.

Ihre Medikamente lösten auch ein Gefühl von Übelkeit aus. Es war schwer, in einem Restaurant zu arbeiten, wenn einem übel war, den Leuten beim Essen zuzusehen, die Gerüche aus der Küche in der Nase zu haben und die Essensspuren von den Tischen zu wischen – die Ringe von den Gläsern, die Sojasauce, die beim Dippen aus den Schälchen gespritzt war, und die ganzen Reiskörner, die nicht in den Mund der Gäste gewandert waren.

Sie mochte es nicht, wenn sie sich schwach fühlte, wenn sie nicht in der Lage war, die großen Holztabletts mit den Tellern voller *tempura* oder die Getränketabletts mit den Bierflaschen zu tragen. Sie mochte es nicht, wenn sie ihr eigenes Gewicht nicht tragen konnte und den Abwascher bitten musste, die Tabletts mit den Stapeln von schmutzigem Geschirr in die Küche zu holen, oder wenn sie sich in Kiyomis Büro setzen musste, um wieder zu Atem zu kommen, als wäre sie gerade den ganzen Nob Hill hinaufgerannt, um den Bus noch zu kriegen.

Der Schmerz – der kribbelnde Schmerz wie von tausend Nadeln oder der bohrende, stechende, quälende Schmerz der Krämpfe – machte ihr nicht so viel aus wie die Schwäche. Immerhin gehörte der Schmerz ihr selbst, ihrem Körper. Er kam nicht von den Medikamenten.

Vorsichtig berührte sie mit der Handfläche den Kessel, stellte fest, dass er die richtige Temperatur hatte, und goss das heiße, aber nicht kochende Wasser auf die Teeblätter in der Kanne.

Nachdem sie in der Küche ihren Tee getrunken hatte, verbrachte sie den Vormittag mit Wäschewaschen und Putzen. Kurz vor zwölf klingelte es an der Tür. Das musste Robert-*san* sein. Sie drückte auf den Türöffner. Während sie darauf wartete, dass er heraufkam, stellte sie zwei Teeschalen auf den kleinen Küchentisch, der zwischen Herd und Fenster an der Wand stand.

Kurz darauf kam er durch die Wohnungstür und in die Küche. »*O-genki desu ka,* Hanako-*san*?«

»*Arigatô, genki desu.*«

Hanako goss Tee in die Schalen und bedeutete ihm, Platz zu nehmen. Beide setzten sich und tranken ihren Tee. Nach einem Moment der Stille sagte Hanako: »Hast du etwas Neues von deinem *shodô*-Sensei gehört?«

»Nein, nichts. Ich fahre heute mal nach Berkeley, um zu sehen, ob ich irgendwas in Erfahrung bringen kann. Als ich das letzte Mal da war, hing das Schild, dass er krank ist, noch an der Tür. Und es geht niemand ans Telefon.«

Hanako nickte. Als er und Hana ein paar Monate zuvor nach San Francisco gezogen waren, hatte sie ihm von einem hervorragenden Lehrer in Berkeley erzählt, der an der Zenzen Schule für japanische Kalligraphie unterrichtete. »Bitte erwähne meinen Namen nicht«, hatte sie schnell hinzugefügt.

Robert-*san* trank seinen Tee aus. »Bist du bereit für das *reiki*?«

»*Hai, onegaishimasu.*«

Die Hütte in den Bergen

FEBRUAR 1976
KYOTO, JAPAN

»Sensei?«, sagte Hanako. Draußen fiel leichter Schnee, der sich auf die Zweige und Blätter im Garten des Daizen Sensei legte. Der Schnee, der auf den Steinen gelandet war, war geschmolzen.

»Ja?«

»Ich glaube, ich bin bereit, mehr zu lernen.«

»Mehr?«

Sie wandte den Blick ab, während sie sprach. »Ich habe das Gefühl, ich habe eine gewisse Fertigkeit erlangt, aber etwas fehlt.«

Der Daizen Sensei sagte nichts.

»Ich weiß nicht, wie ich das, was ich fühle, beschreiben soll«, fuhr sie fort. »Es muss etwas geben, das meine Kalligraphie mit dem verbindet, was ich bin.«

Der Sensei legte seinen Pinsel auf den Halter aus Jade, der einen schlafenden Drachen darstellte. »Sie haben sich im *shodô* nicht gefunden, wie Sie es gehofft hatten?«

»Nein, bis jetzt nicht. Im Moment fühle ich mich wie eine Hausfrau, die Kalligraphie-Unterricht nimmt, um sich die Winternachmittage zu vertreiben.«

»Aber Sie haben so gute Fortschritte gemacht. Sie sind bereits besser als einige Schüler, die schon wesentlich länger hier sind.«

Mit einer angedeuteten Verneigung sagte sie: »Vielleicht kommt es daher, dass ich mehr übe. Schließlich habe ich nicht viel anderes zu tun.«

»Nein, Sie haben wirklich Talent. Möchten Sie vielleicht an Wettkämpfen teilnehmen?«

Shodô muss zu einer Lebensart werden, die weit über das Zeichnen von *kanji* hinausgeht. Es ist schwer, die vollkommene Konzentration auf den Augenblick zu erreichen, die für wahres, spirituelles *sho* notwendig ist. Diese Konzentration nur für ein paar Minuten zu erlangen, während man übt, ist unmöglich, man muss sie fortwährend anstreben. Nur dann wird *shodô* die wahren Tiefen des Selbst erreichen. Das Radikal *do* ist eines der

»Nein, das will ich nicht. Ich mache das aus privaten Gründen.«

Der Sensei nickte.

»Was ist mit Ihnen?«, fragte Hanako. »Sie müssen doch eine Verbindung zwischen Ihrem Selbst und der Kalligraphie aufgebaut haben.«

Obwohl er es nicht zugeben mochte, wusste der Sensei nicht so recht, was sie meinte. Jedenfalls nicht genau. Er lebte für die Kalligraphie; er war Lehrer und jetzt auch Daizen Sensei, der jüngste in einer langen Reihe. Das war alles. »Nun, ich glaube, das ist schwer zu sagen. Ja, in gewisser Hinsicht bin ich mit meiner Kalligraphie eins geworden. Sie definiert meine Existenz.«

»Ihre Existenz, ja. Aber definiert sie auch Ihr Sein?«

»Mein Sein … Nein, das kann ich nicht mit Sicherheit sagen. Was genau meinen Sie mit Sein?«

Hanako veränderte ein wenig ihre Position und schob ihre Beine in den schimmernden Seidenstrümpfen zur anderen Seite. »Wir verbergen es unter vielen Schichten. So, wie andere uns sehen. Wir müssen diese Schichten ablösen, um unser wahres Wesen zu finden, das, was uns wirklich ausmacht.« Mit einer leichten Neigung des Kopfes warf sie ihm einen schnellen Blick zu.

Daizen Sensei spürte, wie eine Flut von Gefühlen in ihm aufwallte, die Erkenntnis, dass er keine Ahnung hatte, wer er war, und dass der Mensch in ihm sich schmerzlich danach sehnte, befreit zu werden. Es war, als hätte sie durch diese Schichten gesehen und den Menschen berührt, der er war, den er jedoch selbst noch nicht kannte.

Er rang um Fassung. »Tja, hm, nun ja …«

»Ich weiß nicht, ob es dieses Leben tief im Innern gibt«, sagte Hanako, »aber ich möchte versuchen, meines zu finden.«

Der Sensei brachte kein Wort heraus.

Ihre Stimme war sanft wie der Schnee, als sie fragte: »Möchten Sie nicht auch versuchen, Ihres zu finden?«

eiji happô. Es wird mehr aus dem Handgelenk gemalt als aus einer Bewegung der Hand. Vermindern Sie nach und nach den Druck des Pinsels auf das Papier, während Sie den Strich von oben nach unten ausführen. Das Ende des Strichs sollte nach oben gerichtet sein, nicht nach links oder rechts. Wenn das Schriftzeichen verlangt, dass der Strich dünn sein soll, malen Sie ihn schnell, um die Gefahr zu verringern, dass der Pinsel wackelt.

Do bedeutet »Bemühen« oder »Versuch«. Vielleicht deshalb, weil man sich Mühe geben muss, um den Pinsel ruhig zu halten? Oder weil das Beharren auf einer geraden Linie der Pfad zur Vollendung ist?

Lehrbuch der Zenzen Schule für japanische Kalligraphie

Hanako faltete die Krawatte ihres Mannes genau in der Mitte und hängte sie neben die anderen auf die herausziehbare Stange im Kleiderschrank. Sie nahm ihm den Mantel ab, schob den Holzbügel hinein und hängte ihn ebenfalls in den Schrank.

»Vielen Dank«, sagte Tetsuo.

Seine Worte überraschten sie; sie spürte, wie sie errötete. Ihr Mann hatte fast zärtlich geklungen. Aber vielleicht war er auch nur müde.

»Ich werde ein Bad nehmen«, sagte er.

»Darf ich dir den Rücken einseifen?«

Tetsuo zog eine Augenbraue hoch. »Das hast du schon lange nicht mehr getan.«

»Tut mir Leid.«

»Wenn du magst.«

Obwohl ihr Haus weitgehend im westlichen Stil gebaut war, hatten sie ein japanisches Bad: Der Boden war gefliest und mit einem Abfluss versehen, sodass der Badende sich einseifen und abduschen konnte, bevor er sich in die Wanne legte. Hanako schlüpfte aus ihrer Strumpfhose, während Tetsuo sich auszog. Dann gingen sie ins Badezimmer, er in einem *yukata*-Bademantel, sie in ihrem Kleid und barfuß.

Sie begann die Wanne mit sehr heißem Wasser zu füllen. Er zog seinen *yukata* aus, hängte ihn auf einen Haken und setzte sich vor einem Wasserhahn auf einen niedrigen Holzhocker. Er drehte den Hahn auf, und ein kräftiger Wasserstrahl lief heraus. Als die Temperatur angenehm war, ließ er eine Plastikschüssel vollaufen und schüttete sich das Wasser über den Kopf. Dann begann er sich einzuseifen.

Hanako ging in die Hocke. Sie nahm ihm die Seife ab und fuhr mit dem glatten Stück über seinen Rücken, bis er mit Schaum bedeckt war. Dann legte sie die Seife weg und massierte ihm zuerst Nacken und Schultern, dann den restlichen Rücken, indem sie kräftig mit ihren Handflächen rieb und die Finger in seine Muskeln drückte.

»Dein Kleid wird nass«, sagte er.

Sie massierte eine Weile weiter, dann sagte sie: »Das macht nichts.«

Er drehte sich um und zog sie an sich, presste die Lippen auf ihr Gesicht, ihren Hals, ihren Mund. Sie erwiderte seine Küsse, während er sich über sie beugte. Er drückte sie auf die glitschigen, nassen Fliesen, schob ihr Kleid hoch und zerrte an ihrem Slip, bis er ihn von ihrem Körper gestreift hatte. Er drang in sie ein, und sie zog ihn eng an sich, die Hände auf seinem Rücken, der sich hob und senkte. Ihre Finger glitten durch den Schaum und massierten weiter seine Muskeln, die sich anspannten und lockerten, anspannten und lockerten.

Nach seinem Bad aßen sie schweigend zu Abend. Sie räumte den Tisch ab, er nippte an seinem Brandy. »Ich bin die ganze nächste Woche in Tokio«, sagte er. »Termine.«

»In Ordnung«, sagte sie.

»Ich fahre für ein paar Tage zu der Hütte in Jûzu-mura«, sagte Daizen Sensei zu Yuriko.

Sie sah von ihrer Stickerei auf. »Nanu? Um diese Jahreszeit? Ist die nächste Freizeit nicht erst im Sommer?«

»Das ist die Freizeit für die Lehrer. Jetzt geht es mir eher um eine persönliche Ruhepause.«

Sie wandte sich wieder einen Moment der Stickerei zu, dann hielt sie erneut inne. »Entschuldige, wenn ich frage, aber ist etwas nicht in Ordnung?«

»Nein, überhaupt nicht. Ich brauche nur ein bisschen Zeit, um für mich allein üben zu können. Seit ich oberster Lehrer geworden bin, komme ich kaum noch zum Üben. Meine Fähigkeiten haben nachgelassen, und als Leiter sind meine Fähigkeiten das Wichtigste.«

»Natürlich, dann solltest du auf jeden Fall gehen.«

Das erste Zeichen – *shin* oder *kokoro* – stellt ein Piktogramm des menschlichen Herzens dar und bedeutet »Geist«. Es wird auch für »Gefühle« und »Verstand« verwendet. Die Striche müssen ein Eigenleben erkennen lassen, vor allem der zweite, lange Strich. Beenden Sie den Strich mit einem kraftvollen, aufwärts gerichteten Schlenker. Die anderen, kleineren Striche geben dem gesamten Zeichen Bewegung, wie bei einem schlagenden Herzen.

Von Kyoto war man vier Stunden mit drei verschiedenen Zügen unterwegs, um nach Jûzu-mura zu kommen, dem Bergdorf, in dem der *Geschichte des Daizen Reibsteins* zufolge der berühmte Reibstein gefunden worden war. Die Geschichte hatte Ihara geschrieben, der Begründer der Kurokawa Schule für Kalligraphie. Über hundert Jahre zuvor hatte die Daizen Schule ein altes Haus gekauft und dort ein Refugium eingerichtet. Es war eine typische Berghütte aus handgehobelten, schweren Holzbalken mit einem steil ansteigenden Dach. Eine offene Feuerstelle bildete das Zentrum des Hauses und aller Aktivitäten. Außerdem gab es großzügige, mit *tatami* ausgelegte Flächen, auf denen die Lehrer *shodô* üben konnten.

Daizen Sensei stapfte vom Bahnhof durch die Kälte und den festgetretenen Schnee zu der Hütte. Als er die schwere Holztür öffnete, schlug ihm angenehm warme Luft entgegen. Auf seine Ankündigung, dass er kommen würde, hatte der Hausmeister den Gasofen eingeschaltet. Er stellte sein Gepäck im Schlafraum ab und nahm dann ein langes Bad in dem Raum, dessen Fenster auf den Bergwald hinausging.

Als er fertig war, sah er, dass der Hausmeister ihm etwas zu essen bereitgestellt hatte, und nahm ein leichtes Mittagessen aus Reisbällen und Instantsuppe zu sich. Da der zweite Zug zu dem Bergdorf erst in einigen Stunden ankommen würde, machte er einen Spaziergang an der kühlen Luft. Nach seiner Rückkehr breitete er seine Kalligraphie-Utensilien aus.

Doch er konnte sich nicht konzentrieren, und so ging er durch den duftenden Wald aus Pinien und Zedern ins Dorf, zu einem winzigen Gasthaus mit nur vier Tischen; er war der einzige Gast. Langsam nippte er an seinem *sake* und aß gekochte Sojabohnen, die ihm der Wirt brachte. Der alte Mann lächelte ihm freundlich zu, sprach jedoch kaum ein Wort, wofür ihm der Sensei dankbar war. Als er die Flasche *sake* geleert hatte, bedankte er sich bei dem Wirt, der lächelnd nickte, und machte sich auf zum Bahnhof. Der

Zug, der nur einen einzigen Waggon hatte und ihn an einen Spielzeugzug oder einen Kinderzug in einem Freizeitpark erinnerte, kam pünktlich an. Sechs oder sieben Reisende stiegen aus, und eine davon war Hanako Suzuki.

Als sie an dem alten Haus angekommen waren, führte er sie herum.

»Wunderbar. Es ist so friedvoll hier.«

»Hast du Hunger?«, fragte er.

»Ja.«

»Möchtest du lieber im Dorf essen oder hier?«

»Ist etwas zu essen im Haus?«

»Ja, wir haben genug Vorräte für ein paar Tage.«

»Dann lass uns hier bleiben.«

Sie bestand darauf zu kochen und bereitete einen ländlichen Eintopf aus Bergkartoffeln, Zwiebelringen, Kohlstücken und Rindfleischscheiben in einer Mischung aus Sojasauce und *sake* zu. Er machte ein Feuer in dem altmodischen Kamin, und sie setzten sich mit ihrer Mahlzeit und einem Bier davor.

»Köstlich«, sagte er.

»Danke.«

Sie räumte das Geschirr weg, während er noch ein wenig Holz vom Stapel draußen hereinholte. Dann setzte sie einen eisernen Kessel auf die Feuerstelle, um Tee zu kochen. Sie blickten in die Flammen und warteten darauf, dass das Wasser heiß wurde. Nach einer Weile berührte sie den Kessel leicht mit der Hand. Die Temperatur war genau richtig, kurz vorm Sieden. Sie goss das Wasser über die Teeblätter in der Kanne.

Sie tranken ihren Tee, während das Feuer langsam erlosch.

»Machen wir noch einen Spaziergang?«, fragte sie.

»Im Dunkeln?«

»Ich möchte die Sterne sehen.«

Vorsichtig folgten sie dem Pfad am Fluss, dessen Ufer mit Eis überzogen waren. Wenn sich die Kuppel der Bäume zu einer Lich-

Reihenfolge der Striche: Obwohl es Ausnahmen gibt, unterliegt die Reihenfolge der Striche für gewöhnlich folgenden Regeln:

1. von oben nach unten
2. von links nach rechts
3. horizontal vor vertikal (bei einer Überkreuzung)

Das zweite Zeichen – *jo* – bedeutet »ähnlich« und ist aus zwei Zeichen entstanden, einem für »Frau« und einem für »Mund«, möglicherweise eine Umschreibung für »tun, was einem - befohlen wird«, obwohl diese Interpretation ihre Gegner hat. Das viereckige Radikal von *jo* wird mit drei Strichen gemalt, nicht mit vier. Die linke Seite wird zuerst gemalt, dann die obere und die rechte in einem Strich und zum Schluss die untere.

Das dritte Zeichen – *sui* oder *mizu* –, das für »Wasser« steht, ist abgeleitet aus einem Fluss, der zusammengedrückt wird. Der mittlere

Strich (der als Erstes gemalt wird), sollte stets vertikal sein, also nicht gewunden, und einen kraftvollen, fließenden Eindruck vermitteln.

Lehrbuch der Zenzen Schule für japanische Kalligraphie

tung öffnete, bewunderten sie die zahllosen Sterne. Als sie bis auf die Knochen durchgefroren waren, eilten sie zur Hütte zurück, breiteten die Futons neben der Glut des Feuers aus und krochen unter ihre Decken.

»Hanako«, sagte der Sensei, »die Sterne waren wunderschön.«

»Ja, wunderschön«, wiederholte sie.

Er rückte zu ihr hinüber, und sie streckte die Arme aus und zog ihn an sich.

Sie verbrachten drei Tage in der Hütte. An den Nachmittagen spazierten sie durch die winterliche Luft am Fluss entlang den Berg hinauf, wo nach der *Geschichte* der Daizen Reibstein sein Leben begonnen hatte. Wenn ihnen danach war, übten sie Kalligraphie. Die übrige Zeit verbrachten sie auf dem Futon.

Am letzten Abend arbeiteten sie im gelben Schein einer alten Laterne nebeneinander an einem alten Gedicht von Bunchô Mei: »Der Geist ist wie Wasser«.

Der Daizen Sensei sah zu, wie Hanako flüssige Tinte in die Quelle ihres Reibsteins gab. »Möchtest du den Daizen Reibstein benutzen?«

Ihre Hand erstarrte. »Ich? Das geht doch nicht. Nur der Daizen Sensei darf ihn benutzen.«

Die beste *sumi* wird aus Tintenblöcken *(kokeiboku)* gemischt, die aus Ruß und Kleber hergestellt werden. Tintenblöcke altern wie guter Wein. Es gibt noch ein paar, überaus seltene, chinesische Tintenblöcke aus der Ming-Dynastie, die heute Tausende von Dollar wert sind.

»Aber du hast mir so viel gegeben, mir so viel über mich selbst beigebracht. Ich möchte alles mit dir teilen.«

»Vielleicht ist nicht alles dazu bestimmt, geteilt zu werden.«

»Vielleicht nicht, aber …«

Hanako kniete sich neben ihn. Er legte ein frisches Blatt Papier auf den Tisch. Sie betrachtete den Reibstein eine ganze Weile, dann tauchte sie ihren Pinsel in die Quelle.

Sie legte die Pinselspitze auf das Papier und malte das Zeichen für »Geist«. Plötzlich durchflutete sie eine Welle von Kraft und Gefühl. Als hätte der Reibstein ihren Pinsel und die Tinte mit Leben erfüllt.

Sie legte den Pinsel hin. »Danke«, sagte sie. Dann zog sie ihren

Pullover aus und schlüpfte aus ihrem Rock. Sie schmiegte ihre warme Haut an den Sensei und half ihm, sich zu entkleiden.

»Gib niemals den Daizen Reibstein auf«, sagte sie zu dem Sensei, als sie darauf warteten, dass der Zug aus dem Bahnhof von Jûzumura rollte.

»Ich muss mein Bestes geben, um ihn zu behalten.«

»Du darfst ihn niemals aufgeben«, wiederholte sie.

BERKELEY

Gozen schloss die Tür zur Zenzen Schule auf und sammelte die Post ein, die unterhalb des Briefschlitzes über den Boden verteilt war. Er blätterte das Ganze flüchtig durch, trennte Rechnungen und andere, wichtig aussehende Umschläge von der Werbung und legte die beiden Stapel auf den Tisch. Dann sah er sich im Büro und im Atelier um. Alles war unverändert, abgesehen von einer leichten Staubschicht, die sich auf alles gesenkt hatte.

Er nahm den Staubwedel aus dem Schrank mit Putzmitteln und wanderte damit durch die Räume. Im Schlafzimmer des Sensei angekommen, wischte er über die Kommode und zog dann die unterste Schublade auf. Er öffnete die Holzkiste, nahm den Reibstein heraus und betrachtete ihn sorgfältig im Lampenlicht.

Zwei Tage zuvor hatte er in der Fachbibliothek für asiatische Studien an der Universität eine Ausgabe der *Geschichte des Daizen Reibsteins* entdeckt. Über drei Stunden hatte er dort am Tisch gesessen und so viel von dem einhundert Seiten langen Dokument gelesen, wie er verstehen konnte. Es war in altem Japanisch geschrieben und für jemanden, der nicht mit der Lektüre der Klassiker vertraut war, schwer zu lesen. Doch er hatte genug verstanden, um sicher sein zu können, dass er den Daizen Reibstein in der Hand hielt.

Am Anfang sollten die Schüler flüssige *sumi* verwenden *(ekitaiboku)*. Sobald die grundlegenden Techniken vertraut sind, sollten sie jedoch beginnen, mit Tintenblöcken zu arbeiten. Tinte herzustellen, indem man den Block am Reibstein reibt und das so entstandene Pulver mit Wasser vermischt, ist Teil des Rituals, das für spirituelles *shodô* notwendig ist. Darüber hinaus kann der Kalligraph so besser den Flüssigkeitsgrad und die Dunkelheit der Tinte kontrollieren, und er wird vertrauter im Umgang mit allen Schätzen.

Lehrbuch der Zenzen Schule für japanische Kalligraphie

Geschichte des Daizen Reibsteins
1. Teil

SOMMER 1655
KYOTO, JAPAN

Umgeben von einem leichten Duft nach frischen Teeblättern – was für den Sohn eines Teehändlers nicht ungewöhnlich war –, verneigte Ihara sich, bis er ausgestreckt auf der *tatami*-Matte lag. Neben ihm tat der Samurai Sakata, Sohn eines entfernten Vetters des Shogun, dasselbe. Der alte Sensei – der vierzehnte Daizen Sensei – gab ein ungeduldiges Schnalzen von sich, und seine beiden Schüler erhoben sich. Auf den Knien rutschten sie hinüber zu dem niedrigen Tisch, wo sie ansetzten, die Tinte für ihren Lehrer anzurühren. Als beide die Hand nach dem Tintenblock ausstreckten, sagte der Sensei jedoch: »Nein.«

Sakata trat bereits rutschend den Rückzug an, doch Ihara zögerte. Erst als der alte Sensei seinen Schüler mit einer leichten Kopfbewegung ansah, wich Ihara ebenfalls zurück. Der Sensei wartete, bis er neben Sakata kniete. Ihara blickte hinunter auf die *tatami,* unfähig, seinem Lehrer in die Augen zu sehen. Dann sprach der Sensei. »Ihr werdet tun, was ich sage.«

»Ja, Sensei«, antworteten die Schüler. Iharas Stimme zitterte leicht; Sakatas war kühl und gleichmäßig.

»Ich bin sehr alt. Ich wäre glücklich, wenn ich nie wieder den Pinsel ergreifen müsste. Das Feuer ist heruntergebrannt.« Der Sensei hustete leise. »Wenn ich es mir wünschte, würde ich sterben?«

Ihara sah auf. Er fragte sich, ob der Sensei darauf eine Antwort erwartete. War es überhaupt eine Frage? Die Worte seines Sensei klangen wie ein Gedicht.

Der alte Sensei starrte hinaus auf den Garten. Ihara senkte den

Blick, als der Sensei sich wieder in den Raum wandte. Sakata kniete reglos da; er atmete kaum.

Leise sagte der Daizen Sensei: »Ihr müsst jetzt gehen.«

Wie erstarrt von der Endgültigkeit der Worte, konnte Ihara nur blinzeln.

»Geht und findet euren eigenen Weg. Ihr seid meine besten Schüler. Ich habe euch meine letzte Lektion gegeben. Ich habe nichts mehr, was ich euch beibringen könnte. Ich weiß nicht, wo der Weg weiterführt.«

Noch immer rührte Ihara sich nicht. Sakata verneigte sich und begann sich zu erheben.

Der alte Sensei griff nach dem Daizen Reibstein. Der dunkelgraue, fast schwarze Stein war mit Tinte befleckt, die sich in den über zweihundert Jahren, in denen er bereits als Reibstein diente, in seinen Ritzen abgesetzt hatte. »Den hat mein Sensei mir gegeben, wie sein Sensei zuvor ihm und dessen Sensei davor, seit vierzehn Generationen. Aber ich kann mich nicht entscheiden, wer der nächste Leiter der Daizen Schule werden soll. Sakata, dein Stil ist so präzise, so sauber. Du hast viele Stunden geübt, um deine Pinselstriche zu vervollkommnen.«

Sakata verneigte sich, bis seine Stirn auf der *tatami* auflag. »Ihara, dein Stil ist so voller Leben, überströmend von Energie, jeder Strich hat eine eigene Seele. Ich weiß es nicht ...« Die Stimme des Sensei verstummte, während Ihara sich ebenfalls tief verneigte.

»Ihr solltet beide euren eigenen Weg finden«, sagte der Sensei nach einer langen Pause. »Findet euer eigenes Leben.«

Mit einem Grunzen löste der Sensei sich aus der Sitzhaltung und stand auf. Auf wackligen Beinen ging er zu dem offenen *shoji*-Wandschirm. Er packte den Reibstein mit beiden Händen, hob die Arme und schleuderte ihn hinaus in den Innenhof. Der Reibstein flog durch die Luft, scheinbar zu leicht für sein Gewicht, und landete neben einem Stein, der wie ein Hundezahn geformt war, fast genau in der Mitte des Gartens.

Später, als der Halbmond über dem Säulengang vom Atelier und Wohnhaus des Sensei hing, schlüpfte Ihara im matten, silbrigen Licht hinaus in den Innenhof.

Leichten Schrittes, wie ein Geist, ging er über den moosigen Weg zu dem Hundezahnstein. Dort angekommen, fiel er auf die Knie und tastete nach dem Reibstein. Er berührte ihn, und seine Finger schlangen sich darum. Als er aufstehen wollte, hörte er hinter sich einen Luftzug und das Zischen von Stahl.

Sakata stand da, sein Kurzschwert vor dem Körper ausgestreckt. »Wie ein Dieb in der Nacht, was, Ihara?«, sagte er. »Den Reibstein, bitte. Sensei hat mich zuerst genannt.«

»Ja, das stimmt«, erwiderte Ihara, »aber er hätte nicht unsere beiden Namen im gleichen Atemzug nennen können.«

»Er war nett zu dir.« Mit ausgestreckter Hand kam Sakata auf ihn zu. Ihara gab ihm den Reibstein.

Sakata trat ein paar Schritte zurück, schob sein Schwert zurück in die Scheide, dann wandte er sich um und ging. Ihara wartete einen Moment, dann verließ auch er den Garten.

Der Sensei sah den beiden nach. Die Zutaten für ein Gedicht waren da: der Mond, der Garten um Mitternacht, seine beiden besten Schüler, das Schwert und der Reibstein. Doch es kam kein Gedicht.

Der alte Sensei starb in seinem Garten, um den Hundezahnstein gerollt. Das Letzte, was er sah, war der Mond.

Ihara tauchte die Spitze seines Pinsels in den Reibstein und hielt sie über das Papier. Zehntausend Striche am Tag, zehntausend Tage lang, hatte sein Sensei gefordert. Dann wirst du vielleicht gut. Aber bis dahin verstehst du nichts von Kalligraphie.

»Sohn.« Die Stimme seiner Mutter unterbrach seine Konzentration.

»Ja?« Er legte seinen Pinsel auf den Halter und wandte sich zu ihr um.

Ihre ausdruckslose Miene veränderte sich so gut wie nie; das einzige Mal, dass sie eine Gefühlsregung gezeigt hatte, war, als er ihr erzählt hatte, dass er an der Daizen Schule aufgenommen worden war. Da hatte sie um die Augen einen weicheren Ausdruck bekommen. »Entschuldige, dass ich störe«, sagte sie, »aber es geht um deinen Vater. Ich habe eine Nachricht aus Edo bekommen. Er ist sehr krank. Bitte, du musst zu ihm gehen.«

»Wird er wieder gesund?«

Sie überlegte einen Moment. »Wahrscheinlich nicht.«

»Ich verstehe. Das tut mir Leid.«

»Bitte.«

Es folgte ein langes, atemloses Schweigen, das schließlich von Ihara unterbrochen wurde. »Mutter, darf ich offen sprechen?«

»Ja, wenn du gehst.«

»Ich werde gehen, aber ich möchte nicht der Erbe meines Vaters sein. Das würde ich mit Freuden meinem jüngeren Bruder überlassen.«

Schweigend stand seine Mutter in dem stillen Raum, in den das Schrillen der Zikaden und das Krächzen der Krähen aus dem nahe gelegenen Wald nur gedämpft hereindrang. Nach einer langen Pause sagte sie: »Unser Familiengeschäft ist ebenfalls krank.«

»Oh?«

»Ich weiß nicht, was ich tun soll. Dein Bruder hat viele gute Seiten …«

Ihara wusste, was seine Mutter dachte, aber nicht sagte: Sein Bruder zog die ziellose Welt des Trinkens, des Glücksspiels und der verbotenen Teehäuser vor.

»Ich werde nach Edo gehen. Aber wäre es falsch, unser Geschäft zu verkaufen? Wir könnten eine gute Summe dafür bekommen, genug, um einen neuen Anfang zu wagen.«

Iharas Mutter neigte den Kopf zur Seite. »Verzeih mir, wenn ich das sage, aber ich fürchte, die Schulden, die auf dem Geschäft lasten, würden den größten Teil der Verkaufssumme auffressen.

Wenn das Geschäft besser liefe, könnten wir es natürlich mit Gewinn verkaufen.«

»Ich verstehe.«

Seine Mutter verneigte sich tief. »Es tut mir Leid, dass ich deine Arbeit unterbrochen habe.«

»Und mir tut es Leid wegen meines Vaters.«

Ihara fand seinen Vater in einem Gasthaus in der Nähe des Yoshiwara-Viertels in Edo. Das Zimmer stank nach Körperausdünstungen, verdorbenem Essen und billigem *sake.* Mit verklebten, trüben Augen blickte sein Vater von der dünnen Matte auf.

Sein Vater war nicht krank; er war ein Trinker.

Ihara wandte sich ab, als sein Vater die Hand nach ihm ausstreckte. Hastig lief er durch das enge, gewundene Treppenhaus nach unten ins Freie. Als er in das Sonnenlicht und die frische Luft hinaustrat, stieß er beinahe eine Frau um, die ein in ein abgewetztes Stoffstück gewickeltes Päckchen auf dem Arm trug.

»Entschuldigung«, sagte sie. »Tut mir Leid.«

»Das macht nichts«, erwiderte Ihara und wollte an ihr vorbeigehen. Doch sie hielt ihn am Ärmel fest.

»Warten Sie.«

Ihara blieb stehen, einerseits wegen ihrer flehenden Stimme, andererseits wegen der unerwarteten, kühnen Berührung. Die Frau trug einen Kimono, der früher einmal elegant gewesen war, jetzt aber zerschlissen wirkte. Sie sah etliche Jahre jünger aus als seine Mutter und zugleich älter. Sie betrachtete einen Moment sein Gesicht. »Ihara-*san*?«

»Ja?«

»Du siehst deinem Vater sehr ähnlich. Wenn ich ihn doch nur gekannt hätte, als er in deinem Alter war.«

Ihara begriff sofort, welche Rolle die Frau im Leben seines Vaters spielte. Ihm drehte sich der Magen um; er wünschte, er hätte Sakatas Schwert. Er hätte die Frau getötet, seinen Vater und dann sich selbst.

»Hast du ihn gesehen? Er ist da drin«, sagte sie und deutete auf das heruntergekommene Gasthaus.

Ihara folgte ihr; er brachte es nicht fertig, ihr zu sagen, dass er gerade bei ihm gewesen war, bei dem, was von ihm noch übrig war. Sie gingen durch die gewundenen Flure, zurück zu dem Raum, den er nicht betreten wollte. Doch er schaffte es nicht, kehrtzumachen. Sie blieb vor der Zimmertür stehen und wartete, bis er sie eingeholt hatte, dann betrat sie schwungvoll den Raum. »Vater«, rief sie, vermutlich, weil Ihara dabei war. Er hoffte, sie nannte ihn nicht die ganze Zeit so.

Iharas Vater, der auf der Seite gelegen hatte, mit dem Rücken zur Tür, wandte sich zu ihnen um. »Noguchi-*san*«, sagte er mit heiserer Stimme.

Noguchi kniete sich auf die verdreckte *tatami* und verneigte sich zuerst vor dem älteren Mann, dann vor Ihara. »Dein Sohn ist gekommen.«

Die beiden Männer starrten entgegengesetzte Wände an. Noguchi warf beiden einen Blick zu und knotete das Päckchen auf, das sie im Arm hielt. »Seht her. Gebratener Fisch und Reisplätzchen.«

Mit schmerzverzerrtem Gesicht setzte sein Vater sich auf.

»Setz dich zu uns«, sagte Noguchi zu Ihara.

Alle drei aßen, sie mit dem größten Appetit. Ihara und sein Vater stocherten im Essen herum. Sein Vater bestand darauf, eine Runde *sake* auszuschenken, um die Ankunft seines Sohnes zu feiern.

»Ich bin glücklich«, sagte Noguchi und rülpste. »Als wären wir eine richtige Familie.«

Ihara wand sich innerlich.

Ja, sein Vater war krank – ausgezehrt vom Alkohol und von Noguchi. An manchen Tagen war Ihara der Ältere erstaunlich klar im Kopf, an anderen besinnungslos betrunken. An den guten Tagen versuchte Ihara, so viel wie nur möglich über das Geschäft herauszufinden; er brachte die Konten in dem Hauptbuch, das sein Vater ihm gegeben hatte, auf den aktuellen Stand. Mit seinem schmalen Pinsel trug er Zahlen ein, bis seine Hand taub wurde.

»Du hast eine schöne Schrift«, sagte Noguchi eines Abends. »Du hast doch Kalligraphie studiert, nicht wahr?«

Ihara ignorierte sie, wie er es sich bald angewöhnt hatte.

»Ich hatte auch mal eine schöne Schrift«, sagte Noguchi. »Ich habe sogar ein paar Gedichte geschrieben.«

Mit einem Ruck sprang er von der *tatami* und lief nach draußen in die Dunkelheit. Schnellen Schrittes ging er zu einem kleinen Schrein, trat durch die *torii*-Pforte und stellte sich vor den Altar.

Noguchi kam hinter ihm her. »Es tut mir Leid. Ich weiß nicht, was ich mit deinem Vater machen soll.«

Ihara stieß langsam die Luft aus. »Das ist jetzt nicht mehr wichtig.«

»Bringst du mir Kalligraphie bei?«

»Nein.«

»Aber du kannst es. Dein Vater hat mir gerade erzählt, dass du Daizen Schüler bist.«

»Ich kann dich nicht unterrichten«, sagte Ihara. »Ich bin aus anderen Gründen hier.«

Noguchi stellte sich neben ihn und starrte auf den Altar.

Der Gläubiger, ein hoch gewachsener, schmaler Mann, kam mit seinen beiden muskelbepackten Söhnen in das Gasthaus. »Zahlen Sie, was Sie versprochen haben«, sagte er.

Ihara sah zu, wie sein Vater sich verneigte, bis er ausgestreckt auf der *tatami* lag, sein entblößter Nacken dünn wie ein Schilfrohr. Ihara verneigte sich neben seinem Vater und sagte: »Ich bin der älteste Sohn. Ich kümmere mich um das Geschäft und werde die Schulden bezahlen, aber ich brauche noch ein wenig Zeit.«

»Zeit? Nein, die habe ich nicht mehr.«

Mit schnellen Bewegungen sprangen die beiden Söhne durch das Zimmer, durchwühlten ihren spärlichen Besitz, zersplitterten die Reisekisten aus Bambus, zertrümmerten die Lackschachteln und zerrissen Bücher, Taschen und Kleider. Als sie damit fertig waren, stürzten sie sich auf Ihara und seinen Vater, schlugen und traten sie und rissen ihre Kleider in Fetzen, bis sie auch die letzte armselige Münze fanden, die Ihara aufgetrieben hatte.

Als sich der schwarze Nebel in seinem Geist lichtete und einen Regenbogen der Schmerzen freigab, war das Erste, was Ihara sah, Noguchi. Sie hielt ein feuchtes Tuch in der Hand, mit dem sie sein Gesicht betupfte. Sie verdrehte den Kopf, um ihm in die Augen sehen zu können.

»Ihara-*san*«, sagte sie leise.

Ihara stöhnte. »Vater?«

»Ihara-*san*«, sagte sie erneut, noch leiser.

Es dauerte eine Woche, bis Ihara wieder allein stehen konnte; die Blutergüsse verschwanden erst nach einem Monat.

Noguchi hatte es geschafft, ein wenig Geld zusammenzukratzen, um den Leichnam seines Vaters nach Hause zu schicken – ein paar mitfühlende Kunden seines Vaters hatten etwas gespendet. Ihara schickte seiner Mutter eine Nachricht, um ihr mitzuteilen, dass er in Edo bleiben würde, bis das Geschäft geschlossen war.

Nun, da sein Vater tot war, war das Teegeschäft noch weniger wert als zuvor. Verzweifelt streifte Ihara in Edo herum und versuchte, zu retten, was er retten konnte, und durchzuhalten, bis er ein akzeptables Angebot bekam. Er begann, bei einem der Zwischenhändler seines Vaters zu arbeiten; seine Tätigkeit bestand darin, Tee abzuwiegen und zu verpacken. Am Ende des Tages fühlten seine Hände sich wie Steine an.

Noguchi wohnte noch immer in dem Gasthaus. Ihara wusste

nicht, was er mit ihr anfangen sollte. Er dachte daran, ihr etwas Geld zu geben, damit sie ging, doch das schien sie nicht zu wollen.

»Noguchi-*san*«, fragte er sie eines Abends, »warum bleibst du hier?«

Sie starrte die Wand an, als könne sie hindurchsehen. »Willst du, dass ich gehe?«

»Nein«, brachte er mühsam über die Lippen.

Am nächsten Abend, als er nach der Arbeit seinen ersten Lohn bekommen hatte, ging er nicht nach Hause, sondern streifte durch die Straßen des *shitamachi,* des niederen Teils von Edo, sowohl was die Lage betraf, als auch in Bezug auf den Ruf. Da er hungrig war, hielt er an einem Stand mit gebratenem Tofu an und aß ein paar Spieße. Nun, da sein Magen gefüllt und er durstig war, lockte ein *sake*-Stand. Mit einem kurzen Gedanken an seinen Vater leerte er erst eine und dann eine zweite Flasche.

Fröhlicher, als er es seit dem Tod des Sensei gewesen war, wollte er sich auf den Heimweg machen, als er an einem kleinen Teehaus vorbeikam, dessen Dach abwärts geschwungen war wie der Schwanz eines streunenden Hundes. Nachdem er eine Weile die Linien bewundert hatte, die einer guten Kalligraphie ähnelten, ging er hinein.

Das Teehaus war sauber und mit der Patina des Alters überzogen, aber leer. Die Besitzerin, eine ältere Frau, kam aus dem Hinterzimmer, um ihn zu begrüßen. Ihara setzte sich auf ein dünnes Kissen an einem niedrigen Tisch.

Die Frau, deren sanfter Blick ihn an seine Mutter erinnerte, brachte ihm ein warmes, feuchtes Tuch, um sich zu reinigen, und schenkte ihm eine Schale Tee ein. Ihara bewunderte die schlichte Form der Schale, trank einen Schluck und verneigte sich. Sie erwiderte die Verneigung und ließ ihn dann allein. Er sah sich in dem sparsam möblierten Teeraum um. An der einen Wand hing eine Rolle mit einer kunstvoll ausgeführten Kalligraphie. Gerade als er aufstehen wollte, um sie sich genauer anzusehen, kam die

Besitzerin mit einem kleinen Teller voll raffiniert geformter Reisplätzchen zurück.

Ihara bewunderte sie angemessen, dann nahm er eines und probierte. »Köstlich«, sagte er.

Sie verneigte sich und fragte: »Entschuldigen Sie meine Neugier, aber woher kommen Sie?«

»Aus der Nähe des Fuji-*san*«, erwiderte er. Dann sagte er: »Diese Schriftrolle ... Die Kalligraphie ist hervorragend.«

Die Frau wandte sich zu der Rolle um. »Nein, sie ist alles andere als gut. Der *kasure* ist zu weit, die Strichenden zu abrupt, und das Gleichgewicht stimmt nicht.«

Ihara ging hinüber und betrachtete sie genauer. Auch aus der Nähe fand er sie hervorragend. Die Kritik der Besitzerin war größtenteils unbegründet, obwohl er zugeben musste, dass sie ein ausgezeichnetes Auge hatte: Der *kasure* – der freie, weiße Raum, der einen Pinselstrich umgab – war ein ganz klein wenig zu weit für die Breite der Striche, das Ende der Striche hätte ein wenig länger sein können, und das Ganze war vielleicht einen Hauch kopflastig. Dennoch war es eine hervorragende Arbeit. Das Siegel des Künstlers kannte Ihara nicht.

Er kehrte zu seinem Tee zurück.

»Sehen Sie, wie ich es Ihnen gesagt hatte«, meinte die Frau.

»Wer war der Künstler?«

»Niemand Wichtiges. Mein Großvater. Verzeihen Sie, wenn ich frage, aber üben Sie *shodô*?«

Beinahe hätte Ihara »nein« gesagt – er hatte seit vielen Wochen nicht mehr geübt. Stattdessen sagte er: »Ich war Schüler der Daizen Schule.«

»Daizen! Das ist ja wunderbar. Sie müssen ein Meister sein.«

Ihara verneigte sich. »Ganz und gar nicht. Ich bin der Sohn eines Teehändlers.«

»Aber Daizen ... Ich kann kaum glauben, dass Sie in mein armseliges Teehaus gekommen sind.«

Das Zeichen für »still« – *shizuka* – ist vermutlich aus einer Abstraktion der Ruhe entstanden, die sich aus »schöne grüne Farbe«, »frei von Konflikten«, »rein bleiben« oder »wünschenswertes Fehlen von Bewegung« entwickelt hat. Die Pinselstriche müssen diese Stimmung wiedergeben. Tatsächlich sind sie kaum auf diese Weise zu malen, wenn der Geist nicht ruhig ist.

Doch die Ruhe, die der Kalligraph erlangen muss, ist keine entspannte, sondern eine energiegeladene. Es ist die vollkommene Verbindung von geistiger und körperlicher Energie. Durch gewissenhaftes Üben wird

»Der Daizen Sensei ist gestorben, wissen Sie.«

»Nein, wirklich? Wer wird sein Nachfolger?«

»Er hat keinen bestimmt.« Sakata hatte den Reibstein, leitete die Schule und trug den Titel des Daizen Sensei.

Die Frau sah zu, wie Ihara aß, und füllte seine Teeschale immer wieder nach. Als er fertig war, sagte sie: »Kommen Sie, ich möchte Ihnen etwas zeigen.«

Ihara folgte der Frau in den hinteren Teil des Hauses, wo die Wände eingerissen waren, die Decke durchhing, der Fußboden verzogen war und die *tatami*-Matten vor Insekten wimmelten. Doch alle Räume waren ebenso sauber wie im vorderen Teil. Sie kamen zu einem Raum, dessen Eingang so niedrig war, dass Ihara sich bücken musste, um hineinzugehen. Drinnen stand ein niedriger Tisch, auf dem ein Reibstein, gewachste Tintenblöcke, Papier, ein Pinselhalter, ein Papierbeschwerer und ein Bund Pinsel zurechtgelegt waren. Drumherum lagen Stapel mit Übungspapier, und an den Wänden waren Kalligraphiearbeiten aufgehängt. Ein schmales Fenster ließ ein paar Lichtstrahlen herein.

»Wunderbar«, sagte Ihara.

»Hier hat mein Großvater geübt. Wie Sie sehen, habe ich alles so gelassen, wie es war.«

Ihara sehnte sich danach, die Pinsel in die Hand zu nehmen.

»Bitte«, sagte sie. »Ich würde mich freuen, wenn Sie mir ein wenig Daizen Kalligraphie zeigen könnten.«

»Ich habe seit Monaten nicht mehr geübt. Und dies ist der Raum Ihres Großvaters. Ich möchte ihn nicht entehren.«

»Sie könnten ihn gar nicht entehren, im Gegenteil, Sie würden ihm Ehre erweisen.«

»Wenn ich Ihnen damit für Ihre Freundlichkeit danken kann, dann gerne.« Er setzte sich an den Tisch und öffnete das Bund mit den Pinseln, während sie ihm Wasser holte. Ihara betrachtete prüfend die Pinsel. Für ihr Alter waren sie in einem guten Zustand. Er rieb den Tintenblock am Reibstein, gab Wasser dazu und legte ein

Blatt Papier vor sich. Dann leerte er seinen Geist, konzentrierte sich auf das Papier und schickte seine Energie durch den Pinsel.

Die Striche waren auf dem Papier. Es waren die Zeichen für »still« und »abgenutzt« und »wohltuend«. So, wie er das Teehaus empfand.

Die Besitzerin lächelte. »Es ist wundervoll. Jetzt kann ich glücklich sterben.«

»Ich bitte Sie, es ist nicht so gut wie das Ihres Großvaters. Dazu müsste ich noch viele Jahre üben.«

»Sie können hier üben, wenn Sie keinen anderen Ort in Edo haben.«

»Danke. Es würde mich sehr freuen, hier üben zu dürfen.«

Sie verneigte sich und fragte: »Möchten Sie jetzt etwas *sake*?«

»Ja, gerne.«

Als Noguchi ihn fragte, wo er gewesen sei, sagte Ihara: »Spazieren. Ich habe mir die Schönheiten von Edo angesehen.«

»Ich könnte sie dir zeigen.«

»Ich glaube, ich habe alles gesehen, was ich sehen wollte.«

»Dein Vater liebte die Schönheiten von Edo.«

»Ein bisschen zu sehr, fürchte ich.«

Noguchis Gesicht wirkte müde. Sie dachte einen Moment nach, dann sagte sie: »Es tut mir Leid, was mit deinem Vater passiert ist. Er war ein guter, fröhlicher Mann.«

Ihara stand auf und öffnete die *shoji*-Schiebetür aus Reispapier, um etwas frische Luft in den Raum zu lassen.

KYOTO

Tetsuo Suzukis Büro war noch immer luxuriös, trotz der dramatischen Verluste, die seine Firma während der Rezession erlitten hatte. Zumindest war es luxuriöser als Kandos schlichtes Büro.

das gesamte Bewusstsein des *shodô*-Schülers eine grundlegende Veränderung erfahren; dies geschieht jedoch nicht durch bewusste Anstrengung, sondern durch eine langsame

Aufwärtsströmung aus dem Unterbewusstsein.

Das Zeichen für »abgenutzt« – *yaburete* – ist abgeleitet aus den Zeichen für »Fels« und »Haut« und bedeutet ursprünglich vermutlich »kleines Stück«, was die Vorstellung von »auseinander ziehen« einschließt. (Die beiden letzten Zeichen stehen für die adjektivische

Verwendung des Verbs.) Die Striche, aus denen das Zeichen für »Fels« besteht, haben sich aus einem Zeichen mit der Bedeutung »Stein, der aus einem Berg gehauen wird« entwickelt. Beachten Sie die scharfen Winkel in den Strichen.

Scharfe Striche erzielt man mit einem etwas trockeneren Pinsel und einer schnelleren, leichteren Bewegung.

Der Privatdetektiv beobachtete den Immobilienmann, während der seinen Bericht über das *yakitori*-Restaurant und dessen bankrotte Inhaber las. Suzuki war im Lauf der letzten Jahre dramatisch gealtert – seine Haut war fahl, seine Augen blutunterlaufen und sein Haar von Grau durchzogen. Als die japanische Ökonomie geplatzt war wie eine Seifenblase, als Banken Pleite gingen und Firmen zahllose Angestellte entlassen mussten, war das Suzuki-Imperium in seinen Grundfesten erschüttert worden. Die Firma hatte ihre unglaubliche Expansion den völlig überhöhten Grundstückspreisen der späten Siebziger- und Achtzigerjahre zu verdanken. Als Ende der Achtziger-, Anfang der Neunzigerjahre der große Zusammenbruch kam, stürzten die Grundstückspreise in den Keller und machten Suzukis Besitz nahezu wertlos. Die Banken versuchten, ausstehende Schulden und Kredite hereinzuholen, indem sie Grundbesitz einzogen und verkauften, doch es war zu spät. Nach einer Weile gaben sie die Panikverkäufe auf und beschlossen, bessere Zeiten abzuwarten, anstatt nur einen Bruchteil dessen herauszuholen, was sie verliehen hatten.

Als Erstes hatte Suzukis Luxushotel auf Maui Konkurs gemacht, sein ganzer Stolz, das Flaggschiff der Suzuki Hotelkette. Als die Wirtschaft zusammenbrach, kamen keine Touristen mehr auf die Inseln, und schon gar nicht in Luxushotels. In den Zeiten der Seifenblase hatte es sich sogar ganz normale Geschäftsleute dank ihrer Sondervergütungen leisten können, in seinem Hotel Urlaub zu machen. Jetzt konnten es nur noch die neuen Technologiegewinnler, und die waren dünn gesät. Die Bank von Hanakos Vater hatte das Hotel übernommen und war kurz darauf Pleite gegangen. Wenig später war Hanakos Vater an einem Herzinfarkt gestorben, zweifellos ausgelöst von einer schweren Depression. Hanakos Mutter hatte am Tag nach seiner Beerdigung ein ganzes Röhrchen Schlaftabletten geschluckt.

Kando tat Suzuki Leid. Und das trotz der Demütigungen und der psychologischen Folter, die der Immobilienmann ihm angetan hatte. Der Schmerz hatte ihn all die Jahre nicht verlassen.

»Da ist nicht mehr viel zu holen, was?«, sagte Suzuki, als er den Bericht zu Ende gelesen hatte.

»Nein. Nur die Einrichtung.«

»Die ist gebraucht. Wertlos.«

»So gut wie.«

Suzuki seufzte. »Kein Barvermögen?«

»Nein. Nicht ein Yen.« Kando war froh, dass die Besitzer kein Geld hatten; Suzuki hätte ihm befohlen, es ihnen abzunehmen.

»Ich habe diesen Mist satt«, sagte Suzuki. Er schien mit sich selbst zu reden, nicht mit Kando. Nicht mit der Welt. »Hinter einem verdammten alten Restaurantbesitzerpärchen herzujagen, weil sie ihre Miete nicht bezahlt haben.«

»Kann ich irgendwas für Sie tun?«, fragte Kando.

Suzuki warf dem Detektiv ein spöttisches Grinsen zu. »Können Sie *yakitori* zubereiten?«

BERKELEY

Überzeugt, dass der schwere Stein in seiner Hand der Daizen Reibstein war, überlegte Gozen, was er nun tun sollte. Am liebsten hätte er ihn dort in der Schublade gelassen, als hätte er ihn nie gefunden. Aber falls Zenzen Sensei sich nicht wieder erholte, würde jemand von seiner Familie kommen, um seine Sachen abzuholen, und den Reibstein finden. Das wäre überaus peinlich, und die Zenzen Schule wäre entehrt, weil sie mit dem missratenen Sensei in Verbindung gebracht würde. Außerdem musste er die Tradition und die lange Geschichte des Daizen-Kurokawa-Wettkampfs im Auge behalten; der Reibstein als Trophäe war ein ebenso wichtiger Teil davon wie die Kalligraphie selbst.

Diese Zeichenfolge – *kimochii no ii* – bedeutet wörtlich »angenehmes Gefühl«. *Ki*, mit der Bedeutung »Geist«, ist eine Abstraktion des Dampfes, der von gekochtem Reis aufsteigt. *Mochi*, die nächsten beiden Zeichen, sind abgeleitet aus dem Begriff »mit den Händen halten«, das auf der metaphorischen Ebene »ertragen« bedeutet. Die letzten Zeichen, *no ii*, bedeuten »gut«, »richtig«, »schön« und Ähnliches. Beachten Sie die sanften Schwünge der Striche, im Gegensatz zu der Schärfe von *yaburete*. Sanfte Striche erzielt man mit einem etwas feuchteren Pinsel und einer schwereren Bewegung.

Lehrbuch der Zenzen Schule für japanische Kalligraphie

Mit seiner Entdeckung hatte sich Gozens Platz in der Welt des *shodô* dramatisch verändert. Er war der beste Schüler des neunundzwanzigsten Daizen Sensei, und der beste Schüler der Daizen Schule wurde irgendwann Daizen Sensei.

Bei dem Gedanken bekam er weiche Knie. Natürlich war er nicht an der Daizen Schule. Wäre er dort, wäre er dann noch der beste Schüler?

Er beschloss abzuwarten, was aus Zenzen Sensei wurde, und legte den Reibstein zurück in seine Kiste. Vielleicht war Zenzen Sensei ja bald wieder gesund, und dann konnte Gozen seinen Fund einfach vergessen.

Aus dem vorderen Teil des Hauses erklang eine Stimme. Gozen knallte die Schublade zu, griff nach dem Staubwedel und lief nach vorne.

»*Konnichiwa,* Gozen Sensei«, sagte Mr. Robert mit einer Verbeugung, als Gozen in den vorderen Raum kam.

»*Konnichiwa,* Smith-*san.*«

»Bitte entschuldigen Sie, dass ich einfach so hereingekommen bin, aber die Tür war offen.«

»Macht nichts. Ich war gerade dabei zu putzen.« Er hielt den Staubwedel hoch.

»Wie geht es dem Sensei? Ist er hier?«

»Nein, er ist im Krankenhaus.«

»Was ist passiert?«

»Er hatte einen Schlaganfall.« Gozen berührte seine Stirn. »Er war im Koma, aber allmählich kommt er wieder zu sich. Die Ärzte meinen, sein Gehirn wäre geschädigt, aber sie können nichts Genaues sagen, solange sie keine Tests durchgeführt haben.«

»Tut mir Leid, das zu hören.«

»Vielleicht könnten Sie ins Krankenhaus gehen und nachfragen, ob es Neuigkeiten gibt?«

»Gerne. Wo liegt er denn?«

Gozen verspürte eine Woge der Erleichterung.

»Ich bin ein Schüler von Zenzen Sensei, einem Ihrer Patienten«, sagte Mr. Robert zu der Frau am Empfang.

»Zenzen?«, sagte die Frau und starrte auf ihren Computerbildschirm.

»Entschuldigung.« Mr. Robert fiel wieder ein, was Gozen Sensei ihm gesagt hatte. »Sein richtiger Name ist Shimano.«

Mit gelangweiltem Blick tippte die Empfangssekretärin den Namen ein. »Er wird heute umgelegt, also finden Sie ihn entweder in Zimmer 245 oder im Reha-Flügel. Gehen Sie am besten zuerst dorthin. Den Flur da entlang, am Ende rechts und dann links. Fragen Sie die leitende Stationsschwester, ob er Besuch empfangen darf.«

»Danke«, sagte er, doch sie nahm bereits einen Anruf entgegen. Er folgte ihrer Wegbeschreibung, fand eine Krankenschwester und fragte sie nach dem Sensei.

»Er wird gerade in sein neues Zimmer gebracht. Wahrscheinlich nicht der günstigste Zeitpunkt, um ihn zu besuchen.«

»Wie geht es ihm?«

»Wer sind Sie?«

»Einer seiner Schüler.«

»Ach ja, er unterrichtet japanische Schrift, nicht wahr?«

»*Shodô*«, sagte Mr. Robert. Sehr viel mehr als japanische Schrift.

»Normalerweise geben wir nur Angehörigen Auskunft.«

»Er hat hier keine Verwandten.«

»Nun, ich denke, ich kann Ihnen sagen, dass aufgrund eines Aneurysmas in seinem Gehirn ein Blutgefäß geplatzt ist. Wir wissen noch nicht, wie groß die Schäden sind, aber seine Sprachfähigkeiten haben offensichtlich gelitten.«

»Sie meinen, er kann nicht mehr sprechen?«

Die Krankenschwester nickte. »Er kann weder sprechen noch schreiben. Das ist bei Schlaganfällen nicht ungewöhnlich, je nachdem, welcher Bereich betroffen ist. Er ist erst seit ein paar Tagen aus dem Koma erwacht.«

»Er kann nicht schreiben?«, fragte Mr. Robert.

»Nein, er malt nur so komische Kritzeleien.«

»Was für Kritzeleien?«

»Hier.« Sie öffnete eine Mappe und nahm ein Blatt Notizpapier heraus, auf dem mit Filzstift ein paar Linien gemalt waren.

»Können Sie damit etwas anfangen?«, fragte sie.

»Nein«, sagte er, nachdem er das Blatt mehrfach herumgedreht hatte. »Einige der Striche sehen aus wie *kanji*-Radikale, aber das meiste wirkt in der Tat eher wie sinnloses Gekritzel.«

Die Krankenschwester zuckte die Achseln.

In tiefem Schlaf
keine Flucht
für mich
vor mir

Das Gesicht von der Sonne gewärmt, die zwischen den Nebelfetzen hindurchschien, ging Tina über den Campus, um sich, wie verabredet, mit Mr. Robert zum Mittagessen zu treffen. Sie hatte gerade ihre erste Stunde von Professor Porters Seminar über Gehirn und Sprache hinter sich. Die Professorin hatte ihnen kurz das Konzept vorgestellt und ihnen aufgetragen, die ersten drei Kapitel ihres Buches *BrainTalk – Wie das Gehirn Sprache bildet* zu lesen. Dann hatte sie einen Einführungsvortrag über den noch immer weitgehend unbekannten Prozess der Entstehung von Sprache beim Menschen gegeben. Eines der wenigen Dinge, die wir wissen, hatte sie gesagt, ist, dass es bestimmte Bereiche im Gehirn gibt, die hierbei eine entscheidende Rolle spielen: das Broca-Zentrum, das für die Sprachproduktion zuständig ist, und das Wernicke-Zentrum, in dem das Sprachverständnis angesiedelt ist.

Tina betrat das Nefeli Café an der Ecke Hearst und Euclid Street, ein winziges Bistro, dessen Tische dicht gedrängt aneinander standen. Mr. Robert wartete am Eingang auf sie.

Sie stellten sich an, umgeben vom Duft nach Espresso, aufgeschäumter Milch und griechischem Käse. Die Menge um sie herum unterhielt sich in einem bunten Sprachgemisch: Spanisch, Chinesisch, Französisch und andere, die Tina nicht einordnen konnte. Als sie an der Reihe waren, bestellten sie sich Sandwiches, einen Cappuccino für Tina und einen Eistee für Mr. Robert. Dann schlängelten sie sich mit ihren Getränken zwischen den Tischen hindurch, bis sie einen freien Platz fanden.

Wenig später brachte ein Kellner ihnen die Sandwiches – knuspriges Brot, reichlich gefüllt mit geräucherten roten Peperoni, Oliven, Feta, Mozzarella und Tomaten. Genüsslich bissen sie in die riesigen Gebilde hinein. Mr. Robert kaute auf seine meditative Weise, als versuche er, jedes einzelne Molekül zu schmecken. So ging er alles an, mit der intensiven Konzentration, die für seine Kampfkünste notwendig war. Schließlich fragte er: »Was für einen Kurs hast du heute gehabt?«

»Gehirn und Sprache. Bei Professor Porter.«

»Worum geht's da?«

»Sagt der Titel ja schon: Wie das Gehirn Sprache fabriziert.« Tina begann, ihr Sandwich in handliche Stücke zu zerschneiden.

»Das passt gut. Ich habe heute erfahren, dass mein *shodô*-Sensei einen Schlaganfall hatte. Er ist gerade aus dem Koma erwacht und kann weder sprechen noch schreiben, oder zumindest nichts, was einen Sinn ergibt. Er malt nur seltsame Kritzeleien. Manche sehen aus wie abstrakte Kunst, andere wie *kanji*-Radikale, aber sie ergeben keinen Sinn. Kannst du damit irgendwas anfangen?«

Tina dachte an das zurück, was sie bereits gelernt hatte. »Klingt nach Aphasie.«

»Aphasie«, wiederholte Mr. Robert. »Ist das etwas Dauerhaftes?«

»Mit den medizinischen Aspekten kenne ich mich nicht aus. Ich schaue mal, ob Professor Porter mir mehr dazu sagen kann. Oder vielleicht weiß Wijjie etwas darüber.«

»Wijjie?« Er sah zu, wie sie sich einen der zurechtgeschnittenen Happen in den Mund schob.

»Einer aus meinem Seminar. Er ist Arzt.«

»Was ist das denn für ein Name?«

»Ein Spitzname, die Abkürzung für William James.«

»Ah.« Er betrachtete einen Moment sein Teeglas, nahm es dann in die Hand und trank konzentriert einen Schluck. »Ich war heute bei deiner Mutter.«

»Wie geht es ihr?«

»Anfangs wirkte sie ziemlich munter, aber dann bekam sie Schmerzen.«

»Krämpfe?«

»Ja, genau. Schien ziemlich wehzutun.«

Tina dachte an den Joint, den Gillian ihr gegeben hatte und der immer noch in der Tasche ihres Rucksacks war. »Wollte sie trotzdem zur Arbeit gehen?«

»Ja«

»Typisch Ma. Solange ich denken kann, hat sie noch nicht einen Tag gefehlt.«

SAN FRANCISCO

»Wie geht es deinem Mann?«, fragte Hanako Kiyomi, die Chefin des Tempura House. Kiyomi stellte den Einsatzplan für die Woche zusammen, während Hanako Servietten faltete.

»Geht so«, sagte Kiyomi. »Immerhin etwas besser. Letzte Woche hatte er schlimme Schmerzen, sagte, er hätte das Gefühl zu ertrinken.« Er litt an einem leichten Lungenemphysem, obwohl er, wie Kiyomi stets betonte, in seinem ganzen Leben keine Zigarette geraucht hatte. Aber er hatte seit seinem fünfzehnten Lebensjahr in verrauchten Restaurants und Bars gearbeitet.

Hanako spürte ein Kribbeln in den Beinen. Sie runzelte die Stirn.

»Alles in Ordnung?«, fragte Kiyomi.

»Ja, natürlich.«

Kiyomi betrachtete sie über ihre Brillengläser hinweg. »Bist du sicher?«

»Ganz sicher.«

Kiyomi wandte sich wieder ihrem Plan zu. »Ich liebe es, den Einsatzplan auszufüllen.«

Hanako lächelte ihr zu. »Du liebst alles.«

Kiyomi überlegte einen Moment. »Nein, nicht alles.«

»Was denn nicht?«

Sie lachte. »Keine Ahnung. Irgendwas.«

Hanako faltete eine weitere Serviette zu einem kunstvollen Knoten, der wie eine Blume aussah. Kiyomi hatte es ihr vor über zwanzig Jahren beigebracht. Innerhalb weniger Wochen war Hanako zur schnellsten Serviettenfalterin des Tempura House avanciert.

»Was studiert Hana noch mal?«, fragte Kiyomi. »Ich weiß, du hast es mir schon gesagt, aber ich hab's vergessen.«

»Neurologie. Das Gehirn.«

»Daran erinnere ich mich. Aber da war noch etwas anderes.«

Hanako sah von der Serviette auf, die sie gerade faltete. »Sprache. Wie wir unser Gehirn benutzen, um zu sprechen und zu verstehen, was andere sagen.«

»Sprache und Gehirn. Ja, ich glaube, ich verstehe. Ganz schön intelligent, unsere Hana, was?« Kiyomi deutete mit ihrem Stift auf den Plan. »Willst du ein paar Tage frei haben?«

»Frei? Warum das denn?«

»Gönn dir eine Pause. Verbring ein bisschen Zeit mit Hana, jetzt, wo sie wieder hier ist.«

Hanako schüttelte den Kopf. »Sie hat keine Zeit für mich, sie muss in die Uni.«

»Soweit ich mich entsinne, hast du seit Jahren keinen Urlaub gehabt.«

»Ich war bei Hanas Abschlussfeier in San Diego.«

»Für zwei Tage. Das ist kein Urlaub.«

»Ich will keinen Urlaub –« Hanakos Gesicht verzerrte sich vor Schmerz, als ein Krampf durch ihre Beine fuhr.

»Da, siehst du, da war es wieder.«

»Was?«

»Dieser Ausdruck in deinem Gesicht. Als wenn du Schmerzen hättest.« Sie ahmte ihre Grimasse nach.

»Mir geht es gut, mach dir keine Sorgen.« Hanako ergriff den Stapel gefaltete Servietten und begann sie auf den Tischen zu verteilen.

ZWISCHENSPIEL

An der Powell Street

Mai 1977
San Francisco, Kalifornien

Ein Cable Car voller lachender Touristen rollte die Powell Street hinauf, an Hanako vorbei, die auf dem Weg zum Tempura House war. Sie öffnete die Tür und spähte hinein. Die Angestellten räumten nach dem mittäglichen Andrang auf, bedienten die letzten Gäste und bereiteten die Tische für das Abendessen vor. Eine der mit einem Kimono bekleideten Kellnerinnen fragte sie: »Einen Tisch für eine Person?«

»O nein«, sagte Hanako. »Ich bin wegen der Stelle als Kellnerin hier.«

»Ach so. Kommen Sie mit.«

Hanako musste fast laufen, um der Kellnerin zu folgen, die auf dem Weg ein paar benutzte Teller einsammelte, ohne ihren Schritt zu verlangsamen. Sie traten durch einen *noren* – einen geteilten halblangen Vorhang – in ein kleines Büro. Die Kellnerin reichte ihr ein Formular, das sie ausfüllen sollte, und sagte ihr, die Chefin würde gleich kommen. Dann eilte sie davon, wobei sie einen halb gefüllten Aschenbecher vom Schreibtisch mitnahm.

Gerade als Hanako das Bewerbungsformular ausgefüllt hatte, kam eine Japanerin herein. Sie stellte sich in ihrer Muttersprache vor und griff nach Hanakos Formular.

Nachdem sie es überflogen hatte, sagte sie: »Sie wohnen gleich hier um die Ecke, das ist gut. Dann brauchen Sie nicht den Bus zu nehmen. Das dauert nämlich ewig.« Die Frau lächelte kurz. Um ihre Augenwinkel erschienen ein paar Fältchen. »Seit wann leben Sie in San Francisco?«, fragte sie dann auf Englisch.

Hanako brauchte einen Moment, um auf die andere Sprache umzuschalten. »Seit zwei Wochen.«

»Wann können Sie anfangen?«

»Wollen Sie mich nehmen?«

»Ja.«

»Aber ich habe noch nie als Kellnerin gearbeitet.«

»Macht nichts. Das lernen Sie im Handumdrehen.«

Hanako war sich nicht sicher, was dieser letzte Satz bedeutete.

Die Chefin deutete auf das Formular. »Sie waren am Kansai Mädchengymnasium. Das ist eine gute Schule. Ihr Englisch ist recht ordentlich. Wir zeigen Ihnen, wo es langgeht, und in ein paar Stunden flitzen Sie hier herum, als hätten Sie nie etwas anderes getan.«

Hanako nickte, obwohl sie wiederum nicht alles verstanden hatte.

Die Chefin spielte mit einem Päckchen Zigaretten herum, das auf dem Schreibtisch lag, nahm jedoch keine heraus. »Da ist noch etwas, nicht wahr?« Jetzt sprach sie wieder Japanisch.

»Was meinen Sie?«

»Sie haben doch etwas auf dem Herzen.«

»Tja, ich sollte es Ihnen wohl besser sagen.« Hanako holte tief Luft.

»Bekommen Sie ein Baby?«, fragte die Chefin, bevor Hanako ein Wort herausbrachte.

Hanako war sprachlos. Jemand musste es ihr erzählt haben.

Die Chefin lächelte ihr verständnisvoll zu. »Das macht nichts. So etwas kommt öfter vor.«

Hanako starrte hinunter auf ihre Hände.

»Im wievielten Monat?«

»Im dritten.«

»Na, dann können Sie ja noch drei oder sogar vier Monate hier arbeiten. Ein bisschen mehr Fleisch auf den Knochen kann Ihnen auch gar nicht schaden. Und natürlich können Sie nach der Geburt wieder anfangen, wann immer Sie wollen. Ich kenne ein paar Omas, die babysitten.«

»Danke.«

»Können Sie direkt hier bleiben, zur Einarbeitung, und heute Abend anfangen? Wir erwarten ein paar japanische Reisegruppen. Die werden hungrig sein, nachdem sie den ganzen Tag im Bus gesessen und sich die Gegend angeschaut haben.«

»Und das hier ist die Eismaschine«, sagte Kiyomi, die Kellnerin, die sie ins Büro geführt hatte. »Lass den Portionierer nicht im Eis. Das hat das Gesundheitsamt nicht so gern.«

»Ja«, sagte Hanako.

»Manchmal bleibt das Eis drin kleben, dann musst du dagegen hauen … und zwar hier.« Kiyomi beugte sich vor und verdrehte den Kopf, um in die Eiswanne hineinsehen zu können. Sie streckte die Hand aus und schlug auf den Deckel der Maschine. Eine Eislawine fiel in die Wanne. »Siehst du? Ich liebe diese Maschine.«

Hanako beugte sich vor, um ebenfalls hineinzuschauen. »Gut.«

Als Hanako sich wieder aufrichtete, stand Kiyomi bereits am Getränkespender. »Siehst du« – sie hielt ein Glas unter einen der Spender – »einfach hier drücken, und schon läuft es raus. Einfach so. Diese Maschine liebe ich auch. Ich wünschte, zu Hause hätte ich auch so eine.«

»Ja, ich verstehe.«

»Wenn die Cola leer ist, oder irgendwas anderes, macht sie so ein schnorchelndes Geräusch. Dann gehst du einfach in die Küche und rufst dem Tellerwäscher zu, dass er die Cola oder was auch immer auswechseln soll.«

»In Ordnung.«

»Tja, das wär's dann erst mal. Irgendwelche Fragen? … Nein? Gut. Ich muss jetzt gehen. Heute Abend habe ich nämlich frei.« An der Tür blieb sie kurz stehen. »Ich liebe meine freien Abende.«

»Wir haben reichlich zu tun, also lassen Sie uns anfangen«, rief Professor Porter in den Seminarraum. Nach und nach beendeten die Studenten ihre Privatgespräche und wandten sich zu ihr um. »Ich möchte Tina zu ihrer ersten Forschungsgruppensitzung begrüßen. Da ich weiß, dass Sie sie bereits kennen gelernt haben, werde ich es dabei belassen. Wenden wir uns direkt den Berichten zu. Howard, legen Sie mal los.«

Howard Clear war Ende zwanzig, sah jedoch wegen seiner dunklen Augenringe um einiges älter aus. »Ich analysiere sämtliche Daten, die ich während des Sommers über Aphasiker gesammelt habe«, begann er. »Ich habe ein paar interessante Ergebnisse, was den möglichen Einfluss sublentikularer Fasern auf die generative Grammatik betrifft.« Sein Bericht dauerte mehrere Minuten. Tina machte sich Notizen, verlor jedoch bald den Überblick über die vielen Fachbegriffe und verschiedenen Studien, die Howard beschrieb. Es schien dabei um Patienten zu gehen, die eine Form von Gehirntrauma erlitten hatten – Tumor, Schlaganfall, durch Krankheiten verursachte Schwellung oder Unfall – und in Folge davon Sprachstörungen aufwiesen. Das Wort »Aphasie« kam dabei häufig vor.

Als die anderen fertig waren, sahen sie Tina erwartungsvoll an. Sie sagte: »Danke für den Empfang. Ich weiß eigentlich nicht so recht, was ich sagen soll, aber ich habe heute eine interessante Geschichte gehört. Der japanische Kalligraphielehrer meines Freundes hat vor kurzem einen Schlaganfall gehabt – die Einzelheiten weiß ich nicht –, und jetzt kann er nicht mehr sprechen, und das, was er schreibt, ergibt keinen Sinn.«

»Keinen Sinn?« Howard runzelte die Stirn. »Kannst du das genauer beschreiben?«

»Nach dem, was mein Freund sagt, malt er Teile von japanischen Schriftzeichen, aber sie ergeben keine Worte.«

»Klingt nach Agraphie«, sagte Professor Porter. »Das könnte ein sehr interessanter klinischer Fall werden. Da sollten Sie dranbleiben, Tina.«

»Natürlich«, sagte sie und machte sich entsprechende Notizen. »Wie genau soll das mit dem Dranbleiben denn aussehen?«

»Die Einzelheiten werden Howard und die anderen Ihnen sicher gerne verraten«, erwiderte Professor Porter. »Eines sollten Sie jedoch im Kopf behalten, meine allerwichtigste, oberste Regel: Geben Sie niemals ohne meine ausdrückliche Erlaubnis Informationen über unsere Forschungsprojekte an jemanden außerhalb dieses Raumes weiter.«

Tina nickte. »Selbstverständlich.«

Die Sitzung dauerte noch eine weitere Stunde, während der Professor Porter eine zweiseitige Liste mit Aufgaben durchging, die zu erledigen waren. Tina wurde Howard zugeteilt; sie sollte mit ihm zusammenarbeiten, seine Bearbeitung der gesammelten Daten verfolgen und die Vorgehensweise für den Umgang mit den Forschungsthemen erlernen. Ihre erste Aufgabe für diese Woche bestand darin, sich mit der Benutzung des Magnetresonanztomographen vertraut zu machen, der sich im Untergeschoss des Instituts befand.

Nach der Sitzung folgte Tina Howards Wegbeschreibung zum MRT-Labor. Als sie die schwere Tür am Ende des Treppenhauses öffnete, schlug ihr der Geruch von feuchtem Beton und neuem Teppichboden entgegen. Sie ging einen schmalen Flur entlang, bis sie zu einer Metalltür kam.

Dahinter, in einem Raum, der wie das Wartezimmer einer Arztpraxis aussah, saß ein Mann an einem Tisch, um den mehrere Stühle angeordnet waren. Er war etwa Ende dreißig und trug einen weißen Kittel, sehr kurz geschnittenes Haar und eine kleine ovale Brille, die ein wenig schief saß. »Wie ist dein Name?«, fragte er mit starkem deutschem Akzent.

Aphasie: völliger oder teilweiser Verlust der Fähigkeit, gesprochene oder geschriebene Sprache anzuwenden oder zu verstehen

Agraphie: völliger oder teilweiser Verlust der Fähigkeit, sinnvolle geschriebene Sprache zu verfassen

Notizen zur Neurologie
Christina Hana Suzuki

»Christina Suzuki.«

Er sah eine Liste durch, die vor ihm lag. »Ah ja«, sagte er und machte ein Häkchen. »Ich bin Florian. Wir warten, bis die anderen da sind. Setz dich noch einen Moment.«

Tina ließ sich auf einem der Stühle nieder. Wenig später kamen Wijjie und Gillian herein, gefolgt von einigen anderen Erstsemestern. »Hi, Tina«, sagte Wijjie.

»Okay, Leute, sagt mir eure Namen.«

Wijjie sah Florian an und warf Tina dann einen fragenden Blick zu, während die anderen der Aufforderung folgten. Tina berührte mit dem Finger ihre Nase, als rücke sie eine Brille zurecht. Wijjie grinste.

»Name?«, sagte Florian zu Wijjie.

»William Cruz.«

»Dann sind wir komplett.« Florian hakte Wijjie auf der Liste ab und erhob sich. »Ich bin Florian, der MRT-Techniker. In den Räumen hinter uns befinden sich ein Hitachi 5100 Magnetresonanz-Scanner und das dazugehörige Datenverarbeitungssystem. Der H-5100 hat dieses Institut dreieinhalb Millionen Dollar gekostet. Wir haben keine dreieinhalb Millionen Dollar, um einen weiteren zu kaufen oder Schadensersatz an jemanden zu zahlen, der sich beim Herumspielen an dem Apparat verletzt. Also seid vorsichtig.« Er verteilte Kopien mit Instruktionen. Auf der ersten Seite standen einige Regeln. Tina las die ersten beiden:

Keine beweglichen Metallobjekte im oder in der Nähe des Apparats! Sie fliegen herum und können andere verletzen.

Nehmen Sie keine Kreditkarten, Bibliotheksausweise, Geldkarten und Ähnliches mit in das MRT-Labor. Ihre Magnetstreifen werden beschädigt oder gelöscht.

»Bevor wir ins Labor gehen, muss ich euch einige Fragen stellen«, sagte Florian. »Jeder von euch muss antworten, und zwar mit einem Ja oder Nein. Kein Nicken, Kopfschütteln oder unverständliches Gegrummel, verstanden?«

»Ja«, antworteten sie im Chor.

»Gut. Erste Frage: Hat jemand einen Herzschrittmacher?«

»Nein«, kam die einstimmige Antwort.

»Hat jemand irgendwelche Gefäßklammern oder sonstige Metallobjekte in Gehirn, Augen oder Rückgrat?«

Wiederum sagten alle »Nein«, bis auf Gillian. »Was ist mit Body Piercings?«, fragte sie.

»Müssen entfernt werden, bevor du dich in den Apparat legst. Wenn du als Forscher ins MRT-Labor gehst, würde ich sie ebenfalls rausnehmen, falls sie unbedeckt und nicht gut gesichert sind.«

Gillian nickte.

»Letzte Frage, und natürlich nur an die Frauen: Ist jemand von euch schwanger?«

Alle drei antworteten mit »Nein«.

»Okay«, sagte Florian. »Diese Fragen müsst ihr jedem stellen, den ihr untersucht, und er muss sie klar und deutlich beantworten, bevor ihr mit ihm ins MRT-Labor geht. Lasst eure Taschen hier, und achtet darauf, dass ihr keine Kreditkarten und dergleichen mit reinnehmt. Siehe Regel Nummer zwei. So, dann kommt mal mit.«

Während er aufstand, um Florian zu folgen, flüsterte Wijjie Gillian zu: »Body Piercings – so, so …«

»Kriege ich jetzt einen Vortrag über die Gefahren einer Blutvergiftung, Doc?«

Florian öffnete eine schwere Glastür und führte sie in einen schmalen Flur mit mehreren Türen. Als Erstes zeigte er ihnen den Beobachtungsraum mit dem Glasfenster, durch das man den H-5100 sehen konnte. Er war riesig und sah aus wie eines von den Gepäckkontrollgeräten am Flughafen, nur rund. Danach ließ er sie einen Blick in die beiden Räume werfen, in denen die Stromversorgung und der Magnetfeldgenerator untergebracht waren (»Zehntausendmal stärker als das Magnetfeld der Erde«, verkündete Florian), und zum Schluss zeigte er ihnen den Computerkontrollraum mit dem Datenverarbeitungssystem.

Dann gingen sie in den Raum, in dem der H-5100 stand. Florian zeigte ihnen die Liege, auf der der Patient in die Öffnung des Magneten geschoben wurde, die Halterung für den Kopf und das Display für die Stimulusanzeige. Er erklärte, wie das Magnetfeld des Apparats die Zellen ausrichtete, jeden Typus auf eine andere Weise, und damit dem Bildgebungsverfahren die Möglichkeit gab, ihre Position festzuhalten und die verschiedenen Gewebearten darzustellen, oder – im Fall einer funktionalen Magnetresonanztomographie – die aktiven Gehirnbereiche. Als sie wieder im Kontrollraum waren, führte er ihnen vor, wie das Gerät kalibriert wurde und wie das Datenverarbeitungssystem des Computers funktionierte. »Jetzt brauche ich einen Freiwilligen«, sagte er.

»Wijjie«, schlug Gillian vor.

»Danke, Gillian.«

Florian legte den Kopf schief, was seine Brille noch mehr verrutschen ließ, und sah Wijjie fragend an. »Nun?«

»Meinetwegen, durchleuchtet mich.«

»Dann mal ab auf die Liege«, sagte Florian und half Wijjie, seinen Kopf in die Halterung zu legen. Während er die Vorbereitungen traf, erklärte er: »In diesem Labor führen wir hauptsächlich funktionale MRT des Gehirns durch. Wenn man ein gutes Ergebnis haben will, darf der Kopf des Patienten sich kein bisschen bewegen. Dafür sollte man sich am besten erst einmal versichern, dass der Patient bequem liegt.« Er beugte sich zu Wijjie. »Liegst du bequem?«

»Ich könnte einschlafen.«

»Wunderbar.« Florian schnallte seinen Kopf in der Halterung fest. »Immer noch bequem?«

»Fühlt sich etwas komisch an, aber lässt sich ertragen.«

»Gut, dann kann's losgehen.« Er schob Wijjie in den H-5100.

Der Rest der Gruppe folgte Florian in den Kontrollraum und sah zu, wie er den Apparat bediente. Nach ein paar Minuten erschien ein Querschnitt von Wijjies Gehirn auf dem Bildschirm.

Florian bat Tina, ihn aus dem Gerät zu befreien. Sie ging in den MRT-Raum und zog die Liege wieder heraus. Wijjie grinste sie an. »Und, lebe ich?«

»Tut mir Leid«, sagte Tina, »aber in deinem Kopf war nichts drin.«

»Das überrascht mich nicht.«

Nach dem Laborbesuch begleitete Wijjie Tina zur Haltestelle. Gillian war direkt im Anschluss zu einem Reggae-Konzert in einem Club in Berkeley verschwunden, und die beiden hatten keine Lust gehabt, sich ihr anzuschließen.

»Du brauchst mich nicht zu begleiten«, sagte Tina zu Wijjie, als sie das Gebäude verließen.

»Ich will ja keine Pferde scheu machen, aber du solltest abends lieber nicht alleine auf dem Campus herumlaufen.«

»Ja, da hast du Recht.« Tina schob ihren Rucksack zurecht.

»Hast du mit deiner Mutter eigentlich schon über das Marihuana gesprochen?«

»Noch nicht. Ich gehe morgen zu ihr.«

»Sag mir Bescheid, wie es läuft.«

Sie gingen eine Weile schweigend nebeneinander her. Dann sagte Tina: »Du scheinst dich gut mit Gillian zu verstehen.«

»Was?«

»Na ja, du weißt schon.«

Wijjie lachte. »Sie ist nicht …« Er verstummte.

Tina wartete einen Moment. »Dein Typ?«, fragte sie vorsichtig.

»Sie ist witzig, aber ein bisschen zu tough für mich. Zu stachelig.«

Sie kamen am Eingang zur Haltestelle an. »Tja, ich sollte mich wohl besser beeilen«, meinte Tina. Beinahe hätte sie gesagt, sie müsse nach Hause zu Mr. Robert, doch sie ließ es sein. Zum Abschied umarmte sie Wijjie.

Tina wachte bei Tagesanbruch auf und setzte sich auf den Fußboden des ehemaligen Gästezimmers, das sie zu ihrem Arbeitszimmer erkoren hatte. Mit einem Kaffee in der Hand las sie die Texte zur Vorbereitung ihrer Seminare. Morgens konnte sie am besten lernen. Abends türmten sich die Ereignisse des Tages auf wie Autos in einer Massenkarambolage auf der Interstate 5.

Mr. Robert war ebenfalls schon wach, aber er war noch im Schlafzimmer und machte seine Dehn-, Atem- und Meditationsübungen. Danach würde er eine seiner japanischen Kampfkünste üben. Er verbrachte jeden Morgen anderthalb Stunden mit dieser Routine, und Tina hatte festgestellt, dass sie in der Zeit einen guten Teil ihrer Hausaufgaben erledigen konnte.

Ihr Kaffee war kalt geworden, und so ging sie mit dem Text, den sie gerade las, in die Küche und stellte den Becher in die Mikrowelle. Der Aufsatz, in dem es um das menschliche Gedächtnis und seine möglichen Einflüsse auf das bewusste Erleben ging, stammte von Alamo. Er war trocken und vollgestopft mit neurologischem Fachjargon. Dabei hätte er ganz interessant sein können, dachte Tina, wenn ein bisschen persönliche Erfahrung und einige gute Beispiele eingeflochten wären. Schon ein paar gelungene Metaphern hätten eine Menge bewirkt. Die Mikrowelle bimmelte, und sie nahm ihren Kaffee heraus.

Mr. Robert kam aus dem Schlafzimmer in die Küche. »Guten Morgen.«

»Morgen«, erwiderte Tina, froh über die Unterbrechung.

Er setzte Wasser für seinen Grüntee auf. Dann stellte er einen Topf mit Wasser auf den Herd und legte ein Ei hinein. »Was hast du heute so vor?«

»Erst mal eine Runde lernen. Dann dachte ich mir, ich schaue kurz bei Mum vorbei, bevor ich zur Uni gehe. Ich habe einiges für Professor Porter zu tun.«

»Klingt nach Arbeit. Wird's wieder spät?«

»Weiß ich noch nicht. Sie wollen mir die Forschungsprojekte unserer Gruppe vorstellen und mir erklären, was ich zu tun habe, um meinen Lebensunterhalt zu verdienen.«

Mr. Robert füllte ein paar Löffel kalten Reis aus dem Kocher in eine Schale, sprenkelte etwas Wasser darüber und stellte ihn in die Mikrowelle.

»Und du?«, fragte Tina.

»Das Übliche. Unterricht, wie immer. Wahrscheinlich schaue ich heute Nachmittag auch noch mal bei deiner Mutter vorbei.«

»Okay.« Sie trank einen Schluck Kaffee. »Erinnerst du dich noch an das, was du mir von deinem *shodô*-Sensei erzählt hast?«

»Klar.« Er nahm zwei Blätter getrocknete Algen aus einem Zellophanpaket. »Was ist damit?«

»Ich frage mich, ob er vielleicht bereit wäre, bei unseren Forschungen mitzumachen.«

»Du meinst, als Versuchskaninchen?«

»Nun ja, so würde ich es nicht gerade nennen. Außerdem weiß ich gar nicht, ob sie überhaupt noch Kaninchen zum Testen nehmen. Unsere Forschungen könnten dem Sensei helfen und anderen Leuten mit ähnlichen Problemen.«

Mr. Robert nahm das Schälchen mit dampfendem Reis aus der Mikrowelle. »Fragen kannst du ihn sicher ... wenn es ihm, wie du sagst, vielleicht hilft. Aber wie soll er zustimmen, wenn er nicht sprechen kann?«

»In irgendeiner Weise wird man doch mit ihm kommunizieren können, oder?«

»Ich weiß nicht. Am besten sprichst du mal mit Gozen Sensei, dem leitenden Lehrer. Er kümmert sich um den Sensei.«

Er nahm den Topf vom Herd, fischte das Ei heraus und schlug es mit dem Messer auf. Dann ließ er das noch flüssige Eiweiß und Eigelb über den Reis laufen und kratzte mit dem Messer das fest gewordene Eiweiß heraus. Er würzte das Ganze mit Sojasauce und setzte sich mit der Schale und den Algenblättern an den Tisch. Mit seinen Stäbchen legte er etwas Reis auf eines der Blätter, tunkte es in die Sauce aus Eigelb und Sojasauce und schob es sich in den Mund.

»Gozen Sensei, sagst du?«

»Ja, ich gebe dir seine Telefonnummer.«

»Danke.«

Wenn ich aufhöre zu bitten
wird plötzlich jemand
mir helfen

Tina öffnete mit ihrem Schlüssel die Tür zu dem Mietshaus, in dem ihre Mutter wohnte. Sie ging durch die Eingangshalle mit den beiden Topfpflanzen und den zwei gepolsterten Stühlen, vorbei an dem noch immer kaputten Aufzug und die fünf Stockwerke hinauf. Sie fragte sich, ob das Treppensteigen gut oder schlecht für ihre Mutter war.

»Hi, Ma«, rief sie, als sie in die Wohnung kam.

Hanako war in der Küche und putzte. Der Gitteraufsatz des Herdes lag neben der Spüle, und die Herdoberfläche war mit Putzmittel eingesprüht. Hanako hatte ihr Haar zu einem Pferdeschwanz gebunden, was sie trotz der grauen Strähnen jünger aussehen ließ.

»Wie fühlst du dich?«

»Heute ganz gut, Ha-*chan.*«

»Wieso heute? War es gestern schlechter?«

»Nein. Gestern war auch gut. Ich mache uns gleich einen Tee.«

Ihre Mutter putzte den Herd zu Ende und setzte Wasser auf. Tina sah zu, wie ihre Mutter mit präzisen Bewegungen in der Küche hantierte. Sie hätte im Schlaf Tee kochen können.

Hanako gab Teeblätter in die Kanne. »Wie gefällt es dir an der Uni?«

»Gut. Wir haben gelernt, wie man den MRT-Apparat benutzt, du weißt schon, das Ding, womit man Bilder von seinem Inneren machen kann.«

»Du willst dir das Innere angucken, Ha-*chan*?« Sie prüfte die Temperatur des Kessels mit der Hand, goss den Tee auf und setzte sich mit der Kanne an den Tisch.

»Später mal. Hast du deine Medikamente genommen?«

Nach kurzem Zögern nickte Hanako.

Tina glaubte ihr nicht. »Ma, ich will nicht zusehen, wie du leidest.«

Hanako stand auf und stellte sich an die Spüle. »Mir geht es gut.«

»Warum lässt du dir dann von Mr. Robert *reiki* geben? Und warum verzerrst du dein Gesicht, als würde dir jemand ein Messer in den Rücken jagen?«

Ihre Mutter antwortete nicht. Tina wandte sich um und sah, dass sie zitterte und sich krampfhaft an die Spüle klammerte. Sie sprang auf. »Alles in Ordnung?«

Tina legte ihrer Mutter den Arm um die Schultern. Sie spürte, wie sie bebte, als würde ihr Körper durchgeschüttelt. »Ma? Soll ich den Arzt rufen?«

Hanako schüttelte den Kopf – zwei abgehakte, roboterartige Bewegungen. Dann gab ihr Körper nach, und sie fiel gegen ihre Tochter. »*Gomen nasai*«, sagte sie. Es tut mir Leid.

Durch das offene Fenster drang der Lärm der Autos und das Heulen einer Sirene herauf, das allmählich verebbte. Auch der Schmerz, der durch ihre Beine geschossen war und ihre Muskeln in Krämpfen gepackt hatte, ließ langsam nach. Tina saß auf dem Boden und sah ihre Mutter an, die auf dem Sofa lag. »Du hast deine Medikamente *nicht* genommen.«

Hanako hätte niemals so mit ihren Eltern gesprochen, so als wären sie die Kinder. Sie hatte ihnen nie widersprochen oder die Richtigkeit ihrer Entscheidungen angezweifelt. Doch Tinas hartnäckiges Fragen verärgerte sie nicht; es verstärkte nur ihre Trauer und ihre Schmerzen. Sie schüttelte den Kopf. »Ich mag die Medikamente nicht. Wenn ich sie nehme, fühle ich mich noch schlechter. Wozu soll das gut sein, *neh*?«

»Inwiefern schlechter?«

Hanako rückte das Kissen in ihrem Rücken zurecht. »Ich fühle mich, als wäre ich nicht ich. *Wakarimasu ka?*« Verstehst du?

»Ich denke schon. Aber sie sollen dir doch helfen, Ma. Sag es dem Arzt, wenn du sie nicht verträgst.«

»Er hat's mir schon vorher gesagt. Das sind die Nebenwirkungen.« Sie zählte sie an ihren Fingern ab. »Schüttelfrost, Schmerzen, Schweißausbrüche, Mundtrockenheit, Schwindelgefühle.«

»Natürlich gibt es Nebenwirkungen«, sagte Tina. »Aber die Medikamente helfen deinem Körper, gegen die Krankheit zu kämpfen. Sie reduzieren die Symptome. Weißt du was, ich komme mal mit Wijjie vorbei. Er ist Arzt und studiert mit mir an der Uni. Er hat gesagt, er ist gerne bereit, mit dir zu reden.«

»Ich habe einen Arzt.«

»Aber … Ma, ich habe etwas, das dir vielleicht helfen kann.«

»*Nani?*« Was denn?

»Es ist eine andere Art von Medizin.« Tina öffnete die Tasche ihres Rucksacks und nahm den Joint heraus. Er war ein wenig zerdrückt.

Hanako sah zu, wie Tina ihn glattstrich. »Ich weiß, was das ist. Die Tellerwäscher rauchen das draußen im Gang. Ich rieche es, wenn ich durch die Hintertür gehe. Kiyomi nennt sie Kiffer.« Sie sah ihre Tochter an. »Bist du eine Kifferin?«

Tina lachte. »Nein, Ma, ich bin keine Kifferin.« Sie hatte das Zeug vielleicht ein Dutzend Mal geraucht. Einer ihrer Freunde hatte drei oder vier Joints in der Woche geraucht, aber sie hatte dem leicht benommenen Gefühl nie etwas abgewinnen können. Eine gute Tasse Kaffee war ihr lieber. »Er ist für dich.« Sie legte den Joint auf den Tisch.

»Für mich?«

»Ich habe mit Wijjie und ein paar Freunden über MS gesprochen, und einer hatte von einem MS-Patienten gehört, der Gras rauchte, um die Schmerzen und Krämpfe zu mildern. Ohne Nebenwirkungen.«

Hanako blickte hinunter auf den Joint, dann aus dem Fenster. »Das ist doch verboten.«

»Erinnerst du dich nicht, dass es vor ein paar Jahren eine Abstimmung gab? Man kann es im Krankenhaus kaufen.«

Hanako sah Tina an. »Woher hast du es?«

»Ich weiß nicht, ob ich dir das erzählen soll. Aber mach dir keine Sorgen, ich kriege deswegen keine Schwierigkeiten.«

»Das will ich hoffen.«

Sie saßen eine Weile still da und tranken ihren Tee. Tina sah auf die Uhr; sie war bereits spät dran, aber sie wollte warten, bis Mr. Robert kam. »Ma, gehst du heute zur Arbeit?«

»Natürlich.« Sie musste arbeiten; sie wollte nicht mit ihren Gedanken allein sein. Bei der Arbeit kam sie nicht zum Nachdenken.

»Hast du Tante Kiyomi immer noch nichts davon gesagt?«

»Nein«, flüsterte Hanako.

In dem Moment klingelte es, und Tina sprang auf, um auf den Türöffner zu drücken. Dann kehrte sie ins Wohnzimmer zurück. »Bist du sicher, dass es dir wieder besser geht?«

»Ja, viel besser.«

»Na gut, dann überlasse ich dich jetzt Mr. Robert. Ich muss in die Uni.«

Hanako nickte. »Nur zu. Mir geht es gut.«

»*Konnichiwa*«, sagte Mr. Robert, als er hereinkam.

»*Konnichiwa*«, antwortete Hanako.

Tina sagte: »Sie hat einen massiven Schub gehabt.«

»Alles in Ordnung?«, fragte er Hanako.

»Es war nur ein kleiner Schmerz. Nichts Schlimmes. Ein bisschen *reiki,* dann bin ich wieder so gut wie neu.«

»Dafür bin ich ja hergekommen«, sagte Mr. Robert. Zu Tina gewandt fragte er: »Ist das der Grund, warum du noch hier bist? Ich dachte, du wärst längst in Berkeley.«

»Ja, ich habe auf dich gewartet. Sie hatte wirklich starke Schmerzen.«

»Okay. Entspanne dich einfach, Hanako-*san.*« Er ging auf den Beistelltisch zu, um ihn beiseite zu schieben. »Was ist das denn?«, fragte er und deutete auf den Joint.

»Oh«, sagte Tina, »den hatte ich ganz vergessen.«

»Ein Joint?«

Tina sah zu ihrer Mutter hinüber, die aus dem Fenster starrte. »Wijjie – du weißt schon, der Arzt, von dem ich dir erzählt habe – meint, es wäre ausgesprochen gut für MS-Patienten. Reduziert die Schmerzen und Krämpfe.«

»Du willst, dass deine Mutter einen Joint raucht?«

»Das würde ich nie tun«, sagte Hanako.

»Aber, Ma, wie kannst du wissen, ob es dir hilft, wenn du es nicht ausprobierst?«

»Du willst deiner eigenen Mutter einen Joint andrehen?«, wiederholte Mr. Robert.

»Ja, genau.«

Er griff nach dem Joint und verließ das Zimmer. Sekunden später hörte man die Toilettenspülung rauschen.

BERKELEY

Zenzen Senseis Dunkelheit ließ langsam nach, eine Dämmerung, die sich ewig hinzog. Die Dunkelheit war ein Geist gewesen, der sich über seinen Verstand gebreitet und alles Licht ausgelöscht hatte. Ein Geist, der seine Gedanken, die auf merkwürdige Weise zugleich fremd und vertraut waren, umschlossen und sie so lange zusammengedrückt hatte, bis sie in einem wirren Durcheinander dalagen wie eine Menschenmenge nach einem Panikausbruch.

Der Geist schleifte ihn durch eine Welt, von der er keine Vorstellung hatte; sie war weder wirklich noch unwirklich. Vorher … es gab ein Vorher, das spürte er … ein Gefühl, dass vor dieser Dunkelheit etwas geschehen war. Ein Gefühl, dass dieses Vorher anders war als das Jetzt, besser. Er versuchte sich von dem Ort, an dem er sich befand, zu dem Ort zurückzutasten, wo er zuvor gewesen war, obwohl er sich nicht erinnerte, wie der ausgesehen hatte.

Wenn er doch nur zu dem Vorher gelangte, dann würde er vielleicht verstehen, was passiert war, warum alles dunkel war, warum die Geister erschienen waren. Er versuchte seine Gedanken zu dem Vorher zu leiten, zu dem Ort in seinem Verstand, wo das Vorher existierte. Er spürte ganz deutlich, dass es einen Ort gab, einen physischen Ort, an dem er das Vorher finden würde. Ein Ort, an dem er leben konnte, wo die Dunkelheit nicht existierte.

Gedanken flackerten auf wie Lichtquanten: das Gesicht einer Frau, eine verschwommene Süße, ein Lächeln in Nahaufnahme.

Doch sie waren flüchtig, lösten sich auf, sobald er sie greifen wollte. Je mehr er versuchte, sich auf diese tröstlichen Gedanken zu konzentrieren, desto schneller verschwanden sie in der tintigen Dunkelheit.

Auftauchen
um zu
ertrinken

Tina kam zu spät zu ihrem Treffen mit Howard. Als sie sich dafür entschuldigte, sagte er: »Schon okay«, obwohl seine Stirn ungeduldig gerunzelt war.

Sie erklärte ihm, ihre Mutter sei krank.

»Hoffentlich nichts Ernstes?«

»Nein.« Sie hatte keine Lust, darüber zu reden.

»Gut.« Er begann seine Runde, indem er ihr das Ablagesystem für die Forschungsunterlagen zeigte: Daten von Versuchspersonen, Ordner voller Gehirnaufnahmen, Mappen mit statistischen Analysen und die dazugehörigen Berichte. Als Nächstes kam das Labor für die psychologischen Tests, wo Versuchspersonen gefilmt werden konnten, während sie bestimmte Aufgaben erfüllten. Der Laborraum war mit Videokamera und Mikrofon ausgestattet, und von der Decke hing ein großer Computerbildschirm für die Aussendung visueller Reize.

Dann zeigte er ihr den Computerraum und die Drucker, den Vorratsraum, die Bedienung des Kopierers und zum Schluss das Büro, in dem sie zusammen mit einigen anderen Forschungsassistenten von Professor Porter arbeiten würden. Tina hatte einen Schreibtisch, ein Telefon, einen Computer, einen halben Schubladenschrank und ein halbes Buchregal zu ihrer Verfügung.

Howard musste sich beeilen, um zu einem anderen Termin zu kommen, und Tina entschuldigte sich erneut für ihre Verspätung. Er winkte ab und ließ sie allein im Büro zurück.

Sie öffnete ihren Rucksack und räumte ihre drei Bücher und den Stapel kopierter Aufsätze in das Regal. Dann setzte sie sich an ihren Schreibtisch und öffnete die Schubladen, in denen noch einige Spuren vom Leben ihres Vorgängers lagen: Büroklammern, alte Fahrpläne von Bussen und Schnellbahn, Kugelschreiber und ein verfallener Gutschein über zwei Dollar beim Kauf einer Panhandler's Pizza.

Tina warf den Müll weg, schaltete den Computer ein und rief ihre Mails ab. Nichts Wichtiges.

Sie nahm den Hörer ab und lauschte auf das Freizeichen. In ihrem Notizbuch, das bereits vor ihr auf dem Tisch lag, schlug sie Gozens Nummer auf und wählte. »Hallo, Gozen Sensei?«

»Ja?«

»Hier ist Tina Suzuki, eine Freundin von Robert Smith. Er meinte, ich sollte Sie anrufen, um mit Ihnen über Zenzen Sensei zu sprechen.«

Es folgte ein längeres Schweigen, bevor er sagte: »Worum geht es?«

»Es tut mir wirklich Leid, was passiert ist. Ich studiere in Berkeley Neurologie, also die Funktionsweise des Gehirns, und meine Professorin und ich würden gerne mit ihm über seine Krankheit sprechen.«

Wieder eine lange Pause. »Ich weiß nicht ...«

Am liebsten hätte Tina gesagt: Okay, vergessen Sie's. »Es geht um ein Forschungsprojekt, wir möchten herausfinden, wie das Gehirn funktioniert, wie es Sprache entwickelt. Wie ich gehört habe, hat der Sensei Schwierigkeiten mit dem Sprechen und Schreiben?«

»Ja, das hat man mir gesagt. Sie wollen Forschungen betreiben? Nun ja ...«

»Vielleicht können wir uns irgendwo treffen, um miteinander zu sprechen?«

»Worüber?«

»Über Zenzen Sensei.«

Wieder eine Pause. »Gut.«

»Wo wäre es für Sie denn am günstigsten?«

»Günstig? Hm, wie wäre es mit der Zenzen Schule? Sie ist nicht weit von der Universität entfernt.«

»Wunderbar.«

Tina klopfte an die Tür der Zenzen Schule für japanische Kalligraphie. An der Tür hing eine kleine Schriftzeichenrolle, die sie nicht lesen konnte. Der Japaner, der ihr öffnete, war nicht größer als sie selbst. Er hatte ein breites, fleischiges Gesicht und trug ausgebeulte Jeans, einen weiten Pullover und Pantoffeln mit weißen Socken. »Gozen Sensei?«, fragte sie.

»Ja. Suzuki-*san*?«

»Bitte nennen Sie mich Tina.« Sie zog die Schuhe aus und schlüpfte in ein Paar Pantoffeln, die neben der Tür standen. Sie gingen in den ersten Raum zur Linken, wo mehrere kleine Tische mit Stühlen standen. Gozen deutete auf einen Tisch, auf dem bereits ein Teeservice bereitstand.

»Tee«, sagte Tina. »Wie nett von Ihnen.«

»Das ist doch selbstverständlich.«

Tina setzte sich, während er ihnen einschenkte.

»Wie lange sind Sie schon an der Zenzen Schule?«

Er legte den Kopf zur Seite. »Ungefähr zehn Jahre. Ich arbeitete damals an meiner Doktorarbeit über internationale Betriebswissenschaft. In meinem ersten Jahr hier begann ich bei Zenzen Sensei *shodô* zu lernen.«

»Mr. ... ich meine, Robert hat mir gesagt, Sie wären der leitende Lehrer.«

Gozen deutete eine Verbeugung an. »Ich gebe mir Mühe.«

Seine traditionelle japanische Bescheidenheit entlockte Tina ein Lächeln. Sie blickte sich im Raum um. »Was für eine angenehme Schule.«

»Danke.«

Sie wandte ihren Blick wieder ihm zu. »Das mit Ihrem Sensei tut mir Leid. Ist er immer noch im Krankenhaus?«

»Ja, er macht jetzt eine Rehabilitation.«

»Ich hoffe, er erholt sich bald«, sagte Tina, obwohl sie aus ihren Seminaren wusste, dass ein schwerer Schlaganfall immer bleibende Schäden hinterließ. »Robert meinte, der Sensei könne nicht mehr schreiben? Und auch kein *shodô* mehr ausüben?«

Gozen starrte in seine Teetasse. »Das ist die schmerzlichste Nachricht.«

»Allerdings sagte er, der Sensei würde Zeichnungen anfertigen, die zum Teil aus *kanji*-Radikalen bestehen. Entschuldigen Sie, ich verstehe nicht viel von *shodô*.«

Gozen wandte sich um und deutete auf eine gerahmte Kalligraphiearbeit. »Das *kanji* dort stellt die *eiji happô* dar, die acht Radikale.«

Er stand auf und trat an das Bild, um ihr die acht Radikale zu zeigen.

»Sie sind ein guter Lehrer«, sagte Tina, als er zu seinem Stuhl zurückkehrte.

»Danke.«

Tina trank einen Schluck von ihrem Tee und lächelte ihn freundlich an. »Glauben Sie, der Sensei hätte etwas dagegen, wenn wir bei unseren Forschungen mit ihm arbeiten würden?«

Gozens Blick zuckte hierhin und dorthin, als suche er nach einer Antwort. »Ich weiß nicht. Schwer zu sagen. Sie könnten ihn fragen, aber ich glaube nicht, dass er Sie versteht.«

»Ich könnte es versuchen.«

»Ja, das könnten Sie wohl. Würden Ihre Forschungen ihm helfen?«

»Das weiß ich nicht«, sagte sie. »Ich fange gerade erst mit dem Studium an.«

Gozen drehte die Teetasse ein paarmal in seiner Hand. »Ich bringe Sie zum Krankenhaus.«

Sie brauchten eine Viertelstunde, um vom Campus durch die Berkeley Hills und zur Stadtgrenze von Oakland zu fahren. Nachdem er den Wagen geparkt hatte, gingen sie zum Eingang des Krankenhauses. »Ich warte hier, ja?«, sagte Gozen.

»In Ordnung.«

»Er heißt Shimano. Das ist der Name, den sie im Krankenhaus benutzen.«

Tina wiederholte den Namen und ging dann hinein. Drinnen fand sie eine Anzeigetafel, auf der die Lage der Rehabilitationsabteilung eingezeichnet war.

Als sie die Flure entlangging, fragte sie sich, ob Gozen seinen Sensei nicht im Krankenhaus sehen wollte. Er war sicher nicht mehr derselbe Sensei, der ihn *shodô* gelehrt hatte. Oder vielleicht mochte Gozen auch einfach keine Krankenhäuser.

Als sie in der Reha-Abteilung angekommen war, fragte sie eine

Das *yaku*-Radikal ist eines der *eiji happô*. Üben Sie am Ende des vertikalen Strichs leichten Druck auf den Pinsel aus und ziehen Sie ihn dann mit einer schnellen Bewegung des Handgelenks in Richtung der oberen linken Ecke vom Papier. *Yaku* bedeutet »Sprung« oder »Tanz«. Die letzte Bewegung des Pinsels ähnelt in der Tat dem Sprung eines Tänzers.

Lehrbuch der Zenzen Schule für japanische Kalligraphie

Krankenschwester an der Zentrale: »Kann ich einen Patienten namens Shimano besuchen?«

»Der Sensei? Ja, Sie können zu ihm, aber er kann weder sprechen noch schreiben.«

»Das habe ich gehört.«

»Und wer sind Sie?«

»Tina Suzuki.«

Die Krankenschwester tippte ihren Namen in den Computer. »Zimmer 577, dort entlang und auf der rechten Seite.«

»Danke.« Tina folgte der Beschreibung. Als sie das Zimmer gefunden hatte, klopfte sie leise an und öffnete die Tür. Es war ein typisches Krankenzimmer: zwei Betten mit Nachttisch, jeweils mit einem beweglichen Vorhang abgetrennt, und ein Fernseher an der gegenüberliegenden Wand.

Es war nur ein Bett belegt; Tina ging leise darauf zu. Der Japaner lag zugedeckt auf der linken Seite. Seine Augen waren geschlossen, die Atmung regelmäßig. Sein Gesicht wirkte friedvoll, und sein zerzaustes Haar war fast vollkommen weiß.

»Hallo?«, sagte sie nach einer Weile, die Stimme kaum lauter als ein Flüstern.

Seine Stirn – breit und kraftvoll – runzelte sich leicht, dann flatterten seine Lider auf, schlossen sich jedoch wieder. Sein Kopf bewegte sich ein wenig.

Tina beobachtete, wie seine Stirn sich stärker in Falten zog und die Lider erneut zuckten, als hätte er einen schlechten Traum. Dann öffneten sich seine Augen langsam, doch sie waren blicklos und trübe, als schliefe er noch oder wäre bewusstlos. Es sah aus, als sei sein Blick nach innen gerichtet, auf seine Gedanken.

»Hallo?«, sagte Tina erneut.

Die Augen des Sensei schienen sich auf sie zu richten oder zumindest ihrer Stimme zu folgen, doch nur für einen winzigen Moment, dann schlossen sich seine Lider wieder. Kurz darauf öffneten sie sich erneut, und er sah Tina an.

»Sensei?«

Sein Mund öffnete sich einen Spalt, und er stieß ein wenig schale Luft aus, doch es kam kein Ton. Seine Augen rollten nach unten, als wolle er seine eigenen Lippen betrachten. In seinem Mundwinkel sammelte sich ein kleiner Tropfen Speichel. Tina nahm ein Papiertuch aus der Schachtel neben seinem Bett und wischte ihn weg. Seine Augen blinzelten bei der Berührung, dann schlossen sie sich wieder.

In dem Moment ging die Tür auf, und ein Arzt kam herein. Er war so groß, dass er sich dabei ein wenig ducken musste. Der obere Teil seines Schädels war kahl, als hätte er sich das Haar an zahllosen Türrahmen abgeschabt.

»Sind Sie eine Verwandte?«, fragte der Arzt, während er die Unterlagen des Sensei studierte.

»Die Freundin eines Freundes.« Sie blickte wieder zum Sensei; seine Augen waren noch immer geschlossen. »Genau genommen studiere ich hier in Berkeley. Neurologie.«

»Neurologie? Soso. Graduiertenstudium?«

»Ja.«

Er trat auf sie zu. »Dr. Geoffry«, stellte er sich vor und streckte ihr seine lange, knochige Hand entgegen.

»Tina Suzuki.« Sie gaben sich die Hand.

»Irgendein Schwerpunktthema?«, fragte er.

»Wie bitte?«

»In der Neurologie«, sagte er. »Studieren Sie etwas Bestimmtes?«

»Ich forsche bei Professor Porter. Sprache.«

Eine Augenbraue wanderte in die Höhe. »Tatsächlich? Aphasie?«

»Ja. Unser Forschungsteam untersucht die funktionellen Sprachbereiche des Gehirns.«

Der Arzt zog ein Blatt Papier aus der Mappe und zeigte es ihr. »Können Sie damit etwas anfangen?«

Auf dem Bogen befanden sich mehrere Strichzeichnungen, die mit einem schwarzen Filzmarker gemalt waren. Die Striche erinnerten in ihrer Anordnung ein wenig an *kanji,* aber sie erkannte nichts davon. »Ich weiß nicht. Ein paar Elemente könnten zu japanischen Schriftzeichen gehören, aber ich kenne mich damit nicht aus. Ich kann nur ein paar von ihnen lesen. Wenn ich das Blatt ausleihen darf, könnte ich jemanden fragen, der Ahnung davon hat.«

Dr. Geoffry gab es ihr. »Natürlich.« Dann beugte er sich über den Sensei. »Hallo?«

Die Augen des Senseis öffneten sich. Der Arzt nahm eine Stiftlampe heraus, leuchtete damit in Zenzen Senseis Augen und bewegte sie leicht hin und her. Der Sensei blinzelte, doch seine Augen folgten dem Licht nicht.

»Wie ist sein Zustand?«, fragte Tina.

»Er hatte einen Schlaganfall im linken Temporallappen, ausgelöst durch eine Blutung. Teile des Präfrontalbereichs sind ebenfalls beschädigt. Aber die Notaufnahme hat ihn gut stabilisiert und die Schwellung im Gehirn eingedämmt. Er hat Glück gehabt, dass er so schnell hier war, nur wenige Minuten nachdem die Blutung eingesetzt hatte. Mit Hilfe von Medikamenten und Kühlung ist es gelungen, die ischämische Kaskade einzudämmen und den geschädigten Bereich zu begrenzen.«

Er blickte Tina an, um zu sehen, ob sie ihm folgen konnte. Mit einem Nicken gab sie ihm zu verstehen, dass er fortfahren sollte.

Suchend blätterte er in der Mappe. »Dennoch sind die Schäden beträchtlich.« Er zog eine Aufnahme heraus und reichte sie ihr.

Tina betrachtete das Bild. Anhand des Gewirrs aus schwarzweißen Flecken erkannte sie, dass es sich um einen Horizontalschnitt des Gehirns handelte. Gesundes Gewebe bildete sich hellgrau ab, doch hier waren große Teile der linken Gehirnhälfte schwarz.

Tinas Blick wanderte von der Aufnahme zum Sensei, der sie jetzt ansah, allerdings mit ausdruckslosem Gesicht. Sie kniete sich neben ihn; sein Blick folgte ihren Bewegungen. »Sensei?«

Seine Augen wurden wieder trübe, dann schlossen sie sich.

Es gab keine Worte, nur Gefühle. Ein stechender Schmerz, ein brennendes Sirren. Der Schmerz formte sich zu einem dunklen Loch, in dem er versinken, von dem er verschlungen würde, als hätte alles ihn im Stich gelassen.

Für einen kurzen Moment, der sich ewig hinzog, verspürte er ein stärkeres Gefühl, eine tiefe Sehnsucht. Ein Gesicht erschien, so vertraut und zugleich so quälend fremd. Es war direkt vor ihm, und er konnte nichts anderes tun, als es anzustarren. Er konnte sich weder darauf zubewegen noch das wirre, sich überlagernde Durcheinander seiner Gefühle in Worte fassen. Er spürte, dass das Wissen da war und dass er seinen Gefühlen Ausdruck geben musste, sonst würde er sterben.

Dann war das Gesicht verschwunden, und Dunkelheit breitete sich über alles, außer einem Summen. Der Klang ferner Gefühle.

Sprich zu mir
freundlich
zärtlich
kein Verstecken
der Gefühle

Tina entdeckte Gozen draußen vor dem Krankenhaus auf einer Bank. Als sie auf ihn zuging, erhob er sich. »Tut mir Leid, dass es so lange gedauert hat.«

Er schüttelte den Kopf. »Sie brauchen sich nicht zu entschuldigen.«

»Der Arzt kam in das Zimmer des Sensei, und wir haben uns lange unterhalten.«

»Was hat er gesagt?«

»Vielleicht sollten wir uns irgendwo hinsetzen, um zu reden. Haben Sie Zeit?«

»Ja.«

Tina blickte sich um. Überall Arztpraxen und Apotheken. »Ich habe keine Ahnung, wo man hier hingehen könnte.«

»Haben Sie Hunger?«

»Und ob. Ich habe seit dem Frühstück nichts mehr gegessen.«

»Ich kenne ein Café in der Nähe, das nicht übel ist.«

»Wunderbar.«

Sie stiegen ins Auto, und Gozen fuhr sie zu einem kleinen Café, das nur ein paar Minuten vom Krankenhaus entfernt war und in dem es Suppen und Sandwiches gab. Sie setzten sich an einen Tisch am Fenster. Zu dieser späten Nachmittagsstunde war das Café fast leer. Tina bestellte ein halbes vegetarisches Sandwich, eine Champignoncremesuppe und Eistee. Gozen nahm dasselbe.

Nachdem der Kellner ihre Bestellung aufgenommen und ihnen den Tee gebracht hatte, sagte Tina: »Der Arzt hat mir erklärt, dass das Gehirn des Sensei geschädigt ist, vor allem die Bereiche, die für das Produzieren und Verstehen von Sprache zuständig sind. Die liegen hier.« Sie berührte ihre linke Kopfseite.

»Wird er sich wieder erholen?«

»Sie wissen noch nicht genau, wie stark die Schäden sind. Dazu müssen sie noch weitere Tests durchführen. Ein Teil der Schäden – seine Unfähigkeit zu sprechen und zu schreiben oder auch nur zu verstehen, was jemand zu ihm sagt – könnte zeitlich begrenzt sein.

Einige Bereiche sind angeschwollen, was ganz normal ist, da der Schlaganfall durch ein geplatztes Blutgefäß ausgelöst wurde. Wenn die Schwellungen verschwinden, könnte sich einiges von selbst bessern.«

Gozen starrte auf die Tischplatte, ihr leicht zugewandt, als lausche er konzentriert. Nach einer Weile nickte er kurz und sagte: »Aber es könnte auch sein, dass es sich nicht bessert.«

Tina erwiderte, das wisse sie nicht, aber sie habe gehört, dass sich dank der Rehabilitationsmaßnahmen die zerstörten Nervenbahnen wieder neu bilden könnten, sodass zumindest ein Teil der Funktionsfähigkeit zurückkehrte. Dennoch, so warnte sie ihn, war es unwahrscheinlich, dass der Sensei sich wieder ganz erholte.

Der Kellner brachte zwei große Teller – auf der einen Seite die Sandwiches, üppig belegt mit gerösteten Paprikastreifen, roten Zwiebeln und Salatblättern, und auf der anderen die dickwandigen Schalen mit cremiger Suppe. »Guten Appetit«, sagte er. »Ich bringe Ihnen gleich noch einen Eistee.«

Tina probierte einen Löffel von der Suppe. »Mmh, lecker«, sagte sie. Gozen sah erleichtert aus.

Tina legte den Löffel beiseite und nahm das Blatt Papier, das der Arzt ihr gegeben hatte, aus ihrem Rucksack. »Das hier hat der Sensei gemalt.«

Mit gerunzelter Stirn betrachtete Gozen die Zeichnungen. »Das kann nicht sein. Unmöglich.«

»Einiges sieht aus wie *kanji,* oder vielleicht *kana,* aber davon kenne ich nur sehr wenige.«

Gozen nahm den Bogen in die Hand und studierte ihn eingehend, wobei er ihn kurz auf den Kopf stellte. »Es ist Zenzen Senseis Stil, wenn auch ohne seine sonstige Kraft. Aber *kanji* oder *kana* sind es nicht.« Er drehte das Blatt auf dem Tisch hin und her und deutete dann auf eine Stelle. »Das hier ist ein Teil des Schriftzeichens für Wasser. Haben Sie mal einen Stift?«

Tina nahm einen Kugelschreiber aus ihrem Rucksack und gab ihn

Gozen. Er malte das Zeichen für »Wasser« auf seine Papierserviette. »Das hier ist *mizu*, Wasser. Diese Teile des *kanji*« – er zog die entsprechenden Striche nach – »kommen in der Zeichnung vor, aber es gibt kein Schriftzeichen, das so aussieht, wie er es gemalt hat.«

»Ich verstehe«, sagte Tina. »Meinen Sie, er versucht etwas auszudrücken, kann sich aber nicht richtig an die Schriftzeichen erinnern?«

Gozen sog die Luft durch die Zähne. »Ich weiß es nicht. Diese Zeichnungen ergeben für mich überhaupt keinen Sinn. Sie sind so wirr, als wären es nur Kritzeleien.«

»Sie sagten, Sie könnten den Stil des Sensei erkennen, nur ohne seine sonstige Kraft. Was genau meinen Sie damit?«

Gozen deutete auf die Zeichnung, über die er eben gesprochen hatte. »Hier sieht die Linienführung so aus, als wäre er sehr durcheinander gewesen. Im *shodô* haben wir den Ausdruck *byôhitsu*, was so viel bedeutet wie ›kranke Striche‹.« Gozen malte das Schriftzeichen auf seine Serviette. »Man kann es an der Qualität der Pinselstriche erkennen, wenn jemand krank oder unkonzentriert ist. Sie zeigen manchmal den spirituellen und geistigen Zustand des Malenden. Sensei würde sagen, Kalligraphie ist das Abbild des Geistes.«

Tina studierte das Blatt. »Sie würden also sagen, diese Zeichnungen sind *byôhitsu*?«

»Sehr *byôhitsu*.«

»Interessant«, sagte Tina. Sie notierte sich den Ausdruck und kopierte das *kanji* in ihr Notizbuch.

Tina stand in Professor Porters Büro im zweiten Stock des Ostflügels und wartete, während die Professorin ein Formular unterzeichnete, das Tina für einen Antrag auf Studienzuschüsse benötigte. Als sie fertig war, sagte Tina: »Ich habe den Kalligraphielehrer besucht, den mit dem Schlaganfall.« Sie zeigte Professor Porter die Zeichnungen des Sensei und gab Gozens Erklärungen dazu weiter.

»Die klassischen Anzeichen einer Agraphie.« Professor Porter

Das erste Zeichen – *byô* – ist aus den Zeichen für »Krankheit« entstanden; diese stellen einen Menschen dar, der auf einem Bett liegt. Es ist von einem Ideogramm abgeleitet, das ursprünglich »großer Altar« bedeutet. Das Zeichen könnte also einerseits »groß«, andererseits aber auch »lähmend« oder »tödlich« bedeuten. Die Striche sollten ein Gefühl von Stärke vermitteln, damit die Krankheit den Geist des Betroffenen nicht überwältigen kann.

Das zweite Zeichen – *hitsu* – ist eine Kombination von »Bambus« und »Pinsel in Hand«. Bambuspinsel wurden meist zum Schreiben verwendet und nur selten für die Kalligraphie. Dennoch vermittelt der Bambuspinsel ein Gefühl von Ursprünglichkeit, wie es der ästhetische Begriff *wabi-sabi* beschreibt.

Lehrbuch der Zenzen Schule für japanische Kalligraphie

stand von ihrem Schreibtisch auf und ging zu der Schreibtafel an der Wand, an der sich ein paar Notizzettel und eine grobe Zeichnung von einer Nervenbahn, die Tina nicht kannte, befanden. Die Nervenbahn war an einer Stelle mit einem dicken X durchgestrichen.

Mit einem schwarzen Filzmarker malte die Professorin zwei Striche auf die Tafel. Der eine sah aus wie ein *f* ohne den Querstrich, der andere wie ein unvollendetes *a*. »Patienten, die an Agraphie leiden, sind nicht mehr imstande, vollständige Buchstaben zu schreiben. Ihre Gehirnverletzungen haben die Nervenbahnen unterbrochen, die es ihnen ermöglichen, sich an die Anordnung der einzelnen Buchstabenteile zu erinnern. Es wäre hochinteressant, diesen Zustand bei einem japanischen Kalligraphielehrer zu beobachten. Wir könnten ein paar überaus wichtige Entdeckungen machen. Außerdem ist interkulturelle Forschung zurzeit schwer in Mode. Das wäre wirklich fantastisch. Hat er eingewilligt, sich als Forschungsobjekt zur Verfügung zu stellen?«

»Er kann nicht sprechen. Ich weiß nicht mal, ob er überhaupt versteht, was man zu ihm sagt.«

»Wir müssen die Erlaubnis bekommen. Haben Sie mit seinem Arzt gesprochen?« Professor Porter drückte die Kappe auf den Marker und kehrte zu ihrem Schreibtisch zurück.

»Ja, er ist vorbeigekommen, aber er meinte, es würde wohl noch eine Weile dauern, bis der Sensei kommunizieren könne.«

»Vielleicht sollte ich mal mit ihm sprechen. Möglicherweise bekommen wir die Erlaubnis von einem Angehörigen.«

»Lassen Sie es mich noch einmal versuchen«, sagte Tina. »Der Arzt meinte, wenn die Schwellung nachlässt, könnten einige Funktionen von selbst zurückkehren.«

»Stimmt. In Ordnung. Bleiben Sie dran«, sagte die Professorin in stakkatoartigem Tonfall.

Gozen Sensei hielt den Daizen Reibstein unter die Lampe. Wenn man den Stein in einem bestimmten Winkel ins Licht hielt, glitzerte er. Er trug den Reibstein in das Atelier von Zenzen Sensei und stellte ihn vorsichtig auf den niedrigen Tisch. In der Vorratsschublade fand er einen unbenutzten Tintenblock. Er löste das Schutzpapier am oberen Ende und legte ihn daneben.

Aus einer kleinen Flasche ließ er ein paar Tropfen Wasser in den Reibstein laufen. Er zögerte einen Moment und fragte sich, ob er weitermachen sollte, tauchte dann jedoch die Spitze des Tintenblocks in das Wasser und begann langsam zu reiben. Die Tinte löste sich leicht, und das Wasser färbte sich sofort schwarz, als wäre der Reibstein hungrig.

Als die Tinte tiefschwarz war, bewunderte Gozen die kleine Lache. Er legte ein Blatt bestes Reispapier auf den Tisch – auf der glatten Oberfläche würde der Pinsel mühelos gleiten – und beschwerte es mit einem Gewicht, damit es nicht verrutschte. Schließlich wählte er einen Pinsel aus einem alten japanischen Fachgeschäft aus, der nach Zenzen Senseis speziellen Wünschen angefertigt worden war.

Gozen tauchte den Pinsel so weit in die Tinte, bis das untere Drittel der Spitze befeuchtet war. Er brachte den Pinsel über dem Papier in Position und platzierte die Tinte in einem kontrollierten Wirbel von Bewegungen auf dem Papier. Er hatte die Schriftzeichen für *hô* – »Schatz« – gewählt, und als sie fertig waren, hämmerte sein Herz. Noch nie hatte er so gut gemalt; noch nie war seine Kalligraphie so lebendig gewesen. Auf einer Ebene mit den besten Arbeiten seines Sensei, war das Werk für sein Empfinden der Vollendung zu nah, um es zu betrachten.

Rasch reinigte er den Reibstein und legte ihn zurück in seine Kiste. Als er die Schublade öffnete, um die Kiste an ihren Platz zu räumen, bemerkte er den alten Umschlag. Er legte die Kiste in die Schublade und nahm den Umschlag heraus. Das brüchige Klebeband löste sich problemlos vom Umschlag, als er den Finger darunterschob. Im Innern befand sich ein Brief von der Privatdetektei Kando in Kyoto, datiert vom 10. Juli 1977 und adressiert an den

Hô ist zusammengesetzt aus den Zeichen für »Dach«, das gleichbedeutend ist mit »Gebäude« und »Juwel«. Die Kombination meint also einen »Ort für kostbare Dinge«, woraus im Lauf der Zeit »kostbare Dinge« beziehungsweise »Schatz« geworden ist. Die Striche sollten solide und bescheiden wirken, keinesfalls protzig. Verwenden Sie *nijimi*-Striche – feuchtere Striche, die an den Rändern leicht verlaufen.

Lehrbuch der Zenzen Schule für japanische Kalligraphie

Leiter der Daizen Schule für Kalligraphie. Er enthielt einen Bericht über die Versuche des Detektivs, eine Frau namens Hanako Suzuki aufzuspüren. Wie Kando herausgefunden hatte, lebte sie in San Francisco. Er gab ihre Wohnadresse und ihre Arbeitsstelle an: das Tempura House Restaurant an der Powell Street.

Gozen nahm den Bericht mit ins Atelier, um sich Namen und Adresse des Detektivs wie auch der Frau aufzuschreiben. Nachdem er den Bericht wieder zu dem Reibstein in die Schublade gelegt hatte, begann er einen Brief an den Detektiv zu verfassen.

ZWISCHENSPIEL

Privatdetektei Kando

JUNI 1977
KYOTO, JAPAN

Kando nahm an, dass der Sensei genauso alt war wie er, vielleicht ein paar Jahre jünger. Im Gegensatz zu seinem perfekt gebügelten weißen Hemd und der professionell gebundenen Krawatte trug der Sensei ein zerknittertes graues Hemd und eine schwarze Stoffhose, deren Bügelfalte nicht einmal mehr zu erahnen war.

Kando wusste, dass es um eine Frau ging. Wahrscheinlich eine Affäre; zweifellos war sie verheiratet. »Wie kann ich Ihnen behilflich sein?«

»Eine meiner Schülerinnen ist verschwunden.«

»Verschwunden?«

Kando sah, wie der Sensei seine Worte abwog. Wiederum ein Hinweis auf eine Affäre: Der Sensei überlegte, wie er seine Indiskretion beschreiben sollte. »Sie ist seit anderthalb Jahren regelmäßig dreimal in der Woche zum Unterricht gekommen. Dann plötzlich nicht mehr.«

Geistesabwesend betrachtete der Sensei die gerahmte Lizenz an der Wand hinter dem Detektiv. »Eines Tages kam sie nicht zum Unterricht. Das war das erste Mal, dass sie fehlte. Sie rief nicht an. Und dann kam sie auch zur nächsten Stunde nicht.«

»Wann war das?«

Daizen Sensei richtete sich aus seiner etwas nachlässigen Haltung auf. Sofort änderte sich seine Ausstrahlung; er wirkte ruhig und würdevoll. »Vor vier Wochen.«

»Ich nehme an, Sie haben versucht, sie zu kontaktieren?«

»Anfangs nicht. Nicht in der ersten Woche.«

Kando stellte sich vor, wie lang die Woche für den Sensei gewesen sein musste, wie er bei jedem Telefonklingeln zusammengezuckt war, wie enttäuscht er gewesen war, wenn seine Hoffnungen zerschlagen wurden.

»Dann habe ich bei ihr zu Hause angerufen, aber es hob niemand ab.« Der Sensei wandte seinen Kopf ein wenig zur Seite, als lausche er auf das endlose Klingeln.

»Gut. Ich brauche ihren Namen und ihre Adresse.«

»Sie heißt Hanako Suzuki. Sie lebt in Kobe, stammt jedoch aus Osaka. Ihren Geburtsnamen kenne ich nicht – Suzuki ist ihr angeheirateter Name. Ihr Mann heißt Tetsuo Suzuki.« Der Sensei fixierte Kando mit kühlem Blick.

Der Detektiv konnte es sich nicht verkneifen, eine Braue hochzuziehen. »*Der* Tetsuo Suzuki?«

»Ja.«

Das würde den Auftrag für Kando zugleich einfach und schwierig machen. Die Bewegungen eines so prominenten Menschen zu verfolgen, war relativ leicht. Andererseits konnte jemand mit solchem Einfluss einem Detektiv, der in seinem Privatleben herumschnüffelte, das Leben verdammt schwer machen. Leute wie Suzuki waren empfindlich, was ihr Privatleben betraf.

Kando hatte seine Kriterien, wenn es darum ging, einen Auftrag anzunehmen oder abzulehnen, und das Wichtigste war die Wahrscheinlichkeit des Erfolgs. In diesem Fall würde der Erfolg darin bestehen, die Frau zu finden, ohne selbst entdeckt zu werden. Keine einfache Aufgabe. Eine Herausforderung. Das machte den Auftrag spannend.

»Ja, ich werde versuchen, Ihnen zu helfen.«

Die ersten anderthalb Tage verbrachte Kando damit, Informationen über seinen neuen Klienten zu sammeln. Das war eine seiner Regeln (was er seinen Klienten natürlich verschwieg), und er wendete sie jedes Mal an, wenn ein männlicher Klient Informationen über eine Frau haben wollte – vor allem über ihren Aufenthaltsort –, die nicht direkt mit ihm verwandt war. Der Detektiv wollte keinen Mord-Selbstmord oder ein ähnliches Verbrechen aus Leidenschaft auf seinem Gewissen haben.

Kiichi Shimano war in der westjapanischen Stadt Fukuoka geboren. Seine Eltern besaßen eine kleine Versicherungsgesellschaft. Die Firma wurde 1950 von einem größeren Unternehmen aufgekauft, und die Shimanos wurden eingestellt, um ihre ehemalige Firma als Filiale weiterzuführen, was sie noch immer taten. Der junge Shimano absolvierte eines der öffentlichen Gymnasien mit einem durchschnittlichen Zeugnis. Er hatte kein besonderes Talent für Mathematik oder Naturwissenschaften, schnitt jedoch im sprachlich-künstlerischen Bereich gut ab. Da seine Eltern über die nötigen Mittel verfügten, schickten sie ihn zum Studium nach Kyoto, zur angesehenen Hochschule der Künste. Drei Monate nach seiner Ankunft in Kyoto begann er an der Daizen Schule Kalligraphie zu lernen.

Shimanos Aufstieg in der Schule war rasant. Zwei Jahre nach dem Abschluss seines Studiums wurde er zum angehenden Lehrer ernannt – jünger als je ein anderes Mitglied der Daizen Schule. Er stieg in der Rangordnung stetig weiter auf, bis er schließlich beim

Tod des achtundzwanzigsten Daizen Sensei dessen Posten übernahm.

Sechs Jahre zuvor, im Alter von neunundzwanzig Jahren, hatte Shimano Yuriko Taniguchi geheiratet. Ihr Vater war bis zu seiner Pensionierung vor zwei Jahren Beamter in der städtischen Finanzbehörde gewesen. Ihre Mutter war die Tochter eines Cousins des achtundzwanzigsten Daizen Sensei. Kando wusste nicht, ob die Heirat etwas mit Shimanos Karriere in der Schule zu tun hatte, aber zumindest war es sehr wahrscheinlich, dass die beiden sich dort kennen gelernt hatten. Die Daizen Schule war anders als andere traditionelle Schulen für japanische Kunst; fast alle funktionierten über das *iemoto*-System, bei dem die Schule jeweils dem ältesten Sohn übergeben wurde. Die Daizen Schule war in den Händen einer Treuhandverwaltung und offiziell als gemeinnützige Institution anerkannt. Die Geschäfte der Schule wurden vom obersten Sensei und einem Komitee der leitenden Lehrer geführt.

Allem Anschein nach waren Shimano und seine Frau glücklich verheiratet – niemand, mit dem Kando sprach, konnte sich an den geringsten Streit erinnern. Es gab auch keinen Hinweis auf eine frühere Affäre. Abgesehen von der Tatsache, dass sie keine Kinder hatten (niemand wusste, ob dies ihre Entscheidung war oder ob es ein Problem gab), schienen sie ein ruhiges, unauffälliges Paar zu sein. Über den Sensei gab es keine Polizeiakte, weder in Fukuoka noch in Kyoto, und auch sonst wies nichts auf irgendwelche früheren Konflikte mit einer Frau hin. Seine Kreditwürdigkeit war unangefochten, und obwohl er nicht reich war, führte er ein komfortables Leben.

All dies waren nach Kandos Erfahrung typische Zeichen, die einen Mann dazu verleiten konnten, sich auf eine zerstörerische Affäre einzulassen: in jungen Jahren der große Erfolg, und dann ein gleichförmiges, unerträglich langweiliges Leben. Dennoch sah Kando nichts, worüber er sich Sorgen machen musste. Die Frau hatte vermutlich genug von der Affäre gehabt und versucht sie zu beenden, ohne sich der Schwierigkeit einer direkten Aussprache stellen zu müssen. Möglicherweise war sie immer noch zu Hause.

In Kobe fuhr Kando langsam an dem Haus von Tetsuo und Hanako Suzuki vorbei, dann bog er um die Ecke und parkte seinen Wagen. Nachdem er das Haus mehrere Minuten beobachtet, aber keinerlei Bewegungen festgestellt hatte, stieg er aus und ging darauf zu. Das Haus war von einer eleganten Steinmauer umgeben, die es von den Nachbarn abtrennte. Neben dem Eingangstor – das verschlossen war – befand sich eine Klingel mit einer Sprechanlage. Kando drückte einmal und nach einigen Sekunden noch ein zweites Mal darauf. Er spähte durch einen schmalen Schlitz im Tor, konnte jedoch außer einem Stück vom Vorgarten nichts sehen.

Er stieg wieder in sein Auto und fuhr zu dem nahe gelegenen Einkaufszentrum, das er auf dem Weg zum Haus gesehen hatte. Nachdem er wiederum den Wagen abgestellt hatte, betrat er ein kleines Lebensmittelgeschäft, in dem es nur zwei Regalreihen gab. Vorne am Tresen zeigte er den Besitzern, einem Paar in den Fünfzigern, ein Bild von seiner Schwester, die ungefähr in Hanako Suzukis Alter war. »Ich suche diese Frau.«

Beide beugten sich ein Stück vor und betrachteten das Foto. »Nein, tut mir Leid, die habe ich noch nie gesehen«, sagte die Frau. Der Mann schüttelte den Kopf.

»Trotzdem vielen Dank«, sagte Kando. Er wandte sich zum Gehen, hielt dann jedoch inne. »Das ist übrigens schon die dritte Frau, die hier aus der Gegend verschwunden sein soll.«

»Die dritte?«, sagte die Frau. »Ich habe nichts von irgendwelchen verschwundenen Frauen gehört.«

»Ich auch nicht. Warum hat denn die Polizei nichts gesagt?«, wollte ihr Mann wissen.

»Sie wollen niemand unnötig beunruhigen«, sagte Kando. »Gibt es vielleicht irgendwelche Stammkundinnen, die Sie seit einer Weile nicht mehr gesehen haben?«

»Tja, da ist diese Frau Suzuki«, sagte der Mann.

Seine Frau warf ihm einen schnellen Blick zu. »Die doch nicht. Weißt du nicht mehr, die ist doch im Urlaub. Das hat sie mir erzählt, als sie das letzte Mal hier war.«

»Na, dann braucht sich ja niemand Sorgen zu machen«, sagte Kando. »Diese Frauen werden schon seit Monaten vermisst. Wenn Sie sie erst vor kurzem gesehen haben …« Er betrachtete die Frau mit sanftem Blick.

»Nun ja, es ist über einen Monat her. Meinen Sie …?«

»Einen Monat? Nein, da gibt es sicher keinen Zusammenhang. Andererseits ist es ein recht langer Urlaub. Vielleicht ist sie ins Ausland gegangen?«

»Ich glaube, sie hat sogar gesagt, dass sie länger fort sein würde«, erwiderte die Frau. »Wir haben für sie immer Spezialitäten besorgt, Krebsfleisch aus Hokkaido und ein paar andere wichtige Sachen, und sie hat extra gesagt, wir bräuchten das nicht mehr zu besorgen.«

Kando nickte. »Sehr rücksichtsvoll von ihr.« Er zeigte ihnen noch einmal das Bild von seiner Schwester. »Ich glaube nicht, dass diese Frau an so etwas denken würde.«

Die beiden Lebensmittelhändler nickten, als verstünden sie, was er meinte.

Kando nutzte die Gelegenheit, in einem Restaurant in Kobe zu Mittag zu essen, das ein Freund ihm empfohlen hatte. Man servierte dort nur allerbesten Fisch und frisches Gemüse, zubereitet in einem neuen Kansai-Stil, der französische Techniken mit japanischen Geschmacksnuancen vereinte. Das behauptete zumindest sein Freund, der sich für einen Amateur-Restaurantkritiker hielt. Dieser Freund führte ausgiebig Buch über seine Restaurantbesuche und hatte sogar ein eigenes Bewertungssystem entwickelt, das, wie er meinte, korrekter war als das von Michelin.

Das Essen war ausgezeichnet, wenn auch ein wenig teuer in Anbetracht dessen, dass er normalerweise nur schnell einen Teller *ramen*-Nudeln an einem Stand in der Nähe seines Büros verzehrte. Sein Freund würde zufrieden sein, wenn Kando seine Beurteilung des Restaurants bestätigte.

Suzukis Wohnviertel zu durchstreifen und zu seinem Haus zu gehen, war nur ein geringes Risiko gewesen. Möglicherweise hatten ein paar Nachbarn ihn gesehen, doch Kando bezweifelte, dass sie Tetsuo Suzuki davon berichten würden. Jemand von seinem Status würde gewiss nicht viel Zeit damit verbringen, mit Nachbarn zu plaudern. Und vor allem würde er nicht zum Lebensmittelgeschäft an der Ecke gehen, um Fisch und Gemüse für das Abendessen einzukaufen.

Es war sogar gut möglich, dass Tetsuo Suzuki gar nicht mehr in dem Haus wohnte. Wenn seine Frau nicht mehr da war, um sich darum (und um ihn) zu kümmern, hatte er sich wahrscheinlich eine bequemere Unterkunft gesucht. Wohin mochte Hanako gegangen sein? Sie war für länger fort, hatte die Frau im Laden gesagt.

Seine erste Vermutung war, dass sie zu ihren Eltern zurückgegangen war. Ihren Geburtsnamen hätte er ohne großen Aufwand über die entsprechenden Ämter herausbekommen, aber bei der Ehefrau eines so bekannten Mannes wie Tetsuo Suzuki war es noch einfacher (und sicherer), seinen besagten Freund anzurufen, der Journalist war und sich die Namen anderer Leute besser merken konnte als sie selbst. Wie sich herausstellte, war ihr Geburtsname Iida. Kando gab seinem Freund einen ausführlichen Bericht über das Restaurant in Kobe.

In Osaka, das fünfundvierzig Autominuten von Kyoto entfernt war, fuhr Kando am Wohnsitz der Familie Iida vorbei, einem großen, gepflegten, traditionellen Haus mit einer Verkleidung aus dunklem Zedernholz und dunkelblauen Dachschindeln. Er hätte nichts dagegen, in einem solchen Haus zu wohnen. Sein eigenes

Haus war alt, klein und nur so gepflegt, wie es seine Zeit und seine Finanzen zuließen. Er parkte den Wagen ein paar hundert Meter von dem Haus entfernt, gegenüber einem Wein- und Spirituosenladen. Es war anzunehmen, dass Hanakos Eltern dort einkauften. Kando betrat das Geschäft und wählte eine bescheidene Flasche *sake.* »Wie schön, mal wieder in der Gegend zu sein«, sagte er.

Die Besitzerin, eine ältliche Frau, sah ihn mit zusammengekniffenen Augen an.

»Ich habe vor vielen Jahren hier gewohnt.«

Sie betrachtete ihn genauer. »Stimmt, Sie kommen mir bekannt vor.«

»Danke, aber das bezweifle ich. Ich habe mich ziemlich verändert.«

»Ich nicht.« Sie lachte keckernd.

»Ich erinnere mich noch an die Iidas, die hier um die Ecke gewohnt haben. Sie hatten eine Tochter, Hanako.«

Die Frau gab ihm sein Wechselgeld heraus. »Ja, stimmt. Aber die ist jetzt verheiratet. Und nicht gerade arm. Sie kommen zu spät.«

»Lebt sie noch hier?«

»Nein, ich glaube, in Kobe – habe ich zumindest gehört. Ich habe sie nicht mehr gesehen, seit sie geheiratet hat. Außer beim letzten Neujahrsfest.«

»Tatsächlich? Und seither ist sie nicht mehr hier gewesen? Schade, ich würde ihr gerne gratulieren.«

»Nein, ich habe sie lange nicht mehr gesehen.« Sie gab ihm die Flasche. »Sie sollten ihr dann aber etwas Besseres kaufen als diesen *sake.*«

»Mache ich, danke.«

Er musste fast einen ganzen Tag herumtelefonieren, bis er das Reisebüro der Suzukis gefunden hatte. Er behauptete, er sei ein Mitarbeiter der Japan Airlines und jemand vom Reinigungspersonal habe ein paar persönliche Dinge von Hanako Suzuki gefunden. Er habe sie noch nicht erreicht und bräuchte für die Unterlagen den Reisetag und die Flugnummer.

»So«, sagte der Mann aus dem Reisebüro, nachdem Kando fünf Minuten am Telefon gewartet hatte. »Das war der Flug 01 nach San Francisco am 30. April, ohne Rückflug.«

»Besten Dank.«

»Gern geschehen.«

BERKELEY

Die Fachbibliothek des Instituts war in etwa so groß wie ein geräumiges Ess- und Wohnzimmer. Tina saß an einem massiven alten Bibliothekstisch und las die Texte für das Seminar von Professor Alamo.

Wijjie kam herein und spähte ihr über die Schulter. »Sieht aus wie Alamos Zeug. Ich habe Hunger, hast du Lust, was essen zu gehen?«

Tina sah auf ihre Uhr. »Wie wär's mit einem japanischen Restaurant in der Stadt? Da, wo meine Mum arbeitet. Vielleicht kannst du ja mit ihr reden. Ich habe da bisher nicht viel Glück gehabt.«

»Mit dem größten Vergnügen.«

Durch das Gewimmel von Studenten, Pendlern und Bettlern machten sie sich auf den Weg zur BART-Haltestelle. Wijjie warf ein paar Münzen in den Becher einer Bettlerin, die in einem Singsang um Almosen bat.

Sie ergatterten zwei freie Sitzplätze nebeneinander. Das Polster des Sitzes vor ihnen war aufgeschlitzt worden, und die Fensterscheibe war von Glasschneidern zerkratzt.

»Klasse«, sagte Wijjie. »Ich bin erst ein paarmal in der Stadt gewesen, seit ich hierher gezogen bin.«

Tina lehnte sich gegen die Seitenwand der Bahn, sodass sie ihn ansehen konnte. »Was hat dich dazu gebracht, noch mal an die Uni zu gehen?«

Er blickte aus dem Fenster, während die Bahn in eine Haltestelle rollte. »Lange Geschichte. Ich schätze, Arzt ist einfach nicht der richtige Job für mich.«

An der nächsten Haltestelle stiegen ein paar Leute aus und ein paar ein. Ein Mann mit einer Aktenmappe kam die Treppe heruntergerannt und winkte dem Schaffner, er solle auf ihn warten, doch die Türen schlossen sich, und die Bahn rollte los. Der Mann fluchte und fuchtelte mit dem erhobenen Mittelfinger.

»Ich glaube, ich konnte mit der Verantwortung nicht umgehen«, sagte Wijjie.

»Welche Verantwortung?«

»Ob jemand stirbt oder weiterlebt.« Wijjie rutschte tiefer in den Sitz und schlug die Beine übereinander. »Früher oder später hätte ich Mist gebaut. Jeder Arzt macht Fehler, das lässt sich gar nicht vermeiden.«

»Medizin ist keine exakte Wissenschaft.«

Wijjie starrte auf seine Füße, die im Rhythmus des rumpelnden Zuges wippten. »Schon klar. Ich hätte bloß nicht damit leben können, dass mir jemand Stress macht, weil ich die falsche Diagnose gestellt oder das falsche Medikament verschrieben habe.«

Sie kamen um kurz nach sieben in der Stadt an und beschlossen, vor dem Abendessen noch irgendwo etwas zu trinken. Sie gingen in den Gold Rush Saloon an der Powell Street, suchten sich einen Tisch am Fenster und bestellten zwei Anchor Steam.

»Ziemlich touristenmäßig«, sagte Tina, die bemerkte, dass Wijjie die Dekoration betrachtete: Goldsiebe, Spitzhacken und Goldwaagen.

Als das Bier kam, trank Wijjie gierig, während Tina nur nippte. »Was ist mit dir? Warum machst du in Neurologie?«

»Für Medizin haben sie mich nicht zugelassen.«

»Hast du's versucht?«

»War nur ein Scherz. Ich wollte nie Medizin studieren.«

»Warum, was stört dich daran?«

Tina schob einen Tropfen Kondenswasser an der Bierflasche hinunter. »Mich interessiert nur das Gehirn. Der Verstand. Ich will wissen, wie das funktioniert.«

Wijjie nickte. »War bestimmt spannend, in einer Stadt wie San Francisco aufzuwachsen.«

Tina grinste spöttisch. »Na ja, so spannend nun auch wieder nicht.«

»Aber man kann hier doch so viel machen.«

»Schon möglich. Aber ich habe nicht allzu viel kennen gelernt, eigentlich nur die paar Blocks in meinem Viertel. Und Japantown.«

»In dem kleinen Kaff in Colorado, wo ich herkomme, gibt es kein Japantown. Und kein Chinatown, kein Little Italy und keinen Mission District. Die meisten Leute sind Weiße, plus ein paar Latinos wie ich. Als bei uns ein Seven-Eleven-Supermarkt aufmachte, glaubten alle, wir wären jetzt eine Großstadt. Ich war damals ungefähr zehn und hing stundenlang mit meinen Freunden dort rum.«

»Bei mir war's der Rats Market«, sagte Tina.

»Rats Market?«

»Eigentlich hieß er Star Market. Gleich um die Ecke von unserem Mietshaus.«

»Ach so, jetzt verstehe ich – ›Star‹ rückwärts.«

Tina trank einen Schluck Bier. »Sie hatten da eine Kiste mit Kartoffeln, die sich offenbar nicht gut verkauften, denn sie fingen an zu keimen, du weißt schon, lauter lila und grüne Triebe, die aus den Augen herauswuchsen. Ich bin jeden Tag hingegangen, um zu schauen, wie viel sie über Nacht gewachsen waren.«

»Und, wie lang sind sie geworden?«

»Weiß ich nicht mehr, wahrscheinlich bis zum Boden. Jetzt, wo ich darüber nachdenke, erinnert mich das irgendwie an Nervenzellen, aus denen neue Dendriten und Synapsen wachsen.«

Wijjie grinste hinter seinem Bierglas.

»Eine glamouröse Kindheit, was?«

Wijjie zuckte die Achseln. »Ich schätze, das ist alles relativ.«

Als sie gegen neun Uhr ins Tempura House kamen, war der größte Andrang bereits vorüber, und es waren nur noch vier oder fünf Tische besetzt. Kiyomi sah Tina und Wijjie hereinkommen und ging zu ihnen.

»Tante Kiyomi«, sagte Tina, »das ist William Cruz, einer von meinen Kommilitonen an der Uni.«

Kiyomi lächelte und gab ihm die Hand. »Ich kenne Hana, seit sie einen Tag alt war.«

»Wirklich? Sie war bestimmt süß.«

»Und wie.« Kiyomi tätschelte Tina den Kopf. »Bist du hier, um deine Mutter zu sehen oder um zu essen?«

»Beides.«

»Wie wär's dann mit dem Tisch da drüben?« Kiyomi deutete auf einen Ecktisch im oberen Bereich. »Gemütlich und ruhig.«

»Wunderbar«, sagte Tina.

Während Kiyomi sie zu dem Tisch führte, fragte Tina: »Viel zu tun?«

»Es geht so. Aber das macht nichts, ab und zu finde ich einen ruhigen Abend mal ganz angenehm.«

Sie setzten sich, und Kiyomi fragte: »Möchtet ihr etwas zu trinken?«

Tina wandte sich zu Wijjie. »Sollen wir uns ein großes Bier teilen?«

»Von mir aus gerne.«

»Dann also ein großes Sapporo«, sagte Tina.

Kiyomi nickte. »Ich werde Hanako Bescheid sagen.«

Als Kiyomi ihren Tisch verlassen hatte, fragte Wijjie: »Warum hat deine Tante dich Hana genannt?«

Dendriten: die schmalen, Gliedmaßen ähnelnden Verzweigungen einer Nervenzelle, die durch die Synapsen anderer Nervenzellen Impulse empfangen. Dendriten können während des gesamten Lebens einer Nervenzelle wachsen und schrumpfen, neue Verbindungen bilden oder alte, die nicht mehr gebraucht werden, aufgeben.

Notizen zur Neurologie
Christina Hana Suzuki

»Das ist mein zweiter Vorname. Er bedeutet ›Blume‹ auf Japanisch. Der Name meiner Mutter bedeutet ›kleine Blume‹. Sie und Tante Kiyomi haben mich immer so genannt.«

»Aber ich nehme an, dir ist Tina lieber.«

»Allerdings. Wie würde es dir gefallen, ›Blume‹ genannt zu werden?«

»Immer noch besser als Wijjie.«

»Tut mir Leid. Du magst Wijjie nicht?«

»War nur ein Scherz.«

Hanako kam aus dem hinteren Bereich des Restaurants, ein Tablett mit einer großen Flasche und zwei Gläsern auf dem Arm.

»Ma, das ist Dr. William Cruz – Wijjie. Ich hatte dir von ihm erzählt, erinnerst du dich noch? Das ist meine Mutter, Hanako.«

Hanako neigte den Kopf. »*Hajimemashite.*«

»Das bedeutet, sie freut sich, dich kennen zu lernen«, übersetzte Tina.

»Danke, gleichfalls.«

Hanako stellte die Flasche und die Gläser auf den Tisch. »Mögen Sie Fisch, Dr. Cruz? Wir haben frischen Seebarsch.«

Tina beugte sich zu ihm. »Ich überlasse die Auswahl meistens dem Küchenchef.«

»Gute Idee. Bringen Sie uns den Seebarsch.«

Hanako nickte. »In Ordnung.« Sie hielt den Ärmel ihres Kimonos zurück und schenkte ihnen das Bier ein. Dabei warf sie Tina einen kurzen, fragenden Blick zu. Tina lächelte beruhigend, als wolle sie sagen: »Er ist nur ein Freund.«

Wijjie sah ihr nach, als sie zur Küche ging. »Es scheint ihr ziemlich gut zu gehen.«

»Hier geht es ihr besser als zu Hause.«

»Die körperliche und geistige Aktivität tut ihr sicher gut.« Wijjie trank einen Schluck Bier.

Hanako brachte ihnen Schalen mit *miso*-Suppe und *tsukemono*, eingelegtem Kohl. Tina bat sie um Tee und Wasser. Hanako nickte.

»Danke«, sagte Wijjie. Hanako lächelte und ging zu einem anderen Tisch, um die Bestellungen entgegenzunehmen.

»Was ist mit deinem Vater?«, fragte Wijjie und rührte mit den Stäbchen in seiner Suppe. »Arbeitet er auch hier?«

»Ich kenne meinen Vater überhaupt nicht.«

»Oh. Entschuldigung.«

»Macht nichts.« Während sie aufgewachsen war, hatte es so viele Kinder mit allein erziehenden, homosexuellen, geschiedenen, wieder verheirateten oder auch gar keinen Eltern gegeben, dass niemand ihre Situation als ungewöhnlich empfunden hatte. Als sie begriffen hatte, dass ihre Mutter ihr vermutlich nie etwas über ihren Vater erzählen würde, hatte sie aufgehört, sich darum Gedanken zu machen. Zuerst hatte sie gedacht, ihre Mutter warte auf einen passenden Zeitpunkt – vielleicht, wenn sie ein Teenager war, vielleicht, wenn sie zur Highschool kam, vielleicht, wenn sie mit der Schule fertig war –, doch all diese Meilensteine waren gekommen und gegangen, ohne dass ein Wort gefallen war.

»Hast du ein gutes Verhältnis zu deinen Eltern?«, fragte sie Wijjie.

»Prima – jetzt wo ich so weit weg bin.«

»Wieso, was ist los?«

»Ach, der übliche Kinder-Eltern-Mist. Sie kapieren nicht, warum ich wieder zur Uni gehe. ›Hast du noch nicht genug Buchstaben vor deinem Namen?‹, meinte mein Vater, als ich es ihm gesagt habe.«

Hanako kam zu ihnen und räumte die Teller ab.

»Die Suppe war lecker«, sagte Wijjie.

»Sie mögen *miso*-Suppe?«, fragte Hanako.

»Ja, sie ist köstlich.«

»Und gesund obendrein«, sagte Hanako. »Euer Essen kommt gleich.« Sie verschwand mit dem Geschirr.

»Wie ist es, bei Alamo zu studieren?«, fragte Tina.

»Kann ich noch nicht so richtig sagen. Er ist ein bisschen verschlossen, aber wenn er da ist, ist er hundertprozentig da, wenn du verstehst, was ich meine.«

»Also sehr konzentriert?«

»Mehr als das. Als wäre alles ungeheuer wichtig. Er ist wie ein Schachgroßmeister, er kann mehrere Züge im Spiel voraussehen. Wenn man ihm etwas vorschlägt, meinetwegen ein Forschungsthema, dann ist er im Kopf immer schon fünf Schritte voraus und sagt einem, was dabei wahrscheinlich rauskommt. Fachlich ist er brillant, aber menschlich eine Niete.«

»Tja, ich schätze, das Fachliche ist das Einzige, was zählt.« Nach einer Pause sagte Tina: »Ich habe eine Frage an dich.«

»Schieß los.«

»Ich arbeite an Forschungen über einen *shodô*-Sensei, einen Lehrer für japanische Kalligraphie, der einen Schlaganfall hatte. Schwere Schäden im linken Temporallappen. Das Interessante ist, dass er die einzelnen Elemente der japanischen Schriftzeichen nicht mehr zusammensetzen kann. Zum Beispiel das für ›Wasser‹.« Tina tauchte den Zeigefinger in ihr Wasserglas und malte das *kanji* auf den Tisch. »Anscheinend kann er nur einzelne Striche dieses Zeichens malen, oder er ordnet sie falsch an. Professor Porter sagte, das nennt man Agraphie.«

Wijjie nickte. »Davon habe ich gehört, eine Art von Aphasie. Ich habe damit allerdings noch keine Erfahrungen.«

»Ich wüsste gerne, ob er irgendwann wieder in der Lage sein wird, richtig zu schreiben.«

Wijjie schüttelte den Kopf. »Bei den schweren Schäden, die du beschrieben hast? Das bezweifle ich. Vielleicht gibt es eine gewisse Besserung, aber er wird nie wieder seine vollen Fähigkeiten zurückerlangen.«

Ihr Essen kam. Kiyomi half Hanako mit dem schweren Tablett. »Seebarsch auf dreierlei Art«, verkündete Hanako. Kiyomi deutete auf eine der Schüsseln. »Das hier mag ich besonders: Seebarsch mit Ingwersauce. Obwohl das Seebarsch-*sashimi* natürlich auch sehr lecker ist.«

»Magst du rohen Fisch?«, fragte Tina Wijjie.

»Solange er noch zappelt.«

Hanako lachte. Dann verzerrte sich ihr Gesicht, als sie gerade die Schüssel vor Wijjie stellen wollte. Die Schüssel polterte auf den Tisch und stieß dabei die Bierflasche um. Wijjie erwischte sie im letzten Moment noch.

»Ma, ist alles in Ordnung?«

Hanako versuchte zu lächeln, aber der Schmerz war stärker. Stolpernd trat sie einen Schritt zurück, dann schien sie wie in Zeitlupe zu fallen, als würde sie an einem Seil herabgelassen. Wijjie sprang von seinem Stuhl und stützte sie, die eine Hand unter ihren Arm gelegt, den anderen um ihre Taille. Tina stand ebenfalls auf und hielt sie von der anderen Seite. »*Gomen nasai*«, sagte Hanako.

»Hanako, was ist los?«, fragte Kiyomi besorgt.

»Am besten bringen wir sie ins Büro«, meinte Tina.

Unter den Blicken der wenigen Gäste führten sie Hanako in den hinteren Bereich des Restaurants und setzten sie auf den Sessel in Kiyomis Büro. Wijjie kniete sich vor sie. »Haben Sie Krämpfe in den Beinen?«

Ihr Gesicht war verkrampft, die Augen geschlossen und die Lippen so fest zusammengepresst, dass sie weiß aussahen.

»Weißt du, was mit ihr ist?«, flüsterte Kiyomi Tina zu.

Tina sah zu ihrer Mutter, während Wijjie mit ihr sprach. »Sie hat MS, multiple Sklerose«, antwortete sie, ebenfalls flüsternd. »Sie weiß es seit Anfang des Jahres.«

Kiyomi sah überrascht aus, dann verwirrt. »Davon hat sie mir nichts erzählt. Sie hat nur gemeint, sie würde alt. Ist es schlimm?«

Hanako stöhnte leise. Tina hockte sich neben sie.

»Haben Sie Medikamente?«, fragte Wijjie. »Hat Ihr Arzt Ihnen etwas für solche Fälle gegeben?«

Hanako nickte. »Ja, zu Hause.«

»Dann bringen wir sie jetzt dorthin«, sagte Wijjie. »Wo wohnt sie?«

»Nicht weit von hier. Nur ein paar Blocks, aber ich glaube nicht, dass sie laufen kann.«

»Nein, das glaube ich auch nicht«, sagte Wijjie.

»Ich kann gehen«, sagte Hanako. »Gleich …«

»Ich hatte ja keine Ahnung«, sagte Kiyomi, die eine Hand am Mund, die andere zu Hanako ausgestreckt.

»Ich könnte rüberlaufen und die Medikamente holen«, erbot sich Wijjie.

»Das mache ich«, sagte Tina. Sie strich ihrer Mutter über den Arm. »Wo sind die Tabletten?«

»Stäbchen-Schublade.«

Rasch ging Tina durch das Restaurant und hinaus auf die Straße. Während sie die steile Powell Street hinauftrabte, dachte sie daran, wie sie früher als Kind nach Hause gelaufen war, nachdem sie ihre Mutter vor dem abendlichen Ansturm im Tempura House besucht hatte. Sie hatte oft dem Chefkoch mit seinem weißen Stirnband zugesehen, wie er den Frittierteig für die *tempura* zusammengerührt hatte. Dann hatte er ein wenig von dem Teig abgefüllt, ihn mit Zucker gesüßt, eine Melonenscheibe oder eine Erdbeere hineingetaucht und sie in die Friteuse getan. Nach ein, zwei Minuten hatte er sie wieder herausgefischt, darauf gepustet, um sie abzukühlen, und Puderzucker daraufgestreut. »Mjam-mjam«, hatte sie gesagt, und der Koch hatte es lachend wiederholt: »Mjam-mjam.«

Tina bog nach links in die Bush Street ab; da sie ein wenig abschüssig war, konnte Tina Tempo zulegen. Sie spurtete am Nob Hill Theater, am Sushi Man Restaurant und am Rats Market vorbei und in das Mietshaus.

Sie stürmte die Treppen hinauf, bis sie schließlich im dritten Stock anhalten musste, weil Lunge und Beine nicht mehr mitkamen. Die letzten beiden Etagen musste sie gehen. Oben angekommen, lief sie in die Wohnung und holte die verschiedenen Tablettenröhrchen aus der Schublade im Küchenschrank. Sie schienen noch voll zu sein. Tina öffnete sie; es sah aus, als hätte ihre Mutter nicht eine einzige davon genommen.

Mit den Medikamenten in der Hand lief sie zurück zum Tempura House. Immerhin ging es diesmal bergab.

Als Tina wieder in das Büro kam, saß ihre Mutter noch immer in dem Sessel, sah jedoch schon besser aus. »Hier.« Sie gab Wijjie die Röhrchen. »Ich weiß nicht, was wofür ist.«

Wijjie sah sich die Etiketten an. »Zanaflex. Das ist es.« Er schraubte den Deckel ab. Kiyomi brachte ein Glas Wasser.

Hanako nahm die Tablette und schluckte sie hinunter.

»Ich habe noch nie gesehen, dass sie auch nur ein Aspirin nimmt«, sagte Tina.

»Es wird ungefähr zwanzig Minuten dauern, bis die Wirkung einsetzt«, verkündete Wijjie.

Tina setzte sich auf einen Stuhl. »Würde Marijuana schneller wirken?«

»Ich habe es noch nie live miterlebt, aber es heißt, es wirkt quasi sofort.«

Sie warteten in Kiyomis Büro, bis es Hanako wieder besser ging. Sie wollte dableiben und ihre Arbeit beenden, doch Kiyomi schickte sie nach Hause. Sie hatte das Essen von Wijjie und Tina sowie eine zusätzliche Portion für Hanako in Mitnahmegefäße gefüllt und in Plastiktüten verpackt. Tina trug die Tüten, damit Wijjie für den Fall, dass Hanako einen weiteren Schub bekam, die Hände frei hatte.

Schließlich erklommen sie langsam die Stufen zu ihrer Wohnung. »Ich werde mich wegen des Aufzugs beim Hausmeister beschweren«, sagte Tina.

»Nein, tu das nicht«, sagte Hanako.

»Warum nicht?«

»Es ist nicht seine Schuld.«

Oben angekommen, trug Tina das verpackte Abendessen in die

Küche, während Wijjie mit Hanako ins Wohnzimmer ging. Tina öffnete die Behälter, verteilte das Essen auf drei Teller und brachte es ins Wohnzimmer. Sie setzten sich um den niedrigen Tisch auf den Boden.

Hanako nahm einen Bissen. »Tut mir Leid, dass der Seebarsch nicht mehr zappelt.«

»Er ist sehr lecker«, sagte Wijjie, nachdem er probiert hatte.

Hanako stand auf. »Entschuldigt bitte, aber ich habe keinen Hunger.« Sie nahm ihren Teller und ging in die Küche.

Tina lächelte Wijjie entschuldigend zu.

Tina verabschiedete sich an der Wohnungstür von Wijjie. »Danke für deine Hilfe.«

»Ach, das hätte ich vor lauter Aufregung fast vergessen: Ich gebe morgen Abend eine kleine Party für uns Frischlinge. Gillian hat schon zugesagt. Und ein paar andere.«

»Klingt gut. Ich versuche zu kommen.«

»Gut.« Er blickte auf das Treppenhaus. »Ich mache mich jetzt wohl besser auf den Weg.« Er drehte sich wieder zu ihr um und öffnete die Arme. Tina umarmte ihn. Als sie sich von ihm lösen wollte, zog er sie sanft zu sich, und sie küssten sich, zuerst kurz, dann ausgiebiger.

»Entschuldige«, sagte Wijjie, als sie sich voneinander lösten. »Das muss am Seebarsch liegen. Von dem kriege ich immer solche Anfälle.«

»Dann solltest du öfter Seebarsch essen.«

Am nächsten Morgen um sieben klingelte das Telefon. Tina schlug die Augen auf und drehte sich auf dem Sofa um. Sie setzte sich auf und dachte erschrocken, dass sie zu spät zum Unterricht kommen würde, doch dann fiel ihr ein, dass es Freitag war und sie nicht in die Uni musste. Das Telefon verstummte nach dem zweiten Klingeln. Tina stand auf, strich ihr T-Shirt glatt und zog ihre Jeans an.

Die Tür zum Schlafzimmer ihrer Mutter öffnete sich. »Ha-*chan*? Bist du noch hier?«

»Ja.« Tina ging zu ihrer Mutter.

»Es ist Robert-*san*.«

»Kannst du ihm sagen, dass ich auf dem Weg nach Hause bin?«

Hanako sah ihre Tochter an. Dann deutete sie auf das Telefon in ihrem Zimmer. »Sag's ihm selbst.«

Tina ging ins Schlafzimmer und nahm den Hörer. »Entschuldige, dass ich nicht angerufen habe.«

»Ich habe mir Sorgen gemacht«, sagte Mr. Robert.

»Es war spät. Ma hatte ein kleines Problem bei der Arbeit, und ich habe ihr geholfen.«

»Was für ein Problem?«

»Mit ihrer MS.«

»Braucht sie eine *reiki*-Behandlung?«

Tina ließ einige Zeit verstreichen, bevor sie reagierte. »Warte mal.« Sie bedeckte die Muschel mit der Hand und rief: »Er will wissen, ob du eine *reiki*-Behandlung willst.«

Hanako kam, in einen Bademantel gehüllt, herein. »Ja, bitte. Vor der Arbeit.«

Tina hielt ihr den Hörer hin. »Sag's ihm selbst. Falls er fragt, ich bin auf dem Weg nach Hause.«

Mit gerunzelter Stirn nahm Hanako den Hörer. »*Hai,* Robert-*san. Ohayo gozaimasu.*«

Zu Hause angekommen, ließ Tina ihren Rucksack auf den Boden ihres Arbeitszimmers fallen. Mr. Robert kam mit nassen Haaren aus dem Schlafzimmer. Er rubbelte mit einem Handtuch über seinen Kopf. »Du hättest anrufen können.«

»Ich weiß.«

»Ging es ihr wirklich schlecht?«

»Sie ist mitten im Restaurant zusammengeklappt.«

»Gut, dass du da warst.«

Gut, dass ich mit Wijjie da war, dachte sie. »Sie hatte Tante Kiyomi gar nichts erzählt.«

»Von der MS?«

»Ja. Jetzt weiß sie's.« Tina ging in die Küche und warf die Kaffeemaschine an. »Ich musste nach Hause laufen und ihre Medikamente holen. Sie hatte sie überhaupt noch nicht genommen.«

»Weil sie die Nebenwirkungen nicht mag.«

»Warum hat sie mit dir darüber gesprochen? Mir hat sie nichts gesagt, bis ich es aus ihr herausgepresst habe.«

»Keine Ahnung … Sie hat's mir einfach erzählt.« Sein Kopf verschwand unter dem Handtuch. Er drehte sich um und ging ins Bad. Dort fuhr er fort: »Ich habe ihr gesagt, *reiki* würde ihr genauso gut helfen, ohne Nebenwirkungen.«

Tina starrte die Kaffeemaschine an, die eine Ewigkeit brauchte. »Warum erzählst du ihr so was? Das weißt du doch gar nicht.«

»Natürlich weiß ich das. Außerdem glaubt sie daran, und wenn sie daran glaubt, reagiert ihr Körper darauf und schickt ihr *chi* an die Stellen, die Energie brauchen.«

Tina stellte sich in den Türrahmen vom Bad. »Was redest du denn da? Sie war beim Arzt, und der hat ihr gesagt, was mit ihr los ist, und hat ihr Medikamente verschrieben, die ihr helfen. Mehr braucht sie nicht zu glauben.«

Mr. Robert band sein Haar wieder zum Pferdeschwanz. »Was tun denn diese giftigen Medikamente für sie? Sie können sie nicht heilen, oder? Sie behandeln lediglich die Symptome.«

»Sie können die Häufigkeit der Anfälle reduzieren und die Schwere der Symptome mildern.«

»Meinst du nicht, deine Mutter weiß am besten, was ihr hilft?« Mr. Robert zupfte an seinem Pferdeschwanz, bis er richtig saß. »Sollten wir die Entscheidung nicht ihr überlassen?«

Er ging an ihr vorbei in die Küche. »*Reiki* behandelt die Symptome ohne irgendwelche Nebenwirkungen.«

Tina rührte sich nicht von der Stelle. »Gestern Abend hat sie die Tabletten genommen, und sie haben gewirkt.«

Mr. Robert zuckte die Achseln. »Darum geht es nicht. Die Gifte sammeln sich in ihrem Körper. Und früher oder später wirken die Medikamente nicht mehr. Das ist eine Tatsache, da kannst du jeden Arzt fragen.« Er begann, sein benutztes Geschirr wegzuräumen.

Tina ging in ihr Arbeitszimmer und schloss die Tür hinter sich. Sie ließ sich auf den Boden fallen, zog den Rucksack zu sich und kramte den Ordner mit den Unterlagen für Professor Alamos Seminar hervor. Sie schlug die Stelle auf, an der sie stehen geblieben war, und begann zu lesen. Nachdem sie mehrere Minuten mit dem Blick über die Seite gewandert war, ohne ein Wort aufzunehmen, hörte sie, wie die Wohnungstür ins Schloss fiel. Sie stand auf und ging in die Küche.

Auf der Arbeitsfläche lag ein Zettel. »Tut mir Leid. Ich wünsch dir einen schönen Tag.«

Sie schrieb darunter: »Tut mir auch Leid.« Dann fügte sie hinzu: »Fahre ins Büro zum Lernen, danach zu einer Party für Erstsemester. Warte nicht auf mich.«

BERKELEY

Tina lernte in ihrem Büro im Institut. Keiner ihrer Kollegen ließ sich blicken; vermutlich arbeiteten sie im Labor oder lernten zu Hause, wo es netter war als in dem vollgestopften, schäbigen Büro.

Am späten Nachmittag hatte sie erst die Hälfte der Aufsätze für Professor Alamos Seminar gelesen. Die Texte waren so komplex, dass man sie kaum verstehen konnte.

Als sie einen der Forschungsberichte durchhatte – den zweiten von insgesamt fünf –, klappte sie die Mappe zu und verstaute sie in ihrem Rucksack. Dann rief sie ihre E-Mails ab. Nur uninteressantes Zeug – Studenten, die nach einem Zimmer suchten, Ankündigungen für Seminare und dergleichen –, mit Ausnahme einer Nachricht von Wijjie, der sie an die Party erinnern und ihr sagen wollte, dass er den Abend sehr genossen hatte. Tina schickte ihm eine kurze Antwort. »Ich auch! Bis nachher.«

Sie warf den Rucksack über die Schulter und verließ das Büro. Die Flure des Instituts waren still, da die meisten Studenten und Professoren bereits gegangen waren. Nur ein paar Angestellte aus der Verwaltung arbeiteten noch.

Sie schlenderte die Telegraph Avenue entlang, auf der die Straßenverkäufer in der strahlenden Nachmittagssonne ihre Waren feilboten: Batik-T-Shirts, Autoaufkleber, handgearbeiteten Schmuck und Räucherstäbchen. Auf den Gehsteigen drängten sich die Menschen, größtenteils Studenten, manche im Siebziger-Stil, manche in weiten Hip-Hop-Hosen und andere in Jeans und T-Shirt. Ein paar jugendliche Stadtstreicher mit Nieten, zahllosen Piercings und Hundewelpen hockten vor einem Imbiss-Bistro und warteten darauf, dass die Leute ihnen Essensreste oder ein bisschen Geld gaben.

Tina bog um die Ecke und betrat das nahezu leere Half Note Coffee House. Sie bestellte sich einen Caffè Latte und setzte sich an denselben Tisch, an dem sie an ihrem ersten Tag gesessen hatte.

Sie breitete Professor Alamos Unterlagen auf ihrem Schoß aus. Wenn sie in dem Tempo weitermachte, würde sie bei Semesterende immer noch mit den Texten der ersten Woche kämpfen. Nach ein paar Schlucken von ihrem Kaffee machte sie sich an einen Aufsatz, der von der Hypothese ausging, dass das Bewusstsein in den Synapsen des Gehirns saß, in der Übermittlung von chemischen Botenstoffen. Der Autor spekulierte, dass das Feuern einer Synapse ein Funke des Bewusstseins sei und dass die richtige Mischung von Funken eine ganz bestimmte, subjektive Erfahrung schuf.

Nachdem sie etwa ein Viertel des Aufsatzes gelesen hatte, sah

Tina auf. Sie war mittlerweile der einzige Gast, und die Angestellten begannen aufzuräumen. Sie trank ihren Kaffee aus und klappte die Mappe zu. Sie hatte noch ein paar Stunden Zeit, bis Wijjies Party begann, aber sie konnte kein einziges Wort mehr aufnehmen. Sie räumte ihr leeres Glas in die Geschirrablage und ging.

Sie schlenderte über den Campus, ließ sich durch die Geschäfte der Studentenverbindungen treiben, die Sweatshirts, T-Shirts und Baseballkappen mit dem Aufdruck »University of California« verkauften, betrachtete das Schaufenster des studentischen Buchladens und spazierte am Strawberry Creek entlang, der sich durch das Campusgelände wand, bis er schließlich in einer unterirdischen Führung verschwand.

Was siehst du
das ich nicht
sehe?
vieles
nichts

An der BART-Haltestelle stieg sie in die Bahn nach Ashby und marschierte die zwanzig Minuten bis zum Krankenhaus des Sensei. Nachdem sie die zuständige Krankenschwester um Erlaubnis gebeten hatte, betrat sie sein Zimmer.

Der Sensei lag auf dem Rücken, die Augen geöffnet. Er blinzelte, als Tina sich über ihn beugte und ihn ansprach.

Sie wusste nicht, ob er sie wahrnahm oder nicht. Sein Blick war weder auf sie noch auf die Decke gerichtet, sondern auf einen Punkt weit dahinter. Tina setzte sich auf einen Stuhl neben seinem Bett. »Wie geht es Ihnen?«, fragte sie. *»Ogenki desu ka?«*

Lange Zeit rührte der Sensei sich nicht. Sein Mund öffnete sich ein wenig, als wolle er etwas sagen, schloss sich jedoch wieder. Er drehte den Kopf zu Tina, oder zumindest in Richtung ihrer Stimme. Als sein Blick sie erfasste, wanderte sein linker Mundwinkel nach oben, als versuche er zu lächeln.

»Sensei?«

Erneut öffnete und schloss sich sein Mund. Die Bewegung sah aus wie bei einem Fisch, der im Netz gefangen und an Bord gezogen worden ist und langsam in der Luft ertrinkt.

Tina beobachtete den Sensei und sprach gelegentlich zu ihm, bis Dr. Geoffry hereinkam. »Nun, wie geht's uns heute?«, fragte er.

»Er kann immer noch nicht kommunizieren. Glauben Sie, er versteht, was wir sagen?«

»Durchaus möglich. Manchmal scheint er ein oder zwei Worte zu verstehen. Aber solange er uns nicht sagt, dass er uns versteht, können wir es nicht wissen.«

Der Sensei starrte durch die Zimmerdecke. Der Arzt beugte sich über das Bett und sah ihm in die Augen.

»Erinnern Sie sich an die Zeichnungen, die er gemacht hat?«, fragte Tina.

»Ja.«

»Einer seiner Schüler hat gesagt, sie bestünden aus Teilen japanischer Schriftzeichen – so genannte Radikale –, aber in der Kombination ergäben sie keinen Sinn. Das klingt nach Agraphie.«

Dr. Geoffry hatte seine Stiftlampe herausgeholt und leuchtete damit in die Augen des Sensei. »Ja, das könnte gut sein.«

»Vielleicht versucht er, über die Schrift zu kommunizieren, bekommt aber die Zeichen nicht richtig zusammen.«

»Möglich.« Der Arzt schrieb etwas in seine Unterlagen.

Tina holte ein Notizbuch und einen Filzmarker aus ihrem Rucksack. »Darf ich mal etwas ausprobieren?«

»Natürlich«, sagte Dr. Geoffry, ohne aufzusehen.

Tina schlug das Notizbuch auf einer leeren Seite auf und legte es dem Sensei aufs Bett. Sie hielt ihm den Marker hin.

Sein Blick wanderte zu ihr, dann auf den Marker. Er griff danach und drehte sich auf die Seite. Langsam malte er mehrere Zeichen auf das Blatt. Dann ließ er den Marker fallen, legte sich wieder auf den Rücken und schloss die Augen.

Tina nahm das Notizbuch vom Bett. Keines der Zeichen sah wie ein japanisches *kanji* aus. Sie sahen nach gar nichts aus. Sie zeigte sie dem Arzt.

Der Bauch
des Bedauerns
ist weich
hat Beine

»Können Sie damit was anfangen?«, fragte er.

»Nein. Aber es sieht interessant aus, schön und zugleich irgendwie traurig.«

Wieder notierte der Arzt etwas in seiner Mappe. »Ich muss noch andere Patienten besuchen.«

Tina warf noch einen letzten Blick auf den Sensei, der zu schlafen schien, dann verließ sie mit Dr. Geoffry das Zimmer.

»Sag bloß, ich bin die Erste«, sagte Tina, als Wijjie sie von der Wohnungstür zur Küche führte.

»Die Allererste. Du kannst mir noch bei den Vorbereitungen helfen.«

Wijjie hatte eine Flasche Weißwein geöffnet und schenkte ihnen beiden ein Glas ein. Nachdem sie einen Schluck getrunken hatte, schnitt Tina Möhren, Sellerie und Paprikaschoten klein, während Wijjie Maistortillas mit Käsefüllung frittierte.

»Wie geht's deiner Mutter?«

»Heute Morgen wirkte sie ganz munter.«

»Das ist gut.« Wijjie begann, Avocados zu zerdrücken. »Ich finde, sie sollte noch mal zu ihrem Arzt gehen. Er kann ihr etwas anderes verschreiben, wenn sie mit dem nicht zurechtkommt.«

»Das habe ich ihr auch schon gesagt.«

»Mag sie keine Ärzte?« Wijjie probierte die Guacamole und gab noch etwas Salz hinzu. »Oder ist sie bloß eigenwillig?«

»Beides. Aber ich glaube, es geht vor allem ums Geld. Sie hat noch nie gerne Geld ausgegeben.«

»Hat sie keine Krankenversicherung?«

»Sie behauptet, sie hätte eine, aber wahrscheinlich mit einer hohen Selbstbeteiligung.« Tina schob die Paprikastücke vom Schneidbrett auf einen Teller. »Aber leisten könnte sie es sich schon. Ich weiß nicht, wo das Problem wirklich liegt.«

Tina und Wijjie hatten bereits zwei Gläser Wein getrunken, als die anderen allmählich eintrudelten. Gillian und Tina standen auf der Terrasse vor dem Wohnzimmer.

»Was soll eigentlich dieser ganze Quatsch von wegen ›Funke des Bewusstseins‹ bedeuten?«, fragte Gillian. »Hast du das kapiert?«

»Ich bin bei dem Aufsatz noch nicht weit gekommen. Aber ich habe es mir wie eine Art Feuerwerk vorgestellt. Wenn man genügend Funken zündet, entsteht ein Bild. Der Funke des Bewusstseins ist das, was passiert, wenn die Nervenzellen ihre Neurotransmitter abfeuern, und dieser Vorgang wird vom Gehirn beobachtet oder erlebt. Mit einer entsprechend großen Anzahl Funken ergibt das bewusste Wahrnehmung.«

»Wow. Jetzt verstehe ich. Das ist ja cool.« Gillian griff in die Tasche ihres Batikkleids und holte einen Joint heraus. »Willst du auch mal?«

»Ja, aber nur einen Zug.«

Gillian gab Tina den Joint und nahm ein Feuerzeug heraus. Tina schob ihn sich zwischen die Lippen, und Gillian zündete ihn an.

Nach einem winzigen Zug gab sie ihn rasch Gillian, damit er nicht ausging. Gillian zog ausgiebig daran.

»Ich habe versucht, meine Mutter dazu zu überreden, dass sie es auch mal probiert.«

»Und, hat sie einen Anfall gekriegt?«

»Sie hat mich als Kifferin bezeichnet.«

Gillian lachte laut auf. Tina musste ebenfalls lachen.

»Dann hat mein Freund den Joint gefunden und ihn ins Klo geworfen.«

»Was? Wieso das denn?«

Tina zuckte die Achseln. Gillian bot ihr noch einen Zug an, doch sie winkte ab. »Keine Ahnung«, sagte sie. »Er steht auf *reiki*, Selbstheilung und all so was.«

»Ins Klo geworfen! So ein Spinner.« Gillian griff erneut in ihre Tasche und nahm zwei weitere Joints heraus. »Versteck sie vor ihm.«

Tina schob sie in die Tasche ihres Sweatshirts.

»Ich hab da noch 'ne Frage«, sagte Gillian. »Was löst denn das Bewusstsein des Funkens aus? Ein weiterer Funke?«

»Vielleicht gibt es im Assoziationsbereich des Kortex einen Rückkopplungsmechanismus, der wahrnimmt und weiterleitet, was in anderen Nervenzellen passiert.«

»Also eine Art Metaniveau der Gehirntätigkeit.« Gillian ging zur Terrassentür und gab den Joint dem Ersten, der in Reichweite stand.

»Ja, genau. Ein zweites, höheres Niveau.«

»Ich hab Hunger«, sagte Gillian. »Die Guacamole sieht richtig gut aus.«

SAN FRANCISCO

Tina wachte um halb zehn auf. Mr. Robert hatte bereits seine Dehnübungen gemacht, meditiert, *shodô* geübt und gefrühstückt, bevor er zu seinem Samstagsunterricht aufgebrochen war; er brachte japanischen Studenten in einer Schule in Japantown Englisch bei. Tina blieb noch ein wenig liegen und lauschte auf die Vögel, die draußen im Hof zwitscherten.

Da keine Bahnen mehr fuhren, als die Party zu Ende war, hatte Wijjie sie in die Stadt zurückgefahren. Gillian wollte noch in einen Nachtclub und war mitgekommen. Sie hatte es geschafft, Wijjie zum Mitkommen zu überreden, doch Tina hatte mit dem Argument abgelehnt, sie müsse früh aufstehen. Außerdem hatte sie das Gefühl gehabt, dass Wijjie mit Gillian allein sein wollte.

Tina stand auf und sprang kurz unter die Dusche, dann ließ sie sich ein Bad ein. Während das Wasser einlief, ging sie in die Küche und setzte einen Kaffee auf. Mit einem Becher Kaffee und einem weiteren Aufsatz, den sie für Professor Alamos Seminar lesen musste, stieg sie in die Wanne. Eine Weile ließ sie sich, ohne nachzudenken, mit geschlossenen Augen im heißen Wasser treiben.

Doch dann musste sie wieder an die Party denken, an die Diskussionen über Geist und Bewusstsein und an Wijjies Behauptung, Bewusstsein sei nur eine sekundäre Funktion, überflüssig in der funktionalen Welt. Wir könnten prima ohne Bewusstsein auskommen. Gillian hatte ihm zugestimmt und gemeint, wir wären genauso erpicht darauf, unser Bewusstsein abzutöten wie es zu erweitern. Wer braucht schon Schmerz, Angst und Depression?

Tina trank einen Schluck Kaffee und griff nach dem Aufsatz. Sie las die Einführung; in dem Text ging es um die Resonanzzyklen des Gehirns und inwiefern sie die Quelle des Bewusstseins sein könnten. Sie legte den Aufsatz auf den Boden, trank noch einen Schluck Kaffee und ließ heißes Wasser nachlaufen. Dann sank sie wieder in die wohlige Wärme.

Tina fuhr mit der Bahn zur Powell Street und ging die steile Straße hinauf zur Wohnung ihrer Mutter. Es war ein klarer, sonniger Tag ohne den leisesten Windhauch. Überall liefen Touristen herum, die meisten von ihnen in Shorts – was sie später bereuen würden, wenn der Sommernebel sich über die Stadt senkte. Sie warteten in einer endlosen Schlange auf das Cable Car. Ihre Gesichter wirkten entweder gelangweilt oder ängstlich, als würden sie zur Seite springen, falls ein Bettler sich ihnen näherte.

In der Eingangshalle zum Haus ihrer Mutter waren die Bestandteile des Aufzugs auf Planen über dem Boden verteilt. Tina stieg die Treppen hinauf.

»Ich bin hier, Ha-*chan*«, rief ihre Mutter aus dem Schlafzimmer, als Tina die Wohnung betrat. Hanako saß vornübergebeugt auf einem Sessel und zog sich eine Socke an.

»Alles in Ordnung?«

»*Hai*«, sagte sie.

»Wie war die Arbeit?«

»Gut. Viel zu tun.«

»Was hältst du davon, wenn ich dich zum Brunch einlade?«

»Brunch?«

»Du weißt schon, eine Mischung aus Frühstück und Mittagessen.«

»Natürlich weiß ich das. Ich bin nicht hungrig.«

»Komm schon, lass uns ins Saint Fran gehen.«

»Das ist so teuer.«

»Ich lade dich ein. Bitte.«

Nachdem sie ihre Mutter überredet hatte mitzukommen, gingen sie gemeinsam die Treppe hinunter. »Wann ist denn endlich dieser Aufzug fertig?«, fragte Tina.

»Der Hausmeister meinte, in einer Woche.«

»Hat er das nicht schon vor drei Wochen gesagt?«

»Sie werden ihn schon reparieren.«

Tina schwor sich, nicht mehr davon anzufangen. Sie hatte schon viele solcher Schwüre geleistet – nicht mehr zu fragen, ob sie in eine andere Wohnung ziehen konnten, in der sie ein richtiges eigenes Zimmer haben würde; ihre Mutter nicht mehr darum zu bitten, ihren Job als Kellnerin aufzugeben; nicht mehr nach ihrem Vater zu fragen; nicht mehr über Japan zu reden.

Damit blieben nicht mehr allzu viele Gesprächsthemen übrig.

Tina und Hanako gingen die Bush Street hinunter zur Powell und dann zum Westin Saint Francis am Union Square. Sie bekamen sofort einen Platz zugewiesen. Ihr Kellner schien nicht älter zu sein als Tina und hatte geschmackvolle blonde Strähnchen im Haar. »Hallo, ich bin Jeremie. Ich bin heute für Sie da.«

Tina bestellte Mineralwasser mit Zitrone, Hanako grünen Tee. Tina hätte beinahe die Augen verdreht, weil ihre Mutter dasselbe bestellte, was sie jeden Tag zu Hause und bei der Arbeit trank; außerdem hatten sie wahrscheinlich gar keinen grünen Tee. Doch Jeremie lächelte und sagte: »Ausgezeichnete Wahl, Ma'am.«

Das Lob des Kellners schien Hanako zu freuen. Sie sah sich in dem Restaurant mit den schweren Kronleuchtern und den in Gold gerahmten Ölgemälden um. »Wir sind lange nicht mehr hier gewesen. Das letzte Mal war bei deinem Highschool-Abschluss.«

Das Wort »Schule« erinnerte Tina an die Texte, die sie noch lesen musste. Mit den Aufgaben für die anderen Seminare hatte sie noch nicht einmal angefangen. Ihr Magen krampfte sich nervös zusammen. Sie würde morgen den ganzen Tag lesen müssen. Vielleicht in der Bibliothek oder in einem Café. Der Gedanke löste die Anspannung, und sie freute sich sogar auf einen Tag ganz allein mit ihren Büchern.

Hanako studierte die Speisekarte. »Was nimmst du?«

Tina griff ebenfalls nach der Karte. »Weiß ich noch nicht.«

Jeremie brachte ihnen die Getränke und fragte, ob sie schon bestellen wollten.

»Du zuerst, Ha-*chan.*«

Tina nahm den in Weißwein und Kräutern pochierten Lachs. Als Jeremie sie zu ihrer Wahl beglückwünschte, bestellte Hanako dasselbe.

Nachdem er gegangen war, sagte Tina: »Ich muss dir was zeigen.« Sie holte die Zeichnungen des Sensei heraus. »Kannst du damit was anfangen?«

Hanako nahm die Bögen. »*Nani?*«

»Du weißt von Mr. Roberts *shodô*-Sensei?«

Hanako blickte ihre Tochter an. »Zenzen Sensei?«

»Ja.« Tina deutete auf das Papier. »Er hatte einen Schlaganfall und kann nicht mehr schreiben. Aber er hat das hier gezeichnet. Einer der Lehrer an seiner Schule meinte, einiges davon sähe aus wie *kanji*-Radikale.«

Hanako blätterte die Seiten durch. »Sie ergeben keinen Sinn.«

»Der Sensei leidet an einer so genannten Agraphie. Eine Art Gehirnschädigung, die dazu führt, dass er keine *kanji* mehr zeichnen kann. So, als wenn du ein *t* schreibst und den Querstrich vergisst. Oder nur ein halbes *o* malst.«

»Warst du bei ihm?«

»Bei dem Sensei?«

Hanako nickte.

»Ja, ich habe ihn ein paarmal im Krankenhaus besucht. Ein großer Teil meiner Forschungsarbeit dreht sich um Menschen mit Gehirnverletzungen. Schlaganfall, Tumor, Unfälle und so.« Tina wies auf die Zeichnungen. »Verstehst du, was sie bedeuten?«

»Wie sieht er aus?«

»Hm? Was meinst du?«

»Nicht wichtig.« Hanako wandte ihre Aufmerksamkeit wieder den Zeichnungen zu. »Nein, ich verstehe sie nicht. Aber kann ich sie behalten?«

»Klar«, sagte Tina.

Jeremie kam mit ihrem Lachs. Hanako legte die Blätter auf ihren Schoß und hielt sie fest, als hätte sie Angst, sie könnten davonfliegen.

Schmetterling
ist
schön
frei
zu sein

»Hier, Mom, wie wäre es damit?« Sie waren in der Haushaltsabteilung von Macy's, und Tina hielt einen Stapel Handtücher hoch.

Hanako befühlte den Stoff.

»Und?«

»Ich brauche keine neuen Handtücher.«

»Du benutzt seit zehn Jahren dieselben. Sie sind schon ganz verschlissen.«

Hanako drückte sie, als wäre es eine Cantaloup-Melone. »Ich weiß, was du vorhast, Ha-*chan.*«

»Ich habe gar nichts vor, außer dir ein paar neue Handtücher zu kaufen.«

»Du meinst, ich gebe nicht genug Geld aus. Weil ich es für dich sparen möchte.«

»Ma, es sind nur ein paar Handtücher.«

Hanako legte sie zurück ins Regal und tätschelte sie. »Es sind schöne Handtücher. Vielleicht brauche ich sie irgendwann.«

Hanako zeichnete Zenzen Senseis Striche mit dem Finger nach. Sie waren kraftvoll und klar als seine zu erkennen, obwohl er sie nicht mit dem Pinsel, sondern mit dem Marker gemalt hatte. Einige waren eindeutig Radikale – Teile japanischer Schriftzeichen –, aber wie sie schon im Restaurant gesagt hatte, ergaben sie keinen Sinn. Sie hielt das Papier gegen das Licht, als wären die fehlenden Elemente zu schwach eingezeichnet, um sie sehen zu können.

Nichts. Nichts davon ergab einen Sinn.

Und doch strahlten sie etwas aus. Eine verborgene Bedeutung. Sie starrte eine der Zeichnungen an und versuchte, die Bedeutung zu erspüren, ohne darüber nachzudenken, wie sie es in den Lektionen bei ihrem Sensei gelernt hatte. Vor so vielen Jahren.

Doch es tat sich nichts. Keine Bedeutung. Kein Gefühl. Sie schloss die Augen; das Bild war wie ein Negativ auf ihre Lider gemalt. Weiß auf schwarz. Aber noch immer keine Bedeutung.

Sie hielt die Zeichnungen fest, ließ sie nicht los, bis sie für ihre abendliche Schicht den Kimono anziehen musste.

Gleichgewicht durch Gegensätze

Im verwässerten Verstand des Sensei blitzte eine Stichflamme des Wissens auf, ein Gewitter der Erkenntnis, Milliarden Synapsen, die in einer Nova des Begreifens explodierten. So viel, das noch zu klären war, und fast keine Zeit mehr.

Doch was musste geklärt werden? So weit reichte das Licht nicht. Es beleuchtete nur die Möglichkeit eines Ziels. Was auch immer das sein mochte.

Das kurze Aufflammen verlosch in Dunkelheit.

Ich weiß noch nicht

was

aber

ich habe etwas

zu sagen

Bahnen des Schmerzes **KAPITEL 2**

»Ich weiß nicht, was ich tun soll«, sagte Gozen. Er hatte Tina gerade mitgeteilt, dass Zenzen Sensei am nächsten Tag aus dem Krankenhaus entlassen werden sollte. Er würde weiterhin für Untersuchungen und Reha-Maßnahmen dort erscheinen müssen, aber er war weit genug wiederhergestellt, um nach Hause zurückzukehren.

»Können Sie nicht bei ihm bleiben?«, fragte Tina.

Er stand auf und wanderte in einem engen Kreis durch den Raum. »Stundenweise schon, aber nicht den ganzen Tag. Ich habe noch einen Teilzeitjob als Übersetzer.«

»Hat der Sensei keine Familie?«

»Hier nicht.«

»Und in Japan?«

»Das weiß ich nicht.« Gozen verlangsamte seinen Schritt. »Und selbst wenn, ich glaube nicht, dass seine Familie hierbei helfen könnte.«

»Was ist mit einer Krankenschwester?«

»Stimmt. Das ist genau das, was wir brauchen.« Gozen blieb stehen. »Wissen Sie, wie man so was arrangiert?«

»Das Krankenhaus kann helfen, jemanden zu finden. Und die Krankenversicherung des Sensei. Die müsste in der Lage sein, eine häusliche Pflege zu organisieren.«

Gozen begann wieder im Kreis zu laufen.

»Krankenversicherung. Das ist ein Problem.«

»Hat er keine?«

Gozen schüttelte den Kopf. »Was soll ich tun?« Er blieb stehen und trank einen Schluck von seinem Tee.

»Was ist mit seinen Schülern? Sie könnten abwechselnd bei ihm bleiben.«

»Gute Idee. Ich werde sie anrufen.«

»Ich kann auch helfen. Ich melde mich als erste Freiwillige.«

Gozen neigte den Kopf. »Danke.«

Parietallappen: erstreckt sich von der Zentralfurche (dem Einschnitt, der sich quer über die Großhirnrinde zieht) nach hinten bis zum Okzipitallappen. Dieser Bereich enthält die Nervenzellen, die für die körperlichen Wahrnehmungen zuständig sind, und hier enden auch die Schmerzbahnen.

Wozu ist Bewusstsein überhaupt gut? Nehmen wir den Schmerz. Ma ist sich ihrer Schmerzen bewusst, während ihr Körper gegen sich selbst kämpft. Warum also kann ihr Körper sein zerstörerisches Verhalten nicht unterlassen? Das Bewusstsein scheint nur dazu in der Lage zu sein, subjektives Erleben wahrzunehmen, beispielsweise »das tut weh«, kann jedoch nichts dagegen unternehmen, zumindest nicht unmittelbar.

Notizen zur Neurologie
Christina Hana Suzuki

Der Datenverarbeitungsraum des Instituts war eine winzige, fensterlose Kammer. Tina griff nach einer Gehirnaufnahme, das Bild einer funktionalen Magnetresonanztomographie. Jede Aufnahme war mit einer kurzen Beschreibung versehen. Tinas Aufgabe bestand darin, der Aufnahme eine Nummer zu geben, die Beschreibung in eine Datenbank einzugeben und die Aufnahme dann in einem Ordner abzulegen.

Das kaum lesbare Gekritzel auf der Aufnahme, die sie gerade in der Hand hielt, lautete: »Schwere Schädigungen im Wernicke-Bereich. Verlust des Sprachverständnisses bei 70–80 %. Schwierigkeiten, kohärente Sätze zu produzieren.«

Tina gähnte und wünschte, sie könnte sich in dem stillen, dunklen Raum einen Moment aufs Ohr legen. Gerade als sie sich nach einem Platz umsah, wo sie sich ausstrecken konnte, kam Professor Porter herein. Ihr Haar war mit einer großen Plastikklammer auf dem Kopf zusammengesteckt. »Wie läuft es mit der Registrierung?«

»Sehr gut. Es ist spannend, sich die Aufnahmen anzusehen und die Notizen dazu zu lesen.« Tina wies auf den gut fünfzig Zentimeter hohen Stapel. »Und es hilft mir, mich in den Forschungsbereich einzuarbeiten.«

»Genau. Deshalb lassen wir es auch immer die Erstsemester machen.«

Wer würde es wohl auch sonst tun?, dachte Tina.

Die Professorin setzte sich auf einen Stuhl neben sie. »Haben Sie die Sache mit dem Kalligraphielehrer weiterverfolgt, von dem Sie mir erzählt hatten?«

»Er ist nach wie vor im Krankenhaus und kann noch immer nicht kommunizieren.«

»Gibt es keine Familienangehörigen?«

»Nein«, sagte Tina. »Bis jetzt nicht.«

»Ich weiß, es ist schwierig, aber Sie sollten unbedingt dranbleiben. Ein gutes Forschungsobjekt wie dieses kann eine Karriere begründen. Wie zum Beispiel der Patient H. M., dessen Hippocampus durch ein Fieber zerstört wurde, was dazu führte, dass er Erinnerungen aus dem Kurzzeitgedächtnis nicht mehr ins Langzeitgedächtnis überführen konnte. Jede Minute seines Lebens war für ihn so, als wäre es die erste. Dieser Fall hat mehr als einen Forscher berühmt gemacht.«

»Okay«, sagte Tina. »Ich versuche es weiter.«

SAN FRANCISCO

Es war fast zehn, als Tina beim Tempura House ankam. Nur noch zwei Tische waren besetzt. Sie blieb im Türrahmen stehen und hielt nach ihrer Mutter Ausschau, sah sie jedoch nirgends. Kiyomi kam zu ihr, ein Bündel Essensgutscheine in der Hand.

»Wie geht es deiner Mutter, Hana?«

»Ich habe sie heute noch nicht gesehen. Wieso, ist etwas passiert?«

Kiyomi runzelte die Stirn und blickte sich um. »Warte im Büro auf mich. Ich komme gleich nach, sobald ich mit der Kasse fertig bin.«

Tina ging in Kiyomis Büro, stellte ihren Rucksack auf den Boden und setzte sich. Auf dem Regal mit den Aktenordnern stand eine Pflanze aus Jade, und an der Wand hing ein Kalender von einer Importfirma für asiatische Lebensmittel, auf dem hauptsächlich Flaschen mit Soja- und Fischsauce, Tüten mit *tempura*-Mehl, Riesendosen mit Bambussprossen und Zellophantüten mit getrockneten Shrimps abgebildet waren.

Tina rutschte auf dem Stuhl hin und her und setzte gerade an, die Unterlagen für Professor Alamos Seminar herauszuholen, als Kiyomi mit einer vollen Kassenspule hereinkam. »Tut mir Leid, dass du warten musstest.« Sie setzte sich an den Schreibtisch. »Deine Mutter hatte Schmerzen. Sie konnte nicht mehr arbeiten.«

»Du hast sie nach Hause geschickt?« Tina konnte sich nicht erinnern, dass ihre Mutter je bei der Arbeit gefehlt hatte.

»Sie konnte nicht richtig gehen, es war, als wäre sie betrunken«, sagte Kiyomi und fügte dann eilig hinzu: »Natürlich war sie nicht betrunken, es war ihre Krankheit.«

Tina hatte ihre Mutter noch nie klagen hören, zumindest nicht über ihre Gesundheit. Natürlich hatte sie sich über den Dreck auf den Straßen beschwert, der mit jedem Jahr schlimmer zu werden schien, oder über den lauten Nachbarn, der über ihnen gewohnt hatte, oder über die Graffiti, mit denen die ganze Stadt beschmiert war. Aber nie über etwas in ihrem eigenen Leben. Natürlich war es ein einfaches Leben: Arbeit und Tina, sonst gab es kaum etwas. Doch sie schien es nicht anders zu wollen.

»Und sie ist anders als sonst.«

»Ja, das habe ich auch schon bemerkt«, sagte Tina.

»Trübsinnig ist sie. Richtig niedergeschlagen.«

Tina nickte.

»Das war sie früher nie. Immer fröhlich. Und tüchtig.« Kiyomi dachte einen Moment nach, dann fragte sie: »Liegt es an ihrer MS?«

»Schon möglich. Ich weiß es nicht genau. Die Beschädigung von Gehirnzellen kann auch zu Persönlichkeitsveränderungen führen.«

Die beiden schwiegen nachdenklich. Dann sagte Tina: »Sie hat vorher noch nie bei der Arbeit gefehlt, oder, Tante Kiyomi?« Allein das Wort »Tante« auszusprechen, tat ihr gut. Sie wusste, dass Kiyomi nicht ihre richtige Tante war, aber es war immer tröstlich, sie so zu nennen. Kiyomi war Teil ihrer Familie gewesen, zusammen mit den »Omas«, die auf Tina aufgepasst hatten, bis sie alt genug war, um allein zu Hause zu bleiben. Obwohl die Omas schon in Tinas Kindertagen recht betagt gewesen waren, lebten beide immer noch in einem der Seniorenheime in Japantown. Tina störte sich nicht daran, dass sie keine Blutsverwandte waren. Wenn sie eine von den Omas oder Kiyomis Kinder auf der Straße traf, sagte sie: »Das ist meine Oma. Das ist mein Cousin James. Das ist meine Cousine Annie.«

»Nein«, sagte Kiyomi, »ich kann mich nicht erinnern, dass sie auch nur einen Tag gefehlt hätte. Was passiert jetzt mit ihr?«

Tina hatte einiges über multiple Sklerose gelesen und wusste, wie die Krankheit die Nervenzellen angriff und dass sie zwar unheilbar, aber per se nicht tödlich war. »Das kann man nicht sagen. Nicht mal die Ärzte wissen es. Jeder Fall ist anders.«

Kiyomi betrachtete den Kalender an der Wand, die einzelnen Tage, als läge Hanakos Zukunft darin. »Sie wird nicht wieder gesund?«

Tina wusste nicht, was sie sagen sollte. »Bei den meisten verläuft die Krankheit in Schüben. Man kann einen Teil der Symptome mit Medikamenten behandeln, aber das Problem ist, dass sich zerstörte Nervenzellen bisher nicht reparieren lassen.«

»Deine Mutter ist so schön, sie hat sich kaum verändert, seit ich sie kennen gelernt habe«, sagte Kiyomi mit einem leisen Seufzer.

Tina öffnete die Tür zur Wohnung ihrer Mutter.

»Ha-*chan*? Was tust du denn hier?«

»Entschuldige, dass ich so spät noch komme. Ich bin nur eben auf dem Heimweg im Tempura House vorbeigegangen.«

Hanako war im Wohnzimmer und sah fern. Tina stellte ihren Rucksack ab und setzte sich auf das Sofa, auf dem ihre Mutter ausgestreckt lag.

»Tante Kiyomi sagte, du wärst eher nach Hause gegangen.«

»Es war nicht viel los.«

»Sie sagte, du hättest Schmerzen gehabt.«

»Ein wenig.«

Im Fernsehen lief eine japanische Gameshow. Seitdem das Haus verkabelt worden war, sah Hanako nur noch japanische Sendungen. Kochanleitungen, Serien, Talkshows, Reiseberichte. Und jede Menge Gameshows. Tina verstand nur etwa ein Viertel des maschinengewehrartigen Japanisch.

Sie sahen eine Weile zu. Dann fragte Tina: »Hast du schon zu Abend gegessen?«

Multiple Sklerose: Aus bisher unbekannten Gründen greift das Immunsystem die Myelinscheide an, das die Axone bestimmter Nervenzellen umhüllt. Dies führt zu Ablagerungen und verhärtetem Narbengewebe – »Sklerose« –, was die Funktionsfähigkeit der Nervenzellen stark beeinträchtigt. Mittels einer Magnetresonanztomographie können Gehirnschädigungen (Narbengewebe) und Gehirnschrumpfungen, die vermutlich mit MS zusammenhängen, festgestellt werden. (Nachforschen: Was für eine Art Gehirnschrumpfung? In welchen Bereichen kommt sie vor? Was sind die Auswirkungen?)

Axon: schmales, drahtähnliches Gewebe, das vom Zellkörper nach außen wächst und zur Übermittlung von Reizen an andere Nervenzellen dient.

Myelin: eine fetthaltige Substanz aus Cholesterin, Cerebrosiden, Phospholipiden, Glykoproteinen und Wasser. Myelin dient als Isolierung der Axone und schirmt den elektrischen Reiz nach außen ab. Diese Schutzhülle ist nicht durchgängig, sondern weist kleine Lücken auf, die so genannten Ranvier'schen Schnürringe, die wie ein Verstärker für den Reiz wirken. Die Myelinscheide entsteht aus Schwann'schen Zellen, die sich in Schichten um das Axon legen wie gerolltes *sushi.*

Notizen zur Neurologie
Christina Hana Suzuki

»*Hai.* Und du?«

»Noch nicht.«

Hanako stand auf. »Reichen dir ein paar Reste?«

»Ich wollte mir auf dem Heimweg irgendwo etwas holen.«

Hanako ging in die Küche und begann, Reis aufzuwärmen. Tina folgte ihr.

»Geht es dir jetzt wieder besser?«

Hanako nickte.

»Hast du dir die Zeichnungen des Sensei noch mal angesehen?«

Hanako rührte den Reis um. »*Hai.* Aber ich habe keine Ahnung, was sie bedeuten.«

Als der Reis fertig war, füllte Hanako ihn in eine blauweiße Schale, stellte Sojasauce auf den Tisch und legte ein Paar Stäbchen dazu.

»Danke, Ma.«

Hanako sah Tina eine Weile beim Essen zu, dann sagte sie: »Ich bin müde.«

»Ich räume das Geschirr nachher weg.«

»Gut. *Oyasumi nasai.*« Gute Nacht.

»*Oyasumi nasai.*«

Nachdem Tina die Küche aufgeräumt hatte, nahm sie die beiden Joints heraus, die Gillian ihr gegeben hatte. Sie legte sie auf die Arbeitsfläche und schrieb einen Zettel dazu: »Ma, versuch's mal mit ein paar Zügen (halte den Rauch in der Lunge), wenn du Schmerzen hast. Tina. PS: Versteck sie vor Mr. Robert.«

Als Tina nach Hause kam, lief dort ebenfalls der Fernseher. Mr. Robert kam aus dem Wohnzimmer, als er die Tür klappen hörte. »Wieder ein langer Tag?«

»Ja. Tut mir Leid.« Er folgte ihr ins Arbeitszimmer. Sie nahm die Textmappe, ihre Bücher und den Notizblock aus dem Rucksack und legte sie auf den Tisch. »Wie war's bei dir?«

»Wie immer. Habe meinen Abendunterricht gegeben, bin nach Hause gegangen und habe gegessen.«

»Ich bin auf dem Heimweg noch bei Ma vorbeigegangen.«

»Wie ging es ihr?«

»Ganz gut. Sie wirkte ganz munter.« Sie hatte keine Lust, ihm zu sagen, dass sie früher von der Arbeit nach Hause gegangen war.

»Gut. Ich schaue morgen mal bei ihr rein.«

Tina ging an ihm vorbei ins Schlafzimmer. »Ich bin müde«, sagte sie. Sie zog ihre Jacke aus und hängte sie auf.

»Gozen Sensei hat erzählt, du wärst bei Zenzen Sensei gewesen.«

»Ja, ein paarmal.« Tina schlüpfte aus ihren Sachen und zog sich ein T-Shirt über den Kopf.

»Wie geht es ihm?« Mr. Robert folgte ihr ins Bad.

»Er kann immer noch weder sprechen noch schreiben.« Tina nahm ihre Zahnbürste aus der Schublade und drückte ein wenig Zahnpasta darauf.

»Gozen Sensei sagte, du hättest dich erboten zu helfen, wenn der Sensei nach Hause kommt.«

»Hm-hm«, murmelte sie durch den Schaum in ihrem Mund. Sie betrachtete sein Spiegelbild.

»Das ist nett von dir.« Mr. Robert sah zu, wie sie sich die Zähne putzte. »Warum hast du nichts davon erzählt?«

Tina spuckte den Schaum aus. »Wovon?«

»Wie es ihm geht, dass du bei ihm warst und dass du ihm helfen willst.«

Tina spülte sich den Mund aus. »Entschuldige, aber ich bin total erledigt.«

Mr. Robert wandte sich um und lehnte sich gegen den Türrahmen, sodass sie sein Profil im Spiegel sehen konnte. Tina verspürte plötzlich eine Welle von Traurigkeit, während sie ihre Zahnbürste wegräumte. Als sie aufblickte, war er verschwunden.

Tina war im Krankenzimmer des Sensei, zusammen mit Dr. Geoffry und Georgina, der Physiotherapeutin des Sensei, einer Schwarzen, die Tina bei der Begrüßung mit unglaublicher Kraft die Hand gedrückt hatte. Zenzen Sensei saß auf dem Bettrand. Sein Blick war in die Ferne gerichtet, als bemerke er die anderen gar nicht.

»Sind Sie sicher, dass er das Krankenhaus schon verlassen kann?«, fragte Tina den Arzt.

»Schlaganfallpatienten geht es zu Hause meist sehr viel besser. Dort wird er sich bestimmt schneller erholen und seine kognitiven Fähigkeiten eher zurückgewinnen.«

»In den letzten Tagen hat er große Fortschritte gemacht, was die Beweglichkeit angeht«, fügte Georgina hinzu. »Die meisten Tätigkeiten müsste er allein schaffen, aber bei komplizierteren Dingen, zum Beispiel beim Kochen, braucht er noch Hilfe. Und er sollte nicht allein ausgehen.«

Tina betrachtete den Sensei, dessen Blick sich sanft auf sie legte, eingehend. »Sprechen kann er aber noch nicht, oder?«

»Nein«, sagte der Arzt. »Möglicherweise wird er die Fähigkeit nach und nach bis zu einem gewissen Grad zurückgewinnen. Das Gehirn wird versuchen, die gestörten Verbindungen wiederherzustellen; doch bei der Stärke der Schädigungen wird immer eine Beeinträchtigung bleiben.«

»Was ist mit einem weiteren Schlaganfall?«

»Das kann natürlich passieren«, sagte Dr. Geoffry. »Er muss seine Medikamente nehmen und die Übungen machen, die Georgina für ihn zusammengestellt hat. Und natürlich regelmäßig zur Kontrolluntersuchung kommen.«

Sie halfen dem Sensei auf die Beine. Zu dritt gingen sie mit ihm durch die Reha-Abteilung, das Hauptgebäude und zur Eingangstür.

Gozen wartete mit seinem Wagen in der Einlieferungs- und Abholzone. Als er sie kommen sah, sprang er aus dem Auto und öff-

*Warum stets aufwärts
und einen Schritt
zur Zeit*

nete die Beifahrertür. Er vermied es, den Sensei anzusehen. Sie halfen dem Sensei in den Wagen. Georgina schnallte ihm den Sicherheitsgurt um und tätschelte seine Schulter. »Alles Gute. Wir sehen uns bald wieder.«

Der Sensei starrte geradeaus.

An der Zenzen Schule halfen Gozen und Tina dem Sensei die Stufen hinauf und ins Haus. Drinnen angekommen, eilte Gozen voraus und rückte einen der Stühle im vorderen Hauptraum zurecht. Tina führte den Sensei darauf zu, doch er entzog sich ihr, und so ließ sie seinen Arm los. Unter ihren Blicken verließ er den Raum.

Wenn man die Fähigkeit erlangt hat, vollkommen im Augenblick zu sein, wird sich ein starkes Gefühl von Entschlossenheit, Entspannung und Konzentration einstellen. Nur in diesem Augenblick kann man wahrhaft spirituelle Kalligraphie erschaffen.

Lehrbuch der Zenzen Schule für japanische Kalligraphie

Sie folgten ihm in sein Atelier. Er stand reglos da und starrte auf seinen Tisch und die *tatami*-Matte mit dem Tintenfleck. Dann machte er einen ungeschickten, stolpernden Schritt nach vorn. Tina und Gozen streckten die Hände nach ihm aus, um ihn zu stützen, doch er fand sein Gleichgewicht wieder und ging zum Tisch. Er kniete sich davor, das Gesäß auf den Fersen, als bereite er sich auf eine *shodô*-Übungsstunde vor.

Der Sensei griff nach dem Pinsel, der auf dem Tisch lag. Er hielt ihn so vorsichtig, als wäre es ein verletzter Vogel.

Gozen ging ebenfalls in die Knie und rutschte zum Sensei hinüber. Er ergriff den Pinsel, den der Sensei vertikal und unbeweglich in der Hand hielt, vorsichtig am oberen Drittel und zog daran. Nichts rührte sich. Er zog noch einmal, stärker, doch der Pinsel rührte sich noch immer nicht.

Gozen ließ den Pinsel los. Zenzen Sensei legte ihn auf den Tisch zurück und stützte ihn auf dem Pinselhalter ab. Dann griff er nach dem Tintenblock und einer kleinen Wasserflasche. Er goss etwas von dem Wasser in den Reibstein und starrte die Flasche an, als hätte er sie noch nie gesehen. Gozen half ihm, die Tinte anzurühren. Der Sensei tauchte seinen Pinsel hinein und malte langsam und konzentriert einige abstrakte Striche.

Tina blieb bei Gozen und dem Sensei, bis sie zur Uni musste. Der Sensei malte ununterbrochen, und sie und Gozen sahen fasziniert zu.

Nach dem Unterricht besuchte sie Wijjie in seinem Büro im Institut. Auf seinem Tisch waren die Texte für Alamos Seminar ausgebreitet. Tina blickte aus seinem Fenster. »Schöner Ausblick auf die Hügel.«

Wijjie griff nach einem der Stühle und zog ihn an seinen Schreibtisch heran.

»Bist du allen Ernstes dabei zu lernen?«, fragte Tina und setzte sich.

Anfänger langweilen sich meist schnell, wenn sie wieder und wieder Radikale üben sollen. Sie haben das grundlegende Prinzip der Konzentration und das Wissen um die tiefe, subtile Bedeutung ihrer Striche noch nicht erfasst. Schülern, die sich nicht konzentrieren können, wird es nicht gelingen, ihr *chi* durch den Pinsel zu schicken, und sie werden den folgenden Test nicht bestehen: Halten Sie Ihren Pinsel ein paar Zentimeter über das Blatt. Bitten Sie jemanden zu versuchen, Ihnen den Pinsel aus der Hand zu ziehen oder Ihren Arm zu beugen.

»Schwer zu glauben, ich weiß. Was gibt's?«

»Komme gerade aus der Neuroanatomie. Klassifizierung der Nervenzellen: Purkinjefasern, Astrozyten, Pyramidenbahnfasern.«

»Nicht zu vergessen die Vorderhornzellen. Ich bin froh, dass ich das alles schon im Medizinstudium hinter mich gebracht habe.« Er öffnete eine Schreibtischschublade und nahm eine Gehirnaufnahme heraus. »Rate mal, was das ist.« Er gab sie Tina.

»Sieht aus wie eine Aufnahme von dem H-5100.«

»Stimmt. Und jetzt rate, wer das ist.«

»Du?«

»Gillian. Erinnerst du dich noch an neulich Abend?«

»Sag bloß, das ist Gillian auf Dope.«

Wijjie grinste und rollte mit seinem Stuhl näher an sie heran. »Wir haben uns nach der letzten Forschungsstudie ins Labor geschlichen. Die oberen zwei Bilder sind vor dem Joint aufgenommen, obwohl sie ein paar Stunden davor schon mal einen ge-

Eine schwierigere Variation dieses Tests besteht darin, jemanden am Pinsel ziehen zu lassen, während man ein Zeichen malt. Schüler sollten sich stets so konzentrieren, als würden sie gerade diesem Test unterzogen, dann wird auch keine Langeweile aufkommen.

Lehrbuch der Zenzen Schule für japanische Kalligraphie

Könnte ich doch nur
gezähmt werden, geschult und
aufgenommen
nur um gehalten zu werden

Das *saku*-Radikal ist eines der *eiji happô.* Der gesamte Strich wird mit minimalem Pinseldruck gemalt, vor allem der Anfang. Zu Beginn des Strichs weist der Pinsel auf die untere linke Ecke des Papiers, am Ende auf die obere rechte. Die Pinselspitze sollte am oberen Rand des Strichs entlanggezogen werden, also während der Ausführung zum oberen Papierrand zeigen. *Saku* bedeutet »Peitsche«, deshalb sollte der Strich auch mit einer peitschenartigen Bewegung des Pinsels gemalt werden.

Lehrbuch der Zenzen Schule für japanische Kalligraphie

raucht hatte. Die unteren beiden zeigen sie fünf Minuten, nachdem sie ungefähr einen halben Joint geraucht hat.«

»Auf den beiden unteren ist eine wesentlich stärkere Aktivität zu sehen, fast fünfzig Prozent mehr.«

»Sieh dir diese Stelle mal an«, sagte Wijjie und wies mit dem Finger darauf. »Das ist der Mandelkern, das Zentrum der Gefühle. Es zeigt weniger Aktivität als die anderen Bereiche. Cannabis und Co. dämpfen die emotionalen Reaktionen.«

»Deshalb wird es wohl auch Dope genannt, schätze ich.«

Wijjie deutete auf einige andere helle Stellen der Aufnahme. »Diese Bereiche sind für Hunger und sexuelle Aktivität zuständig.«

»Schade, dass ich die Aktion verpasst habe.« Tina gab ihm die Aufnahme zurück. »Wenn Florian das wüsste.«

Wijjie rollte mit seinem Stuhl zurück und legte den Ausdruck wieder in die Schublade. »Ja, wir haben gegen elf seiner zehn Gebote verstoßen.«

»Mindestens.« Tina nahm eine Mappe aus ihrem Rucksack und rutschte mit ihrem Stuhl zu Wijjie hinüber. »Ich habe auch so was dabei. Was hältst du davon?« Sie klappte die Mappe auf und zeigte ihm eine der Gehirnaufnahmen des Sensei, die der Arzt ihr leihweise mitgegeben hatte. Ihr schoss Professor Porters Warnung durch den Kopf, niemandem von ihren Forschungsarbeiten zu erzählen, doch der Sensei war noch gar nicht wirklich Teil ihrer Arbeit. Außerdem war es nur Wijjie.

Wijjie studierte die Aufnahme. »Eindeutig Schädigungen an Temporal- und Präfontallappen, ausgelöst durch eine Hirnblutung. Ist das der Sensei, von dem du mir erzählt hast?«

»Ja.« Sie nahm eine der abstrakten Zeichnungen heraus, die der Sensei gemalt hatte, bevor Tina zur Uni gefahren war.

»Was ist das?«

»Das hat der Sensei gemalt.«

»Ist das Kalligraphie?«

»So was Ähnliches, nur dass es keinen Sinn ergibt. Einige Striche sind Teile von japanischen Schriftzeichen, aber das meiste sind einfach irgendwelche Linien. Aber sind sie deshalb ohne Bedeutung?«

»Interessante Frage. Offensichtlich ist sein Sprachzentrum beschädigt. Ich vermute mal, für ihn haben sie eine Bedeutung, und er versucht, auf diese Art zu kommunizieren. Die einzige Art, die ihm möglich ist.«

»Das denke ich auch. Aber wie können wir herausfinden, was er sagen will?«

Wijjie betrachtete die Gehirnaufnahme und die Zeichnung des Sensei. »Keine Ahnung.«

Das *ryô*-Radikal ist eines der *eiji happô*. Zeichnen Sie den Strich von der oberen rechten Ecke des Blattes zur unteren linken und nehmen Sie dabei nach und nach Druck vom Pinsel. Ziehen Sie den Pinsel nicht abrupt vom Papier, sondern lassen Sie den Strich dadurch enden, dass Sie aus dem Handgelenk heraus den Druck auf den Pinsel wegnehmen. *Ryô* bedeutet »kühl«, vielleicht weil der Strich wirkt wie eine leichte Brise.

Lehrbuch der Zenzen Schule für japanische Kalligraphie

SAN FRANCISCO

Hanako senkte den üppig mit zäher *miso*-Paste beladenen Esslöffel in die heiße, zartgrüne Brühe, die sie aus einem Streifen *kombu*-Alge zubereitet hatte. Mit den Spitzen eines Stäbchenpaars rührte sie vorsichtig in der *miso*-Paste, sodass sie sich nach und nach in der Brühe auflöste. Als die Paste eingerührt war, gab sie gewürfelten Tofu in die Suppe. Sie füllte sie in zwei Schalen und streute eine Prise klein geschnittene Frühlingszwiebeln darauf.

Sie stellte die Schalen auf den Küchentisch, eine vor Mr. Robert, die andere auf ihren eigenen Platz. Er sprach den traditionellen japanischen Segensspruch: »*Itadakimasu.*«

Hanako wiederholte den Segensspruch und wärmte ihre Hände an der Schale. Dann hob sie sie an den Mund und trank einen Schluck. Sie stellte die Schale wieder ab und fischte mit ihren Stäbchen einen Tofuwürfel heraus.

»Wie läuft dein Unterricht?«, fragte sie.

»Gut, danke.« Mr. Robert schlürfte geräuschvoll von der Suppe, wie es in Japan bei Männern als höflich gilt – oder zumindest

Hier

berge ich Versprechungen

nicht als unhöflich. »Aber ich habe reichlich zu tun. Die Klasse ist sehr groß.«

Hanako trank einen weiteren Schluck. »Tina mochte *miso*-Suppe noch nie.«

»Sie weiß nicht, was ihr entgeht.«

»Ihr ist Campbell's Hühner-Nudel-Suppe lieber.«

»Warum will sie die, wenn sie deine köstliche *miso*-Suppe haben kann?« Mr. Robert schob sich einen Tofuwürfel in den Mund und ließ ihn genüsslich auf der Zunge zergehen.

Hanako trank noch einen Schluck von ihrer Suppe und stellte

dann die Schale beiseite. In letzter Zeit schmeckte ihr kaum noch etwas.

Mr. Robert warf einen Blick auf ihre halbvolle Schale. »Tina sagte, du wärst eher von der Arbeit nach Hause gegangen?«

»Es war nicht viel los.«

Mr. Robert widmete sich wieder seiner Suppe.

»Entschuldige, Robert-*san*, darf ich dich etwas Persönliches fragen?«

»Natürlich.«

»Du hältst nicht viel von Marihuana, oder?«

Er runzelte die Stirn. »Ich glaube nicht, dass es gut für dich ist, wenn du darauf hinauswillst.«

»Der Arzt, mit dem Tina befreundet ist, meinte, es hilft vielleicht besser als die Medikamente.«

»Welcher Arzt?«

»Dr. Cruz. Wijjie. Er studiert zusammen mit Hana. Sie waren neulich Abend im Tempura House.«

»Tina und er?«

Hanako sah verwirrt aus. »Oh, vielleicht hätte ich das nicht sagen sollen.«

Mr. Robert aß seine Suppe auf, dann faltete er die Hände vor sich auf dem Tisch. »Sie hat mir bestimmt davon erzählt. Ich hab's einfach vergessen.«

Hanako nahm die Schalen vom Tisch und spülte sie mit Wasser aus.

»Robert-*san*«, sagte sie leise. »Könntest du mir einen Gefallen tun?«

»Natürlich. Eine *reiki*-Behandlung?«

»Nein, danke.« Sie stieß einen resignierten Seufzer aus. Das, worum sie ihn bitten wollte, fiel ihr nicht leicht. »Ich möchte, dass du Hana von Zenzen Sensei fern hältst.«

Mr. Robert löste seine Hände und ließ sie auf die Knie fallen. »Sie von ihm fern halten?«

»Bitte.« Hanako blickte ihm in die Augen.

Es sah aus, als wolle er sie nach dem Grund fragen, doch alles, was er sagte, war: »In Ordnung, Hanako-*san.*«

KYOTO

Kando öffnete den Brief mit dem Absender »Oakland, Kalifornien« mit dem Stilett. Er nahm den Brief heraus und setzte die Lesebrille auf seine flache Nase. Der Brief war handgeschrieben, in eleganter japanischer Schrift.

Kando-*san, Sie kennen mich nicht, wir sind uns nie begegnet. Die Angelegenheit, in der ich Sie kontaktiere, ist delikat. Es geht um einen Vorfall, der sich vor etlichen Jahren in der Daizen Schule für Kalligraphie in Kyoto ereignet hat, und zwar zu dem Zeitpunkt, als der neunundzwanzigste Daizen Sensei seine Stellung als Leiter der Schule aufgab. Zur gleichen Zeit entdeckte man, dass auch der Daizen Reibstein verschwunden war. Ich muss Ihnen sicher nicht erklären, dass der Daizen Reibstein die Trophäe der Daizen-Kurokawa-Wettkämpfe war. Um das Ganze auf den Punkt zu bringen: Ich glaube, dass ich den Daizen Reibstein gesehen habe.*

Er ist mir aufgefallen, als ich eine Kalligraphiearbeit eines Schülers betrachtete, die vom neunundzwanzigsten Daizen Sensei gegengezeichnet war. In der Nähe dieser Arbeit entdeckte ich einen besonders interessanten Reibstein. Er weckte meine Neugier, und so sah ich ihn mir genauer an. Anfangs hielt ich es nicht für möglich, dass es der Daizen Reibstein sein könnte. Es gelang mir jedoch, eine detaillierte Beschreibung des Daizen Reibsteins zu bekommen, und aufgrund meiner Recherchen bin ich nun sicher, dass er es ist.

Wie ich bereits schrieb, befinde ich mich in einer delikaten Situation, was den Daizen Reibstein betrifft. Ich möchte der Person, die im Besitz des Reibsteins ist und bei der es sich, wie Sie vermutlich bereits erraten haben, mit großer Wahrscheinlichkeit um den neunundzwanzigsten Daizen Sensei handelt, keine Unannehmlichkeiten bereiten. Dieser Mensch, der mir unter einem anderen Namen bekannt ist, hat mir im Verlauf der vergangenen Jahre sehr viel gegeben, ja, ich schulde ihm mehr, als ich je zurückgeben kann.

Die Situation dieses Menschen hat sich mittlerweile jedoch verändert, und ich empfinde es als meine Pflicht, das Meine dazu beizutragen, dass der Daizen Reibstein zu seinem rechtmäßigen Besitzer zurückkehrt. Ich werde dabei behilflich sein, bitte jedoch darum, die Angelegenheit mit der größtmöglichen Diskretion zu behandeln. Ich hoffe, Sie finden sich bereit, als Vermittler zwischen mir und der Daizen Schule zu fungieren. Ich weiß, dass Sie dem neunundzwanzigsten Daizen Sensei bereits früher zu Diensten waren. Wenn Sie weitere Einzelheiten erfahren möchten, würde ich mich freuen, von Ihnen zu hören.

Unterzeichnet war der Brief mit »Gozen«. Darunter stand eine Anschrift in Berkeley, Kalifornien, und eine Telefonnummer.

ZWISCHENSPIEL

Privatdetektei Kando

JUNI 1977
KYOTO, JAPAN

Die Tatsache, dass Hanako Suzuki nach San Francisco geflogen war, war immerhin ein Ansatzpunkt, wenn auch kein sehr ergiebiger. Es konnte gut sein, dass sie nicht in der Stadt oder in dem Bundesstaat geblieben war. Und selbst wenn sie noch in San Francisco war, würde es schwierig sein, sie zu finden. Die Stadt war groß. Zu viele Orte, an denen man sich aufhalten oder verstecken konnte, falls es das war, was sie wollte. Es wäre Zeit- und Geldverschwendung, mit ihrem Foto dorthin zu fliegen und es überall herumzuzeigen. Er brauchte weitere Informationen. Irgendjemand wusste bestimmt, wo sie war und wie lange sie dort bleiben würde. Er musste die Möglichkeiten einschränken. Zum Beispiel: War sie bei Verwandten oder Freunden? Warum hatte sie Japan überhaupt verlassen?

Hier begann der schwierige Teil dieses Falles, den er bereits vorhergesehen hatte: Informationen zu bekommen, ohne dass Tetsuo Suzuki davon erfuhr. Er beschloss, bei ihrer Familie anzufangen.

Sein Journalistenfreund besorgte ihm einige Hintergrundinformationen samt Fotos aus den Archiven seiner Zeitung. Damit und mit dem, was Kando aus öffentlichen Unterlagen – Stammbüchern, Geschäftsakten, Schuljahrbüchern und dergleichen – erfahren hatte, konnte er einige Fakten zusammentragen. Hanako war am 20. Februar 1952 geboren. Ihr Vater, Hideyuki Iida, war stellvertretender Geschäftsführer der Central Kansai Bank, einer Institution, die eine lange, wenn auch unspektakuläre Vergangenheit hatte, zumindest bis Mitte der sechziger Jahre. In den darauf folgenden Jahren entwickelte sich die Central Kansai zu einer der fünf führenden Regionalbanken. Dieser Aufstieg vollzog sich laut Kandos Quelle parallel zu dem Zusammenschluss mit dem Immobilienzweig des Suzuki-Konzerns. Hanakos Mutter hieß Remi und stammte aus der Familie Masachika, die dem niederen Adel angehörte und sich bis tief in feudale Zeiten zurückverfolgen ließ.

Hanako hatte die besten Grund- und Aufbauschulen in Osaka besucht. Sie war am renommierten Kansai-Mädchengymnasium aufgenommen worden und hatte es mit hervorragenden Noten abgeschlossen. Ihre besten Fächer waren Englisch und Japanisch gewesen. Nach dem Gymnasium hatte sie kurzzeitig am Women's Junior College in Kyoto studiert. Die Unterlagen über ihr erstes und einziges abgeschlossenes Semester – Informationen, an die Kando herangekommen war, indem er vorgegeben hatte, er sei Universitätsarchivar und brauche Nachweise über Hochschulwechsel – ergaben, dass ihre Noten nur mittelmäßig gewesen waren. Der nächste dokumentierte Nachweis aus ihrem Leben datierte von 1974, fünf Jahre später, als sie sich mit Tetsuo Suzuki verlobt hatte. Sie hatten 1975 geheiratet, kurz vor ihrem dreiundzwanzigsten Geburtstag. Ihr Leben war ziemlich unspektakulär, zumindest fand sich darin keinerlei Hinweis darauf, wo sie sich in Amerika aufhalten könnte.

Kando fuhr nach Osaka, zum Haus der Familie Iida. Er parkte einen Block entfernt in einer Seitenstraße und zupfte mit Blick in den Rückspiegel an seinen Haaren, bis sie professorenmäßig zerzaust aussahen. An den Schläfen hatte er sich ein paar graue Strähnen eingefärbt, die ihn zehn Jahre älter aussehen ließen.

Er trat durch die Eingangspforte des Hauses und klingelte an der Tür. Eine Frau öffnete ihm. Ihr Gesicht war um die Augen ein wenig geschwollen, als wäre sie gerade aus einem Nachmittagsschläfchen aufgewacht. Kando bemerkte eine Ähnlichkeit zwischen der Frau und dem Bild von Hanako – eine hohe Stirn, ausgeprägte Wangenknochen und ungewöhnlich große Augen.

»Bitte entschuldigen Sie vielmals, dass ich Sie störe. Bin ich hier richtig bei der Familie Iida?«

»Ja.«

»Ich war einer von Hanakos Lehrern am Women's Junior College in Kyoto, und da ich zufällig in der Gegend war, dachte ich mir, ich besuche sie mal.«

Der Gesichtsausdruck der Frau veränderte sich nicht, zeigte weder Misstrauen noch Neugier. »Hanako wohnt hier nicht mehr«, sagte sie.

»Oh, wie schade. Nun, das hatte ich mir beinahe gedacht. Es ist ja schon lange her.« Er lächelte der Frau zu, doch sie erwiderte das Lächeln nicht.

»Es tat mir Leid, dass sie damals das College verlassen hat, was ich ihr jedoch nie gesagt habe. Ich war im Ausland, eine lange Forschungspause, und bin gerade erst zurückgekommen.«

Da sie nicht fragte, wo er gewesen war, fügte er hinzu: »Ich war in den Staaten, wie man dort sagt. Amerika. San Francisco, um genau zu sein.«

»San Francisco? Sie ist –« Sie brach ab.

»Ist sie auch dort?«

Als die Frau den Blick senkte, wusste Kando, dass er richtig lag. »Wenn ich das nur gewusst hätte. Es wäre nett gewesen, sie wieder zu sehen.« Er wollte noch anfügen: »Welch ein Zufall« und fragen, was Hanako in San Francisco tat, doch die Frau sagte: »Tut mir Leid, ich muss jetzt gehen.« Sie trat ins Haus zurück und schloss die Tür.

Kando verließ sein Büro, das nicht weit vom Bahnhof entfernt lag, und ging zu dem *ramen*-Imbiss, in dem er oft zu Mittag aß. Der Imbiss befand sich in einem Block voller kleiner Restaurants und Geschäften, vor allem Souvenirläden für die vielen Touristen, die nach Kyoto kamen.

Der Imbiss war fast leer, da der Hauptstrom der Mittagsgäste bereits wieder zur Arbeit zurückgekehrt war. Er setzte sich an den Tresen. Die Besitzerin des Ladens, eine Frau von unbestimmbarem Alter, brachte ihm ein Glas Wasser und fragte, ob er das Übliche wolle. Er nickte.

Kando wusste, dass er seine Suche weiter einschränken musste, um Hanako zu finden, selbst wenn sie noch in San Francisco war. Doch es war zu gefährlich, ihre Eltern oder ihren Mann nach weiteren Informationen auszuhorchen. Das Gespräch mit Hanakos Mutter war bereits ziemlich gewagt gewesen.

Wenn sie in die Vereinigten Staaten gegangen war, hatte sie für die Einreise ein Visum gebraucht. Er hatte nicht allzu viel Erfahrung mit den amerikanischen Zoll- und Einreisebestimmungen, aber er wusste, dass sie auf dem Formular eintragen musste, wo sie wohnen würde. Es würde jedoch nicht leicht werden, an diese Information heranzukommen.

Sein Teller *ramen* mit Schweinefleisch und eingelegtem Gemüse wurde serviert. Der Dampf, der von der Brühe aufstieg, füllte seine Nasenflügel.

Wie sich herausstellte, war es einfacher, als er gedacht hatte. Er rief das amerikanische Konsulat in Tokio an und gab sich als Dr. Soundso aus. Hanakos Eltern, erklärte er mit gebieterischer Stimme, hätten einen Autounfall gehabt und lägen aufgrund von Kopfverletzungen im Koma. Er brauche umgehend Hanakos Einverständnis für die weitere Behandlung. Da sie die einzige direkte Verwandte sei, könne er niemand anders fragen. Kando sagte, er habe herausgefunden, dass sie in San Francisco lebe, wisse jedoch nicht, wo. Innerhalb von fünf Minuten hatte er die Adresse, die Hanako Suzuki auf ihrem Antragsformular angegeben hatte.

Es dauerte weitere anderthalb Stunden, um die dazugehörige Telefonnummer herauszubekommen. Er wählte die Nummer, und am anderen Ende meldete sich Hanako Suzuki. Er behauptete, er sei Mitarbeiter des japanischen Konsulats und müsse ihre Adresse für die Akten überprüfen. Hanako bestätigte, dass die Adresse richtig war. Dann fragte Kando sie, ob sie eine Arbeitsstelle habe. Ja, das Tempura House Restaurant an der Powell Street, erklärte sie ihm.

KYOTO

Aragaki hatte gerade seine Kalligraphie-Übungsstunde beendet, als Kando anrief. Der Detektiv sagte, er habe kürzlich Informationen erhalten, die für ihn von großem Interesse wären.

»Von großem Interesse?«, wiederholte Aragaki. »Ich wüsste nicht, was das sein sollte.« Wahrscheinlich will er mir was verkaufen, dachte er bei sich.

»Würde der Daizen Reibstein Sie interessieren?«

In Aragakis Kopf wirbelten die Gedanken: Es war eine List, um ihn vor dem nächsten Wettkampf durcheinander zu bringen; sie wollten ihn hinters Licht führen. Aber falls es wahr wäre … »Selbstverständlich würde mich das interessieren.«

Sie verabredeten sich in Kandos Büro. Auf dem Weg dorthin war Aragaki nach wie vor zwischen Skepsis und Erregung hin- und hergerissen. Als sein Vorgänger, der neunundzwanzigste Daizen Sensei, zusammen mit dem Daizen Reibstein verschwunden war, hatte Aragaki angenommen, er hätte Selbstmord begangen, vermutlich in den Bergen in der Nähe der Hütte. Der Hausmeister hatte ihm erzählt, dass Shimano dort gewesen war. Aragaki vermutete, dass Shimano die Verantwortung nicht verkraftet hatte, in so jungen Jahren Daizen Sensei zu werden. Und dass er den Reibstein mitgenommen hatte, damit er für immer bei ihm bleiben würde, selbst im Tod. Aragaki, der zum obersten Lehrer aufgestiegen war und bald zum dreißigsten Daizen Sensei ernannt werden sollte, war mit den anderen Lehrern zur Hütte gefahren und hatte eine Suche in den Bergen eingeleitet. Doch sie hatten keine Spur von Shimano gefunden.

Aragaki hatte seine letzte Begegnung mit Shimano noch lebhaft vor Augen. An jenem Morgen hatte er sich mit ihm und den anderen Lehrern in der Daizen Schule getroffen, die in einem *machiya*-Stadthaus untergebracht war, wie sie typisch für Kyoto waren. Es war ein langes, schmales Gebäude, dessen vordere Hälfte die Büroräume umfasste, während die Unterrichtsräume nach hinten zum Garten hinausgingen.

Als er Shimano erblickte, hätte er ihn am liebsten mit dem Ausruf »Hallo, junger Sensei!« begrüßt, verkniff sich jedoch den Affront.

Während der Besprechung wollte Aragaki über die Prozedur

zur Auswahl des neuen Daizen Sensei sprechen. Die Wahl lag fast völlig in der Hand des amtierenden Daizen Sensei, obgleich die Arbeits- und Wettkampfergebnisse der verschiedenen Lehrer mit hineinspielten. Der Wunsch des amtierenden Daizen Sensei sollte auf keinen Fall unbeachtet bleiben, aber Aragaki vertrat die Ansicht (und die meisten seiner Kollegen teilten sie), dass sie höchstens zu einem Drittel zählen sollte.

Obwohl er nicht darüber sprach, war Aragaki auch neugierig auf Shimanos neue Schülerin, die nie offiziell in der Schule angemeldet worden war. Wenn irgendeiner von den anderen Lehrern auf diese Weise einen Schüler angenommen hätte, wäre er gerügt worden.

Als die Besprechung mit einer Diskussion über die nächste Freizeit begann, bemerkte Aragaki, dass Shimano gedankenverloren in die Gegend starrte. Sämtliche Punkte wurden abgehandelt, ohne dass er mehr als ein oder zwei Worte dazu sagte. Selbst die Diskussion über die Auswahl des nächsten Daizen Sensei entlockte ihm nicht mehr als ein kurzes Nicken. Aragakis Vorschlag, bewertbare Kriterien einzuführen, wurde widerspruchslos angenommen.

All dies lag viele Jahre zurück, doch es flößte Aragaki noch immer leises Unbehagen ein. Er erkannte, dass der Ehrgeiz seine Vernunft beeinträchtigt hatte, auch wenn dies keine Entschuldigung war. Er hatte sich immer gefragt, inwiefern er mit Shimanos Verschwinden zu tun hatte. An manchen Tagen meinte er, er hätte überhaupt nichts damit zu tun, an anderen gab er sich allein die Schuld dafür. An diesen anderen Tagen wuchs seine Unzufriedenheit.

Während eines Spaziergangs durch den Bambuswald in der Nähe seines Ateliers war ihm vor kurzem klar geworden, dass diese Unzufriedenheit aus dem Wunsch entsprang, ein Erbe zu hinterlassen. Etwas, das seine Ära innerhalb der langen Geschichte der Daizen Schule für Kalligraphie über seine Wettkampfsiege hinaus von den anderen abheben würde. In den kühlen Schatten begriff er, dass dieses Erbe nur in einer Sache bestehen konnte: den Daizen Reibstein wieder zu finden und zurückzuholen. Er würde ein neues Kapitel in der *Geschichte des Daizen Reibsteins* schreiben.

Kando reichte Aragaki eine Fotokopie von dem Brief, auf der er Gozens Name und Adresse geschwärzt hatte.

Die Handschrift beeindruckte Aragaki sofort – die Striche waren überaus präzise, sorgfältig ausgeführt und dennoch mit einem künstlerischen Stil versehen. Sein Verfasser hatte unzweifelhaft *shodô* gelernt, vielleicht sogar bei Shimano. Aragaki las den Brief zweimal.

»Was soll ich tun?«, fragte er Kando.

»Das Beste wäre ein Treffen mit der Person, die den Brief geschrieben hat. Können Sie nach Kalifornien fliegen? Dort wohnt der Verfasser.«

»Und der Daizen Reibstein befindet sich ebenfalls dort?«

»Das nehme ich an. Es wird in dem Brief nicht ausdrücklich gesagt.«

Aragaki überflog den Brief erneut. »Stimmt.« Er blickte Kando an. »Ich werde fliegen. Heute, wenn es sein muss.«

»Ich werde das Treffen arrangieren.«

SAN FRANCISCO

Wie jeden Dienstag – dem ruhigsten Abend im Tempura House –, gingen Hanako und Kiyomi in das China-Seas-Fischrestaurant in Chinatown, eine Viertelstunde vom Tempura House entfernt. Ihr gemeinsamer Restaurantbesuch war Tradition, seit die beiden zusammenarbeiteten. Bei ihren ersten Dienstagabenden hatte Hanako nicht viel gesagt, doch Kiyomi hatte sie mit ihrem schier unerschöpflichen Geplauder aufgemuntert.

Hanako schob sich ein Stück angebratene grüne Paprika mit leicht süßlicher Knoblauchsauce in den Mund. Es war genau richtig, nicht zu roh und nicht zu stark durchgegart. »Schön knackig.« Sie bestellten stets dasselbe: gewürzte Garnelen, gedünsteten Weißfisch mit leichter Knoblauchsauce und Saisongemüse.

Kiyomi nickte. »Der Fisch ist auch lecker.«

Hanako löste ein Stück Fisch von den durchscheinenden Gräten und kostete. »*Oishii.*« Köstlich.

Nach einem Schluck von ihrem Oolong-Tee fragte Kiyomi: »Hanako, warum hast du mir nichts von deiner Krankheit erzählt?«

»*Gomen nasai*«, sagte Hanako leise. Es tat ihr wirklich Leid, vor allem dass Kiyomi es durch ihren Zusammenbruch bei der Arbeit erfahren hatte. Eigentlich wollte sie es ihr erst erzählen, falls – wenn – es wirklich schlimm wurde. Doch wann war es wirklich schlimm? Anfangs hatte sie gedacht, ihre Schmerzen und die Müdigkeit seien nur lästige Begleiterscheinungen des Alters. Doch als sie eines Morgens nicht mehr aus dem Bett kam, wusste sie, dass wirklich etwas nicht in Ordnung war. Ihre Beine gehorchten ihr nicht; sie musste zwei Stunden im Bett bleiben, bis sie wieder stehen konnte.

Als sie schließlich zum Arzt ging und die Diagnose erfuhr, brachte sie es noch weniger fertig, darüber zu reden. Vor allem verstand sie es nicht. Wie konnte der eigene Körper Teile von sich zerstören? Der Arzt sagte, niemand kenne die Gründe; der menschliche Körper sei so komplex, dass es nicht viel brauchte, um ihn aus dem Gleichgewicht zu bringen. Hanako wollte wissen, ob etwas, das sie getan hatte, schuld an der Krankheit sei. Das wusste der Arzt auch nicht. Vielleicht wäre es früher oder später in jedem Fall dazu gekommen, meinte er.

»Wolltest du nicht, dass ich es erfahre?«, fragte Kiyomi.

Hanako schob eine Garnele auf ihrem Teller umher, als wolle sie sie wieder zum Leben erwecken. »Nein. Ich weiß nicht …« Schweigend nahm sie die Garnele mit ihren Stäbchen auf, dann sagte sie: »Das bin nicht ich.«

Nachdenklich legte Kiyomi den Kopf zur Seite und wandte den Blick ab. »Du hast Recht, das bist nicht du«, sagte sie schließlich. »Die Hanako, die ich kenne, ist immer fröhlich und tüchtig. Meinst du das?«

»Es ist, als ob in mir ein anderes Wesen steckt, und ich will, dass es weggeht. Ich will einfach arbeiten und Hanas Mutter sein.« Hanako trank einen Schluck Tee.

Der stoische Kellner, der sie seit ihrem ersten Besuch im China Seas bedient hatte, kam an ihren Tisch. Fragend wies er auf Kiyomis leere Reisschale. Als sie nickte, nahm er sie weg und kam innerhalb weniger Sekunden mit einer frisch gefüllten Schale zurück.

Hanako und Kiyomi aßen eine Weile schweigend. Hanako war stets erstaunt, dass die Kellner nie gehetzt wirkten, obwohl sämtliche Tische besetzt waren. Und sobald ein Tisch frei wurde, wurde das Geschirr abgeräumt, die Glasplatte abgewischt und frisch eingedeckt. Es standen nie wartende Gäste herum, aber es dauerte kaum eine Minute, da ging die Tür auf und eine neue Gästeschar kam herein, spazierte an den Salzwasseraquarien vorbei und setzte sich an den freien Tisch. Wenn die Gäste im Tempura House doch nur halb so ordentlich wären, seufzten Hanako oder Kiyomi jede Woche.

Kiyomi lenkte das Gespräch auf die neueste Kellnerin im Tempura House; sie war erst einundzwanzig. »Sie hat eine Tätowierung am Fußgelenk, eine hübsche Rose. Das gefällt mir richtig gut. Vielleicht lasse ich mir auch so was machen.«

»*Iie.* Nein, das würdest du nie tun.«

»Hat Hana eine Tätowierung?«

»Würde mich nicht überraschen. Ich glaube, sie ist eine Kifferin.«

»Was?« Entgeistert ließ Kiyomi ihre Stäbchen fallen. »Hana?«

Beide lachten, als Hanako ihr von den Joints erzählte, die Tina ihr gebracht hatte.

»Hast du's ausprobiert?«, fragte Kiyomi flüsternd.

Hanako schüttelte den Kopf. »Ich habe in meinem ganzen Leben noch nicht mal eine Zigarette geraucht. Und du?«

»Ich auch nicht.«

Sie bekamen eine weitere Portion Garnelen, Fisch und Gemüse serviert, und während sie aßen, sprach Kiyomi über die Renovierungsarbeiten, die wegen der neuen Verordnungen des Gesundheitsamts in der Restaurantküche durchgeführt werden mussten. Das Tempura House würde ein paar Wochen geschlossen bleiben.

Während Kiyomi all die Dinge aufzählte, die sie in der freien Zeit unternehmen wollte, dachte Hanako an den Moment zurück, als sie Hana von der Diagnose erzählt hatte. Sie hatte das Gespräch mit der Frage begonnen, was sie über multiple Sklerose wisse. Die beiden Worte waren ihr nur mühsam und stockend über die Lippen gekommen. Hana hatte erwidert, sie wisse kaum etwas darüber. Warum?

Weil ich es habe, sagte Hanako.

Sie erinnerte sich an das Geräusch, als Hana scharf eingeatmet hatte; dann langes Schweigen. Oh Ma, hatte Hana schließlich gesagt, so leise, dass sie sie kaum hören konnte. Ich komme mit dem nächsten Flugzeug nach Hause. Aber du bist doch mitten im Semester, hatte Hanako protestiert. Sie hatte ihrer Tochter gesagt, sie brauche jetzt nicht nach Hause zu kommen. Dafür gebe es überhaupt keinen Grund. Sie wolle es ihr nur mitteilen.

Eine Gruppe von vier Leuten setzte sich an einen Tisch, der gerade abgeräumt und neu gedeckt worden war. Kiyomi seufzte: »Was wäre ich froh, wenn das Tempura House nur halb so ordentlich wäre wie dieses Restaurant.«

»Ich auch«, sagte Hanako. Sie aß ein Stück von dem zarten Weißfisch, der ihr auf der Zunge zerging. Dann legte sie die Stäbchen hin. »Kiyomi-*san,* ich habe noch ein Problem.«

Kiyomi wollte gerade einen Bissen Reis essen. Hanakos plötzliche Ankündigung schien sie aus der Fassung zu bringen.

»Es geht um Hana. Ich glaube, ich habe einen großen Fehler gemacht.«

»Was für einen Fehler?«

Hanako faltete die Hände. Dann löste sie sie wieder und legte sie in ihren Schoß. »Du weißt doch, dass ihr Freund *shodô* ausübt. Als die beiden hierher gezogen sind, habe ich ihm von einer Schule in Berkeley erzählt, der Zenzen Schule.«

»Zenzen – Nichts? Was für ein seltsamer Name für eine Schule.«

Hanako nickte. Dann fuhr sie fort: »Robert-*san* war ganz begeistert, als er von der Schule erfuhr.« Die Worte klebten ihr im Hals wie eine gewürzte Garnele, die in der Speiseröhre hängen geblieben war. Sie stieß die Luft aus. »Ich kannte den Sensei der Schule. In Japan.«

»In Japan?« Kiyomi, die sich noch etwas Reis nehmen wollte, hielt in der Bewegung inne.

»Ja.« Hanako hatte nie jemandem erzählt, wer Hanas Vater war, nicht einmal Kiyomi. Und Kiyomi, höflich wie sie war, hatte nie gefragt.

»Soll das heißen … Willst du damit sagen, er ist Hanas Vater?«

Hanako nickte.

»Und Hana weiß es nicht?«

»Nein.«

»Ich habe mich immer gefragt, wer ihr Vater ist«, sagte Kiyomi. »Aber ich dachte, er wäre in Japan.«

»Er ist hier. Er ist die ganze Zeit hier gewesen.« Hanako hatte den Sensei im Auge behalten, wusste von seiner Schule, hatte jedoch nie Kontakt mit ihm aufgenommen.

»Du bist ihm hierher gefolgt, und er wollte nichts mehr von dir wissen?«

Hanako schüttelte den Kopf. »Andersherum.«

»Er ist dir gefolgt … Das muss ja furchtbar für dich gewesen sein, allein und schwanger hierher zu kommen. Hana weiß nichts von alldem?«

»Ich habe es ihr nie erzählt.«

»Und jetzt ist sie ihm begegnet, weil er der Sensei von Robert-*san* ist. Und sie hat keine Ahnung?«

»Nein.«

»Das ist allerdings ein Problem.« Kiyomi beugte sich vor und fragte leise: »Bist du sicher, dass er Hanas Vater ist?«

»Außer ihm kommt nur mein Exmann in Frage. Aber ich kenne seine Blutgruppe. Und ich kenne meine und Hanas. Ihr Vater ist der Sensei.«

Kiyomi lehnte sich in ihrem Sitz zurück. »Und du willst nicht, dass Hana erfährt, dass er ihr Vater ist.«

Nein, das wollte Hanako nicht, aber sie wollte auch nicht erklären, warum. Das hätte zu viel Schmerz aufgewühlt. »Sie scheint ganz zufrieden zu sein, so wie es ist. Früher, als Kind, hat sie mich manchmal danach gefragt, aber jetzt nicht mehr.«

»Hast du Angst, der Sensei könnte Hana sagen, dass er ihr Vater ist?«

»Ich weiß gar nicht, ob er es weiß. Aber das ist vielleicht auch nicht wichtig. Er hat einen Schlaganfall gehabt und kann nicht mehr sprechen. Deshalb hat Hana sich überhaupt für ihn interessiert.«

»Wegen ihres Studiums – Gehirn und Sprache. Ich verstehe«, sagte Kiyomi. »Der Großvater meines Mannes hatte das auch. Ich glaube, ich habe dir mal von ihm erzählt. Es hat ihm das Herz gebrochen – dem Großvater, meine ich. Er redete so gerne, hatte immerzu Geschichten auf Lager. Er ist mit einem Schiff nach San Francisco gekommen, als er sechzehn war.« Sie schwieg einen Moment. »Ich liebte seine Geschichten.«

»Das tut mir Leid.«

»Entschuldige, wenn ich neugierig bin, aber warum hast du Hana nie von ihrem Vater erzählt?«

»Ich konnte es nicht. Dann hätte ich es ihr erklären müssen.« Sie griff nach ihrer Teetasse, hielt dann jedoch inne und faltete die Hände.

»Schon gut«, sagte Kiyomi schnell.

Nach einer kurzen Pause beugte Hanako sich zu ihrer Handtasche und zog ein Blatt Papier heraus. »Sieh dir das mal an.«

Ki (»Baum«) ist ein Piktogramm von einem Baum mit ausladenden Ästen. Wenn Sie dieses Zeichen malen, achten Sie darauf, dass die »Äste« lebendig aussehen, wie von einem leichten Wind bewegt. Malen Sie das Zeichen nicht zu symmetrisch, weil es dann künstlich wirkt.

Mori (»Wald«) bedeutet wörtlich »viele Bäume«. Der obere Baum ist ein wenig kleiner, sodass es aussieht, als stünde er weiter weg. Das Gefühl, das »Wald« in seinem Kontext vermitteln soll (ein Ort des Lebens oder der Dunkelheit), muss in den Strichen zu erkennen sein.

Kiyomi nahm das Blatt und betrachtete es. »Was ist das? Sieht aus wie die Schreibübungen eines Kindes. Ich weiß noch, wie ich früher stundenlang geübt habe.«

»Das hat der Sensei gemalt. Hana meint, er versucht möglicherweise, etwas zu schreiben, etwas mitzuteilen, kriegt aber die Striche nicht richtig zusammen.«

Kiyomi gab Hanako das Blatt zurück. »Ich kann da nichts erkennen.« Sie sah Hanako an. »Wirst du daraus schlau?«

»Nein, obwohl ich es versucht habe.« Mit ihren Stäbchen deutete sie auf ein Zeichen in der oberen rechten Ecke. »Das hier könnte der linke Teil von ›Wasser‹ sein.«

»Ich verstehe, was du meinst.« Mit dem Finger zeichnete Kiyomi einige der Hieroglyphen nach. »Und das könnte ein Teil von ›Baum‹ oder ›Wald‹ sein.«

»Oder ›Gehölz‹.«

»Genau. Und das hier sieht aus wie ein Teil von ›Blume‹.« Kiyomi warf Hanako einen Blick zu. »Ein Teil deines Namens.«

Hanako schloss die Augen; die Falten in ihren Augenwinkeln zogen sich zusammen und vertieften sich.

Hanako schloss die Tür zu ihrem Mietshaus auf, ging an dem zerlegten Fahrstuhl vorbei und begann langsam die Treppen hinaufzusteigen. Als sie am Absatz des dritten Stocks ankam, spürte sie das erste Ziehen eines Muskelkrampfs, dann das heiße Prickeln von Nadelstichen. Sie blieb stehen, ließ sich auf die unterste Stufe der nächsten Treppe sinken und hoffte, dass niemand vorbeikam. Erneut nahm sie die Zeichnungen des Sensei heraus, die sie Kiyomi gezeigt hatte, und fuhr mit dem Finger über die feinen Striche, die keine Bedeutung zu haben schienen. Wieder und wieder zeichnete sie sie nach, doch sie erkannte keinen Sinn darin.

Sie unterbrach ihre Gedanken an die Pinselstriche des Sensei. Hör auf zu denken … Wie oft hatte er ihr das gesagt? Aber wie soll ich mich konzentrieren, wenn ich aufhöre zu denken?, hatte sie eingewandt. Gute Frage, hatte er gesagt. Dann hatte er ihr den Unterschied zwischen harter und weicher Konzentration erklärt. Harte Konzentration ist brüchig; weiche Konzentration ist biegsam, schwer zu brechen, vergleichbar mit Bäumen, die im Wind tanzen.

Erneut fuhr sie über die Striche auf dem Papier. Wie Bäume, die im Wind tanzen.

BERKELEY

»Wie geht es dem Sensei?«, fragte Tina, als sie mit Gozen den vorderen Raum der Zenzen Schule betrat.

Gozen hatte dunkle Ringe unter den Augen. »Er scheint sich zu freuen, dass er wieder zu Hause ist. Die meisten Dinge kann er allein machen, nur das Gehen fällt ihm schwer.«

»Hat er noch mehr gemalt?«

Gozen blickte hinüber zum Atelier des Sensei. »Er tut überhaupt nichts anderes. Ich kriege ihn kaum dazu, mal was zu essen.«

»Ich schätze, es ist ein gutes Zeichen, dass er etwas tut.«

Gozen seufzte. »Wie soll es weitergehen? In diesem Zustand kann er kein *shodô* unterrichten. Wird er sich je wieder erholen?«

»Das kann ich nicht sagen.« Zwischen der Lektüre für ihre Seminare hatte Tina sich das Kapitel über Aphasie in ihrem Neuroanatomiebuch noch einmal genauer angesehen. In dem Kapitel wurden die neuropsychologischen Grundlagen für diesen Ausfall genau dargestellt und die komplexen Nervenbahnen beschrieben, die mit der Kommunikation zusammenhängen. Bei schwereren Schädigungen konnte das Gehirn die zerstörten Leitungen nicht mehr reparieren.

Beim Lesen war ihr die Idee gekommen, den Fall des Sensei in ihr Referat bei Professor Alamo einzubauen. Ihr Beitrag zu der gro-

Hayashi (»Gehölz«) wird nur durch zwei Bäume dargestellt. Achten Sie darauf, dass sie reif und kräftig wirken.

Hana (»Blume«) ist eine Kombination aus den Zeichen für »Gras« oder »Pflanzen« und »Veränderung«, vermutlich mit Bezug auf »Blühen«. *Hana* ist ein gutes Übungs-*kanji*, da es viele Radikale enthält und leicht zu merken ist. Außerdem bedeutet es noch viel mehr als »Blume«. *Hana* ist auch die Bezeichnung für »Kirschblüte«, das Symbol für die bittersüße Endlichkeit des Lebens.

Lehrbuch der Zenzen Schule für japanische Kalligraphie

Hilf mir
mich einzufühlen
jeden am Ende
in seinem Quell
allein zu lassen

ßen neurologischen Theorie des Bewusstseins – obwohl sie keine Ahnung hatte, was das sein sollte und wie man dorthin gelangte. Irgendwie drehte es sich um Sprache und Bewusstsein. Wenigstens hatte sie den letzten Vortragstermin bekommen. Das gab ihr zwölf Wochen Zeit, darüber nachzudenken.

Der letzte Vortragstermin – sollte das heißen, dass sie die Letzte war, die er in das Seminar aufgenommen hatte?

Tina sagte zu Gozen, er solle nach Hause gehen und sich ausruhen. Er gähnte und erwiderte, er habe nicht mehr richtig geschlafen, seit der Sensei nach Hause gekommen sei. Offenbar brauche der Sensei seit seinem Schlaganfall nur noch wenig Schlaf. Tina fragte sich, ob der Schlaganfall den Biorhythmus des Sensei durcheinander gebracht hatte.

Als Gozen gegangen war, ging Tina in das Atelier des Sensei. Der Sensei verdrehte sich ungeschickt, um sie mit einer Verneigung zu begrüßen.

Hastig erwiderte Tina die Verbeugung. Die Geste machte sie unsicher. Sie wusste, dass sie es nicht richtig machte – der Winkel stimmte nicht, und ihre Haltung war nicht japanisch genug. Der Sensei wandte sich wieder seiner Kalligraphie, seinen Zeichnungen zu. Tina kniete sich schräg hinter ihn.

Er nahm ein frisches Blatt Papier und malte dieselben unlesbaren Pinselstriche. Ihr Blick wanderte über ein knappes Dutzend Bögen, die neben ihr auf dem Boden lagen. Seine Zeichnungen waren abstrakter geworden, aber auch kohärenter; sie sahen nicht mehr wie Kritzeleien aus. Aber vielleicht kam es auch daher, dass sie ihr mittlerweile vertraut waren.

Der Sensei hatte seine Zeichnung beendet und zeigte sie ihr, indem er zur Seite rückte. Sie sah einen Bogen, fast einen Halbkreis, und darüber einen Punkt. Sollte es ein Auge sein? Tina nickte enthusiastisch.

»Wunderbar. *Sugoi*«, sagte sie, obwohl sie nicht sicher war, ob sie das Wort richtig benutzte.

Plötzlich stand der Sensei auf und ging unsicher, aber zielstrebig aus dem Raum. Tina folgte ihm nicht; sie würde erst einmal abwarten, ob er von selbst wiederkam. Vielleicht wollte er auch endlich einmal schlafen.

Nachdem sie ein paar Minuten seine abstrakte Kalligraphie betrachtet hatte, kam er mit einer Kiste in der Hand zurück. Er ging in die Hocke, nahm einen Reibstein aus der Kiste und stellte ihn auf den Tisch. Dann griff er nach einem Tintenblock und rieb mit der Spitze über die Vertiefung des Reibsteins. Seine Bewegungen waren nicht unbeholfen, aber auch nicht flüssig. Er goß ein wenig Wasser aus einem Krug in die Vertiefung, dann rieb er wieder mit dem Tintenblock. Wasser und Tinte vermischten sich zu einem tiefen Schwarz.

Der Sensei ergriff einen Pinsel und hielt ihn Tina hin.

»Ich? Tut mir Leid, aber ich habe nie Kalligraphie gelernt. Ich kenne ja kaum irgendwelche *kanji.*« Sie überlegte, wie sie das alles auf Japanisch sagen konnte.

Der Sensei starrte den Pinsel an. Tina wollte gerade danach greifen, als Mr. Roberts Stimme vom Eingang herüberklang. Sie entschuldigte sich und stand auf.

»Tina?«, sagte Mr. Robert überrascht, als er sie erblickte. »Ich dachte … ich dachte, Gozen wäre hier.«

»Er war total erschöpft. Ich habe ihm gesagt, ich würde beim Sensei bleiben.«

»Aber du musst doch zur Uni, und was ist mit deiner ganzen Lektüre?«

»Ich bin ja zum Teil wegen der Uni hier.«

Er trat einen Schritt auf das Atelier zu, als wolle er seinen Sensei beschützen. »Du meinst, du bist hier, um aus ihm ein Forschungsobjekt zu machen.«

»So würde ich es nicht ausdrücken. Ich versuche ihm zu helfen.«

»Wie?« Mr. Robert verschränkte die Arme vor der Brust.

»Das weiß ich noch nicht so genau.«

Er verschwand Richtung Atelier. »Ich bin jetzt hier. Ich werde mich um ihn kümmern.«

Tina sah ihm nach. Ihr war plötzlich, als sehe sie ihn zum ersten Mal. Sein Rücken wirkte zu breit im Verhältnis zu seiner schmalen Gestalt, beinahe massig. Sie wandte sich um, nahm ihren Rucksack und verließ das Haus.

In deinen Händen
werde ich ruhen

Nach dem Unterricht schaute Tina in Wijjies Büro vorbei. Er hatte die Füße auf den Schreibtisch gelegt, ein Buch auf seinem Schoß. »Was hältst du davon, wenn ich dich irgendwo zum Abendessen ausführe?«, fragte sie.

»Und mich vom Lernen abhältst?« Er klappte sein Buch zu und stand auf. »Einverstanden, aber du brauchst mich nicht auszuführen. Lass uns doch zu mir gehen. Ich kann ziemlich lecker Nudeln kochen.«

»Gut, aber nur wenn ich eine Flasche Wein mitbringen darf. Oder zwei.«

Auf dem Tisch standen die Makkaroni mit kurz in Olivenöl angebratenem Gemüse, frisch geriebener Parmesan und ein gemischter grüner Salat mit Balsamico-Dressing. Von den zwei Flaschen Wein, die Tina besorgt hatte, war der Weiße bereits leer, und vom Roten fehlten zwei Gläser. Bis zum dritten Glas hatte Tina mit Wijjie Schritt gehalten, dann war sie es etwas langsamer angegangen.

»Ich bin sicher, dass Zenzen Sensei versucht etwas mitzuteilen«, sagte Tina. »Seine Zeichnungen, diese Art Pseudokalligraphie hat für ihn eine Bedeutung.«

»Woher willst du das wissen?«, fragte Wijjie und machte sich an seine zweite Portion Nudeln.

Tina überlegte einen Moment; ihre Gedanken verschwammen ein wenig. »Das merkt man an seinem Verhalten. Er arbeitet so konzentriert daran. Er macht nicht einfach nur irgendwelche beliebigen Kringel – ich weiß, das ist nur eine Annahme von mir. Aber dann zeigt er sie mir, als ob er will, dass ich sie lese.«

»Aber genau da liegt doch das Problem, oder? In solchen Fällen wissen wir eben nicht, was der Patient – oder das Forschungsobjekt – denkt.«

»Stimmt«, gab Tina zu. Sie spießte ein Stück Tomate auf und tunkte es in die dunkelrote Salatsauce. »Sagen wir einfach, ich stelle eine Hypothese auf.« Sie schob die Tomate in den Mund.

»Was glaubst du denn, was er mitteilen möchte?«, fragte Wijjie und fügte dann hinzu: »Nur so als Hypothese.«

»Das weiß ich noch nicht.« Sie trank einen Schluck Wasser und betrachtete ihre Nudeln, unschlüssig, ob sie noch eine Gabel voll davon essen sollte. »Aber ich spüre irgendetwas, es ist fast, als wollte er, dass ich ihm helfe, oder … ach, ich weiß auch nicht, aber irgendwas ist da.«

»Irgendwas?«

Tina trank einen letzten Schluck Wein. »Ja, irgendwas.«

Wijjie servierte ihnen Schokoladen-*biscotti* und Espresso aus seiner Maschine.

»Jetzt sag bloß, du hast auch noch die Kekse selbst gemacht«, sagte Tina.

»Nein. Die sind vom Rockridge Market.«

»Mmh, lecker.«

Sie saßen auf dem Sofa. Wijjie nippte an seinem Espresso. »Der Sensei ist ein interessanter Fall. Du solltest an ihm dranbleiben. In dieser Branche kannst du mit einem guten Forschungsobjekt eine Menge erreichen.«

Tina rührte in ihrer Tasse, um den Zucker aufzulösen. »Komisch.«

»Was ist komisch?«

»Genau das hat Professor Porter auch gesagt. Sie benimmt sich seltsam, was den Sensei betrifft.«

Wijjie zuckte die Achseln. »Akademiker, die in der Forschung arbeiten, benehmen sich immer seltsam. Das lässt sich gar nicht vermeiden. Wenn man so viel über einen so kleinen Bereich weiß, muss das Gehirn ja Schlagseite kriegen.«

Tina lachte. »Ich kann's mir richtig vorstellen – lauter Denkerköpfe, wo die eine Gehirnseite riesig ist und die andere verkümmert. Sie müssen ständig ihren Kopf zurechtrücken, weil er immer wieder zur einen Seite kippt.«

»Genau.«

Tina lehnte sich zurück. Wijjie tat dasselbe.

Eine Weile schwiegen sie, dann fragte Wijjie: »Fühlst du dich wohl?«

Tina lächelte und wandte ihm ihr Gesicht zu. »Ja, sehr.«

Wijjie beugte sich zu ihr und küsste sie. Sie entspannte sich und erwiderte den Kuss, der nach Nudeln und Knoblauch und Olivenöl und Wein und Balsamico und Espresso und Schokolade schmeckte, alles zugleich und durcheinander. Sanft forschend tastete seine Zunge nach ihrer.

Der Kuss dauerte lange. Als Wijjie sich schließlich löste, sagte Tina: »Das war schön.«

»Schön …?«

»Ich meine, sehr schön, wunderbar. *Sugoi.*«

»Su-was?«

»Nicht so wichtig.«

Wijjie küsste sie erneut. Sie legte ihre Hand auf seinen Nacken. Er strich mit den Fingern an ihrem Hals entlang und glitt dann langsam zu ihrer Brust hinunter.

Sie ließ ihn eine Weile gewähren, zog sich dann jedoch zurück. Wijjie öffnete die Augen und sah sie an.

»Ich muss gehen. Bevor daraus mehr wird.«

»Warum?«

»Ich lebe mit jemandem zusammen.«

»Ich weiß. Aber jetzt bist du hier.«

Tina verschränkte die Arme vor der Brust, löste sie jedoch wieder, weil sie die Geste an Mr. Robert erinnerte. »Ja, aber irgendwann müsste ich trotzdem nach Hause gehen. Ich möchte lieber warten, bis ich nicht mehr mit ihm zusammenlebe, falls es darauf hinausläuft.«

Wijjie legte ihr die Hand auf die Schulter. »Kein Problem.«

Tina stand auf und nahm die Espressotassen vom Tisch. »Komm, ich helfe dir beim Abwaschen. Ich muss heute mal früher nach Hause. Ich bin hundemüde.«

3

Säuberlich gefaltet und
gebunden
wird es mein Leben
nicht halten

Zenzen Sensei tauchte seinen Pinsel in den Reibstein, wie er es viele Male zuvor getan hatte – das sagte ihm ein Gefühl. Doch er hatte kein Gefühl dafür, wie viel Zeit vergangen war, seit er den Reibstein zuletzt benutzt hatte. Die Zeit hatte ihre Bedeutung verloren: Minuten, Stunden, Tage und Jahre zählten nicht mehr. Zeit war gleichbedeutend mit Leere, einer Leere in seiner Existenz, die nicht mit Worten beschrieben werden konnte.

Diese Leere war gewaltig. Je mehr er sich bemühte, sie zu verstehen, sie mitzuteilen, desto deutlicher merkte er, dass er es nicht konnte, als wäre er mit unsichtbaren Fesseln gebunden. Als hielte ihn eine Kraft fest, drücke ihn zu Boden.

Dann, plötzlich, hatte er die Eingebung gehabt – es war der Reibstein. Der Reibstein würde eine Verbindung herstellen, einen Pfad, dem er folgen musste, um die Leere zu füllen. Wenn er nur einen Weg fand, die Leere beiseite zu schieben, würde alles wieder gut, wieder vollständig werden.

Eine Woge dichter, schwerer Leere schlug über ihm zusammen.

SAN FRANCISCO

Tina hatte gerade ein paar Minuten geschlafen, als das Telefon klingelte. Es war Kiyomi. »Hana, deine Mutter.«

»Was ist los?«

»Wir waren auf dem Weg nach Hause, ich meine, ich habe deine Mutter nach Hause gebracht. Nach der Arbeit. Wir mussten länger bleiben.« Kiyomi rang nach Atem. »Dann ist sie plötzlich stehen geblieben.«

»Stehen geblieben?«

»Sie konnte nicht mehr gehen. Konnte ihre Beine nicht mehr bewegen. Sie hat sich auf die Stufen von dem Theater gesetzt, du weißt schon, in der Bush Street. Es tut mir so Leid.«

»Ist schon gut, Tante Kiyomi. Wo ist sie jetzt?«

»Immer noch dort. Ich bin zum Tempura House zurückgelaufen, um dich anzurufen, und da bin ich jetzt. Ich wollte einen Krankenwagen rufen, aber sie meinte, das wäre nicht nötig.«

»Ich komme sofort.«

Als sie auflegte, stand Mr. Robert neben ihr. »Was ist passiert?«

Tina sprang zum Schrank und zog sich ihre Jeans und einen dicken Pullover an. »Es ist Ma, sie hatte einen Schub, und Kiyomi macht sich Sorgen um sie.«

»Ich komme mit.« Er griff nach seinen Sachen.

»Nein, bitte. Ich möchte lieber allein gehen.«

Mr. Robert starrte sie verärgert an, dann legte er sich wortlos wieder ins Bett.

Tina rannte die Treppen zur Wohnung ihrer Mutter hinauf und öffnete die Schublade, in der, wie ihre Mutter gesagt hatte, das Marihuana versteckt war. Sie fand die beiden Joints ganz hinten am Rand.

Dann lief sie zurück zum Nob Hill Theater. Ihre Mutter saß auf den Stufen, Kiyomi stand neben ihr. Selbst in dem schwachen Licht sah Tina, dass ihre Mutter blass war.

»Du hättest nicht kommen müssen, Ha-*chan*. Ich brauche nur mal eine kleine Pause.«

»Mehr als das, sie sagt, sie kann ihre Beine nicht bewegen«, korrigierte Kiyomi.

Tina setzte sich neben ihre Mutter. »Meinst du, das gibt sich wieder?«

»Ja, es dauert nur ein paar Minuten.«

Tina sah zu Kiyomi auf. »Ist schon in Ordnung, Tante Kiyomi, ich bleibe bei ihr.«

»Bist du sicher? Ich kann warten.«

»Nein, das ist nicht nötig. Danke.«

»Na gut. Ich bin zu Hause, falls ihr mich braucht.« Sie beugte sich hinunter und strich Hanako über die Schulter.

Hanako lächelte ihr schwach zu. Sie und Tina sahen Kiyomi nach, die zum Tempura House zurückging. »Wollen wir es mal versuchen?«, fragte Tina.

»Noch nicht«, sagte ihre Mutter. »Tut mir Leid.«

»Wie fühlt es sich an?«

Hanako überlegte einen Moment. »Als ob mir jemand die Beine abdrückt.«

»Du meinst, so, wie wenn die Beine eingeschlafen sind?«

»Ja, so ähnlich.«

Tina nahm einen von den beiden Joints und ein Streichholzbriefchen vom Tempura House aus ihrer Tasche. »Ma, möchtest du das mal versuchen?«

Als kein Nein kam, schob Tina sich den Joint zwischen die Lippen, zündete ihn an und nahm ein paar flache Züge.

»Riecht komisch«, sagte Hanako.

Tina nahm den Joint zwischen Daumen und Zeigefinger und hielt ihn ihrer Mutter vor den Mund. Nach kurzem Zögern beugte Hanako sich vor.

»Zieh dran und behalte den Rauch so lange wie möglich in der Lunge.«

Hanako näherte sich dem Joint mit gespitzten Lippen und zog sehr vorsichtig daran. Sie versuchte zu inhalieren, doch der größte Teil des Rauchs war bereits verflogen. Sie hustete ein wenig.

»Versuch's noch mal«, ermunterte Tina sie. Ein junges Paar, ganz in Schwarz gekleidet, kam auf sie zu. »Cool«, sagte einer von beiden, als sie den Rauch rochen.

Hanako wartete, bis die beiden vorübergegangen waren, dann nahm sie wieder einen tiefen Zug. Sie lehnte sich zurück und hielt den Atem an, wie ein Kind, das tauchen lernt. Nach einer Weile stieß sie hustend den Rauch aus und rang nach Luft, als wäre sie kurz vorm Ertrinken gewesen.

»Und noch mal«, sagte Tina.

Noch immer hustend, schob Hanako ihre Hand weg. Tina klopfte ihrer Mutter auf den Rücken. Dann zog sie einmal kurz an dem Joint, damit er nicht ausging. »Du musst eine Menge abgekriegt haben.«

Als der Husten langsam nachließ, hielt Tina ihr den Joint erneut hin. Doch Hanako schüttelte den Kopf. »Das ist schlimmer als der Krampf.«

»Komm, nur noch einmal.«

Mit spitzen Fingern, als wäre es ein Käfer, ergriff Hanako den Joint und nahm einen tiefen Zug. Sie hielt die Luft an, dann stieß sie den Rauch in einer großen Wolke aus. Tina lachte.

Sie saßen eine Weile da und sahen dem vorüberziehenden Verkehr zu. Ein paar Zuschauer verließen das Theater. Tina verspürte ein leichtes Kribbeln. Guter Stoff, Gillian.

»Wie fühlst du dich?«, fragte sie ihre Mutter.

»Müde. Ein bisschen schwindelig.« Hanako stand auf. »Ich gehe jetzt nach Hause. Kommst du mit?«

Als sie die Treppen zu Hanakos Wohnung erklommen, sagte Tina: »Du solltest die Miete kürzen.«

»Der Hausmeister hat gesagt, der Aufzug funktioniert bald wieder.«

Oben angekommen, folgte Tina ihrer Mutter in die Küche, wo Hanako sofort Teewasser aufsetzte. Sie musste immer etwas zu essen oder Tee zubereiten, wenn jemand zu Besuch war.

Hanako holte die Teekanne, zwei Schälchen und die Dose mit Grüntee heraus. Tina setzte sich und sah ihr zu. Sie legte den halb gerauchten Joint auf den Tisch. »Ich nehme an, du willst, dass ich den Rest wegwerfe.«

Hanako warf einen verstohlenen Blick auf den Joint, wie eine Katze, die träge eine Motte beobachtet, bevor sie nach ihr hascht. Mit einer raschen Bewegung ergriff Hanako den Joint und verstaute ihn wieder in ihrer Stäbchenschublade.

»Ich kann dir noch mehr besorgen«, sagte Tina.

Hanako gab etwas Tee in die Kanne. »Von deinem Arztfreund?«

»Du meinst Wijjie? Nein, von einer anderen Studienkollegin.«

»Ist er dein neuer Freund?«

»Ma!«

»Robert-*san* ist nicht glücklich über ihn.«

»Mr. Robert sollte nicht mit dir über mein Privatleben reden.«

Prüfend berührte Hanako den Kessel. Das Wasser war noch nicht heiß genug. »Du solltest netter zu Robert-*san* sein. Zuhören, was er sagt.«

Tina biss die Zähne zusammen. Sie nahm das zusammengefaltete Blatt aus ihrer Tasche und wechselte das Thema. »Ich habe noch ein paar Zeichnungen von Zenzen Sensei mitgebracht.«

Hanako drehte sich nicht um. Sie berührte erneut den Kessel, drehte das Gas ab und goss ein wenig Wasser in die Kanne und die beiden Schälchen. Nach ein paar Sekunden leerte sie sie wieder.

Tina beobachtete ihre Mutter. Sie hatte sie genau gehört. Tina war müde. Sie schob die Zeichnungen beiseite und wartete darauf, dass der Tee fertig gezogen hatte.

Was ist schlimmer
genug zu fühlen
um zu hassen
oder nichts
zu fühlen

Mr. Robert kam in die Küche, wo Tina mit ihrer Mappe saß und lernte, neben sich eine fast volle, aber bereits kalte Tasse Kaffee. Als sie bemerkte, dass er neben ihr stand, griff sie nach der Tasse und trank einen Schluck. Mit einer Grimasse stand sie auf, um den Kaffee in der Mikrowelle aufzuwärmen.

»Ich schaue nachher bei deiner Mutter vorbei, bevor ich zum Unterricht gehe. Gibt es irgendetwas, das ich wissen sollte?«

»Was denn?«

»Keine Ahnung. Deshalb frage ich ja.«

»Ihr geht es wieder gut«, sagte Tina. »Ihre Beine hatten vorübergehend ausgesetzt, aber das hat sich wieder gegeben.«

»Gut.«

Die Mikrowelle piepte. Tina nahm ihren Kaffee heraus.

»Du gehst heute nicht zu Zenzen Sensei, oder?«, fragte Mr. Robert.

»Doch. Wieso?«

Mr. Robert sah zu, wie sie einen Schluck von ihrem Kaffee trank. »Es ist sehr nett, dass du helfen willst, aber das ist wirklich nicht nötig. Wir haben genug Schüler, die ihre Hilfe angeboten haben. Und du hast deine Seminare und deine Arbeit. Ganz zu schweigen von der Zeit, die du bei deiner Mutter verbringst.«

»Das ist schon in Ordnung.«

»Wirklich, ich möchte nicht, dass du dich auch noch um ihn sorgst.«

»Ich sagte, das ist in Ordnung«, wiederholte Tina verärgert. »Ich weiß schon, was ich tue. Aber jetzt muss ich wirklich lernen.« Sie blätterte eine Seite in der Mappe um und griff nach ihrem gelben Neonmarker.

Tina las den Aufsatz zu Ende, doch es blieb nicht viel davon hängen. Sie klappte die Mappe zu, legte den Stift weg und trat mit ihrem Kaffee auf den schmalen Balkon, der auf den Innenhof hinausging. Der kleine Rasenfleck unten wirkte übertrieben grün, wie hingemalt.

Sie wusste nicht, wann die Sache mit Mr. Robert angefangen hatte, schief zu gehen. Ihren ersten richtigen Streit hatten sie gehabt, als Tina beschlossen hatte, nach San Francisco zurückzugehen, um näher bei ihrer Mutter zu sein. Mr. Robert wollte nicht umziehen; er hatte noch ein Jahr bis zum Abschluss seines Studiums. Tina meinte, er könne ja bis dahin in San Diego bleiben, doch er wollte mit ihr zusammen sein. Und du?, fragte er. Natürlich auch, antwortete sie. Darauf meinte er: Nun, dann gehen wir eben. Und was ist mit deinem Abschluss?, fragte sie. Er zuckte die Achseln und meinte, der sei nicht so wichtig wie ihre Mutter. Als sie die Bestätigung bekam, dass sie an der Universität in Berkeley angenommen war, schlug sie vor, er solle doch einen Antrag auf Uniwechsel stellen. Kein Interesse, war alles, was er sagte. Warum nicht?, fragte sie. Darum.

Doch die Probleme – allgemeines Desinteresse, Gespräche, die mittendrin erstarben, ein tristes Liebesleben (»Hast du Lust?« »Nö.« »Na gut.«) – hatten schon vor dem Streit begonnen. Mr. Robert war »mächtig« mit seinem Studium beschäftigt, hatte er ihr eines Abends erklärt, als sie gefragt hatte, ob etwas nicht in Ordnung sei. Er entschuldigte sich und versprach, am Wochenende mit ihr an den Strand zu fahren, ein Picknick zu machen. Das taten sie dann auch, aber Mr. Robert saß fast den ganzen Nachmittag da und starrte sehnsüchtig aufs Meer hinaus, als wolle er bis nach Japan blicken.

Da begriff Tina, dass das, was Mr. Robert quälte, Enttäuschung war. Und sie wusste, dass es nicht nur Enttäuschung über sein Leben war, über die Verzögerung seines Abschlusses, darüber, dass er sich wieder in den Staaten und damit wieder am unteren Ende der Leiter befand (in Japan war er als Lehrer an der Spitze gewesen, ein Sensei), sondern seine Enttäuschung schien sich vor allem gegen Tina zu richten. Sie wusste nicht genau, was er von ihr wollte, doch das war nebensächlich, da er offensichtlich bereits zu dem Schluss gekommen war, dass sie es ihm nicht geben konnte. Mit ihrem Vorschlag, er solle in San Diego bleiben, um sein Studium zu beenden, hatte sie ihm eine Rückzugsmöglichkeit geboten, und daher war sie überrascht gewesen, als er so vehement darauf bestanden hatte, zusammenzubleiben.

Tina kehrte in die Küche zurück und schüttete den Rest ihres Kaffees weg. Die bittere, dunkle Flüssigkeit wirbelte durch die Spüle und verschwand im Ausguss.

BERKELEY

Tina sah zu, wie der Sensei die Tinte zubereitete. Seine Geschicklichkeit hatte im Lauf der wenigen Tage, die sie ihn beobachtete, merklich zugenommen.

Sie und Gozen waren gerade mit ihm aus dem Krankenhaus zurückgekommen, wo er zur Kontrolluntersuchung und zu einer Behandlung bei seiner Physiotherapeutin gewesen war. Gozen hatte draußen gewartet, während Tina den Sensei hineinbegleitet hatte und bis zum Ende der Behandlung bei ihm geblieben war.

Zenzen Sensei griff nach seinem Pinsel und betrachtete einen Moment das leere Blatt – Tina fragte sich, ob er Schwierigkeiten hatte, unter irgendwelchen kognitiven Fehlfunktionen litt –, dann tauchte er in einer plötzlichen, schnellen Bewegung den Pinsel in die Tinte und malte wie in einem Wirbel etwas auf das Papier. Er wandte sich zu Tina um und rückte zur Seite. Tina rutschte auf den Knien über die *tatami*-Matten, um zu sehen, was er gemalt hatte. Die Zeichnung ähnelte keinem der *kanji*-ähnlichen Zeichen oder Striche, die er bisher geschaffen hatte. Was sie sah, war eine geschwungene Linie, fast wie eine Welle, umgeben von Tintenspritzern.

Der Sensei beobachtete Tina und hielt ihr den Pinsel hin. Sie nahm ihn, unsicher, was er von ihr erwartete. Er rückte den Pinsel in ihrer Hand zurecht, bis die Finger nach unten zeigten und der Stiel vertikal war. Dann rückte er ab und malte mit einer schnellen Bewegung den Strich in die Luft.

Tina zeichnete die Linie des Sensei nach, ohne mit dem Pinsel das Papier zu berühren, einmal, dann noch einmal. Der Sensei nahm den Bogen weg und legte ihr einen neuen zurecht. Er legte einen Beschwerer auf den oberen Rand, damit das Papier nicht wegrutschen konnte. Tina tauchte den Pinsel in die Tinte. Sie hielt ihn über das Papier; er fühlte sich leicht an, fast als wäre er gar nicht da. Dann ließ sie die Tinte auf das Papier fließen und kopierte den schwungvollen Strich des Sensei.

Glühende Hitze stieg ihr ins Gesicht, als sie fertig war. Ihre Zeichnung hatte wenig Ähnlichkeit mit der des Sensei. Tina hatte Mr. Roberts Übungskalligraphien gesehen, auf denen sein Lehrer die Fehler mit roten Kreisen umrandet hatte. Ihr Versuch wäre vor lauter Rot kaum noch zu erkennen gewesen.

Während sie den Pinsel weglegte, betrachtete der Sensei ihre Zeichnung. In seinem Gesicht stand eine eigenartige, fast gerührte Befriedigung.

Wenn alles sich verwischt
sehe ich klar
Es ist die Zweideutigkeit
die mich blendet

Wintermond, Sterbend

Januar 1977
Kyoto, Japan

Shimano, der neunundzwanzigste Daizen Sensei, sah zu, wie Hanako das Zeichen für »Winter« malte. Nach kaum mehr als einem Jahr Übung war ihre Technik subtil und elegant und ihre Arbeiten voller Gefühl. Als sie das poetische Bild »Wintermond, Sterbend« vollendet hatte, legte sie ihren Pinsel auf den Halter.

»Gut«, sagte der Sensei.

»Danke für das Kompliment, aber meins ist so anders als deins.« Hanako verglich ihren Versuch mit seiner Vorlage, die sie kopiert hatte.

»Anders, ja, aber trotzdem gut.«

»*Shodô* enthüllt eine Menge über den Menschen, findest du nicht?« Sie deutete auf ihre Version von »Mond«. »Siehst du? Meiner hat nicht die Bewegung von deinem. Als wäre er am Himmel stehen geblieben. Und meine Striche sind nicht so kraftvoll wie deine, eher schlapp.«

Der Sensei betrachtete ihre Kalligraphie und kam zu dem Schluss, dass sie Recht hatte. Wie hatte er etwas so Offensichtliches übersehen können, bis sie ihn darauf hinwies? Um sie davon abzulenken, fragte er: »Was sagen deine Striche denn über dich?«

Hanako beugte sich über ihre Arbeit; die Bewegung entblößte ihren Hals und den Ansatz ihres Nackens. Der Sensei widerstand der Versuchung, sie zu berühren. Als sie sich wieder zurücklehnte fiel ihr Haar darüber und verdeckte beides. »Ich weiß nicht so genau«, sagte sie. »Vielleicht, dass ich nicht sehr stark bin. Dass ich nicht von der Stelle komme. Was meinst du?«

Fuyu no getsu: »Wintermond«. Die ursprüngliche Bedeutung des Zeichens *fuyu* (»Winter«) ist nicht bekannt, obwohl das heutige Zeichen sich aus der phonetischen Verwendung eines Piktogramms mit der Bedeutung »zusammenschieben«, im Sinne von »kompakt«, entwickelt hat. Diese Interpretation könnte sich vom Eis herleiten, das sich im Winter bildet. Das Bild wird in Gedichten oft metaphorisch für verlorene Liebe verwendet, da dabei das Herz erstarrt und zusammengedrückt wird.

Getsu (»Mond«) ist aus dem Piktogramm eines Mondes entstanden. Der Mittelstrich

»Dem kann ich nur widersprechen.« Er trat näher heran, um ihre Arbeit besser sehen zu können. Sie wich nicht zur Seite, und in dem Raum zwischen ihnen vermischte sich die Wärme ihrer Körper. »Die fehlende Bewegung könnte darauf hinweisen, dass du zu zögerlich bist.«

»Das stimmt«, sagte Hanako. »Ich bin in der Tat zögerlich. Bei jedem Gedanken und jeder Tat halte ich inne und wäge sie ab.«

Erleichtert, dass sie seine Bemerkung so gut aufnahm, sagte er: »Es ist nicht verwunderlich, dass sich das in deiner Kalligraphie zeigt. Dein Unterbewusstsein weiß, wie du einen guten Strich malen kannst, aber dein Verstand glaubt, er wisse es besser.«

Sie nickte. »Ja, er will über alles die Kontrolle haben.«

»Genau.«

»Was ist mit meinen schlappen Strichen? Sie sind so viel schwächer als deine.«

Erneut betrachtete der Sensei ihre Zeichnung. »Wenn ich sie mir genauer ansehe, würde ich sie nicht als schlapp oder schwach bezeichnen.«

»Nein?«

»Ich würde sagen, sie sind ehrlich. Hier zum Beispiel.« Er deutete auf »Mond« und zog das aufwärts gerichtete Ende des zweiten Strichs nach. »Deine Verlängerung passt sehr viel besser zu dem Gedicht.«

Hanako legte den Kopf schräg, um sich den Strich genauer anzusehen. »Tut mir Leid, aber das ist mir nicht klar. Er versiegt doch einfach … Oh, ich verstehe.«

Der Sensei wies auf denselben Strich in seiner Kalligraphie. »Meine Verlängerung ist scharf, mit einer kraftvollen Bewegung nach oben. Nach klassischen Maßstäben richtig – aber absolut nicht in der Stimmung des Gedichts.«

»Meine ist also auch richtig?«

»Ja. Woran denkst du, was fühlst du, wenn du die Zeichen malst?«

repräsentiert die dunklen Krater des Mondes. Das Zeichen sollte den Eindruck von langsamer, zielgerichteter Bewegung vermitteln, so wie der Mond über den Himmel wandert. Der Mond wird häufig als Bote eines Umschwungs in Zyklen von Glück und Pech angesehen.

Kieru, in der wörtlichen Bedeutung »auslöschen« oder »verschwinden«, wird gebildet aus »Wasser« und »sein wie« (was phonetisch so viel bedeutet wie »klein« oder »wenig«, auch im Sinne von »reduziert«). Zusammen bedeuten die beiden Zeichen vermutlich »reduziert zu wenig Wasser«. Der Teil des Zeichens, der aussieht wie das Zeichen für »Mond«, bedeutet hier »Fleisch«.

Lehrbuch der Zenzen Schule für japanische Kalligraphie

Hanako überlegte einen Moment. »Anfangs konzentriere ich mich auf das Formale. Haltung, Atem, den Fluss meines *chi.* Dann visualisiere ich die Zeichen. Kurz bevor ich anfange zu malen, versuche ich, überhaupt nicht mehr zu denken und das Gefühl für den Strich aus dem Pinsel kommen zu lassen.«

»Das ist gut«, sagte er.

»Aber manchmal fange ich mittendrin an, über das nachzudenken, was ich gerade tue, und dann geht alles schief.«

Der Sensei nickte. »Das passiert oft.« Öfter, als er zugeben mochte.

»Genau wie im Leben, nicht wahr?«, sagte sie.

»Hast du das so erlebt?«

Hanako lehnte sich auf der *tatami* zurück und lockerte die strenge Haltung, die sie während des Malens einnahm. Sie wandte sich dem Sensei zu. »Man kann zu viel denken, sich zu sehr bemühen. Es ist ein schwieriger Kampf.«

»Du meinst, dich selbst zu definieren?«

»Ja. Ich kann mir überlegen, wie ich sein möchte, aber ich kann mich nicht dazu zwingen, etwas zu sein, was ich nicht bin. Wie erstrebenswert das Andere auch sein mag.«

Der Sensei nickte. »Und je mehr du darüber nachdenkst, je mehr du dich bemühst, desto mehr wirst du zu dem, was du nicht sein willst.«

»Ich verändere mich«, sagte sie leise, wie zu sich selbst. »Dein Unterricht hat angefangen, mich zu verändern.«

Wenn er ihr doch nur sagen könnte, dass sie *ihn* verändert hatte, viel mehr als er es umgekehrt konnte. »Ich hoffe, zum Positiven.«

Eine ganze Weile saß sie mit zur Seite geneigtem Kopf da und dachte nach. Dann fragte sie: »Sensei, darf ich den Reibstein benutzen? Den Daizen Reibstein?«

»Natürlich.« Er stand auf, nahm den Reibstein aus seiner mit Samt ausgekleideten Kiste und stellte ihn auf den Tisch. Dann mischte er in seiner Vertiefung ein wenig Tinte an. Hanako nahm ein frisches Blatt Reispapier vom Stapel neben dem Tisch. Sie setzte sich richtig hin, holte tief Luft und atmete langsam aus. Sie griff nach dem Pinsel und schob ihn in ihrer Hand zurecht, bis die Position stimmte. Dann tauchte sie den Pinsel in die Tinte und malte die Zeichen für »tief«, »Selbst« und »Entdeckung«.

Sie legte den Pinsel ab. »Diesmal habe ich überhaupt nicht nachgedacht.«

»Sieh nur.« Der Sensei deutete auf das Zeichen für »tief«. »Du hast das Gefühl für ›tief‹ so gut erfasst, dass es mich förmlich einsaugt.«

»Findest du?«

»Und auch die anderen … Als hättest du ein Stück von dir hineingelegt. Ausgezeichnet. Du solltest es signieren.«

»Wenn du es gegenzeichnest.«

»Natürlich.«

Sie nahm ihr Siegel aus der Tasche und tauchte es in das Gefäß mit roter Signiertinte. »Wo?«

Der Sensei wies auf eine Stelle an der linken Seite des Papiers, etwa auf einem Viertel der gesamten Höhe. Das Siegel an der richtigen Stelle anzubringen, war genauso wichtig für die Qualität einer Arbeit wie die eigentliche Kalligraphie. Doch dieses Wissen ließ sich nicht so leicht vermitteln, weil jede Arbeit eine andere Positionierung erforderte, um eine vollkommene Ausgewogenheit zu erreichen.

Als sie ihre Arbeit signiert hatte, benetzte er sein Siegel, das Siegel des neunundzwanzigsten Daizen Sensei, das er sich kurz nach seiner Ernennung hatte anfertigen lassen, mit der roten Tinte und drückte es genau unter ihrem auf das Papier.

Er sah ihr zu, wie sie den Daizen Reibstein an der Spüle im hinteren Teil des Ateliers auswusch, und ging auf sie zu, bis sie einander berührten. Hanako lehnte sich gegen ihn; sie spürte die Wärme seines Körpers. Sie glitten zu Boden; sie stellte den Reibstein ab und zog Shimano an sich.

»Vergiss deine Kalligraphie nicht«, sagte der Sensei.

»Ich kann sie nicht mitnehmen«, sagte sie. »Du musst sie behalten.«

»Du solltest sie mitnehmen.«

»Aber ich kann nicht«, sagte sie. Dann lief sie aus dem Atelier zu dem Taxi, das auf sie wartete.

BERKELEY

Tina nahm eine Gehirnaufnahme von dem Stapel, der mittlerweile höher war als an dem Tag, als sie mit ihrer Arbeit begonnen hatte. Zwar konnte sie Howards Gekritzel jetzt schneller entziffern und in die Datenbank eingeben, doch er war mit dem Schreiben immer noch schneller. Wenn es so weiterging, würde sie nie hinterherkommen, oder erst dann, wenn Howard seinen Abschluss machte. Oder starb.

Als sie mit der Aufnahme durch war, holte sie tief Luft und streckte sich. Abgesehen vom leisen Summen des Computers war in dem Raum kein Laut zu hören. Er erinnerte sie, im guten wie im schlechten Sinne, an ihr Zimmer in dem Wandschrank. Im guten Sinne, weil der Raum ihr ebenfalls ein Gefühl von Geborgenheit gab; im schlechten, weil sie noch immer in einem Schrank eingesperrt war.

Es klopfte. Sie stand auf und öffnete die Tür. Es war Wijjie, müde und mit einem unterdrückten Gähnen im Gesicht. »Bei der Arbeit?«, fragte er.

Sie deutete auf den Stapel mit Aufnahmen. »Ja, Daten eingeben.«

Wijjie kam herein und sah sich um. »Was für ein deprimierender, enger Raum. Wie hältst du es hier bloß aus?« Er nahm die oberste Aufnahme vom Stapel und betrachtete sie. »Die reinste

Sklavenarbeit«, sagte er und hielt ihr das Bild hin. »Kannst du seine Klaue lesen?«

Tina legte den Kopf schief, um die Notizen zu entziffern. »Läsion Broca-Zentrum, ungefähr ein Zentimeter –«

»Ich bin beeindruckt, aber ich kann kaum glauben, dass du so einen Schrott machen musst. Dafür könnten sie doch eine Tippse einstellen, die hätte das Ganze in ein paar Tagen erledigt.«

»Professor Porter meinte, es würde mir helfen, mich in die Forschungen einzuarbeiten.« Tina nahm ihm die Aufnahme ab und legte sie zurück auf den Stapel. »Du siehst aus, als hättest du drei Nächte nicht geschlafen.«

»Nur die letzte. Gillian hat mich auf die Piste geschleift.«

Tina zwang sich zu einem Lächeln. »Ich vermute, sie musste dich fesseln und gewaltsam in ihr Auto verfrachten.«

»So ungefähr«, sagte er und gähnte. »Tschuldigung.«

»Wo wart ihr?«

»In der Stadt. In sage und schreibe *drei* verschiedenen Clubs.«

»Für so was bist du zu alt.«

»Wem sagst du das.« Wijjie setzte sich auf einen Stuhl und reckte sich. »Aber ich bin nicht gekommen, um mir eine Gardinenpredigt anzuhören.«

Tina setzte sich ebenfalls. »Wie hast du rausgekriegt, wo ich bin?«

»Ich bin bei deinem Büro vorbeigegangen. Howie war da und hat mich hierher geschickt.«

»Howie?«

Wijjie grinste. »Nennst du den guten Howard etwa nicht Howie?«

»Ich glaube kaum, dass ihm das gefallen würde. Außerdem scheint er mir nicht der Howie-Typ zu sein.«

»Du nennst ja auch die ganzen Profs ›Professor‹. Professor Porter, Professor Alamo. Wir sind hier in Berkeley, nicht in Cambridge. Hier machen alle einen auf locker und lassen sich beim Vornamen nennen.«

»Ich nenne Professor Porter ›Karyn‹ – zumindest, wenn sie mich daran erinnert. Wie nennst du denn Professor Alamo?«

»›Alonzo‹, wenn ich mit ihm rede, ›Alamo‹ hinter seinem Rücken.« Er zog eine weitere Aufnahme aus dem Stapel. »Bis zum ›Al‹-Stadium bin ich noch nicht vorgedrungen.«

Tina wies auf die Aufnahmen. »Bring mir die bitte nicht durcheinander. Howie hat sie in einer bestimmten Reihenfolge abgelegt.«

»Siehst du, ›Howie‹ klingt doch gar nicht so übel.«

»Nur ein bisschen sarkastisch.«

Wijjie zuckte die Achseln und massierte sich den Nacken. »Egal. Eigentlich bin ich gekommen, weil mir in Bezug auf deinen Kalligraphielehrer was Tolles eingefallen ist. Eine richtig coole Forschungsstudie.«

Leicht alarmiert stand Tina auf und schloss die Tür.

»Was soll das denn?«, fragte Wijjie.

»Professor Porter flippt aus, wenn sie mitkriegt, dass ich dir von dem Sensei erzählt habe. Ich habe dir doch schon gesagt, dass sie ihn unbedingt für ihre Forschungen haben will.«

»Die klassischen Anzeichen von Paranoia und Größenwahn.« Wijjie rollte mit seinem Stuhl herüber und beugte sich zu ihr. Einen Moment lang dachte sie, er wolle sie küssen.

»Pass auf«, flüsterte er. »Wir schieben den Sensei in den H-5100 und zeigen ihm nacheinander ein paar von seinen Zeichnungen. Während er die Zeichnungen betrachtet, machen wir Aufnahmen von seinem Gehirn.«

»Du meinst, damit wir sehen können, welche Bereiche seines Gehirns dabei aktiv sind? Und ob es verschiedene sind, je nachdem, welche er betrachtet?«

»Ja. Ich glaube, wir können eine Verbindung zwischen den jeweiligen Zeichnungen und den aktivierten Bereichen aufstellen. Nehmen wir mal an, eine Zeichnung aktiviert die rechte Gehirnhälfte, im Bereich des Temporallappens, dann dürfte diese Zeichnung etwas mit seiner Vergangenheit zu tun haben, denn dort sind solche Erinnerungen normalerweise gespeichert. Vielleicht können wir es sogar noch weiter einengen, falls zusätzlich ein weiterer Bereich aktiviert wird, beispielsweise der ventromediale Nukleus, das Appetitzentrum.«

»Das heißt, die Erinnerung hätte dann etwas mit Essen zu tun?«

»Das lässt sich nicht mit Sicherheit sagen, aber die Wahrscheinlichkeit ist ziemlich hoch.«

»Falls sich ausgeprägte Verbindungen nachweisen lassen, könnten wir, zumindest auf sehr grobe Weise, herausbekommen, was der Sensei uns mitteilen will.«

»Vielleicht kommt dabei sogar noch etwas Weiterreichendes heraus als nur die Interpretation seiner Zeichnungen.«

»Die Idee gefällt mir.« Mit einem Lächeln stand Tina auf. »Sehen wir doch mal nach, ob das Labor heute Abend frei ist.«

Nachdem sie herausgefunden hatten, dass am frühen Abend noch eine Lücke war, fuhr Wijjie mit Tina zur Zenzen Schule. Einer der Schüler kümmerte sich um den Sensei, doch Gozen hatte ihm gesagt, dass Tina ebenfalls zu den freiwilligen Helfern gehörte.

Die drei sahen zu, wie der Sensei in seinem Atelier arbeitete. Er hatte noch mehr Zeichnungen angefertigt. Tina begrüßte ihn mit einer Verbeugung, und nachdem er sich ebenfalls verneigt hatte, nahm sie den Stapel und ging damit in den vorderen Unterrichtsraum. Der Sensei bemerkte es entweder nicht, oder es war ihm gleichgültig. Er griff nach seinem Pinsel und begann eine weitere Zeichnung.

»Macht er nur noch das?«, fragte Wijjie Tina.

»Ja. Den ganzen Tag und die halbe Nacht.«

»Typische Anzeichen für schlaganfallbedingtes zwanghaftes Verhalten.«

Gemeinsam sahen sie die Zeichnungen durch und wählten einige für das Experiment aus. Sie erklärten dem Schüler, sie kämen in etwa einer Stunde zurück, um den Sensei für Untersuchungen abzuholen. Der Schüler schien sich nicht darüber zu wundern.

In Wijjies Büro scannten sie die Zeichnungen in den Computer ein und formatierten sie so, dass sie in das Display des H-5100 eingespeist werden konnten. Dann fütterten sie die Dateien probehalber in den Laborcomputer, und Tina überprüfte das Display im Apparat. »Es funktioniert.«

Der Sensei folgte Tina aus der Schule und in Wijjies Auto. Er wirkte verwirrt, als sie zum Institut fuhren und die Treppen hinuntergingen. Als sie das Labor betraten, schaltete die Tina die Warnleuchte draußen an der Tür an: »Achtung, laufende Untersuchung. Eintritt verboten.«

Als der Sensei den Magnetresonanztomographen sah, entspannte er sich und legte sich auf die Liege.

Wijjie kontrollierte die Einstellungen des H-5100, während Tina den Kopf des Sensei in der Halterung fixierte. Zenzen Sensei sah ruhig hinauf zur Decke.

»Alles startklar«, rief Wijjie herüber.

»Bitte sehen Sie hierhin«, sagte Tina zu dem Sensei und zeigte auf das Display. »Wir zeigen Ihnen jetzt ein paar Bilder.«

Der Sensei gab keinerlei Zeichen von sich, dass er verstanden hatte, doch sein Blick folgte ihrem Finger. In der Mitte des Bildschirms kreuzten sich zwei Linien. Mit einem letzten Blick auf den Kopf des Sensei verließ Tina den Raum und setzte sich an den Computer im Kontrollraum. »Okay, ich bin so weit.«

»Gut. Drei … zwei … eins – los.«

Tina drückte auf eine Taste, und auf dem Bildschirm erschien die erste Zeichnung. Nach zwei Sekunden verschwand das Bild, und der Bildschirm zeigte wieder die gekreuzten Linien. Dann kam die nächste Zeichnung.

Sie wiederholten den Vorgang etwa eine Viertelstunde lang mehrmals, bis Wijjie sagte: »Okay, das reicht.«

Er und Tina gingen in den Laborraum und halfen dem Sensei aus dem Apparat. Er schwankte ein wenig, als Tina ihn zu einem Stuhl führte. Sie setzte sich neben ihn, doch er schien sie nicht wahrzunehmen.

In Erlösung erholt
fühle ich mich wie ein König
gütig in meiner Macht

Tina und Wijjie brachten den Sensei zurück zur Schule, wo er sofort in seinem Atelier verschwand. Tina dankte dem Schüler dafür, dass er gewartet hatte. Als sie zum Institut zurückfuhren, um die Aufnahmen vom Gehirn des Sensei herunterzuladen, hielt Wijjie unterwegs bei einem Wein- und Spirituosenladen. »Bin gleich wieder da«, sagte er.

Er kam mit einer gekühlten Flasche Champagner zurück. »Ich dachte, wir feiern ein bisschen, während wir das Ganze auswerten.«

»Wir können uns ja mal angucken, wie unser Gehirn mit Schampus aussieht.«

Wijjie lachte. »Während ich im Laden war, ist mir aufgefallen, dass wir bei unserem Experiment etwas vergessen haben.«

»Nämlich?«

»Eine Kontrollgruppe.«

Tina schlug mit der Hand auf das Armaturenbrett. »Stimmt. Wir müssen die gleichen Aufnahmen noch mit jemand anders machen, zum Vergleich.«

»Genau. Vielleicht können wir uns ja abwechselnd in den Apparat legen. Dann haben wir zumindest zwei Vergleichspersonen.«

»Willst du zuerst?«

Wijjie lag in dem H-5100, den Kopf in der Halterung, den Bildschirm direkt über ihm. »Ich bin so weit.«

Im Kontrollraum startete Tina die Bildanzeige und die Aufnahmen. Als der Durchgang beendet war, tauschten sie und Wijjie die Plätze. Er schnallte ihren Kopf fest. »Liegst du bequem?«

»Ich könnte einschlafen.«

»Dann wären die Aufnahmen ziemlich witzlos«, sagte Wijjie und ging nach nebenan. »Okay, in dreißig Sekunden geht's los.«

Die Zeichnungen erschienen, eine nach der anderen, und nach einer Weile begann sie bestimmte Muster zu erkennen; einige sahen weniger wie japanische Schriftzeichen aus als andere.

Als alle Bilder durchgelaufen waren, befreite Wijjie sie aus dem Apparat. Sie gingen in den Kontrollraum und druckten ihre Aufnahmen aus.

»Das ist dein Gehirn«, sagte Wijjie und zeigte ihr einen der Ausdrucke.

»Gibt's irgendwelche Ähnlichkeiten zwischen deinem und meinem?«

»Wenn du Glück hast, nicht.«

Sie legten die Aufnahmen in zwei Reihen nebeneinander.

»Nicht viel zu sehen«, sagte Tina. »Was ist mit denen des Sensei?«

Wijjie druckte einige Aufnahmen vom Sensei aus und legte sie dazu. »Was meinst du?«

»Schwer zu sagen mit den paar Bildern.«

»Ich drucke die ganze Palette aus. Wie wär's in der Zwischenzeit mit einem Glas Champagner?«

Sie stießen mit ihren Pappbechern an. »Auf unser erstes Experiment«, sagte Wijjie.

»Auf unser Experiment«, erwiderte Tina und kostete. »Mmh, lecker. Gute Wahl.«

»Ja, nicht übel, was? Ein Tag ohne Champagner ist ein … nun ja, ein schlechter Tag.« Grinsend hob Wijjie seinen Becher an die Lippen.

»Du scheinst nie schlechte Tage zu haben«, sagte Tina. »Auch ohne Champagner.«

»Pathologische Ignoranz, nehme ich an.«

»Davon könnte ich auch 'ne Portion vertragen.«

»Genau genommen gehe ich allem aus dem Weg, was irgendwie unangenehm sein könnte.«

»Du kannst aber nicht *allem* aus dem Weg gehen. Irgendwann in deinem Leben musst du doch auch mal einen schlechten Tag gehabt haben.«

Wijjie grinste schwach. »Ja, ich hatte mal einen verdammt üblen Tag.«

»Was ist passiert? Erzähl's mir.«

»Du darfst es aber niemandem weitersagen.«

»Natürlich nicht.«

»Und noch was.«

»Was?«

»Wenn ich es dir erzählt habe, will ich nicht darüber reden. Kein Wort.«

Tina wollte fragen, warum, zuckte dann jedoch nur die Achseln. »Versprochen.«

Wijjie trank einen großen Schluck Champagner und schenkte ihnen nach. Dann begann er. »Ich war Assistenzarzt in einem Krankenhaus in einem Vorort von Denver. In der Nähe meiner Arbeitsstelle war ein Kinderkrankenhaus, und ich meldete mich freiwillig, um an einem Forschungsprojekt teilzunehmen. Eine Studie über Kinder mit schwerer Erdnussallergie. Die Forscher testeten einen neuen Impfstoff, der die Schwere ihrer allergischen Reaktionen mildern sollte, vielleicht, so hofften sie, sogar so weit mildern würde, um Leben zu retten. Ein akuter Anfall von Erdnussallergie kann nämlich tödlich sein.

Die Forscher hatten eine Kontrollgruppe von Kindern zusammengestellt, die nicht gegen Erdnüsse allergisch waren. Die eine Hälfte von ihnen bekam den Impfstoff gespritzt, die andere eine Erdnusslösung. Die eigentliche Versuchsgruppe, die Kinder mit der Allergie, wurde ebenfalls in zwei Gruppen eingeteilt.«

»Von denen bekam aber keine die Erdnusslösung, oder?«

»Nein. Die eine Hälfte bekam den Impfstoff, die andere ein Placebo. Mein Job bestand darin, einem Teil der Kinder die Spritzen zu geben. Natürlich war es ein Blindversuch.« Er hielt inne und trank einen Schluck.

»Du wusstest nicht, welche Kinder du vor dir hattest und was in den Spritzen war?«

»Genau, so war es vorgeschrieben. An dem betreffenden Abend – ich hatte einen langen, anstrengenden Tag hinter mir – ging ich wie immer in das Kinderkrankenhaus und holte das Tablett mit den Injektionen aus dem Forschungslabor ab. Jedes Röhrchen war mit dem Namen eines der Kinder versehen. Ich ging in den Raum, in dem die Kinder warteten. Einer von den Forschungsassistenten kam immer mit, um den Papierkram zu erledigen und darauf zu achten, dass jedes Kind die richtige Spritze bekam.

Alles lief wunderbar. Ich war müde, aber die Kinder haben mich immer aufgemuntert. Sie waren so mutig, wenn sie die Spritzen in ihre dünnen, kleinen Arme bekamen. Ein Junge, Jeremy, spielte besonders den Starken. ›Na los, ich bin bereit‹, sagte er. Er war elf und erzählte davon, dass er nächstes Jahr in die Mittelschule kommen würde.

Ich gab ihm seine Spritze und sagte zu ihm, dass es ihm in der Schule bestimmt gut gefallen würde, vor allem wenn er erst mal die Mädchen kennen lernen würde. Er sagte: ›Wer interessiert sich schon für Mädchen?‹, und ich meinte: ›Da hast du auch wieder Recht.‹

Dann ging ich in den nächsten Raum, wo die Letzten warteten. Ich war froh, dass ich bald fertig war, wollte nur noch nach Hause und schlafen. Doch ich war kaum drüben, als eine der Krankenschwestern hereinkam und sagte, es gäbe ein Problem mit Jeremy.

Es war mehr als ein Problem. Als ich wieder bei ihm war, bekam er keine Luft mehr. Seine Atemwege waren völlig zugeschnürt, sein Puls flatterte. Er sah mich nur an, seine Augen flehten um Hilfe, während sein Hals und Gesicht wie ein Ballon anschwollen. Er zeigte alle Symptome eines anaphylaktischen Schocks. Ich nahm an, dass die heftigen Reaktionen mit dem zusammenhingen, was ich ihm gespritzt hatte. Er brauchte dringend Adrenalin. Ich schrie die Krankenschwester an, sie solle mir sofort Epinephrin holen, und sie rannte los. Doch als sie zurückkam, war es bereits zu spät. Ich gab Jeremy die Spritze, aber es half nicht mehr. Als er starb, waren seine Augen vollkommen zugeschwollen.«

Wijjie leerte seinen Becher mit Champagner. Tina wusste nicht, was sie hätte sagen sollen, selbst wenn Wijjie es zugelassen hätte. Dann sah er auf und sagte: »Einer der Forscher hatte die Lösungen verwechselt. Hatte Erdnusslösung in Jeremys Röhrchen gefüllt. Der Junge gehörte in die Versuchsgruppe. Schwer allergisch.«

»Wijjie –«

»Bitte nicht.«

Sie saßen eine Weile schweigend da.

Schließlich sagte sie: »Also ist es eine bewusste Entscheidung.«

Wijjie rieb sich über das Kinn. »Was?«

»Dem Schmerz aus dem Weg zu gehen.«

»Ich glaube, es ist eher unbewusst. Wie ein riesiger Gorilla im Dschungel. Du kannst ihn nicht sehen, aber du weißt, dass er da ist. Und du willst ihm nicht über den Weg laufen.«

Sexuelle Reaktionen werden vorwiegend von den Kernen des *Hypothalamus* ausgelöst und gelenkt, obwohl es große Unterschiede zwischen der weiblichen und der männlichen Neuroanatomie (und den Reaktionen) gibt. Beim Mann schickt der *mediale präoptische Nukleus* Signale an den Penis (gesteigerter Blutzufluss =

Erektion) und an den Kortex, wo bewusste sexuelle Erregung produziert wird. Bei der Frau hingegen wird die sexuelle Erregung vom *ventromedialen Nukleus* ausgelöst. (Interessanterweise ist der ventromediale Nukleus auch für die Steuerung des Appetits zuständig, was erklären könnte, weshalb Marihuana & Co. gleichzeitig Hunger und sexuelle Erregung steigern. Frage: Wie kommt es, dass wir so viel über die biochemischen Gründe für unser Erleben wissen, aber so wenig über das Bewusstsein? Warum weiß ich so wenig über mich selbst? Ich meine, ich bin nur ein Zellhaufen, der auf bestimmte, klar festgelegte Weise reagiert. Wie entsteht aus chemischen Reaktionen ein »Ich«? Warum ist so vieles immer noch geheimnisvoll und unvorhersehbar?)

Notizen zur Neurologie
Christina Hana Suzuki

Als sie die Flasche Champagner geleert hatten, beugte Wijjie sich zu ihr, und sie küssten sich.

»Guter Jahrgang«, murmelte er, als er sich von ihr löste. »Siebenundsiebzig? Achtundsiebzig?«

»Siebenundsiebzig.« Tina küsste ihn erneut. »Ich muss dir was gestehen.«

Wijjie setzte sich auf. »Oha.«

Ein Lächeln überflog Tinas Gesicht. »Mir ist gerade was ziemlich Spleeniges durch den Kopf gegangen.«

»Spleenig?«

»Eindeutig.«

»Hmm«, sagte Wijjie langsam. »Dann lass mal hören.«

»Hast du dich schon mal gefragt, wie dein Gehirn aussieht, wenn du einen Orgasmus hast?«

Wijjies Blick wanderte hinüber zu dem H-5100. »Das klingt in der Tat ziemlich spleenig. Aber –«

»Es ist ja nicht so, als ob wir miteinander schlafen würden«, unterbrach ihn Tina, bevor er sie an das erinnern konnte, was sie neulich Abend in seiner Wohnung gesagt hatte.

»Nicht?«

»Nein, wir würden es im Namen der Wissenschaft tun.«

Wijjie nahm ihr den Becher aus der Hand und stellte ihn weg. »Na, wenn es für die Wissenschaft ist …«

SAN FRANCISCO

Nach dem Heimweg vom Tempura House und dem mühsamen Erklimmen der Treppen zog Hanako ihren Kimono aus und schlüpfte in ihren *yukata*-Bademantel. Dann setzte sie sich an den Küchentisch und breitete die Zeichnungen des Sensei aus. Sie nahm ein Stäbchen und hielt es wie einen Pinsel über das Papier.

Der Sensei hatte ihr einst erklärt, wie wichtig es sei, die Arbeiten von meisterhaften Kalligraphen nachzuzeichnen. Dadurch könne der Schüler erspüren, wie die Bewegung ausgeführt werden muss.

Doch sie wusste nicht, wo sie anfangen sollte, die Zeichnung des Sensei nachzuzeichnen. Welcher der Striche kam zuerst?

Es war unmöglich herauszufinden, in welcher Reihenfolge er sie gemalt hatte. Sie versuchte ein paar Varianten, folgte den Strichen mal so und mal so, bis ein heftiger Stich des Bedauerns sie durchzuckte. Es war zugleich auch ein Gefühl von Verlust und brennender Trauer. Sie hielt inne und schloss die Augen, bis der bohrende Schmerz nachließ und allmählich verklang. Dann öffnete sie sie wieder und begann erneut, die Striche nachzuzeichnen.

Doch das Bedauern kam wieder, überflutete sie, nahm ihr den Atem wie ein eisiger Windstoß. Das Stäbchen fiel zu Boden. Sie stand auf und ging in ihr Schlafzimmer. Auf ihrer Kommode stand ein alter Kaffeebecher mit einem Dutzend Kugelschreibern vom Tempura House. Obwohl sich das Bündel Stifte schon seit Jahren an der Stelle befand, sah es plötzlich so aus, als hätte jemand anders es dort hingestellt und sie sähe es zum ersten Mal. Oder als hätte jemand es anders angeordnet. Und zugleich erinnerte es sie an etwas Vertrautes. Das Gefühl ließ sie erschauern, und sie zog einen der Kugelschreiber aus dem Bündel.

Dann ging sie zurück in die Küche und schrieb das *kanji* für »Bedauern« auf die Rückseite der ersten Zeichnung.

Der Kalligraph muss die richtige Reihenfolge der Striche so vollständig beherrschen, dass er nicht bewusst über ihre Anordnung nachzudenken braucht, während er ein Zeichen malt. Dieses Bemühen würde die Einheit von Körper und Geist stören, die für *shodô* notwendig ist.

Die Werke von meisterhaften Kalligraphen nachzuzeichnen, kann Anfängern helfen, Geist und Hand die Bewegungen für feine Pinselstriche zu vermitteln. Man sollte jedoch nicht zu viel Zeit auf diese Übungen verwenden, da jeder Kalligraph seinen eigenen Stil entwickeln muss.

Lehrbuch der Zenzen Schule für japanische Kalligraphie

Aufgeschnitten
und bloßgelegt
kalte Luft
schmerzhaft
doch eine dickere Haut
wird ersticken

ZWISCHENSPIEL

Ein entscheidender Moment

FEBRUAR 1977
KOBE, JAPAN

Der Heimweg von dem Lebensmittelgeschäft in ihrem Wohnviertel dauerte zwanzig Minuten; ein angenehmer Spaziergang, wenn Hanako es nicht eilig hatte. An diesem Morgen ließ sie sich eine Menge Zeit, das Essen für den Abend zu planen, die nötigen Putzarbeiten zu erledigen und ihr Bad zu nehmen, bevor sie einkaufen ging.

Um ein Uhr hatte sie ihre Einkäufe erledigt, ein leichtes Mittagessen aus Resten gegessen und alles, was möglich war, für das

Abendessen vorbereitet – das Gemüse waschen und zerkleinern und den Fisch auftauen. Ihr blieb noch eine Stunde, um Kalligraphie zu üben, bevor sie zum Unterricht musste. Sie war bei ihren Übungsstunden immer sehr konzentriert und zog große Befriedigung daraus, selbst an den Tagen, an denen ihre Kalligraphie nicht besonders gut war.

Ihre Utensilien bewahrte sie in einem Karton auf, in dem früher Leinenservietten gewesen waren, und versteckte ihn in der Besenkammer. Die Übungsbögen warf sie zusammen mit den Zeitungen ins Altpapier.

Wenn sie von ihrem Unterricht in Kyoto zurück war, würde sie das Abendessen zubereiten. Dann würde sie warten.

Während sie wartete, sprang ihr Geist ziellos von einem Gedanken zum nächsten. Niemand hatte sie auf das Warten vorbereitet. Ihre Mutter hatte sie Kochen und Putzen gelehrt und ihr beigebracht, wie sie sich als sittsame Ehefrau zu benehmen hatte, vor allem bei einem Mann wie Tetsuo Suzuki. Das Warten war nie Thema gewesen.

Manchmal las sie, während sie wartete, oder hörte Musik. Aber sie konnte nicht Kalligraphie üben, weil sie nie wusste, wann ihr Mann nach Hause kam und sie keine Zeit hätte, ihre Sachen wegzuräumen. Oft, wenn sie keine Lust mehr zum Lesen oder Musikhören hatte, setzte sie sich an den Tisch, nahm ein Stäbchen wie einen Pinsel in die Hand und malte Geisterzeichen, bis die Zeit sich in nichts auflöste.

»Hallo«, rief ihr Mann eines Abends, als er zur Tür hereinkam.

Diese Begrüßung war ungewöhnlich. Tetsuo sagte selten etwas, solange er sich nicht umgezogen, ein Bad genommen und einen Schluck Scotch oder *sake* getrunken hatte.

»Hallo. Ein guter Tag?«, wagte Hanako zu fragen.

»Ja. Ausgezeichnet«, erwiderte er.

»Schön.« Sie half ihm aus seinem Anzug.

»Ein neues Hotelprojekt«, sagte er. »In Hawaii. Maui.«

»Maui. Das ist gut.«

»Fünfhundert Luxuszimmer, alle mit Meerblick. Meisterschaftstauglicher Golfplatz. Vier Pools. Erstklassiger Boutiquen-Komplex.«

Hanako hängte seinen Anzug auf, während er fortfuhr. »Ein Deal mit der Osaka Travel Group, die ihre ganzen Flitterwöchner da hinschicken will. Pauschalangebote für Urlauber. Und« – er legte eine Kunstpause ein – »die Finanzierung überlasse ich deinem Vater und seiner Bank.«

»Da wird er sich freuen.«

»Freuen?« Tetsuo lachte auf seine kurze, scharfe Weise. »Damit wird er Karriere machen. Damit wird er eines Tages Direktor der Bank.«

»Danke«, sagte Hanako mit einer Verneigung.

»Ich werde morgen für ein paar Wochen verreisen, vielleicht auch länger, um das Ganze unter Dach und Fach zu bringen, Architekten und Bauunternehmer zu beauftragen und so weiter.«

»Natürlich«, sagte sie.

»Wenn ich mit dem Geschäftlichen fertig bin, kannst du ja vielleicht nachkommen. Ein paar Tage Urlaub machen.«

»Natürlich.«

Noch immer sprühend vor Aufregung über den Abschluss, führte Tetsuo Hanako direkt nach dem Abendessen ins Bett. Sie kam nicht mehr dazu, das Geschirr abzuwaschen. Als er auf ihr lag, begann sie mit den Fingern *kanji* auf seinen Rücken zu malen. Die Muster schienen ihn zu erregen, denn er war unersättlich.

Als er schließlich eingeschlafen war, stand sie auf und wusch leise das Geschirr. Danach setzte sie sich in die Dunkelheit.

KYOTO

Kando hatte gerade das Telefongespräch mit Gozen in Berkeley beendet, als Aragaki in sein Büro kam. »Ich habe eben mit unserer Kontaktperson in Kalifornien gesprochen«, sagte er.

»Gut.«

»Leider nicht.«

Aragaki zog eine Braue hoch. »Inwiefern?«

»Er hat mir mitgeteilt, dass die Situation sich geändert hat.«

»Will er den Daizen Reibstein etwa nicht mehr hergeben?« Zorn ließ Aragakis Stimme lauter werden.

Kando wartete einen Moment, damit Aragaki sich beruhigte. »Um genau zu sein, liegt es nicht in seiner Hand, ihn zurückzugeben. Ursprünglich hat unser Kontaktmann sich bei mir gemeldet, weil er der Ansicht war, Ihr Vorgänger hätte keine Verwendung mehr für den Daizen Reibstein. Dies ist der Punkt, der sich geändert hat.«

»Können Sie sich nicht klarer ausdrücken?«, fragte Aragaki, noch immer aufgebracht.

»Der Kontaktmann hat das Ganze nicht weiter ausgeführt.«

»Ich will die Sache nicht aufgeben. Nicht jetzt.« Aragaki holte tief Luft. »Was sollen wir Ihrer Meinung nach tun? Und ich sage ›wir‹, weil ich Sie anheuern will. Um mich bei diesen Verhandlungen zu vertreten.«

Eigentlich war in dieser Angelegenheit der neunundzwanzigste Daizen Sensei Kandos Auftraggeber, und somit hätte es einen Interessenkonflikt bedeutet, Aragaki gegen Shimano zu vertreten. Doch das Ganze lag viele Jahre zurück, und Kando hatte seinen Auftrag erfüllt. Dennoch zögerte er.

»Nun?«, fragte Aragaki.

»Ich denke, wenn Sie nach Kalifornien fliegen und sich mit dem Mann treffen, einfach nur, um mit ihm zu reden, müssten Sie ihn davon überzeugen können, dass es das Beste ist, den Reibstein der Daizen Schule zurückzugeben.«

»Sie wirken da sehr sicher.«

»Das bin ich auch«, erwiderte Kando. »Er scheint ein recht unentschlossener Mensch zu sein, und es sollte Ihnen eigentlich gelingen, ihn umzustimmen.«

»Selbstverständlich werde ich hinfliegen. Bitte machen Sie mit ihm einen Termin aus«, sagte Aragaki. Dann fügte er hinzu: »Ich werde Sie bezahlen, wie ich es eben schon sagte.«

Kando nickte kurz als Zeichen des Einverständnisses. »Aber ich war noch nicht fertig. Ich denke, ich sollte vor Ihnen nach Kalifornien fliegen, um herauszubekommen, was unser Kontaktmann mit der ›Situation‹ meint, von der er gesprochen hat. Das dürfte Ihnen dabei helfen herauszufinden, wie Sie am besten Ihre Bitte vorbringen sollten.«

Aragaki zögerte. Kando wusste, dass er überlegte, ob er ihm vertrauen konnte. »Klingt vernünftig«, sagte Aragaki schließlich, stand auf und verneigte sich förmlich. »Bitte helfen Sie mir, ein neues Kapitel in der *Geschichte des Daizen Reibsteins* zu schreiben.«

ZWISCHENSPIEL

Geschichte des Daizen Reibsteins
2. Teil

Winter 1656 – Sommer 1658
Edo, Japan

Ihara arbeitete weiter für den Teehändler, doch sein Lohn reichte nie, um alle Gläubiger seines Vaters auszuzahlen. Jeden Tag nach der Arbeit flüchtete er in das Teehaus, um *shodô* zu üben. Die alte Frau – ihr Name war Kurokawa – servierte ihm eine Schale Tee und etwas gegrillten Fisch, bevor er anfing. Hinterher tranken sie zusammen ein wenig *sake*.

Während er im Teehaus war, fühlte er sich warm und voller Energie. Die Kalligraphie fiel ihm leicht, als wäre die Übungspause besser gewesen als die zehntausend Striche am Tag. Sein Stil hatte sich auch verändert, vielleicht durch den Abstand von zu Hause, vielleicht weil er nicht mehr unter dem kritischen Blick des Daizen Sensei stand. Vielleicht hatte der Sensei Recht gehabt, als er gesagt hatte, sie müssten ihren eigenen Weg finden.

Eines Abends, als er übte, kam die alte Kurokawa herein. »Entschuldigen Sie, da ist jemand, der Sie sprechen möchte.«

Ihara ging nach vorne, wo Noguchi und sein Bruder Shinju warteten. Ihara nickte seinem jüngeren Bruder kurz zu. Noguchi blickte er nur an; er fragte sich, woher sie wusste, dass er hier war. Er hatte niemandem von seinen Besuchen im Teehaus erzählt.

»Bitte nehmen Sie Platz«, sagte die alte Kurokawa zu ihnen allen. »Ich bringe Ihnen Tee.«

Die beiden Brüder und Noguchi setzten sich auf Kissen um einen niedrigen Tisch, während die alte Kurokawa im hinteren Raum verschwand. Shinju sah sich um. »Kein besonders gutes Teehaus. Nicht das, was ich in Edo erwartet hätte. Zu Hause haben wir bessere Teehäuser.«

»Warum bist du hier, Bruder?«, fragte Ihara.

Shinju musterte seinen älteren Bruder mit einem langen, bohrenden Blick. »Es sind Monate vergangen, und du hast uns noch immer nicht den Erlös aus dem Verkauf des Geschäfts geschickt.«

»Das Ganze ist nicht so einfach.«

»Ich verstehe«, sagte Shinju und warf Noguchi einen viel sagenden Blick zu.

»Er hat hart gearbeitet«, verteidigte Noguchi Ihara.

Shinju biss die Kiefer zusammen. »Er hat also hart gearbeitet, während wir zu Hause beinahe mittellos sind.«

»Hat Mutter dich geschickt?«, fragte Ihara.

»Mutter wollte nicht, dass ich komme. Sie sagte, du würdest alles tun, was du kannst. Ich musste mich selbst davon überzeugen.«

Ihara sagte nichts.

»Und du bist noch nicht einmal zu Vaters Beerdigung gekommen«, fügte Shinju hinzu.

Die alte Kurokawa kam mit dem Tee herein. Noguchi half ihr beim Servieren, während die beiden Brüder schweigend dasaßen.

Der Tee und die Häppchen beruhigten ihre Nerven nicht.

»Ich musste mir Arbeit suchen, Älterer Bruder«, sagte Shinju.

»Das ist tragisch.«

Auf Shinjus Gesicht brandete der Zorn auf. »Tragisch ist, dass unsere Mutter mühsam ein paar Münzen für Nahrung zusammenkratzen muss und ein paar mehr für Großmutters Medizin.«

»Das tut mir Leid«, sagte Ihara. »Ich habe es Mutter nicht erzählt, aber Vater hat hohe Schulden hinterlassen. Genau genommen ist er sogar durch die Hand eines Gläubigers gestorben.«

»Was? Ich dachte, er wäre an seiner Krankheit gestorben.«

»In gewisser Weise ist er das auch«, sagte Noguchi.

Ihara musste gegen den Drang ankämpfen, sie zu schlagen, die Frau, die ihrem Vater das Leben aus den Adern gesaugt hatte.

Sie fuhr for: »Es war der Schmerz, so vielen Menschen Geld zu schulden und zusehen zu müssen, wie sein Geschäft zugrunde ging, das Geschäft, das er von seinem Vater übernommen hatte, das Familiengeschäft. Er konnte es kaum ertragen, am Leben zu sein.«

Die Brüder starrten in ihre Teeschalen.

»Er hat versucht, das Geschäft zu retten, aber er sah, dass er es nicht schaffen würde. Dann begann er zu trinken, um den Schmerz zu betäuben. Es war der billige Alkohol, der ihn umgebracht hat, nicht der Angriff des Gläubigers.« Sie schwieg einen Moment. »Euer Vater war bereits tot.«

Die beiden Brüder und Noguchi verließen das Teehaus und gingen zu dem Gasthaus. »Älterer Bruder, dieser Raum ist nicht gerade schön. Warum wohnt ihr hier?«, fragte Shinju.

»Wohin sollten wir sonst gehen?«, fragte Noguchi zurück.

»Das weiß ich nicht, aber ich kann nicht hier bleiben.«

»Wir könnten vielleicht etwas Besseres finden«, sagte Ihara, »aber das würde mehr Geld kosten. Ich versuche, die Schulden bei den Gläubigern abzutragen und das Geschäft zu einem anständigen Preis zu verkaufen.«

»Es tut mir Leid, das zu sagen, Älterer Bruder, aber du scheinst nicht viel von Geld zu verstehen. Zunächst einmal sind die alle nur auf sich selbst bedacht, und so musst du auch denken. Ich werde dir zeigen, wie man mit diesen Räubern umgeht. Als Erstes brauche ich alles Geld, was du hast.«

Nach langem Zögern gab Ihara ihm schließlich sämtliche Münzen, die er besaß. Shinju nahm das Geld und ging mit ihnen in die Richtung zurück, aus der sie gekommen waren. Nach einer Weile blieb er vor einem etwas gehobeneren Gasthaus stehen, das, wie Ihara sich erinnerte, im Vorübergehen Shinjus Aufmerksamkeit geweckt hatte.

»Wartet hier«, sagte Shinju.

Wortlos blieben Noguchi und Ihara vor der Tür stehen. Sie warteten lange, so lange, dass Ihara sich bereits fragte, ob sein jüngerer Bruder mit dem Geld durch die Hintertür verschwunden war. Doch schließlich kam er zurück. »Wir können ein Zimmer haben. Nicht die beste Unterkunft, aber drei *tatami*-Matten größer als das, wo wir vorher waren. Genug Platz für uns alle. Und man bekommt morgens und abends etwas zu essen.«

»Wir haben nicht genug Geld, um ein so großes Zimmer und die Mahlzeiten zu bezahlen«, wandte Ihara ein.

»Das werden wir«, sagte Shinju.

»Wie?«

»Du musst ihnen nur erzählen, unser Vater sei überraschend

gestorben und habe uns sein riesiges Imperium samt Vermögen hinterlassen, es werde jedoch noch eine oder zwei Wochen dauern, um die Formalitäten zu erledigen.«

»Und das haben sie dir geglaubt?«, fragte Noguchi. »Sie geben uns das Zimmer nur aufgrund dieser Behauptung?«

»Ich habe ihnen gesagt, wir würden ein wenig mehr bezahlen als ihren üblichen Preis, um sie für die Verzögerung zu entschädigen.«

Noguchi lachte. Es war das erste Mal, dass Ihara sie lachen hörte.

Später in der Nacht, nachdem sie in das Gasthaus gezogen waren, ihre erste Mahlzeit gegessen und sich zum Schlafen auf ihre Futons gelegt hatten, viel später, als schon die Morgendämmerung nahte, hörte Ihara ein Rascheln und dann, vom Futon seines Bruders, ein ganz leises Stöhnen von Noguchi.

Sehr bald war eine Woche vorbei. Am ersten gemeinsamen Tag hatte Ihara seinem Bruder alles über das Teegeschäft ihrer Familie erzählt, was er wusste. »Ich verstehe«, sagte Shinju und deutete auf das Hauptbuch. »Wir können die Kette der Händler zu unserem Vorteil nutzen. Wenn wir die Beziehung zu einem von ihnen stärken, müssten die anderen folgen.«

Ihara musste zugeben, dass der Plan seines Bruders vernünftig klang. »In Ordnung, Jüngerer Bruder, ich verstehe, worauf du hinauswillst. Wirst du diese Transaktionen übernehmen?«

»Natürlich. Ich werde mich nach Kräften bemühen, die Ehre unserer Familie wiederherzustellen.«

»Das würde mich sehr freuen.«

Während der restlichen Woche hatte Ihara seinen Bruder kaum zu Gesicht bekommen. In den ersten Tagen hatte er das Gefühl gehabt, eine große Last sei von seinen Schultern genommen worden; gegen Ende der Woche begann er sich ein wenig zu sorgen, vor allem da der Besitzer des Gasthauses jedes Mal finster dreinblickte, wenn er an ihm vorbei zu seinem Zimmer ging.

Doch er beschloss, seinem Bruder zu vertrauen. Wenn er nicht arbeitete oder übte, schlenderte er stundenlang durch die Stadt. Eines Abends, als er beim Üben eine Pause einlegte, entdeckte er in der Nähe des Stadtzentrums ein Plakat mit der Ankündigung eines Kalligraphie-Wettbewerbs, der ein paar Tage später in einem Schrein stattfinden sollte. Ihara merkte sich die Einzelheiten, einschließlich der Preissumme für den Gewinner, und kehrte in das Teehaus zurück.

»Meinen Sie, ich sollte daran teilnehmen?«, fragte er die alte Kurokawa.

»Sie würden gewinnen.«

»Ich muss mehr üben.«

»Warum hören Sie nicht auf zu arbeiten? Sie können den ganzen Tag hier bleiben, wenn Sie möchten. Ich gebe Ihnen etwas zu essen, reinige Ihre Pinsel und versorge Sie mit Tinte und Papier.«

Ihara verneigte sich vor ihr. »Danke.«

Ihara verbrachte seine Tage und den größten Teil der Abende im Teehaus und übte, so viel er konnte. Er gab der alten Kurokawa seine letzten Münzen, damit sie ihm neue Pinsel besorgte. Er traf sich nur selten mit seinem Bruder und Noguchi und nahm seine Mahlzeiten im Teehaus ein. Als der große Tag nahte, fühlte Ihara sich bereit, aber auch nervös. Seine Kalligraphie hatte sich seit den Tagen der Daizen Schule, ja sogar seit er nach Edo gekommen war, sehr verändert. Aber war es eine Veränderung zum Besseren?

Der Tag des Wettkampfs kam, und Ihara packte Pinsel, Reibstein, Tintenblock und Papier. Die alte Kurokawa verneigte sich wortlos vor ihm, als er sich auf den Weg machte. Ihara eilte durch Edo und kam ein wenig zu früh am Schrein an. Er meldete sich an (der Verwaltungsbeamte war beeindruckt von seiner schulischen Laufbahn), und begab sich dann an den ihm zugewiesenen Platz. Um sich ein wenig zu entspannen, spazierte er auf dem Gelände des Schreins umher, während Zuschauer und weitere Teilnehmer eintrafen und zu ihren Plätzen gingen. Die meisten anderen schienen sich zu kennen, da sie freundschaftlich miteinander plauderten. Ihara konnte nur zusehen.

Schließlich wurde der Beginn des Wettkampfs angekündigt. Die Sponsoren und Preisrichter wurden vorgestellt und die Regeln erklärt. Man würde fünf Gedichte vortragen, und die Teilnehmer konnten sich drei davon auswählen, zu denen sie vor Sonnenuntergang ihre Kalligraphie anfertigen mussten. Dann gab der Organisator das Startzeichen.

Ihara schrieb die Gedichte auf einem Stück Papier mit, während sie vorgelesen wurden. Sie stammten aus der Man'yoshu-Sammlung alter japanischer Gedichte; die meisten handelten von der Liebe. Ihara wählte seine drei aus und versuchte zunächst, sich im Geist zurechtzulegen, wie sie auf dem Papier angeordnet werden könnten und welche Art von Strichen am besten dazu passen würde. Sein Herz pochte, als er wusste, was er tun würde. Er sprach ein stilles Gebet zu dem verstorbenen Daizen Sensei und fing an.

Mit dem Sonnenuntergang endete der Wettkampf. Ihara legte den Pinsel nieder und merkte, dass sein Arm und Rücken von den langen Stunden des Malens schmerzten. Er wählte sein jeweils bestes Exemplar von jedem der drei Gedichte aus und legte sie obenauf.

Die Teilnehmer verließen ihre Plätze und begaben sich zur Galerie mit den Zuschauern, während die Preisrichter ihre Runde drehten. Niemand sprach mit Ihara, obwohl er bemerkte, dass ein paar von den anderen Teilnehmern ihm verstohlene Blicke zuwarfen.

Die Preisrichter zogen sich in die hintere Ecke des Schreins zurück und berieten sich. Der Reihe nach verkündeten sie ihre Meinung. Es gab eine Abstimmung, gefolgt von einer lebhaften Diskussion. Dann eine zweite Abstimmung, nach der die Diskussion noch heftiger wurde. Unter den Zuschauern erhob sich Gemurmel. Nach einer weiteren Diskussionsrunde folgte eine dritte Abstimmung. Diesmal wurde das Ergebnis dem Organisator übergeben.

Die Gewinner des zweiten und dritten Preises wurden verkündet, und die Zuschauer murmelten Beifall. Als der Gewinner des ersten Preises genannt wurde, brach ein Sturm überraschter Ausrufe los. Nach einer Weile begriff Ihara, dass man seinen Namen verkündet hatte, doch er konnte sich nicht rühren, bis der Organisator ihn zu sich winkte, um den Preis in Empfang zu nehmen.

Lange stand er neben seinen Arbeiten, während Teilnehmer, Zuschauer und Preisrichter ihm gratulierten und ihn nach seiner Technik und der Verbindung zur Daizen Schule fragten. Ein paar von ihnen gingen gemeinsam essen und trinken, und das Fest dauerte bis spät in die Nacht. Er musste einwilligen, einigen von ihnen Unterricht zu erteilen, bevor sie ihn nach Hause gehen ließen.

Als er aufgedreht und ein wenig benommen zum Gasthaus zurückkam, brüllte der Besitzer etwas, das er nicht verstand. Er brüllte es immer wieder.

Schließlich begriff Ihara: Er wollte Geld.

»Ihr Bruder und Ihre Schwester sind verschwunden. Ohne zu bezahlen. Und das mit dem Geschäft war eine Lüge. Ich will das, was mir zusteht, sonst rufe ich die Polizei.«

Mit zitternder Hand – vermutlich gleichermaßen vom Alkohol wie von den Drohungen des Gasthausbesitzers – zählte Ihara sein Preisgeld; es reichte nicht, um die Rechnung zu bezahlen. Er öffnete seine Tasche mit den Kalligraphie-Utensilien und bot dem Besitzer seine Pinsel an. Mit angewidertem Gesicht nahm er sie. Dann wies er zur Tür, wo Iharas Habseligkeiten in einem Haufen auf dem Boden lagen.

Ihara schlief draußen vor dem Teehaus, bis die alte Kurokawa in den Strahlen der Morgensonne die Fensterläden öffnete.

Er blieb im Teehaus und verneigte sich demütig, als sie ihm das Atelier ihres Großvaters als Wohn- und Arbeitsraum anbot. Er hörte nie wieder von seinem Bruder und Noguchi, fand jedoch heraus, dass sämtliche Bestände des Ihara-Teehandels verkauft worden waren.

Ihara schrieb an seine Mutter und legte ihr die Situation dar, ohne seinen Bruder zu belasten. Er sagte, er würde ihr weiterhin Geld schicken und hoffe, den Namen der Familie so bald wie möglich reinwaschen zu können.

Nachdem die alte Kurokawa ihr Einverständnis gegeben hatte, die Stunden im Teehaus abzuhalten, setzte er sich mit all denen in Verbindung, die ihn um Kalligraphieunterricht gebeten hatten. Er gab ein bis zwei Stunden am Tag, wovon auch das Teehaus profitierte, da die Schüler vor dem Unterricht Tee und einen Imbiss bestellten, um sich mit befreundeten Kollegen zu treffen, und hinterher noch ein wenig *sake* tranken.

Ihara bekam einen Brief von seiner Mutter, in dem sie ihm für das Geld dankte und ihr Mitgefühl ausdrückte, weil die geschäftlichen Angelegenheiten nicht gut gelaufen waren. Sie berichtete, sie habe das Haus verkauft und sei mit einem Kräuterheiler aus einer benachbarten Stadt zusammengezogen. Sie hoffte, er werde in Edo seinen Weg finden.

»Ich würde meiner Schule gerne einen richtigen Namen geben«, sagte Ihara eines Abends, nachdem das Teehaus sich geleert hatte, zu der alten Kurokawa.

»Ja, das ist eine gute Idee. Die Ihara Schule klingt sehr gut.«

»Die Kurokawa Schule ist noch viel besser, wenn Sie damit einverstanden sind. Ich werde Lehrer in der Kurokawa Schule für Kalligraphie.«

»Das wäre mir eine Ehre«, sagte sie und fügte dann hinzu: »Kurokawa Sensei.«

Im Volksmund wurde die Kurokawa Schule bekannt als Teehaus Schule oder Neue Schule. Innerhalb von zwei Jahren beherrschte sie die Wettkämpfe in Edo. Das Teehaus konnte sich vor Gästen nicht retten und wurde bald zu einem der beliebtesten Treffpunkte des *shodô*. Das Geld, das die Schule einbrachte, erlaubte es ihnen, das Gebäude neben dem Teehaus aufzukaufen und sich zu vergrößern. Die alte Kurokawa wollte das alte Teehaus renovieren, doch der Sensei ließ es nicht zu. »Es ist perfekt, so wie es ist«, sagte er. »Es passt zum Stil der Schule. Am liebsten würde ich sogar die neuen Räume so einrichten, dass sie zu den alten passen.«

Die alte Kurokawa lachte.

Eines Tages im Winter, als leichter Schnee gefallen war, unterbrach die alte Kurokawa den Sensei bei seinen Übungen. »Da ist jemand, der den Sensei der Neuen Schule sprechen möchte.«

»Ein weiterer Schüler?«

»Das glaube ich nicht. Ich habe ihn gebeten, ein andermal wiederzukommen, wenn er Unterricht haben möchte, aber er sagte, es ginge um etwas Persönliches.«

Kurokawa Sensei legte seinen Pinsel beiseite und ging in den Gastraum des Teehauses. Der Mann, der wie ein Samurai gekleidet war, kehrte ihm den Rücken zu und betrachtete eine Kalligraphiearbeit.

»Was kann ich für Sie tun?«, fragte Kurokawa Sensei.

Der Mann drehte sich um; es war Sakata aus der Daizen Schule.

»Du?«, sagte Sakata. »Du bist der Sensei der Neuen Schule?«

»Willkommen in der Kurokawa Schule, Sakata Sensei.«

Bei der Erwähnung seines Familiennamens runzelte der Samurai die Stirn. »Ich bin jetzt Daizen Sensei.«

»Gut, dann eben Daizen Sensei. Der fünfzehnte Daizen Sensei, um genau zu sein.«

Die alte Kurokawa servierte ihnen Tee. Ein paar Schüler kamen herein, setzten sich jedoch weit von ihnen entfernt hin.

»Da hattest Recht, den Daizen Reibstein zu nehmen«, sagte Kurokawa Sensei.

Der neue Daizen Sensei verzog keine Miene. Schließlich erwiderte er: »Du hattest Unrecht, ihn ohne Kampf aufzugeben.«

»Ein Kampf? Den hätte ich verloren. Ich habe keine Übung im Kämpfen.«

»Ja, diese Art von Kampf hättest du verloren. Aber die meine ich nicht.«

Kurokawa Sensei trank einen Schluck aus seiner Teeschale.

Daizen Sensei betrachtete seine lange und drehte sie dreimal herum, bevor er daraus trank. »Es ist purer Zufall, dass ich hier bin. Ich habe nicht nach dir gesucht. Ich bin im Auftrag unseres Provinzgouverneurs hier in Edo und hatte von deiner Schule gehört. Ich bin also nur hergekommen, um dir meinen Respekt zu erweisen.«

»Du hast mir deinen Respekt bewiesen, indem du unsere bescheidene Schule besucht hast. Obwohl eigentlich du als Daizen Sensei derjenige bist, dem Respekt gezollt werden sollte.«

Daizen Sensei überlegte einen Moment, dann sagte er: »Ich will nicht um den heißen Brei herumreden. Ich bin hier, um die Schule zu sehen, die in so kurzer Zeit einen so guten Ruf erworben hat.«

Kurokawa Sensei verneigte sich leicht als Zeichen des Dankes.

»Doch jetzt, wo ich hier bin und sehe, wer du bist, muss ich zugeben, dass ich auch einen gewissen Groll gegen dich hege.«

»Du bist direkt.«

»Ich bin wütend, weil ich den Daizen Reibstein und die Schule auf diese Weise an mich genommen habe.«

»Du bist wütend auf mich wegen etwas, das du getan hast?« Kurokawa Sensei dachte einen Moment nach. »Ich glaube, ich verstehe.«

»Wirst du mir gestatten, mich für deine Tat zu rächen?«

Kurokawa Sensei trank einen Schluck von seinem Tee. »Was schlägst du vor?«

»Was schon eher hätte vorgeschlagen werden müssen.«

Kurokawa Sensei blickte seinem ehemaligen Mitschüler in die Augen. »Ein Wettkampf?«

»Ja. Ein Wettkampf.«

»Wozu?«

»Um festzustellen, wer der rechtmäßige Daizen Sensei ist.«

»Aber du bist Daizen Sensei. Ich will es gar nicht sein. Ich bin hier glücklich.«

Daizen Sensei griff nach seiner Teeschale. »Aber wenn ich es nicht verdiene, Daizen Sensei zu sein, dann sollte ich es auch nicht sein.«

»Ob du es verdienst oder nicht, du bist Daizen Sensei. Du führst die Schule jetzt nach deinen Vorstellungen. Und ich tue dasselbe mit meiner Schule.«

»Du machst es mir nicht leicht.«

Kurokawa Sensei schob seine Teeschale beiseite. »Aber der Daizen Reibstein ist eine andere Sache.«

»Der Reibstein?«

»Als Wettkampftrophäe.«

Daizen Sensei überlegte einen Moment, dann blickte er auf. »Einverstanden.«

Der Wettkampf zwischen der ehrwürdigen Daizen Schule für Kalligraphie und der Neuen Kurokawa Schule fand zwei Monate später in einem Schrein in Fukugawa statt. Es wurden Regeln aufgestellt und Preisrichter bestimmt. Der Tag begann kurz nach Sonnenaufgang mit einem Wettkampf zwischen den jüngeren Schülern der beiden Schulen, gefolgt von den mittleren Rängen, dann den höheren und schließlich den beiden Sensei, die um den Reibstein kämpften.

Der Morgen des Wettkampftags war klar und sonnig. Nur wenige Kalligraphiebegeisterte kamen, um den jüngeren Teilnehmern zuzusehen, doch als die oberen Ränge gegeneinander antraten, drängten sich zahllose Zuschauer auf dem Gelände.

Kurokawa Sensei wartete bis zum späten Vormittag, bevor er zum Schrein aufbrach. Er wollte nicht daneben stehen, während seine Schüler ihre Wettkämpfe ausfochten, das wäre zu lehrerhaft gewesen. Die Schüler mussten auf eigenen Füßen stehen und nicht das Gefühl haben, als schaue er ihnen über die Schulter, bereit, jede Bewegung zu kritisieren. Aber er war genauso nervös wie sie und lief unruhig im Teehaus auf und ab. Genau genommen war er ihretwegen nervöser als wegen seines eigenen Wettkampfs.

Die alte Kurokawa beobachtete seine Unruhe, wohl wissend, dass sie nichts für ihn tun konnte. Sie hatte sich erboten, ihm Tee oder etwas zu essen zu bringen, doch er hatte höflich abgelehnt. Schließlich verkündete er, er werde sich zu dem Schrein begeben.

Die Sommersonne brannte auf seinem Gesicht; er wischte sich mit einem Tuch die Schweißperlen von der Stirn. Der langsame Spaziergang zu dem Schrein beruhigte ihn ein wenig, und er verfasste ein Gedicht:

Schlendernd unterwegs zum Schrein
Die Sonne warm wie ein Bad
Gedanken kreisen um nichts

Auf dem Gelände des Schreins standen überall Leute in kleinen Gruppen zusammen, einige davon seine Schüler. Sie verneigten sich vor ihm, als er auf sie zukam. Sie schienen sich Sorgen gemacht zu haben, er würde womöglich zu spät oder gar nicht kommen. Einer von den älteren Schülern berichtete ihm von ihren Erfolgen und Schwierigkeiten. Er sagte allen, sie hätten Gutes geleistet. Der ältere Schüler nahm sein Bündel mit Pinseln, Tintenblock, Reibstein und Papier und begleitete ihn zum Schrein. Die jüngeren Schüler folgten ihnen mit einigen Schritten Abstand.

Im Schrein teilte sich die Menge, um ihn durchzulassen. Der Wettkampf der höheren Ränge war gerade beendet, und die Preisrichter verkündeten ihr Urteil. Der zweite Preis ging an einen älteren Schüler der Kurokawa Schule, der erste an einen Daizen Schüler. Kurokawa Sensei erblickte Daizen Sensei sitzend in einer Ecke des Schreins, mit durchgedrücktem Rücken und in Konzentration erstarrtem Gesicht, wie ein Samurai kurz vor dem Kampf.

Kurokawa Sensei setzte sich in die Ecke gegenüber seinem Gegner und versuchte sich zu entspannen, während sein ältester Schüler für ihn die Pinsel zurechtlegte und Tinte anrührte. Der leitende Richter, ein Vertreter des örtlichen *shodô*-Verbands, ging zunächst zu Daizen Sensei und fragte ihn, ob er bereit sei, worauf dieser kurz nickte. Dann kam der Richter zu Kurokawa und verneigte sich. Der Sensei sagte, auch er sei bereit.

Der leitende Richter kehrte zu seinen Kollegen zurück, sprach mit ihnen und kündigte dann das Finale des Wettkampfs an. Er gab einen Abriss über die Geschichte der beiden Schulen, wobei die der Kurokawa Schule sehr viel kürzer war. Dann stellte er den Lebenslauf der beiden Sensei vor, wobei wiederum der von Kurokawa Sensei weniger glanzvoll war als der von Daizen Sensei. Nachdem er die Regeln erklärt hatte, ging der leitende Richter zu Daizen Sensei und nahm die Kiste entgegen, die dieser ihm reichte. Er kehrte in die Mitte des Raums zurück, öffnete sie und hielt den Daizen Reibstein hoch.

»Dies ist der Daizen Reibstein, das Symbol der ältesten und ehrwürdigsten Kalligraphieschule Japans. Er wird der Preis für den Gewinner dieses letzten Wettkampfes sein.«

Die Menge murmelte Beifall. Kurokawa Sensei spürte, wie sich beim Anblick des Reibsteins sein Magen zusammenzog. So viel war geschehen, seit er ihn zuletzt gesehen hatte. Er blickte zu Daizen Sensei hinüber und bemerkte, dass dieser ihn beobachtete. Er errötete. Sein Gegner sollte nicht mitbekommen, dass ihm der Wettkampf nun doch wichtig war und dass er den Reibstein gewinnen wollte.

»Möge der Wettkampf beginnen«, verkündete der leitende Richter. Die anderen vier Preisrichter lasen jeder ein Gedicht vor, der leitende Richter seines am Schluss. Während Kurokawa Sensei sie in Kurzschrift mitschrieb, erkannte er, dass es schwierige Gedichte waren, mit aufwändigen Schriftzeichen. Es wäre einfacher, sie in Daizen Senseis klassischem Stil zu malen als in seinem eigenen, freieren.

Er wählte die zwei aus, die am besten zu seinem Stil passten, und beschloss, mit der Auswahl des dritten Gedichts zu warten, bis er die ersten beiden fertig hatte. Er nahm einen Pinsel und einen Bogen Papier. Nachdem er sich vor seinem inneren Auge zurechtgelegt hatte, wie das Gedicht aussehen sollte, begann er, wusste jedoch sofort nach dem ersten Strich, dass er falsch angefangen hatte. Er schob das Papier beiseite, griff nach einem neuen und überlegte wiederum, wie er die Zeichen anordnen sollte.

Beinahe hätte er erneut angefangen, doch ein leiser Zweifel bremste ihn. In seinem Kopf erklang die Stimme seines alten Sensei: »Plane die verschiedenen Striche jeweils einzeln und sehr genau, aber dennoch mit Blick auf das Ganze.« Damals als Schüler hatte er Monate gebraucht, um zu begreifen, was der Sensei meinte, und Jahre, um es in die Tat umzusetzen. Es war schwer, sich vorzustellen, an welcher Stelle die einzelnen Striche aufs Papier gehörten, ohne sie als Teile des ganzen Schriftzeichens zu sehen und diese wiederum als Teile des Gedichts.

Er hatte die Stimme seines Sensei nicht mehr gehört – oder zumindest nicht so deutlich –, seit er in Edo war. Was würde sein Sensei ihm sonst noch raten? Es gab so viele Dinge: Konzentriere dich auf die Spitze des Pinsels, nicht auf das Papier und nicht auf die Tinte. Denke an die Bedeutung des Gedichts, und denke dennoch nicht daran. Zehntausend Striche am Tag, zehntausend Tage lang. Hatte er dieses Ziel schon erreicht?

Sein Pinsel blieb reglos. Er nahm wahr, dass sein Gegner in stetem Fluss Zeichen malte. Die Zuschauer beobachteten Daizen Sensei, vermutlich weil es ihnen peinlich war, ihn in seinem Zweifel erstarrt dort sitzen zu sehen. Er spürte jedoch, dass die Blicke seiner Schüler auf ihm ruhten. Er enttäuschte sie; sie hatten sich für ihn solche Mühe gegeben, und nun tat er nichts für sie.

Kurokawa Sensei versuchte es mit dem anderen Gedicht, das er ausgewählt hatte. Er versuchte, an sein eigenes Gedicht zu denken, das er auf dem Weg zum Schrein verfasst hatte, versuchte, an gar nichts zu denken. Und dennoch wollte nichts aus seinem Geist in den Pinsel fließen. Er sehnte sich danach zu verschwinden, sich einen Garten zu suchen, oder vielleicht einen Ort in den Bergen, wo er allein war, wo er seine Gedanken frei wandern lassen konnte, wo er seine Kalligraphie für sich selbst ausüben konnte, wenn er Lust dazu hatte, und es lassen, wenn ihm nicht danach war.

Dann fiel sein Blick auf den Daizen Reibstein; der leitende Richter hatte ihn auf einen Sockel in die Mitte des Schreins gelegt. Er strahlte eine geheimnisvolle Kraft aus, die er während seiner Jahre als Schüler des alten Daizen Sensei gespürt hatte, wenn er den Tintenblock über den Stein rieb und genau die richtige Menge Wasser dazugab. Es war, als hätte der Reibstein ihn eingeladen, die Tinte in seiner Vertiefung anzurühren. Als fülle er seine ureigenste Essenz auf; als hätte der grauviolette Stein eine Seele.

Als junger Schüler hatte Kurokawa Sensei sich vorgestellt, wenn er seinen Pinsel in die Quelle des Reibsteins tauchte, würde die Magie, mit der sein Sensei die Tinte auf das Papier zauberte, seinen Pinsel lebendig werden lassen. So wie sie die Zeichen seines Sensei – jeden einzelnen Strich – lebendig werden ließ.

Er stand auf. Sämtliche Zuschauer wandten sich zu ihm um und sahen zu, wie er zu dem leitenden Richter ging. »Verzeihung«, sagte er, »ich habe eine Bitte.«

»Ja?«

»Ich würde gerne den Daizen Reibstein beim Wettkampf benutzen.«

Der leitende Richter runzelte die Stirn. »Warum das? Daizen Sensei hat extra darauf verzichtet, den Daizen Reibstein zu verwenden, um keinen ungerechten Vorteil daraus zu ziehen.«

»Ich spüre, dass ich nur dann mein Bestes geben kann, wenn ich den Daizen Reibstein benutze. Ohne ihn werde ich von dem Wettkampf zurücktreten müssen.«

Der Richter blickte nervös vom Reibstein zu Daizen Sensei, der von seiner Arbeit aufsah.

»Ich werde den Besitzer des Reibsteins fragen müssen«, sagte der Richter. Kurokawa Sensei verneigte sich vor ihm und kehrte an seinen Platz zurück, während der Richter Daizen Sensei die Situation erklärte. Das Gespräch war kurz. Daizen Sensei stand auf, ging zu dem Podest, nahm den Reibstein und brachte ihn zu Kurokawa Sensei.

»Wenn du hierbleibst und an dem Wettkampf teilnimmst, kannst du den Daizen Reibstein selbstverständlich benutzen.«

»Danke«, sagte Kurokawa Sensei und verneigte sich so tief, dass sein Gesicht beinahe den Boden des Schreins berührte.

Seine Schüler halfen Kurokawa Sensei, die Tinte im Daizen Reibstein anzurühren, wie er es so viele Male als Schüler getan hatte. Als die Quelle gefüllt war, brachte Kurokawa Sensei seinen Pinsel über der schwarzen Fläche in Position. Langsam senkte er die Spitze in die Tinte, bis sie in der dunklen Flüssigkeit verschwand.

Dann hob er den Pinsel wieder an, bewegte ihn zum Bogen und ließ die Tinte über das Papier fließen. Die Tinte funkelte wie etwas Lebendiges, etwas, das ihn tief in seinem Innern berührte, ihm ein Gefühl gab, das er noch nie zuvor verspürt hatte, etwas, das er nicht erklären konnte.

Kurokawa Sensei nahm die Verbeugung von Daizen Sensei entgegen, der ihm gratulierte. »Meinen Glückwunsch, Sensei. Ich habe den Wettkampf genossen, obwohl ich verloren habe. Wenn du einverstanden bist, wiederholen wir den Wettkampf in drei Jahren, demselben Zeitabstand, seit wir uns das letzte Mal gesehen haben.«

»Es wird mir eine Ehre sein«, erwiderte Kurokawa Sensei.

Der fünfzehnte Daizen Sensei verließ den Schrein, feierlich gefolgt von seinen Schülern.

Kurokawa Sensei ging zurück zu seiner Ecke, wo seine Schüler mit dem Aufräumen beschäftigt waren. Überall liefen Zuschauer herum und bewunderten die Kalligraphie, noch immer voller Aufregung über den unerwarteten Sieg der Neuen Schule. Zwei seiner preisgekrönten Arbeiten stiftete er dem Schrein, die dritte nahm er mit, um sie der alten Kurokawa für ihr Teehaus zu schenken.

BERKELEY

Nach dem Treffen der Forschungsgruppe fuhr Tina mit Professor Porter zur Zenzen Schule. Tina hatte bei dem Treffen berichtet, dass es ihr bisher nicht gelungen war, mit dem Sensei zu kommunizieren, und dass auch keine Angehörigen aufgetaucht waren, die sie um Erlaubnis hätte bitten können, den Sensei an einer Studie teilnehmen zu lassen. Von dem Experiment, das sie und Wijjie durchgeführt hatten, erwähnte sie nichts.

»Dann sollte ich ihn mir persönlich ansehen«, meinte Professor Porter.

Bevor sie das Institut verließen, rief Tina in der Schule an, um zu fragen, ob es in Ordnung wäre, wenn sie vorbeikämen. Gozen nahm ab, und nachdem Tina ihm die Sache erklärt hatte, meinte er, er hätte nichts dagegen.

Als sie vor der Schule ankamen und den Wagen abstellten, sagte Professor Porter: »Das ist sie? Nicht gerade groß, oder?«

»Es ist eine kleine Schule.« Tina wünschte, sie hätte gelogen und ihr erzählt, der Sensei wäre wieder im Krankenhaus. Oder nach Japan zurückgekehrt.

Gozen öffnete ihnen die Tür, und Tina stellte sie einander vor. »Das ist Dr. Porter, von der ich Ihnen am Telefon erzählt habe. Und das ist Gozen Sensei, der leitende Lehrer der Schule.«

Gozen und die Professorin gaben sich die Hand, dann gingen sie gemeinsam in den Hauptraum des Hauses. Tina sah, wie Professor Porter die Kalligraphien an der Wand, die japanischen Möbel und die *tatami*-Matten musterte, auf denen der Gruppenunterricht abgehalten wurde.

»Interessant, sehr interessant«, sagte sie. »Ich war noch nie in einer Kalligraphieschule. Obwohl ich natürlich schon östliche Kalligraphie gesehen habe.«

Tina bemerkte, dass die Stimme der Professorin zu laut klang. Ihr war vorher noch nicht aufgefallen, dass sie selbst in der Schule fast nur flüsterte.

»Wie geht es dem Sensei?«, fragte Tina Gozen, als sie sich gesetzt hatten.

»Er arbeitet schon seit Stunden ohne Pause.«

»Seit er aus dem Krankenhaus entlassen worden ist«, erklärte Tina Professor Porter, »arbeitet er quasi pausenlos an seinen Zeichnungen.«

»Nach Gehirnverletzungen stellen sich oft Verhaltensstörungen ein«, dozierte Professor Porter, als stünde sie im Hörsaal. »Dabei ist eine klinische Depression aus nahe liegenden Gründen prototypisch. Zwanghaftes Verhalten gehört ebenfalls zu den häufig vorkommenden Störungen, was vermutlich auf eine Unterbrechung der Verbindung zwischen dem rationalen Denken, das hauptsächlich im Präfontallappen angesiedelt ist, und den antrainierten Verhaltensmustern, die vorrangig im motorischen Bereich und im Hirnstamm liegen, zurückzuführen ist.«

Gozen blinzelte verwirrt. »Oh?«

»Arbeitet der Sensei jetzt gerade?«, fragte Professor Porter.

»Ja.«

»Das würde ich mir gerne einmal ansehen.«

Vom Türrahmen des Ateliers aus beobachteten sie den Sensei, der an seinem niedrigen Tisch saß, den Pinsel in die Vertiefung des Reibsteins tauchte und die Tinte in flüssigen Bewegungen auf das Papier brachte.

»Und das, was er zeichnet, hat keine Bedeutung?«, fragte Professor Porter.

Tina spähte auf das Papier. »Von hier aus ist es schwer zu sagen, aber ich glaube nicht.« Fragend blickte sie Gozen an, der den Kopf schüttelte.

»Schauen wir uns das mal genauer an.« Professor Porter trat auf den Sensei zu und streckte ihre Hand aus. »Hallo, ich bin Dr. Karyn Porter.«

Der Sensei beendete seinen Strich, ohne innezuhalten, dann sah er auf. Er legte seinen Pinsel weg und verneigte sich, bis er mit der Stirn den Boden berührte. Professor Porter ließ die Hand sinken und neigte andeutungsweise den Kopf.

Der Sensei richtete sich wieder auf und blickte an der Professorin vorbei zu Tina. Sein Gesichtsausdruck wurde lebendiger, seine Mundwinkel zuckten, als versuche er zu lächeln oder etwas zu sagen. Er brachte sich wieder in Sitzhaltung und legte ein neues Blatt Papier auf den Tisch. Nachdem er den Bogen eine Weile angestarrt hatte, tauchte er seinen Pinsel in die Tinte. Er malte rasch ein paar Striche und hielt Tina die Zeichnung hin.

Professor Porter, die näher bei dem Sensei stand, streckte die Hand nach dem Papier aus, doch er entzog es ihrem Griff. Tina trat auf ihn zu und nahm die Zeichnung entgegen. Sie bestand aus drei langen Strichen, die ein Dreieck bildeten; die Beine des Dreiecks wurden von zwei kurzen, gebogenen Strichen gekreuzt.

»Interessant«, sagte Professor Porter. »Darf ich mal sehen?«

Tina gab ihr das Blatt. Die Professorin betrachtete es einen Moment, dann zeigte sie auf einen Stapel mit Zeichnungen des Sensei. »Und die haben alle keine Bedeutung?«

»Es sind keine *kanji*, keine japanischen Schriftzeichen«, erwiderte Tina, »aber vielleicht haben sie eine Bedeutung für den Sensei.«

»Das müssen sie wohl«, sagte Professor Porter. Sie beugte sich ein Stück zum Sensei hinunter. »Ihre Zeichnungen sind wundervoll. Wir interessieren uns sehr dafür. Wären Sie bereit, an unserer Forschungsstudie teilzunehmen?«

Als der Sensei nicht antwortete, wandte die Professorin sich an Tina. »Können Sie ihn auf Japanisch fragen?«

»Dafür reicht mein Japanisch nicht.« Tina sah Gozen fragend an.

Er nickte, kniete sich neben den Sensei und wiederholte die Frage auf Japanisch. Der Sensei sah ihn ausdruckslos an und wandte sich wieder seiner Arbeit zu.

»Tut mir Leid«, sagte Gozen.

»Danke, dass Sie es versucht haben«, sagte Professor Porter. »Wie ich gehört habe, gibt es keine Angehörigen, die für ihn sprechen könnten? Die Forschungen wären für ihn und andere mit seinen Schwierigkeiten von großem Vorteil.«

»Er hat nie jemanden erwähnt«, sagte Gozen widerstrebend. »Seit ich ihn kenne, ist er nie wieder in Japan gewesen und hat auch keinen Besuch von dort bekommen. Aber ich nehme an, dass er in Japan noch Verwandte hat.«

Ein Lächeln
mit Fangzähnen durchwirkt

»Darum könnte ich mich kümmern«, schlug Tina vor, um Professor Porters Aufmerksamkeit von Gozen abzulenken.

»Gut«, sagte sie. »Aber es muss schnell gehen. Eine solche Gelegenheit dürfen wir uns nicht entgehen lassen.«

SAN FRANCISCO

Tina war beim Lernen auf dem Fußboden ihres Arbeitszimmers eingeschlafen. Sie wachte auf, als Mr. Robert sein Frühstücksgeschirr abwusch.

»Guten Morgen«, sagte sie.

»Guten Morgen«, erwiderte er, blickte sie jedoch nicht an. Als Tina neben ihn trat, drehte er den Hahn ab und ging aus der Küche.

Tina blieb einen Moment an der Spüle stehen und sah zu, wie die Seifenblasen am Boden des Beckens platzten. Dann folgte sie ihm ins Schlafzimmer, wo er vor dem Schrank stand. »Ist irgendwas?«

»Das wollte ich dich fragen«, sagte er, die Stimme gedämpft von den Hemden, Hosen und Kampfanzügen, die an der Stange hingen. »Du hast es letzte Nacht nicht einmal bis ins Schlafzimmer geschafft.« Er wählte ein Hemd aus und schlüpfte hinein.

»Tut mir Leid, ich bin beim Lernen eingeschlafen. Nichts Persönliches.«

Mit einem Achselzucken knöpfte Mr. Robert das Hemd zu und stopfte es in die Hose. »Das ist auch nicht wichtig, weil ich aufgebe.«

»Was?«

Er drehte sich zu ihr und hob in einer Geste der Ratlosigkeit die Arme. »Dein neues Leben, deine neuen Freunde haben gewonnen.«

Gewonnen? Das Wort ärgerte sie. Was hatten sie gewonnen?

Die Stimme von Mr. Robert unterbrach ihre Gedanken. »Oder vielleicht sollte ich sagen, dieser Wijjie hat gewonnen.«

Wijjie? Hatte Mr. Robert von der Sache im Labor Wind bekommen? Nein, das war unmöglich. Außerdem war das Ganze – der Sex – eher spielerisch gewesen, nahezu albern. Auf jeden Fall nicht erotisch. Na ja, vielleicht ein bisschen. Es war allein schon fast unmöglich, auf der Liege eine brauchbare Stellung – überhaupt irgendeine Stellung – einzunehmen, und außerdem musste einer in den Kontrollraum, um das Gerät einzuschalten.

Ihr Höhepunkt hatte sich wie eine lange Welle der Lust angefühlt. Auf ihrer Aufnahme waren nicht die gleichen Muster zu erkennen gewesen wie bei Wijjie; sein Gehirn wies mindestens fünfzig Prozent mehr Aktivität auf. Bei ihr waren nur ein paar helle Pünktchen zu erkennen gewesen.

Dorsomedialer Nukleus: eine kleine Ansammlung von Neuronen im Hypothalamus, die die Ejakulation auslöst.

»Ich will einfach nur mein Leben zurückhaben«, sagte Mr. Robert, »damit ich mit meinen *shodô*-Übungen weitermachen kann.«

»Wie bitte? Ich habe dir doch nie etwas aus deinem Leben weggenommen.«

»Und was ist mit Zenzen Sensei?«

»Ich habe ihn niemandem weggenommen. Er hatte einen Schlaganfall. Ich versuche zu verstehen, was sein Zustand für ihn bedeutet, wie es mit ihm weitergeht. Ob er je seine Fähigkeiten zur Kommunikation zurückerlangt.«

»Du nimmst ihn mir weg. Ich will ihn einfach nur zurück, sonst nichts.«

»Wovon redest du?« Tinas Stimme wurde eine Nuance lauter. »Ich nehme niemandem irgendwas weg. Ich versuche nur zu helfen.«

»Es wäre mir lieber, wenn du ihn in Ruhe lassen würdest«, sagte Mr. Robert mit kühler Stimme. »Bitte halte dich von ihm fern.«

»Du verstehst nicht. Ich habe nichts mit dem Sensei gemacht. Und ich werde auch nichts mit ihm machen.«

Mr. Robert nahm seine Unterrichtsmaterialien vom Tisch und schob sie in seinen Rucksack. »Bitte lass ihn in Ruhe.« Er schwang sich den Rucksack über die Schulter und verließ die Wohnung.

Kann es so etwas wie unbewusste Lust oder etwas in der Art geben? Nehmen wir an, es gibt Gefühle unterhalb der Bewusstseinsoberfläche. Diese Gefühle wären zweifelsohne notwendig, um den Körper im Gleichgewicht zu halten. Wo es Schmerz gibt, gibt es auch Lust. Wie beim System von Sympathikus und Parasympathikus verstärkt das eine eine bestimmte Funktion, während das andere sie abschwächt.

Notizen zur Neurologie
Christina Hana Suzuki

Mit zitternder Hand schloss Tina die Tür zur Wohnung ihrer Mutter auf. »Hallo, Ma?«

»Ha-*chan*? Ich bin hier.«

Ihre Mutter stand im Wandschrank, über einen offenen Karton gebeugt, in dem ursprünglich mal ein halbes Dutzend Restaurantpackungen Kikkoman-Sojasauce gewesen waren.

»Was machst du denn da?«

»Ich räume nur etwas weg.« Sie kramte in dem Karton. »Und was hast du heute vor?«

»Zur Uni fahren, um zu lernen und zu arbeiten. Ich hänge schon in allem hinterher.«

»Wirklich? Meinetwegen?«

»Nein, Ma. Weil ich so langsam lese.«

Tina blieb im Türrahmen stehen und sah zu, wie ihre Mutter alte Rechnungen und Quittungen in den Karton packte. Sie wollte ihrer Mutter sagen, dass sie und Mr. Robert sich getrennt hatten. Sie wollte sich auf dem schmalen Bett in dem Wandschrank zusammenrollen und die Tür zumachen, damit es stockfinster wurde.

Doch sie konnte nur zusehen, wie ihre Mutter den Karton verschloss und ihn in eine Ecke des Wandschranks räumte.

KYOTO

Kando war gerade auf dem Sprung, um mit dem Zug zum neuen Flughafen in Kansai zu fahren (der auf aufgeschütteter Erde gebaut war und dreimal so schnell wie vorhergesagt im Schlamm der Bucht versank – ein Sinnbild der japanischen Wirtschaft), als Tetsuo Suzuki anrief. Kando überlief ein kalter Schauer, als er die Stimme hörte. Hatte Suzuki herausbekommen, dass er auf dem Weg nach San Francisco war, um in einer Sache zu ermitteln, die mit seiner Exfrau zusammenhing?

Doch der Immobilienmagnat hatte einen neuen Auftrag für ihn.

»Tut mir Leid«, sagte Kando, »aber ich bin wegen eines anderen Auftrags für ein paar Tage unterwegs.«

»Ein paar Tage kann die Angelegenheit warten«, sagte Suzuki. »Aber nicht viel länger.«

»Ich rufe Sie an, sobald ich zurück bin.«

»Gut. Wohin geht's denn?«

»Sie wissen ja, wie vertraulich ich Ihre Aufträge immer behandle, da werden Sie sicher Verständnis haben, wenn ich Ihnen das nicht verrate.«

Suzuki lachte leise. »Wie Sie meinen.«

ZWISCHENSPIEL

Wertlos

JUNI 1977
KOBE, JAPAN

Auf dem Heimweg hielt Kando an einem kleinen *nomiya*-Getränkestand an, wo es *sake,* destillierten *shôchû* und kleine Teller mit typischen Kyotoer Leckereien gab: hauptsächlich Tofu und leicht gegrillten Fisch. Der Besitzer des *nomiya* war ein alter Mann, dessen Gesicht jedes Mal die Farbe einer eingelegten *umeboshi*-Pflaume annahm, wenn er sich über etwas aufregte. Kando bestellte eine Flasche gekühlten *sake* und überließ es dem Besitzer, ein paar passende Häppchen auszuwählen.

Der Tag war lang und frustrierend unergiebig gewesen. Er würde mehr als eine Flasche guten *sake* brauchen, um das Ganze als schlichtes Pech abzuschreiben und am nächsten Morgen weiterzumachen. Die drei Fälle, an denen er arbeitete – eine Vermisste, der Verdacht einer Unterschlagung und ein Hintergrundcheck – waren eigentlich reine Routine, aber aus irgendeinem Grund wurden all seine Nachforschungen immer wieder abgeblockt, als stünde dabei die nationale Sicherheit auf dem Spiel. Die Leute misstrauten mittlerweile allem und jedem.

Das heutige Scheitern war seine eigene Schuld gewesen. Er war unkonzentriert; die Sache mit dem Sensei und Hanako Suzuki ging ihm nicht aus dem Kopf. Eigentlich war der Fall seit zwei Wochen abgeschlossen: Er hatte herausgefunden, wo Hanako Suzuki lebte und arbeitete, einen Bericht und eine Rechnung geschrieben und beides dem Sensei mit den traurigen Augen überreicht. Ende.

Eine Woche später stand in der Zeitung, dass der Sensei verschwunden war (Selbstmord in Folge übermäßiger Belastung, lautete die gängige Theorie; von der Liebesgeschichte war nirgends die Rede). Was jedoch noch für wesentlich mehr Wirbel sorgte, war die Tatsache, dass auch der Daizen Reibstein vermisst wurde. Weshalb dieser Reibstein, nichts weiter als ein Stück Fels, solche Bedeutung haben sollte, war Kando ein Rätsel.

Er spürte der Sache aus eigenem Interesse nach; er hatte die Zeit dazu, und selbst wenn er sie nicht gehabt hätte, hätte er alles andere fallen lassen. Er hoffte nur, dass der Sensei nicht aufgrund seines Berichts Selbstmord begangen hatte. Sehr viel wahrscheinlicher war jedoch, dass der Sensei nach San Francisco gegangen war. Doch er wollte sichergehen.

Um den Wahrheitsgehalt der Gerüchte zu überprüfen, stöberte er ein wenig in der Nachbarschaft des Sensei herum, fand jedoch nichts heraus. Er stellte ein paar Nachforschungen in Shimanos Heimatstadt an, aber dort hatte niemand den Sensei gesehen. Dann nahm er sich die Daizen Schule vor. Nach den Auskünften eines Kontaktmanns in der Bankwelt waren die Finanzen der Schule in bester Ordnung. Der Sensei hatte kein Geld mitgehen lassen.

Nach Insiderinformationen würde wohl Aragaki, der oberste Lehrer, zum neuen Daizen Sensei gewählt werden. Da Aragaki zehn Jahre älter war als Shimano, war er vermutlich ziemlich verbittert gewesen, als dieser ihm damals vorgezogen wurde. Dennoch glaubte Kando nicht, dass Aragaki etwas mit dem Verschwinden seines Vorgängers zu tun hatte.

Eine Kleinigkeit, die Kando besonders interessant fand, war die Entdeckung, dass die Schule eine abgelegene Hütte in den Bergen besaß. Gleich am nächsten Tag fuhr er mit dem Zug nach Jûzu-mura. Die Fahrt war eine angenehm entspannende Abwechslung von der täglichen Routine. Kando machte es sich bequem und sah aus dem Fenster, bis er schließlich einnickte.

Als der Zug am frühen Abend in Jûzu-mura eintraf, war der Detektiv froh, aussteigen und sich die Beine vertreten zu können. Die Bergluft war kühl und klar, gewürzt mit einem leichten Duft nach Kiefern und den Resten des Schnees, der das Dorf im Winter bedeckte. Kando ging einmal durch das ganze Dorf, was nicht länger als zehn Minuten dauerte. Dann mietete er sich im Gasthaus ein und nahm ein erfrischendes Bad in der Außenwanne, von der man auf den Fluss hinausblicken konnte, der den Ort durchquerte. Die bedrückende Härte des Stadtlebens, der gegenüber er sich immun geglaubt hatte, löste sich in dem heißen Wasser auf.

Nachdem er im Gasthaus zu Abend gegessen hatte, begab er sich in die Dorfkneipe, die er auf seinem ersten Spaziergang gesehen hatte. Dort entlockte er einer Gruppe Ortsansässiger – ältere Männer, denen er zwei Runden ausgab – den Namen des Hausmeisters, der sich um die Hütte kümmerte. Die Männer erzählten ihm auch, dass sie den Sensei vor ein paar Monaten dort gesehen hatten, jedoch nicht in letzter Zeit. Einer von ihnen erwähnte beiläufig, dass der Sensei bei seinem letzten Besuch nicht allein gewesen war. Eine Frau hatte ihn begleitet.

Am nächsten Morgen suchte Kando den Hausmeister auf, der die Geschichte bestätigte. Der alte Mann, der trotz seiner stark gekrümmten Beine und knirschenden Gelenke schnell ausschritt, zeigte Kando die Hütte, nachdem dieser vorgegeben hatte, er sei der Versicherungsagent der Schule und untersuche das Verschwinden des Sensei. Der alte Mann zuckte nur die Achseln, als sei ihm alles, was außerhalb des Dorfes geschah, gleichgültig.

Wenn er in dem Dorf lebte, dachte Kando bei sich, würde ihn der Rest der Welt auch nicht interessieren.

Der Hausmeister schloss ihm die Tür auf, zeigte ihm, wie er sie wieder verschließen sollte, und machte sich aus dem Staub. Kando ging nach seinem üblichen Schema vor und stöberte in den Ecken und Winkeln der gemütlichen Hütte. Es gab keinen Hinweis darauf, dass jemand in der letzten Zeit hier gewesen war, obwohl der Hausmeister in dem Fall natürlich längst aufgeräumt hätte. Kando konnte sich gut vorstellen, wie der Sensei und Hanako hier gewesen waren, und er spürte die träge Sinnlichkeit, die die Bergluft in einem weckte.

Auf dem Weg zurück ins Dorf ließ ihn der Gedanke an den Sensei und seine Schülerin nicht los: Zwei Menschen, die alles besaßen – der eine war am Gipfel seiner Kunst, die andere gehörte zur obersten Gesellschaftsschicht –, und sie hatten es weggeworfen für etwas, das am Ende wertlos war.

SAN FRANCISCO

Kando schlief bis auf zwei Stunden während des gesamten Flugs von Tokio nach San Francisco. Nachdem er Zoll und Einwanderungskontrolle hinter sich gelassen hatte, nahm er ein Taxi und fuhr zum Miyako Hotel in Japantown. Die Fahrt dauerte fünfundzwanzig Minuten. Im Hotel duschte er kurz, zog sich an und ging nach draußen, um sich die Beine zu vertreten.

Japantown war klein, nur vier oder fünf Blocks im Quadrat.

Den Mittelpunkt bildeten eine Einkaufspassage, ein Theater und eine Kegelbahn. Er hatte es sich wesentlich größer vorgestellt.

Nach einem Blick auf seine Karte stieg er in einen Bus Richtung Stadtzentrum. Die Straßen, durch die er während der kurzen Fahrt kam, bestanden größtenteils aus vier- oder fünfstöckigen Gebäuden mit Geschäften im Erdgeschoss und Wohnungen darüber. Es gab auch ein paar viktorianische Häuser in verschiedenen Grauschattierungen mit bunt abgesetzten Zierleisten.

Kando stieg am Union Square aus, wo die Touristen sich drängten. Er ließ den Blick über den Platz schweifen, der von bekannten Geschäften gesäumt war: Tiffany's, Disney, Macy's, Nike. Erneut nahm er seine Karte heraus und suchte nach der Adresse des Tempura House. Es war nur einen Block von der Stelle entfernt, an der er sich befand, an der Straße, wo das Cable Car entlangfuhr. Er hatte noch zwei bis drei Stunden Zeit, bevor er sich dorthin begeben würde; er wollte warten, bis der abendliche Ansturm sich gelegt hatte.

Obwohl er sich wie ein alberner Tourist vorkam, lief er auf die Straße und sprang auf ein Cable Car Richtung Fisherman's Wharf.

BERKELEY

Als Tina das Institut verließ, lief ihr Gillian über den Weg. »Na, was machst du so?«, fragte Gillian.

»Das Übliche. Büffeln und arbeiten. Und du?«

»Dasselbe. Wohin gehst du?«

»Ich bin mit Wijjie auf einen Kaffee verabredet.«

»Was habt ihr vor?«, fragte Gillian. »Wieder ein Experiment? Ich habe von eurem letzten gehört.«

Tina lief rot an. »Du meine Güte.«

»Er hat mir seine Orgasmus-Aufnahme gezeigt. Alles voll unter Strom! Ich fand's klasse.«

»Es war eine spontane Geschichte. Wir hatten einen langen Tag hinter uns, und dann der ganze Champagner …«

»Hey, schon gut. Du brauchst dich nicht zu entschuldigen. War doch 'ne prima Idee.« Gillian umarmte sie kurz. »Ich muss los. Lass uns bald mal wieder treffen.«

Im Half Note Coffee House bestellte Tina sich einen Caffè Latte und setzte sich an einen freien Tisch. Als Wijjie hereinkam, winkte sie ihm zu.

»Ich hole mir nur schnell einen Kaffee. Bin gleich wieder da.« Er stellte seinen Rucksack neben ihrem ab und ging zum Tresen.

»Ah, das tut gut«, seufzte er, nachdem er sich hingesetzt und den ersten Schluck getrunken hatte. Nach einem Blick auf ihr Gesicht fragte er: »Alles in Ordnung? Du siehst nicht besonders glücklich aus.«

»Ich bin gerade Gillian begegnet.«

»Au weia. Ich hätte ihr die Aufnahmen nicht zeigen sollen.«

Tina zuckte nur die Achseln.

»Du bist mir doch nicht böse, oder? Ich konnte es mir einfach nicht verkneifen.«

»Schon gut. Erst war es mir peinlich, aber es ist ja nur Gillian.«

Erleichtert nickte Wijjie. Er nahm eine Mappe aus seinem Rucksack. »Hier sind die Ausdrucke von den Aufnahmen des Sensei.«

Tina rutschte mit dem Stuhl zu ihm herum. Er legte zwei von den Aufnahmen neben eine der Zeichnungen des Sensei. »Hier sind eindeutig Muster zu erkennen, obwohl es nur eine kleine Auswahl ist.« Er deutete auf die Zeichung. »Siehst du, diese beiden Aufnahmen wurden mit Zeichnung Nummer fünf gemacht.«

Tina konnte erkennen, dass in beiden Aufnahmen ähnliche Bereiche aktiv waren, nicht exakt dieselben, aber eindeutig ähnliche. »Welche Bereiche sind das?«, fragte sie Wijjie.

»Nun ja, ich bin kein Experte, aber der Bereich hier« – er zog mit dem Finger einen kleinen Kreis – »könnte die Amygdala sein.«

Amygdala: eine mandelförmige Masse grauer Substanz (bestehend aus den Zellkernen von Neuronen), die als Zentrum negativer Emotionen wie Zorn, Angst und Trauer gilt. Lust oder Freude resultieren sowohl aus dem Fehlen dieser negativen Emotionen wie aus einer Ausschüttung von Dopamin und einem Gefühl von »Bedeutung« (nachweisbar durch Aktivität im ventromedialen Bereich, einem Teil des präfrontalen Kortex; dieser Bereich weist bei Depressiven eine deutlich geringere, bei Manischen eine deutlich überhöhte Aktivität auf).

Dopamin: ein Neurotransmitter aus der Gruppe der Amine, $C_8H_{11}NO_2$, der an Erregung und motorischer Aktivität beteiligt ist.

Notizen zur Neurologie
Christina Hana Suzuki

»Der Gefühlsbereich?«

»Genau. Und dieser Bereich hier hinten ist natürlich der visuelle Kortex.«

Tina nickte. »Klingt logisch, er sieht sich ja die Zeichnung an.«

»Exakt.« Er zeigte auf einen weiteren farbigen Fleck. »Das ist einer der motorischen Bereiche. Ich bin mir nicht sicher, welcher, aber ich vermute, es ist der seiner rechten Hand.«

»Ein motorischer Bereich? Aber er hat sich doch nicht bewegt, als wir die Aufnahmen gemacht haben.«

»Stimmt, aber er hat vielleicht die Bewegung vom Anfertigen der Zeichnung nachempfunden.« Wijjie trank einen Schluck von seinem Kaffee. »Aber das Interessanteste ist der präfrontale Bereich.« Er deutete auf eine Stelle der Aufnahme.

Tina folgte seinem Finger. »Da tut sich doch gar nichts.«

»Eben. Normalerweise müsste sich aber etwas tun, weil dort der größte Teil unserer bewussten Wahrnehmung sitzt. Daraus könnte man schließen, dass seine Wahrnehmung der Zeichnungen ausschließlich auf Bewegung und Gefühl beschränkt ist.«

Nachdenklich lehnte Tina sich zurück, die Hände um den warmen Glasbecher gelegt.

Wijjie besorgte ihnen Nachschub. Als er mit den Bechern zurückkam, sagte Tina: »Um ehrlich zu sein, hatte ich nicht damit gerechnet, dass wir mit unserem kleinen Experiment irgendwas herausfinden würden.«

»Wieso nicht?«

»Zum einen, weil er so starke Schäden erlitten hat. Und zum anderen, weil seine Zeichnungen so sinnlos wirken. Wie das Gekrakel eines Kindes.«

»Ich weiß. Ich bin ziemlich aufgeregt. Ich glaube, wir haben da was Spannendes gefunden.« Er deutete auf den Stapel Aufnahmen. »Ich könnte damit zu Alamo gehen. Er fände das bestimmt hochinteressant.«

»Professor Alamo? Der würde uns wahrscheinlich bloß auslachen.«

»Nein, gelacht hat er ganz und gar nicht.«

»Hat?«

»Entschuldige, ich konnte es mir nicht verkneifen, ihm ein bisschen auf den Zahn zu fühlen. Um eine Idee zu kriegen.« Wijjie lächelte schwach. »Genau genommen habe ich zu ihm gesagt, dass du prima in unser Team passen würdest, zumal du so ein erstklassiges Forschungsobjekt an der Hand hast.«

»Und was ist mit Professor Porter? Die bringt mich um. Sie ist auch scharf auf den Sensei.«

»Porter hat keine Zukunft.«

»Keine Zukunft? Was meinst du damit?«

»In der Welt der Wissenschaftsstars. Alamo hat Aussichten auf den Nobelpreis.«

»Was?« Tina starrte Wijjie an. »Im Ernst?«

»Und ob.«

»Aber ich habe gerade erst bei Professor Porter angefangen.«

»Die beste Zeit für einen Wechsel.«

Tina trank nachdenklich von ihrem Kaffee. »Ich weiß nicht, das erscheint mir so unloyal.«

Wijjie strich ihr über den Arm. »Versprich mir nur, dass du darüber nachdenkst, ja?«

»Okay.«

SAN FRANCISCO

Am frühen Abend stieg Tina auf dem Heimweg an der Powell Street aus. Sie schob sich durch das Gewimmel am Union Square, vorbei an den Obdachlosen, die auf den Bänken schliefen, am Borders Bookstore und am Double Rainbow Eiscafé.

Das Tempura House, in dem es intensiv nach *tempura*-Öl und Frittierteig roch, war gut besucht. Kiyomi sah Tina, als sie hereinkam, und ging zu ihr. Eine Haarsträhne hatte sich gelöst und ließ sie blinzeln.

»Viel zu tun?«, fragte Tina.

»Allerdings. Deine Mutter ist da drüben.« Kiyomi wies zur anderen Seite des Restaurants.

Hanako, die gerade ein Tablett mit *sushi* an einen der Tische trug, lächelte Tina zu.

»Möchtest du was essen?«, fragte Kiyomi.

»Eigentlich wollte ich nur mal sehen, wie es ihr geht. Aber Hunger habe ich schon. Wie wäre es mit Gemüse-*tempura*?«

»Keine Garnelen?«

»Hm, nur eine.«

»Du kannst den Tisch da hinten nehmen«, sagte Kiyomi und eilte davon.

Tina setzte sich und sah zu, wie ihre Mutter und die übrigen Kellnerinnen hin und her liefen. Die Gäste lächelten stets, wenn Hanako sie bediente; sie wirkten immer zufrieden.

Nachdem ihre Mutter sie kurz begrüßt hatte, nahm Tina ihre Mappe heraus, um einen der Aufsätze für Professor Alamos Seminar zu lesen. Es ging um nichtgegenständliche Erinnerung – dass das Gehirn Erfahrungen nicht als unveränderliche Daten speichert, sondern in Form von netzartigen Nervenverbindungen –, und sie verstand so gut wie nichts davon.

Als der letzte Gast, ein Japaner mit grau durchzogenem Haar und leicht gebeugter Haltung, gezahlt hatte und gegangen war, setzte Hanako sich zu Tina an den Tisch. Erschöpft sank sie gegen die Stuhllehne. Tina hätte ihrer Mutter am liebsten gesagt, sie solle nicht so hart arbeiten, sich nicht so überanstrengen und ihre Arbeitszeit zurückschrauben.

Kiyomi gesellte sich mit einer Kanne Tee und drei Schälchen zu ihnen. Schweigend tranken sie ihren Tee, wobei Kiyomi und Hanako mehrmals den Blick durch den Raum schweifen ließen, als hätten sie irgendwelche Kunden vergessen.

Aus dem Augenwinkel hatte Kando beobachtet, wie Hanako am Nebentisch die Bestellung aufnahm. Er erkannte sie anhand des dreiundzwanzig Jahre alten Fotos, das er damals bei dem ersten Fall benutzt hatte. Abgesehen von ein paar grauen Haaren und einigen feinen Falten in den Augenwinkeln sah sie jünger aus, als sie war. Er wünschte, er könnte dasselbe von sich sagen.

Er war überrascht, dass sie noch immer in demselben Restaurant arbeitete. In ihrem Leben hatte sich nicht viel verändert. Doch sie war eine gut gelaunte und tüchtige Kellnerin; sie hatte ihren Platz im Leben gefunden.

Die Kellnerin, die ihn bediente, war ein junges, japanisch aussehendes Mädchen mit einer tätowierten Rose am Knöchel. Er versuchte es mit seinen paar Brocken Englisch und war froh, als sie auf Japanisch antwortete. Für den Anfang bestellte er ein Bier und *sushi.*

Als eine junge Frau mit einem Rucksack – vermutlich eine Studentin – das Restaurant betrat und sich an einen Tisch in seiner Nähe setzte, wusste er, dass es auf jeden Fall eine Sache in Hanakos Leben gab, die sich verändert hatte: Sie hatte eine Tochter.

Kando beobachtete die junge Frau und Hanako, während er aß. Die Tochter lernte beim Essen, und Hanako kam ab und zu an ihren Tisch, wenn sie einen Moment Zeit hatte. Als er die beiden nebeneinander sah, war Kando sicher, dass sie Mutter und Tochter waren. Die Tochter hatte die eindrucksvollen Züge ihrer Mutter – und den eckigen, hoch gewachsenen Körperbau des Sensei.

Als er mit dem Essen fertig war, zahlte er und verließ das Restaurant. Draußen versteckte er sich im Eingang eines Bekleidungsgeschäfts auf der anderen Straßenseite. Etwa zwanzig Minuten später kamen Hanako und ihre Tochter heraus. Er folgte ihnen auf seiner Straßenseite und hoffte, dass sie nicht in ein Auto stiegen.

Als sie in die Bush Street einbogen, lief er eilig über die Straße. Er blieb etwa einen halben Block hinter ihnen, da nur noch wenige Passanten unterwegs waren. Nach drei Blocks betraten sie ein Mietshaus mit derselben Adresse, die er 1977 herausgefunden hatte.

Tina und Hanako gingen an dem noch immer defekten Aufzug vorbei, an dem ein Zettel klebte: »Bitte entschuldigen Sie die Verzögerung, aber wir warten auf Ersatzteile.«

Als sie die Treppen hinaufstiegen, musste Hanako in jedem Stockwerk eine Pause einlegen. »Vielleicht sollten sie dir eine Wohnung im Erdgeschoss geben, bis der Aufzug wieder funktioniert.«

»Die sind alle belegt«, sagte Hanako und nahm den letzten Treppenabschnitt in Angriff.

Oben angekommen, fragte Tina: »Soll ich dir irgendwas bringen?«

»*Iie, sumimasen.* Ich brauche nichts.« Sie ging in ihr Schlafzimmer, während Tina einen Blick in den Wandschrank warf. Sie hätte ihre Mutter gerne gefragt, ob sie über Nacht hierbleiben könnte, aber dann hätte sie ihr von der Sache mit Mr. Robert erzählen müssen.

Tina ging ins Wohnzimmer und setzte sich neben ihren Rucksack auf den Fußboden. Ihre Mutter kam herein; sie hatte ihren Arbeitskimono gegen ein einfaches Hauskleid ausgetauscht. Sie setzte sich aufs Sofa. »So, du und Robert-*san* habt also ein Problem?«

»Er hat es dir also gesagt.«

Hanako nickte abwartend.

»Ich möchte nicht darüber reden.« Sie wusste nicht, was sie hätte sagen sollen. Während der Bahnfahrt in die Stadt war ihr klar geworden, dass sie ihn deshalb nicht mehr liebte, weil sie ihm nicht japanisch genug war. Sie sah japanisch aus, aber sie beherrschte die japanische Sprache weit weniger als er, sie hatte keine Ahnung von *ikebana* und benahm sich nicht wie eine Japanerin.

Hanako lehnte sich auf dem Sofa zurück. »Ist das nicht der

Grund, warum du heute Morgen hier vorbeigekommen bist? Und vorhin im Restaurant?«

»Darf ich nicht mal nachsehen, wie es meiner Mutter geht?«

Hanako schob sich ein Kissen unter die Beine. »Bist du ausgezogen?«

»Ich glaube schon. Ich weiß nicht.«

»Du kannst hier bleiben«, sagte Hanako und massierte sich die Beine.

»Danke.« Tina öffnete den Rucksack und holte eine Mappe mit Zeichnungen des Sensei heraus. »Ich habe Nachschub mitgebracht.«

Hanako nahm die Mappe und blätterte ein wenig darin. »Sie sehen anders aus als die vorigen.«

»Das finde ich auch. Eher wie abstrakte Kunst.«

»Kann ich sie eine Weile behalten?«

»Natürlich. Sag mir Bescheid, wenn dir etwas dazu einfällt.«

Den Blick auf die oberste Zeichnung geheftet, sagte Hanako: »Ich dachte, du würdest den Sensei nicht mehr besuchen.«

Die Worte kamen Tina bekannt vor. »Hat Mr. Robert dir das erzählt? Er hat nämlich davon angefangen, dass ich ihn nicht mehr besuchen soll.«

»Ich schreibe dir nicht vor, was du tun oder lassen sollst, Ha-*chan*.«

»Hat Mr. Robert mit dir über den Sensei gesprochen?«

»Wir haben uns unterhalten«, sagte Hanako ausweichend.

»Was soll das mit dem Sensei?«, fragte Tina. »Und woher kennst du ihn überhaupt? Du hast Mr. Robert doch zu ihm geschickt.«

»Ich hatte von seiner Schule gehört.«

»Weißt du irgendwas über ihn? Kennst du seine Familie? Wir brauchen einen Angehörigen, der Professor Porter die Erlaubnis gibt, bei unseren Forschungen mit ihm zu arbeiten.« Tina hielt inne. Das Gesicht ihrer Mutter war blass und schmerzverzerrt. »Ma, was ist los?«

Hanako stand vom Sofa auf – obwohl die langsame, unbeholfene Bewegung eher aussah, als fiele sie – und lief aus dem Zimmer. Tina sprang auf und folgte ihr. Die Wohnungstür stand offen; Hanako war in den Hausflur gelaufen. Tina eilte hinter ihr her.

Sie hörte einen kurzen, heftigen Schrei – eindeutig die Stimme ihrer Mutter – und einen dumpfen Aufprall. Dann Stille. Sie stürzte ins Treppenhaus und blickte nach unten. Hanako lag zusammengekrümmt auf dem Treppenabsatz. Tina rannte die Stufen hinunter und fiel neben ihrer Mutter auf die Knie.

»Bist du verletzt?«

Hanakos Augen waren fest zusammengepresst. Stöhnend griff sie nach ihrem Bein.

Als Tina das Bein berührte, zuckte Hanako zusammen. Ihr Knöchel begann bereits anzuschwellen. »Was ist passiert?«

»Meine Beine. Sie gehorchten nicht mehr. Ich bin einfach hingefallen.«

»Hast du dir sonst noch irgendwo wehgetan? Am Kopf? Am Hals?«

Mit schmerzverzerrtem Gesicht schüttelte Hanako den Kopf.

»Beweg dich nicht. Ich rufe einen Krankenwagen.«

»*Iie.* Es ist nur mein Knöchel.«

»Vielleicht ist er gebrochen.«

Hanako blickte auf ihren Knöchel. »Ich will nur wieder nach oben.«

»Kannst du gehen?«

Hanako versuchte sich aufzurichten, doch es gelang ihr nicht. Mit einem Stöhnen ließ sie sich auf die Stufen sinken.

»Ich kann dich nicht tragen. Ich frage einen von den Nachbarn, ob er uns helfen kann.«

»*Iie,* nicht die Nachbarn. Ruf Kiyomi an«, sagte Hanako mit zusammengebissenen Zähnen.

»Sie kann dir auch nicht helfen.«

»Sie soll ihren Mann mitbringen. Er kann mich nach oben tragen.«

»Ma, es ist spät. Lass mich doch einen Krankenwagen rufen.«

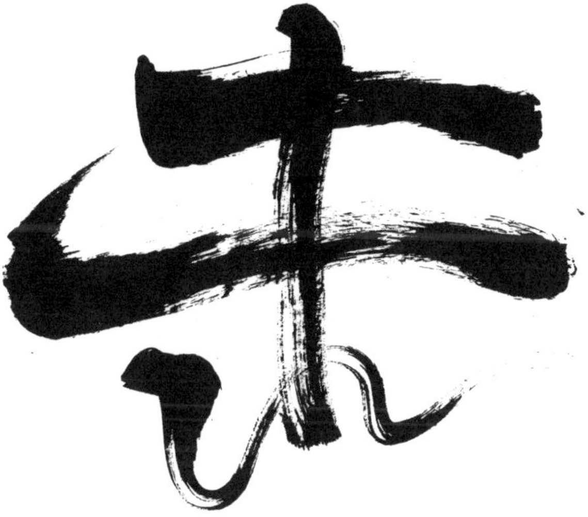

Ich glaube an bestimmte Dinge
sie zeigen sich
gerade oft genug
um mich zu erinnern

Kiyomi und ihr Mann halfen, Hanako zurück in die Wohnung und zu ihrem Bett zu bringen. Sie legten ihren angeschwollenen, violett angelaufenen Knöchel hoch und wickelten Eisbeutel darum. Tina dankte ihnen für ihre Hilfe. Als sie sich erboten, noch zu bleiben oder sie und Hanako ins Krankenhaus zu fahren, lehnte sie freundlich ab.

Tina kehrte zu Hanako ins Schlafzimmer zurück und fragte sie, ob sie ein Aspirin brauche.

Hanako schüttelte den Kopf.

Tina betrachtete ihre Mutter, die gegen die Kissen gestützt auf dem Bett saß. »Ich weiß – ich rufe Wijjie an.«

»Du solltest ihn damit nicht belästigen.«

»Das macht ihm nichts aus.«

Tina ging zu ihrem Rucksack, suchte Wijjies Nummer aus ihrem Notizbuch heraus, und rief bei ihm an. »Ich bin's. Entschuldige, dass ich so spät noch störe.«

»Tina?«

»Meine Mutter ist im Treppenhaus gefallen und hat sich am Knöchel verletzt.«

»Soll ich rüberkommen?«

»Ich weiß, es ist ziemlich unverschämt …«

»Kein Problem. Habt ihr das Bein hochgelegt?«

»Ja, und Eisbeutel draufgepackt.«

»Gut.«

Nachdem Wijjie aufgelegt hatte, rief sie bei sich zu Hause an. Der Anrufbeantworter sprang an. Sie hinterließ eine Nachricht: »Ich bleibe bei Ma.« Das war's, mehr hatte sie nicht zu sagen.

Zum dritten Mal seit Wijjies Ankunft sagte Hanako: »Es tut mir Leid, dass Sie meinetwegen den weiten Weg hierher kommen mussten.«

»Das macht nichts, Hanako. Sagen Sie mir nur, wenn es wehtut.«

Hanako zuckte zusammen, als er ihren Knöchel berührte, sagte jedoch nichts.

»Du sollst ihm sagen, wenn es wehtut, Ma«, ermahnte Tina sie.

»Ich glaube nicht, dass er gebrochen ist«, sagte Wijjie. »Aber wegen der Schwellung ist es schwer zu sagen. Sie sollte eine Röntgenaufnahme machen lassen.«

»Oder eine MRT?«, meinte Tina.

»Ja, das ginge natürlich auch. Ist aber wesentlich teurer.«

»Es sei denn, wir machen es selbst.«

Wijjie lächelte. »Stimmt. Wir haben ja jetzt Erfahrung mit dem H-5100.«

»Fühlst du dich fit genug für eine Fahrt nach Berkeley?«, fragte Tina ihre Mutter.

»Nach Berkeley?«

»Wir müssen klären, ob dein Knöchel gebrochen ist. Wir können entweder nach Berkeley fahren oder ins Krankenhaus.«

Hanako nickte.

»Aber wie kriegen wir sie die fünf Etagen hinunter? Dieser verdammte Aufzug!«

»Ich schätze, wir werden sie tragen müssen.«

Drei Stunden später legte Wijjie Hanako zurück auf ihr Bett.

»Danke, dass du sie raufgetragen hast«, sagte Tina.

»Kein Problem«, erwiderte er, obwohl er ziemlich keuchte. »Wie fühlen Sie sich, Hanako?«

»Gut. Bitte entschuldigen Sie, dass ich Ihnen so viel Mühe bereite. *Arigatô gozaimasu.*«

»Das war keine Mühe«, sagte Wijjie. »Hauptsache, der Knöchel ist nicht gebrochen.«

Tina stellte sich neben das Bett. »Er ist zwar nicht gebrochen, Ma, aber er sieht ziemlich übel aus. Du wirst ihn ein paar Tage ruhigstellen müssen. Stimmt's, Wijjie?«

Er schob ein Kissen unter den Knöchel. »Allerdings. Die Bänder und Sehnen sind durch den Sturz arg strapaziert. Ich komme morgen noch mal vorbei und sehe nach Ihnen.« Er warf einen Blick auf seine Uhr. »Beziehungsweise nachher.«

»Entschuldige«, sagte Tina. »Es ist verdammt spät.«

Wijjie und Tina gingen ins Wohnzimmer. Er setzte sich aufs Sofa, Tina auf den Fußboden. »Warum sitzt du eigentlich immer auf dem Boden?«

»Weil es bequemer ist. Man muss sich regelrecht verbiegen, um auf dem Sofa zu sitzen.«

»Wenn du meinst.«

»Glaubst du, ihr Knöchel kommt wieder in Ordnung?«

»Ich denke schon. Wenn sie ihn schont. Sie sollte sich physikalisch behandeln lassen, sobald die Schwellung zurückgegangen ist.«

»Wird ihre MS die Heilung verlangsamen?«

Wijjie überlegte einen Moment. »Das weiß ich nicht. Da muss ich nachschauen.« Er drehte sich um und blickte aus dem Fenster. »Nette Aussicht.«

»Die richtig schönen Aussichten sind noch ein paar Blocks entfernt.«

»Trotzdem, ihr könnt auf die Stadt sehen.« Den Blick noch immer nach draußen gerichtet, sagte er: »Ich sollte mich mal auf den Weg machen, bevor es hell wird.«

»Du kannst bleiben, solange du willst.« Tina schlang den Arm um sein Bein. »Und danke noch mal.«

Wijjie rutschte vom Sofa zur ihr auf den Boden. »Gern geschehen.« Er legte ihr den Arm um die Schulter und zog sie an sich.

Nach einem ausgiebigen Kuss sagte Tina: »Ich sehe mal nach, ob sie schläft.«

Sie ging zum Schlafzimmer und spähte leise hinein. Die Atemzüge ihrer Mutter waren tief und gleichmäßig. Sie schloss leise die Tür und kehrte zu Wijjie zurück.

Er ging kurz vor Anbruch der Dämmerung. Tina rollte sich auf dem Bett im Wandschrank zusammen. Sie schlief oberflächlich, bis sie ein lautes Poltern aus dem Schlafzimmer ihrer Mutter hörte. Sie stand auf, schlüpfte in ihre Jeans und öffnete die Schlafzimmertür. »Ma?«

Ihre Mutter saß auf dem Bett, das unverletzte Bein auf dem Boden. Der Stuhl neben dem Bett war umgefallen. Es sah aus, als hätte sie versucht, ihn als Stütze zu benutzen, und ihn dabei umgeworfen.

»Was ist passiert?«

»Ich muss mal zum *benjo*«, sagte sie.

»Warum rufst du mich nicht?«

»Habe ich ja.«

»Das habe ich nicht gehört. Tut mir Leid, ich muss geschlafen haben.« Tina half ihr ins Bad und ging dann in die Küche, um Wasser aufzusetzen. Sie suchte nach Sachen für das Frühstück und fand Brot, Himbeermarmalade und kleine Dosen mit Orangen-Ananas-Saft.

Für jemanden, der *shodô* erlernen möchte, ist es lehrreich, sich mit den Ursprüngen der *kanji* zu befassen. Die Philologie der *kanji* beginnt vor über dreitausend Jahren in China mit bildhaften Darstellungen weltlicher Dinge. Sie ähneln den groben Skizzen, die Menschen ohne künstlerische Begabung noch heute anfertigen, wenn sie versuchen, etwas zu beschreiben. Aus diesen Linienzeichnungen entwickelten sich die abstrakten Schriftzeichen, die man heute kennt. Beispielsweise bestand das ursprüngliche Piktogramm für die Sonne aus einem schlichten Kreis mit einem Punkt oder kurzen Strich in der Mitte; im Lauf der Zeit wurde es eckiger, sodass es

Als Hanako herüberrief, dass sie fertig war, half Tina ihr aus dem Badezimmer. Hanako bestand darauf, sich zu ihrer Tochter in die Küche zu setzen; sie sagte, sie hielte es keine Sekunde länger im Bett aus. Tina half ihr, sich zu setzen, und legte ihr Bein hoch. Dann holte sie ein Kissen aus dem Schlafzimmer und schob es ihr unter den Knöchel.

»Tee?«

»Das kann ich doch machen«, sagte Hanako.

»Nein, du bleibst sitzen. Ich kümmere mich darum. Und ich werde mich bemühen, es richtig zu machen«, sagte Tina. »Hast du Hunger?«

»Ein wenig.«

»Ist Toast und Saft okay?«

»Ich nehme, was du nimmst.«

Tina stellte zwei Teller auf den Tisch und nahm zwei Scheiben Brot heraus. Nebenbei behielt sie den Kessel im Auge, damit das Wasser nicht zu heiß wurde. »Ma?«

»Ja?«

»Warum bist du aus der Wohnung gelaufen?«

Hanako schwieg eine ganze Weile. »*Gomen, neh*? Ich weiß nicht.«

Während Tina in der Dusche war, nahm Hanako die Zeichnungen des Sensei heraus. Jedes Mal, wenn sie sie ansah, schienen sie sich zu verändern, riefen sie ihr andere Zeiten, andere Orte ins Gedächtnis. Einige erinnerten sie an primitive Malereien, so roh und aus dem Bauch kommend wirkten sie auf sie. Als stammten sie von einem Menschen, der vor Tausenden von Jahren ein paar Striche in Knochen oder Schildkrötenpanzer geritzt hatte, in der Hoffnung, seine Geschichte möge sein kurzes Leben überdauern.

heute eher wie eine Kiste aussieht. So wurde aus dem Konkreten das Gegenständliche und aus dem Gegenständlichen das abstrakte Symbol, das seine wahre Bedeutung verloren hat. Es obliegt dem Kalligraphen,
dem abstrakten Symbol wieder konkrete und tiefere Bedeutung zu verleihen.

Das *taku*-Radikal ist eines der *eiji happô*. Es ähnelt *ryo*, wird jedoch mit gleich bleibendem Druck gemalt, während bei *ryo* der Druck allmählich nachlässt. Wichtig ist der Beginn des Striches mit einer festen und doch leichten Berührung, so wie man die meisten Dinge im Leben angehen sollte.

Lehrbuch der Zenzen Schule für japanische Kalligraphie

Auflösung im Nichts

MÄRZ 1977
KOBE, JAPAN

Tetsuo war bereits fast eine Woche weg, um an seinem Hotelprojekt in Maui zu arbeiten, als Hanako endlich begriff, dass er tatsächlich fort war. Für mindestens zwei Monate. Sie musste nicht mehr unter Zeitdruck üben, um ihre Kalligraphieutensilien rechtzeitig zu reinigen und zu verstecken. Sie musste nicht von ihrem Unterricht nach Hause eilen, um das Abendessen vorzubereiten. Und vor allem blieb ihr die größte Bürde erspart: das Warten.

In der Stille des gut isolierten Musterhauses konnte sie das Flüstern des Pinsels hören, wenn er über das grobe und doch glatte Reispapier glitt. Wenn sie sich konzentrierte, konnte sie auch hören, wie die Tinte aufs Papier floss, wie sie zu trocknen begann. In der Stille konnte sie ihre Gedanken hören: über Kalligraphie, über den Sensei, über seinen Reibstein, den Vierten Schatz.

In der Stille konnte sie auch spüren, wie sie davonglitt. Sie hatte dieses Gefühl schon einmal gehabt, als sie von zu Hause fortgegangen war, um in Kyoto die Schule zu besuchen. Sie wusste, was das Gefühl bedeutete, und fürchtete sich davor. Je mehr sie *shodô* ausübte, desto mehr glitt sie davon. Und je mehr sie davonglitt, desto stärker berauschte sie die Macht dieses Gefühls.

Lockere den Griff deines Verstandes, hatte Daizen Sensei ihr gesagt, überlass die Arbeit deinem Unterbewusstsein. Es hat die meiste Kraft. Aber es ist nicht nur der verborgene Teil des Eisbergs. Das Unterbewusstsein ist das *Wasser,* hatte er gesagt, ein gewaltiger Ozean, in dem das Bewusstsein schwimmt und treibt und irgendwann schmilzt und sich in nichts auflöst.

SAN FRANCISCO

Kando war in seinem Hotelzimmer und wartete auf Aragaki. Am Tag, nachdem er Hanako gesehen hatte, war er nach Berkeley gefahren, zur Zenzen Schule für Kalligraphie. Ein Japaner, etwa Mitte dreißig, hatte ihm die Tür geöffnet.

»Gozen Sensei?«

»Ja?«

»Ich bin Kando.«

Im ersten Moment sagte Gozen der Name nichts, doch dann stammelte er nervös: »Der Detektiv aus Kyoto?«

»Ganz recht.«

Gozen bat ihn herein und führte ihn in den Hauptraum der Schule. Kando lehnte den angebotenen Tee ab und kam direkt zur Sache. »Ich bin hier, um ein Treffen mit Ihnen und dem Daizen Sensei auszumachen.«

»Ein Treffen?«, fragte Gozen.

»Ja, so bald wie möglich. Wäre Ihnen übermorgen recht?«

Gozen holte tief Luft. »Ja.«

»Gut.« Kando blickte sich um. »Ist Shimano hier?«

Gozen setzte zu einer Antwort an, klappte den Mund jedoch wieder zu.

»Keine Sorge, ich werde nichts tun. Ich möchte nur sichergehen, dass es sich lohnt, Daizen Sensei den weiten Weg von Kyoto herkommen zu lassen.« Er stand auf und fixierte Gozen reglos.

»Ja, er ist hier.« Gozen führte den Detektiv zum Atelier. Sie beobachteten Zenzen Sensei einen Moment von der Tür aus, dann gingen sie zurück in den Hauptraum. Kando setzte sich und sagte: »Erzählen Sie mir, was passiert ist.«

Nachdem Kando aus Berkeley zurückgekehrt war, rief er Aragaki an, um ihm Bescheid zu sagen, dass das Treffen ausgemacht war. Gozen würde ihn vom Flughafen abholen.

»Sensei?«, fragte Gozen den Mann, der sich aus dem Touristenschwarm hinter der Zollabfertigung gelöst hatte.

»Gozen?«, fragte Aragaki.

Gozen Sensei verneigte sich tief, bis sein Oberkörper parallel zum Boden war. »Es ist mir eine Ehre, Sie kennen zu lernen, Sensei.«

Dann richtete er sich wieder auf und nahm Aragakis Tasche. Schweigend durchquerten sie das Flughafengebäude. Gozen überlegte, ob er es mit Smalltalk versuchen sollte, wie die Amerikaner ihn so gut beherrschten: »Wie war Ihr Flug?« »Waren Sie schon mal in San Francisco?« »Ich bewundere Ihre Kalligraphie schon seit Jahren.« Doch der dreißigste Daizen Sensei sah nicht so aus, als hätte er etwas für Smalltalk übrig.

Draußen atmete Aragaki tief die warme Luft ein, während er Gozen zum Parkhaus folgte. Gozen deutete auf seinen Wagen, der eindeutig unwürdig war, eine so hohe Persönlichkeit wie den Daizen Sensei zu befördern, doch Gozen konnte es sich nicht leisten, eine Limousine zu mieten. Er hatte sein Budget bereits arg strapaziert, indem er dem Sensei für drei Nächte ein Hotelzimmer in San Francisco reserviert hatte, zu zweihundert Dollar die Nacht.

Noch immer schweigend fuhren sie über den überfüllten Highway 101 in die Stadt. Gozens Hände, die das Lenkrad hielten, waren feucht. Als sie einen Hügel hinauffuhren und dahinter die Skyline der Stadt sichtbar wurde, sagte Aragaki: »Wundervoll.« Gozen entspannte sich ein wenig.

Sie hielten am Miyako Hotel in Japantown; Gozen war einen Umweg gefahren, um seinem Gast die Golden Gate Bridge zu zeigen (»Wundervoll«, hatte der Daizen Sensei erneut gesagt). Gozen trug Aragakis Tasche in die Hotellobby, wo sie eincheckten und den Zimmerschlüssel entgegennahmen. Ein Page nahm die Tasche und begleitete sie im Fahrstuhl nach oben. An der Tür zu Aragakis Zimmer verneigte sich Gozen und sagte, er werde in der Lobby auf ihn warten.

In Kandos Zimmer klingelte das Telefon; es war Aragaki.

»Was soll ich als Nächstes tun?«, fragte der Sensei.

»Wie ist Ihr Eindruck von Gozen?«

»Er ist nervös, aber ehrlich.«

»Ich denke, von jetzt an kommen Sie allein zurecht. Aber falls Sie Hilfe brauchen, rufen Sie mich an.«

Gozen wartete fast eine Stunde, bis der Daizen Sensei in der Lobby erschien. Er verneigte sich erneut und fragte, ob der Sensei mit seinem Zimmer zufrieden sei. Aragaki antwortete mit einem Nicken.

Die beiden setzten sich in eine ruhige Ecke der Hotellobby.

»Danke, dass Sie sich wegen des Daizen Reibsteins an Kando gewandt haben«, sagte Aragaki; seine längste Äußerung, seit er angekommen war.

»Das war doch selbstverständlich.«

»Nein, keineswegs. Ich muss Sie direkt fragen: Was wollen Sie dafür haben, dass Sie den Reibstein der Daizen Schule zurückgeben?«

Gozen wirkte verwirrt. »Was ich …? Ich will nichts, Sensei.«

»Kando sagt, Sie hätten Ihre Meinung geändert, was die Rückgabe betrifft?«

Gozen spürte, wie die Temperatur seiner Gesichtshaut um einige Grad anstieg. »Ja, die Situation hat sich geändert.«

»Auch das hat Kando mir berichtet. Wenn ich richtig verstanden habe, hat der Sensei einen Schlaganfall gehabt?«

»Ja, einen schweren Schlaganfall. Er kann nicht mehr sprechen und scheint auch nicht zu verstehen, wenn man mit ihm redet.«

»Erzählen Sie mir mehr von seinen abstrakten Zeichnungen. Es ist keine Kalligraphie?«

»Nein. Er kann einen Pinsel halten und ihn benutzen, aber das, was er malt, ergibt keinen Sinn. Einige seiner Pinselstriche sehen aus wie *kanji*-Radikale, aber zusammengenommen sind sie keine *kanji*.«

»Das ist ja wirklich tragisch«, sagte Aragaki und schüttelte den Kopf. »Wie sehen diese Zeichnungen denn aus?«

»Das ist schwer zu beschreiben. Sie müssen sie sich selbst ansehen.«

»Ja, das wäre gut. Sollen wir direkt hinfahren?«

Gozen holte tief Luft. »Ja, Sensei.«

BERKELEY

Mit pochendem Herzen und gerötetem Gesicht spähte Aragaki in das Atelier des Sensei. Im ersten Moment erkannte er seinen Rivalen nicht – das Haar des Sensei war vollkommen weiß, und während er früher stets makellos aufrecht gesessen hatte, hockte er jetzt in einer merkwürdig schiefen, zusammengesunkenen Haltung da. Leise ging Aragaki hinein und trat an den Tisch, an dem Zenzen Sensei so eifrig arbeitete. Als er den Daizen Reibstein erblickte, sog er laut die Luft ein.

Bei dem Geräusch drehte Zenzen Sensei sich um. Er warf Aragaki einen ausdruckslosen Blick zu und wandte sich wieder seinem Pinsel und seinem Papier zu.

Tina stieg im Zentrum von Berkeley aus der Bahn und folgte der Menschenmenge die Rolltreppe hinauf. Kiyomi kümmerte sich für ein paar Stunden um ihre Mutter, während sie in die Uni ging. Draußen in der Hitze – es waren überraschenderweise fast dreißig Grad – saß eine Gruppe obdachloser Jugendlicher und bettelte halbherzig mit zwei hechelnden Welpen. Drei grauhaarige Frauen demonstrierten mit Plakaten gegen Atomwaffen. Ein großer weißer Mann verteilte irgendwelche Zettel, und ein kleiner schwarzer Mann verkaufte Backwaren zum Wohl der islamischen Kirche.

Tina ging zur Schule des Sensei. Der Spaziergang tat ihr gut;

nach dem Sturz ihrer Mutter hatte sie nur ein paar Stunden geschlafen und war müde und zerschlagen. Als sie an der Zenzen Schule ankam, stand Gozens Wagen vor dem Haus. Sie klopfte kurz und öffnete die Tür. »Hallo?«

Gozen kam aus dem Atelier des Sensei. »Hallo.«

»Wie geht es dem Sensei?«, fragte Tina.

»Gut. Ich meine, so wie immer.« Gozen warf einen Blick über seine Schulter. »Ich bin mit einem weiteren Sensei hier. Aus Japan, von einer anderen Kalligraphieschule.«

»Ich wollte nur Bescheid sagen, dass ich mich möglicherweise nicht mehr so viel um den Sensei kümmern kann. Meine Mutter hatte einen Unfall.«

»Das tut mir Leid«, sagte Gozen. »Da müssen Sie ihr natürlich helfen.«

»Ich werde mich auch weiter um den Sensei kümmern, nur eben nicht mehr so oft.«

Gozen nickte. »Natürlich.«

Nach einer kurzen Pause fragte Tina: »Ist es in Ordnung, wenn ich zu ihm gehe? Vielleicht hat er wieder Zeichnungen für mich.«

Gozen zögerte. »Ich denke schon.« Er ging den Flur entlang; Tina folgte ihm.

Im Atelier stellte er sie Aragaki vor, der zusah, wie der Sensei seine abstrakten Zeichen malte. »Ihr Freund Robert-*san* ist Schüler von Zenzen Sensei.«

Aragaki verneigte sich tief.

Tina erwiderte die Verneigung. »*Hajimemashite. Dôzo yoroshiku.*« Sehr erfreut, Sie kennen zu lernen.

»Sie sprechen Japanisch?«, fragte Aragaki in langsamem, aber korrektem Englisch.

»Nein, nur ein paar Worte. *Gomen nasai.*«

Aragaki wedelte ihre Entschuldigung beiseite wie eine lästige Fliege. »Gozen hat mir gesagt, dass Sie sich um den Sensei kümmern. Sind Sie Ärztin? Verzeihen Sie, aber Sie sind so jung.«

»Ich studiere Neurologie an der Universität in Berkeley.«

Aragaki wartete, bis Gozen ihm das Wort »Neurologie« übersetzt hatte, dann nickte er. »Sehr gut. Was können Sie mir über den Zustand des Sensei sagen? Ich muss allerdings zugeben, dass ich von medizinischen und wissenschaftlichen Dingen nicht viel verstehe.«

»Der Schlaganfall hat die Sprachzentren seines Gehirns beschädigt. Wie stark die Schäden sind, ist jedoch nicht klar. Er kann nicht sprechen, da der Bereich für Sprachproduktion nahezu zerstört ist. Wir wissen nicht, ob er versteht, was wir zu ihm sagen – obwohl sein Gehör zu funktionieren scheint –, da auch der Bereich für Sprachverständnis beschädigt ist. Er kann nach wie vor seinen *shodô*-Pinsel benutzen, aber er kann nicht mehr so schreiben wie vor dem Schlaganfall. Wir wissen nicht, was seine Zeichnungen bedeuten. Falls sie überhaupt eine Bedeutung haben.«

Aragaki hatte ihr aufmerksam zugehört. »Danke. Das meiste habe ich verstanden. Werden Sie seine Sprachfähigkeit wiederherstellen können?«

Das Erste

was ich tun muss

»Nein, leider nicht. Ich versuche nur, seinen Zustand besser zu verstehen. Und vielleicht herauszubekommen, was er uns mit seinen Zeichnungen mitteilen will.«

Aragaki nickte. »Falls er überhaupt etwas mitteilen will.«

Nachdem Tina den Stapel Zeichnungen eingepackt hatte und gegangen war, sagte Aragaki: »Bemerkenswert.«

Gozen warf ihm einen fragenden Blick zu.

»Sehen Sie es nicht?«

»Entschuldigung, was meinen Sie?«

»Die Ähnlichkeit.«

Gozen sah ihn verständnislos an.

»Nicht so wichtig.«

Nach dem Seminar bei Professor Alamo stand Tina mit Wijjie und Gillian vor dem Unterrichtsraum. »Gute Präsentation, Wijjie«, sagte sie.

»Danke, aber ich glaube nicht, dass es Alamo gefallen hat. Er hat ständig die Augenbraue hochgezogen.«

»Das habe ich gesehen«, sagte Gillian. »Ich hätte ihm am liebsten eine reingehauen.«

»Vielleicht hast du etwas gesagt, das ihn provoziert hat«, meinte Tina.

»Nettes Kompliment, aber das glaube ich kaum«, sagte Wijjie. »Apropos Alamo – hättest du was dagegen, mal mit ihm zu reden?«

»Eigentlich wollte ich direkt nach Hause, um mich um meine Mutter zu kümmern. Tante Kiyomi wartet dort auf mich. Worüber will er denn mit mir reden?«

»Er interessiert sich sehr für unsere Forschungen mit dem Kalligraphielehrer.«

»Wijjie –«, setzte Tina verärgert an.

»Meine Güte, ihr zwei seid ja mächtig fleißig«, sagte Gillian. »Ich such mir lieber eine amüsantere Beschäftigung.«

»Es dauert nur ein paar Minuten«, drängte Wijjie, nachdem Gillian gegangen war. »Versprochen.«

Als sie Professor Alamos Büro im dritten Stock des Instituts betraten, schwang er in seinem Drehstuhl herum und gab Wijjie ein Zeichen, die Tür hinter sich zu schließen. Dann bedeutete er ihnen, sich zu setzen. Tina wünschte, sie wäre nach Hause gefahren.

Alamo schlug ein Bein über das andere und legte die Hände um sein Knie. »William hat mir berichtet, Sie wären auf einen interessanten Fall gestoßen. Ein japanischer Kalligraphielehrer mit Agraphie.«

»Ja, er ist der Sensei eines Freundes.« Beinahe hätte sie Exfreund gesagt, aber sie mochte das Wort nicht.

»William hat mir ein wenig über diesen Sensei erzählt, und dass es Ihnen gelungen ist, ein paar sehr interessante Aufnahmen von seinem Gehirn zu machen, während er seine Zeichnungen betrachtet hat.«

»Ja, ich finde sie interessant, aber ich habe natürlich noch sehr wenig Ahnung von diesem Gebiet.«

»Nun, da können wir sicher helfen. Wir« – Professor Alamo nickte Wijjie zu – »würden uns sehr freuen, wenn wir uns an Ihren Forschungen beteiligen könnten. Genau genommen wäre ich bereit, das Projekt zu finanzieren und Ihre gesamte Ausbildung an diesem Institut. Ich habe ein paar Stipendien, über die ich verfügen kann.«

»Danke für das Angebot«, sagte Tina langsam.

Professor Alamo hob die Hand. »Mir ist klar, dass Porter Ihre Beraterin ist und für dieses Jahr die Finanzierung übernommen hat, aber unter uns gesagt, ihre Gelder sind alles andere als sicher. Es kann gut sein, dass sie ein, zwei Jahre keine Zuschüsse mehr bekommt. Natürlich ist Geld nicht das Wichtigste. Es geht um die Art der Forschungen, die man betreibt, ihre Qualität und Bedeutung. ›Hohe Wissenschaft‹, wie ich es nenne. Verstehen Sie mich nicht falsch, Porter leistet gute, wertvolle Arbeit, aber was wir hier machen« – wieder der Blick zu Wijjie – »ist hohe Wissenschaft. Die Art, die einem saftige Stipendien, lukrative Buchverträge und wichtige Positionen an großen Universitäten einbringt. Von den Auszeichnungen ganz zu schweigen.«

Bevor Tina antworten konnte, fügte er hinzu: »Hohe Wissenschaft erfordert die besten Leute, die beste Ausrüstung, das Beste in allen Bereichen.«

Er beugte sich vor, bis seine Unterarme auf den Oberschenkeln lagen. »Doch selbst wenn man das alles hat, braucht man manchmal eine Portion Glück. Der Kalligraphielehrer könnte so etwas sein. Mit seiner Hilfe – und Ihrer – können wir möglicherweise dem Verständnis, wie Geist und Körper Bewusstsein schaffen, einen bedeutsamen Schritt näher kommen.«

Tina nickte kurz. »Vielleicht bin ich ja naiv, aber der Sensei ist doch bestimmt nicht der Einzige mit diesem Problem.«

»Genau das ist der springende Punkt«, sagte Alamo. »Die Folgen von Gehirnverletzungen sind bei jedem anders. Entscheidend ist die Stärke und der Ort der Schädigung. Nach den Aufnahmen vom Gehirn des Sensei, die William mir gezeigt hat, könnte es sein, dass wir die richtige Kombination erwischt haben. Einen Volltreffer sozusagen.«

Tina drehte sich zu Wijjie um, doch der starrte auf den Fußboden.

Alamo fuhr fort: »Selbstverständlich würden Sie Ihren Anteil an den Forschungen, Publikationen und Auszeichnungen haben. Etwas anderes käme für mich nicht in Frage. Ich weiß, das ist ein enormer Druck für jemanden im ersten Semester. Andererseits ist es gut, frühzeitig zu wechseln, bevor Sie zu tief in Porters Arbeit stecken. Und für uns wäre es wichtig, den Sensei so bald wie möglich ausführlichen Tests zu unterziehen, da sein Gehirn sich verändert, sich wieder verdrahtet, wie wir es nennen.«

Wijjie meldete sich zu Wort. »Alonzo, vielleicht sollte sie erst mal darüber nachdenken. Sie muss jetzt nach Hause.«

Professor Alamo nickte. »Ja, entschuldigen Sie, ich habe das mit Ihrer Mutter gehört.«

»Danke. Ein bisschen Zeit zum Nachdenken wäre in der Tat nicht schlecht.«

»Natürlich. Wir sollten uns bald noch einmal zusammensetzen. Wie Sie wissen, ist im Fall des Sensei Zeit ein wichtiger Faktor. Falls Sie irgendwelche Fragen haben, stehe ich Ihnen gerne zur Verfügung.«

Tina und Wijjie standen auf.

»Übrigens, Christina«, sagte Professor Alamo, »Sie machen sich im Unterricht sehr gut.«

»Danke. Gut zu wissen.«

SAN FRANCISCO

Tina saß in der Wohnung ihrer Mutter – die jetzt auch wieder ihre war, bis sie herausgefunden hatte, wo sie wohnen wollte – und sah zu, wie die Lichter der Stadt erloschen, während die Dämmerung allmählich den Himmel aufhellte. Am Abend zuvor war sie nur eine Stunde nach dem Essen mit ihrer Mutter zu Bett gegangen. Sie hatte eine einfache Mahlzeit aus Reis, Tofu und Salat zubereitet, doch ihre Mutter hatte nur wenig gegessen, wegen der Hitze, wie sie sagte – an dem Tag war das Thermometer bis auf 36 Grad geklettert –, und hatte sich wieder hingelegt. Tina hatte versucht, noch ein bisschen in ihren Texten zu lesen, war jedoch nach einer halben Seite eingeschlafen.

Als der erste Sonnenstrahl am Horizont erschien, stand sie auf und ging in die Küche. Sie fand nur ein kleines Glas Instantkaffee. Das musste für den Augenblick reichen, aber sie würde einkaufen gehen müssen, wenn sie länger hier bleiben wollte.

Tina bereitete sich Kaffee und Toast zu und setzte sich mit einem

Aufsatz für Professor Alamos Seminar an den Küchentisch. Aber sie konnte sich nicht auf die Worte konzentrieren; es war, als bewege sie sich in ihrer Bildung rückwärts und verlöre Vorstellungen und Wissen, so wie eine rückwärts laufende Uhr Zeit verliert. Sie wünschte, Wijjie hätte Alamo nicht vom Sensei erzählt; es hatte alles nur komplizierter gemacht.

Sie versuchte sich auf den Text zu konzentrieren.

Als sie ein paar Seiten gelesen hatte, wachte ihre Mutter auf. Tina half ihr ins Bad. Hanako zuckte vor Schmerz zusammen, als sie mit ihrem verletzten Knöchel gegen den Türrahmen stieß.

»Entschuldige«, sagte Tina.

Als sie fertig war, half Tina ihr in die Küche. »Tante Kiyomi kommt heute früher. Ich muss in die Uni, einen Haufen Sachen erledigen. Brauchst du irgendwas? Ich gehe auf dem Heimweg einkaufen.«

»*Iie, sumimasen.* Es tut mir Leid, dass du so viel für mich tun musst.«

»Schon in Ordnung, Ma.« Tina setzte das Teewasser für ihre Mutter auf. »Und ich muss dir sagen: Mr. Robert und ich haben uns getrennt. Es macht dir doch nichts aus, wenn ich für eine Weile hier bleibe? Bis ich was anderes gefunden habe.«

Hanako runzelte die Stirn. »Geht es dir gut?«

»Ich hatte noch nicht viel Zeit, darüber nachzudenken.«

Tina öffnete die Tür zu ihrer ehemaligen Wohnung. »Hallo?«, rief sie.

»Wir sind hier«, antwortete Mr. Robert aus dem Wohnzimmer.

Tina stellte ihren Rucksack im Arbeitszimmer ab und ging zu ihm. Als sie hereinkam, erhoben sich Mr. Robert, Aragaki und Gozen. Auf dem Beistelltisch stand eine Kanne Tee mit drei Schälchen.

»Schön, Sie wiederzusehen«, sagte Aragaki.

Gozen warf ihr einen schnellen Blick zu.

Sie setzten sich, bis auf Mr. Robert, der Tina ein Schälchen holte.

»Bitte entschuldigen Sie, dass wir Sie zu Hause stören«, sagte Aragaki.

»Sie stören nicht«, erwiderte Tina. Sie wollte nur ihre Sachen nehmen und verschwinden. Sie hatte angenommen, Mr. Robert wäre bereits aus dem Haus.

»Wir sind hergekommen, um mit Ihnen zu reden«, sagte Aragaki. »Deshalb ist es gut, dass Sie gekommen sind.«

»Eigentlich wollte ich nicht lange bleiben, sondern nur ein paar Sachen holen.«

»Ich verstehe«, sagte Aragaki. »Ich bin wegen eines Vorfalls hier, der vor langer Zeit passiert ist, vor über zwanzig Jahren. Ich dachte, die Angelegenheit sei abgeschlossen, aber vor kurzem sind mir neue Informationen zugeleitet worden.« Aragaki hielt kurz inne und fuhr dann mit einem leichten Lächeln fort: »Darf ich Sie fragen, Suzuki-*san,* wie lange Sie Zenzen Sensei schon kennen?«

»Erst seit kurzem. Seit Ende letzten Monats.« Sie wies auf Mr. Robert, der mit einer weiteren Teeschale zurückgekommen war. »Er hat mir von dem Schlaganfall berichtet, und dann habe ich den Sensei im Krankenhaus besucht.«

Aragaki nickte. »Das habe ich gehört. Aber Ihre Mutter wusste bereits vorher von ihm, nicht wahr?«

»Sie hat Mr. Robert von der Kalligraphieschule erzählt.«

Wieder nickte Aragaki. »Dann hat Ihre Mutter ihn doch sicher gekannt, oder? Wie Mr. Smith mir sagte, hat sie ihn sehr lobend erwähnt.«

»Ich kann mich nicht erinnern, dass meine Mutter je über Zenzen Sensei gesprochen hätte.«

»Ich verstehe«, sagte Aragaki. »Und auch nicht über den Daizen Reibstein?«

»Den was?«

»Den Daizen Reibstein«, wiederholte Aragaki. »Zenzen Sensei war einst Leiter der Daizen Schule für Kalligraphie in Japan.«

»Nein, davon hat sie mir nie etwas erzählt.«

»Ich verstehe. *Domo arigatô.*« Aragaki erhob sich. »Wir sollten Sie nicht länger aufhalten.«

Tina stand im Schlafzimmer und überlegte, welche Kleidungsstücke sie mit zu ihrer Mutter nehmen sollte, als Mr. Robert hereinkam.

»Du musst nicht ausziehen«, sagte er.

»Doch.«

»Ich meine, ich werde ausziehen.«

»Danke für das Angebot, aber ich muss mich sowieso um meine Mutter kümmern.« Tina griff nach einer Jeans und ein paar T-Shirts und packte sie in ihren Rucksack.

»Wie geht es ihr?«, fragte Mr. Robert.

»Sie ist nicht gerade glücklich, den ganzen Tag in der Wohnung eingesperrt zu sein.«

»Das kann ich mir vorstellen.«

Tina schob mehrere Sockenpaare in ihre Tasche. »Was sollten die ganzen Fragen? Ich fand sie ziemlich persönlich.«

»Wahrscheinlich war er bloß neugierig.«

»Und was soll das mit diesem Reibstein?«

»Davon weiß ich nichts.«

»Hat das etwas damit zu tun, dass du mich vom Sensei fernhalten wolltest?«

»Ich habe dir gesagt, was der Grund dafür war.«

»Dass ich mich aus deinem Leben raushalten soll?« Sie zog den Reißverschluss ihres Rucksacks zu. »Kein Problem.«

Tina brachte ihre Sachen in die Wohnung ihrer Mutter und lief sofort wieder zur Haltestelle zurück. Als sie in Berkeley aus der Bahn stieg, hatte sie den Aufsatz, den sie morgens angefangen hatte, zu Ende gelesen und das Gefühl, etwa drei Viertel davon verstanden zu haben – eine deutliche Steigerung, was ihre Lesegeschwindigkeit und Verständnisquote betraf.

Im Half Note holte sie sich einen Caffè Latte zum Mitnehmen und ging zum Institut. Es war noch immer heiß, und alle liefen in Shorts und winzigen Tops herum.

Als sie in ihr Büro kam, saß Howard an seinem Computer und arbeitete. Tina stellte ihre Sachen auf dem Schreibtisch ab. »Tut mir Leid, dass ich in letzter Zeit so wenig hier gewesen bin. Ich weiß, dass ich mit der Arbeit hinterherhinke.«

»Kein Problem. Ich habe noch ein paar kommentierte Aufnahmen in den Datenverarbeitungsraum gelegt.« Er blickte auf seine Uhr. »Apropos Aufnahmen, ich muss runter ins Labor.«

Tina sah zu, wie er seine Tasche nahm und das Büro verließ. Sie holte ihre Mappe heraus und beschloss, noch einen weiteren Aufsatz zu lesen, bevor sie mit der Dateneingabe begann.

Tina war gerade mit dem Aufsatz fertig, als das Telefon läutete. Es war Professor Porter. »Könnten Sie bitte mal in mein Büro kommen?«

Tina legte ihre Mappe hin und ging nach oben in den zweiten Stock. Professor Porter saß an ihrem Schreibtisch und bedeutete Tina, sich zu setzen.

Die Professorin sah sie lange an. »Ich muss sagen, ich bin enttäuscht.«

Tina spürte, wie sich in ihrer Kehle ein Klumpen bildete. »Es tut mir Leid, aber mir ist nicht klar, worüber Sie enttäuscht sein sollten.«

»Wie ich gehört habe, erwägen Sie bereits, zu einem anderen Professor zu wechseln.«

Tina schluckte, um den Klumpen loszuwerden. »Ich weiß nicht, was Sie gehört haben. Ja, ich hatte eine Besprechung mit Professor Alamo.«

»Dabei ging es um den Kalligraphielehrer, nicht wahr, Tina?« Professor Porter faltete die Hände. »Ich verstehe nicht, wie Sie an diesem Punkt Ihrer Ausbildung so leichtfertig sein können.«

»Tut mir Leid, wenn es so aussieht. Er hat mich in sein Büro gebeten. Ja, es ging um den Sensei. Ich hatte mit einem von Professor Alamos Studenten über ihn geredet.«

»Sehen Sie, was passieren kann?«

Tina nickte. »Ich hätte nicht gedacht, dass meine Informationen an Dritte weitergegeben werden würden. Und schon gar nicht an Professor Alamo.«

»Sie haben also nicht die Absicht, uns zu verlassen?«

»Nein, ganz und gar nicht.«

Professor Porter trommelte mit den Fingern auf der Tischplatte. »Nun gut. Ich bin froh, dass wir das geklärt haben.«

In der Zenzen Schule hatte Aragaki gerade mit Kando telefoniert. Der Detektiv bestätigte ihm, dass die Frau, der Shimano damals nach San Francisco gefolgt war, tatsächlich Suzuki hieß. Hanako Suzuki. Kando konnte ihm allerdings nicht sagen, ob Hanako gemeinsam mit dem Sensei eine Tochter hatte.

»So viele Verbindungen«, sagte Aragaki zu Gozen. »Shimano, Suzuki, ihre Tochter, der Freund der Tochter, Sie. Und alle diese Menschen und Ereignisse sind verbunden durch den Daizen Reibstein.«

Hanako und Kiyomi hatten eine Unterhaltungsserie im Fernsehen angeschaltet und den Ton leise gedreht. Kiyomi gähnte, als eine Werbepause kam. »Bist du sicher, dass ich dir nichts zu essen machen soll, bevor ich gehe?«

»Nein, danke. Hana kommt ja bald nach Hause.«

»Wie du meinst. Weißt du, unser Restaurantbesuch gestern hat mir richtig gefehlt. Ich liebe unsere Dienstagabende. In all den Jahren – wie viele sind es, dreiundzwanzig? – haben wir ihn nur ein paarmal ausfallen lassen.«

»Ja, das stimmt«, sagte Hanako. »Zwei Dienstage im Jahr, wenn du deinen Hawaii-Urlaub machst.«

»Ich liebe meinen Hawaii-Urlaub, aber jeden Dienstag, wenn wir dort sind, denke ich daran, wie gerne ich jetzt im China Seas wäre und gewürzte Garnelen und gedünsteten Weißfisch essen würde.«

»Einmal bin ich, als du weg warst, mit einer der anderen Kellnerinnen dorthin gegangen. Es kam mir vor, als würde ich dich betrügen.«

Kiyomi lachte. »Nächsten Dienstag gehe ich hin und lasse mir die Sachen einpacken. Dann essen wir hier.«

»Nächsten Dienstag gehe ich wieder mit dir dorthin.«

Kiyomi grinste. »Schön.«

Sie wandten sich wieder für eine Weile der Fernsehserie zu. Als die nächste Werbepause kam, sagte Hanako: »Kannst du nach Berkeley fahren, zur Zenzen Schule, und fragen, wie es dem Sensei geht? Robert-*san* möchte ich nicht darum bitten.«

»Natürlich.«

»Der Sensei malt diese seltsamen kalligraphieartigen Zeichnungen.« Sie bat Kiyomi, den Stapel aus ihrem Schlafzimmer zu holen. Gemeinsam blätterten sie darin.

»Sie sind wirklich seltsam«, sagte Kiyomi. »Aber wunderschön.«

Tina kam am späten Nachmittag nach Hause. Sie stellte ihren Rucksack auf dem Küchentisch ab und ging ins Wohnzimmer. Ihre Mutter saß auf dem Sofa, Kiyomi auf dem Liegesessel. Beide schliefen. Der Fernseher lief so leise, dass man kaum etwas hörte. Die Fenster waren geöffnet, und von draußen wehte die heiße, trockene Luft herein. Tina schlich auf Zehenspitzen hinaus.

Sie ging zurück in die Küche, setzte Wasser auf und öffnete ihre Mappe zur Neuroanatomie. Im Seminar hatten sie die Bahnen des Schmerzes durchgenommen – akuter Schmerz und chronischer Schmerz. Tina versuchte sich an die Unterschiede zu erinnern, ohne in ihre Unterlagen zu sehen. Akuter Schmerz ist schnell, kurzlebig, heftig und wird über Nervenfasern des Typs A δ weitergeleitet; chronischer Schmerz ist lang anhaltend, brennend, dumpf und wird über Nervenfasern des Typs C weitergeleitet. Schmerz, egal ob akut oder chronisch, schrieb Tina in ihr Notizbuch, ist ein komplexer Prozess von bewusster Wahrnehmung und emotionaler Reaktion auf den Reiz. Somit ist Schmerz an sich kein Gefühl, sondern lediglich eine Information, die aufsteigende Nervenbahnen an das Gehirn weiterleiten.

BERKELEY

Am Spätnachmittag des nächsten Tages klopfte Tina an die Tür der Zenzen Schule. Nachdem sie einen Moment gewartet hatte, drückte sie versuchsweise die Klinke herunter. Die Tür war offen, und sie ging hinein. »Hallo?«

Einer der Schüler kam aus den hinteren Räumen herbeigeeilt. »Hi«, sagte er. »Bist du Tina?«

»Ja.«

»Gozen Sensei hat mir gesagt, dass du kommen würdest. Allerdings habe ich dich erst viel später erwartet.«

Also ist der Schmerz, den ich in mir spüre, in meiner Brust, meinem Magen, meinen Eingeweiden – über Mr. Robert und das Ende unserer Beziehung, über Wijjie und das, was mir manchmal so gut erscheint und dann wieder so falsch, über meine Mutter und ihr Leiden und meine Hilflosigkeit und ihren Unwillen, etwas für sich zu tun, über den Sensei und meine Unfähigkeit zu verstehen, was er mir so verzweifelt mitzuteilen versucht, über den gewaltigen Rückschritt, wieder im Wandschrank zu wohnen –, all das ist also nichts weiter als ein Haufen Nervenfasern vom Typ C, die meinem Neokortex sagen, was mein Körper wahrnimmt: das dumpfe Brennen irgendwelcher Neurochemikalien, die als Reaktion auf all diese Dinge über absteigende Nervenbahnen in die Organe geleitet werden. Und je mehr ich das fühle, was mein Körper als Schmerz wahrnimmt, desto stärker wird es. So entsteht chronischer Schmerz.

Notizen zur Neurologie
Christina Hana Suzuki

»Stimmt. Aber ich hatte nichts Dringendes mehr zu tun. Wenn du willst, kann ich übernehmen.«

»Super. Ich hab noch tausend Sachen zu erledigen.« Und schon war er aus der Tür.

Tina ging ins Atelier, wo der Sensei an seinem Tisch saß und arbeitete. Vollkommen auf das Reispapier und seinen Pinsel konzentriert, bemerkte er sie nicht. Seine Haltung wirkte zusammengesunkener, als sei er gealtert. Vielleicht war er nur müde; sie hatte keine Ahnung, wie lange er schon arbeitete, aber der Stapel seiner Zeichnungen reichte bereits bis an die Unterseite seines Tisches.

Tina sah ihm eine Weile zu, während er den Pinsel in die Tinte tauchte und dann über das Papier führte. Sie überlegte, was sie als Nächstes tun sollte, was ihr helfen könnte, den Sensei und seine Zeichnungen zu verstehen. Wijjies Idee mit den Aufnahmen vom Gehirn war interessant gewesen, aber sie glaubte nicht, dass die Ergebnisse ihr bei der Interpretation der Zeichnungen weiterhelfen würden.

Sie ging in die Küche, um Tee zu kochen. Auf dem Ofen stand ein Kessel. Sie füllte ihn mit Wasser und zündete die Gasflamme an. Es dauerte einen Moment, bis sie in einem der Schränke den Tee gefunden hatte. Mit den Fingern gab sie ein paar Prisen davon in die Kanne. Dann nahm sie zwei Teeschalen aus einem anderen Schrank. Vielleicht möchte der Sensei auch Tee, dachte sie.

Nach ein paar Minuten berührte sie vorsichtig den Kessel, wie ihre Mutter es immer tat. Das Wasser war kurz vorm Sieden. Sie füllte die Teekanne und schüttete den Rest in die Spüle. Als sie sich umdrehte, sah sie, dass der Sensei sie beobachtete. In der Hand hielt er das kleine Gefäß für das Wasser, mit dem er seine Tinte anrührte.

Seine Augen waren feucht; Tina nahm an, dass es möglicherweise mit dem Schlaganfall zusammenhing. Sie hatte gelesen, dass die Beschädigung bestimmter parasympathischer Nerven die Tränendrüsen zu ständiger Überproduktion reizen konnte. Dann bemerkte sie, dass er auf ihre Hände schaute. Sie blickte an sich hinunter, konnte jedoch nichts Ungewöhnliches feststellen.

Der Sensei begann, auf merkwürdige Weise rückwärts zu gehen, als zöge ihn jemand von hinten. Tina folgte ihm. Er ging, noch immer rückwärts, zurück in sein Atelier. Als Tina hereinkam, saß er, ein leeres Blatt in der Hand, an seinem Tisch. Er legte das Blatt hin und griff nach seinem Pinsel, wie er es vermutlich bereits millionenmal getan hatte, tausendmal allein in den letzten paar Tagen.

Während Tina sich langsam hinter ihn stellte und zusah, malte er mit einer schnellen Bewegung einen Strich, dann einen weiteren und noch einige mehr. Dann hielt er inne, als überlege er, ob er noch mehr zu Papier bringen sollte.

Schließlich legte er den Pinsel weg, griff nach dem Bogen und hielt ihn Tina hin. Sie nahm ihn. Darauf waren wieder einige seiner »Schriftzeichen«, noch abstrakter als die, die sie sich vorhin angesehen hatte. Und sie waren anders als die anderen, vollständiger, einheitlicher. Sie waren in Relation zueinander angeordnet, aber nicht in den klassischen Säulen und Reihen, sondern eher wie in einem Bild, als wären es Elemente einer Landschaft. Oder ein Stillleben.

Eines der Zeichen, dachte Tina, hätte ein Teehaus sein können. Oder eine Teekanne. Vielleicht kam es daher, weil sie gerade Tee gekocht hatte. Ein anderes war flach, möglicherweise ein Reibstein, aber es hätte genauso gut alles mögliche andere sein können.

»Hallo?«, rief eine Stimme vom Eingang. Tina trat aus dem Atelier, um zu sehen, wer es war.

Gozen und Aragaki betraten die Schule. Gozen warf ihr einen nervösen Blick zu und sah dann zu Seite, doch Aragaki freute sich offenbar, sie zu sehen. »Was für ein glücklicher Zufall, dass Sie hier sind. Wie geht es dem Sensei?«

»Offenbar gut. Ich habe gerade Tee gekocht, möchten Sie auch einen?«

»Danke, gern«, sagte Aragaki. Tina blickte zu Gozen, der kurz nickte.

Sie ging in die Küche, um noch zwei Schalen zu holen, und brachte das Geschirr und die Kanne nach vorn in den Hauptraum. Im Vorbeigehen warf sie einen Blick in das Atelier; der Sensei war wieder bei der Arbeit.

Sie servierte den Tee. Aragaki probierte und machte ihr ein Kompliment. Gozen schlürfte geräuschvoll aus seiner Schale.

»Hat der Sensei noch mehr Zeichnungen angefertigt?«, fragte Aragaki.

»Eine ganze Reihe«, sagte Tina.

»Sind sie so wie die vorigen?«

»Ja.« Tina überlegte gerade, ob sie ihm von der erzählen sollte, die wie eine Teekanne aussah, als es an der Tür klopfte. Gozen erhob sich und öffnete sie. Draußen standen Wijjie und Professor Alamo.

»Guten Tag, wir sind –«, setzte Professor Alamo an, als Wijjie ihm auf die Schulter tippte und auf Tina deutete. Sie stand auf und ging zur Tür.

»Hallo, Tina«, sagte Wijjie. »Entschuldige, aber ich dachte, es wäre das Beste, wenn Professor Alamo sich den Sensei selbst einmal ansieht.«

»Ich habe William regelrecht gezwungen, mich herzufahren«, erklärte Professor Alamo. »Je mehr ich über den Sensei höre, desto mehr interessiere ich mich für seinen Zustand. Wir haben versucht, Sie anzurufen, aber Sie waren nicht in Ihrem Büro. Und vermutlich haben Sie seit längerem keine Mails mehr abgerufen.«

»Ich musste mich um meine Mutter kümmern«, sagte Tina.

Nach einer betretenen Pause trat Tina zurück und ließ sie herein. Sie machte sie mit Gozen und Aragaki bekannt und ging in die Küche, um zwei weitere Teeschälchen zu holen.

Wijjie folgte ihr. »Es tut mir Leid, Tina«, sagte er, als sie in der Küche waren.

»Klar, Wijjie. Ich verstehe schon. Er hat dich gezwungen.«

»Hat er auch, in gewisser Weise. Aber ich dachte, es würde niemandem schaden, wenn er sich den Sensei mal ansieht. Außerdem lässt er dich und den Sensei danach ja möglicherweise in Ruhe.«

»Wie kommst du denn darauf?«

»Vielleicht stellt er fest, dass der Sensei kein geeignetes Forschungsobjekt ist.«

Als sie in den vorderen Raum zurückkehrte, öffnete Gozen gerade erneut die Tür. Diesmal waren es Professor Porter und Howard.

»Hallo, Tina«, sagte Professor Porter, als sie sie in den Raum kommen sah.

Gozen trat zur Seite, und die beiden kamen herein. Die Teeschälchen noch in der Hand, stellte Tina sie Gozen und Aragaki vor.

»Alonzo«, sagte Professor Porter überrascht, als sie Alamo erblickte. »Was tun Sie denn hier?«

»Offenbar dasselbe wie Sie.«

»Ich finde Ihre Anwesenheit hier höchst eigenartig. Tina ist meine Studentin.«

»Man hat mich in dieser Angelegenheit zu Rate gezogen«, erwiderte Alamo.

Während sie noch versuchten, Platz für alle zu schaffen, klopfte es erneut. Tina öffnete die Tür und starrte verdutzt Kiyomi an.

»Ist irgendwas mit Ma?«

»Nein, Tina, keine Sorge. Ich … ich wollte nur mal nachsehen … ob alles in Ordnung ist.«

»Was soll denn nicht in Ordnung sein?«

»Ich meine, mit dem Sensei.« Kiyomi erklärte ihr, dass Hanako ihr die Zeichnungen gezeigt hatte. »Ich finde sie wunderbar«, sagte sie. »Deine Mutter wollte wissen, wie es dem Sensei geht, da Mr. Robert ja jetzt nicht mehr vorbeikommt.«

»Du weißt also Bescheid?«

»Du kannst jederzeit mit mir reden.«

»Danke, Tante Kiyomi, ich werde darauf zurückkommen«, sagte Tina. Dann führte sie sie hinein und stellte sie den anderen vor.

Im Hauptraum der Zenzen Schule hatten schließlich alle Besucher einen Sitzplatz gefunden, tranken Tee und blickten sich verlegen an. Tina nahm die leere Teekanne und ging in die Küche. Sie stellte die Kanne ab, schlüpfte durch die Tür, die in den Innenhof führte, und betrat leise das Atelier des Sensei.

Sie kniete sich neben den Sensei auf den Boden und sagte zu ihm: »Wir müssen hier weg.«

Die Hand des Sensei, die den Pinsel hielt, scheinbar so leicht und doch voller Kraft, schwebte über dem Papier. Tina nahm ihm den Pinsel ab und legte ihn auf den Halter. Sie schüttete die Tinte aus dem Reibstein in einen Mülleimer und legte den Reibstein in seine Kiste. Sie packte die Kiste, eine Handvoll Pinsel und drei Tintenblöcke in ihren Rucksack und schob die letzten Zeichnungen des Sensei in eine noch fast volle Packung Papier, die sie ebenfalls mitnahm.

Dann stand sie auf und berührte den Sensei leicht an der Schulter. Er erhob sich und folgte ihr zur Hintertür.

Ich trinke
und sorge mich
nicht allzu sehr darum
woher es kommt
oder wie
oder warum

Der Zug taucht hinab ins Dunkel. Fährt kreischend um Kurven. Der Zug hält an. Fährt wieder weiter.

Reise durch den Wald der Gefühle, alle namenlos, und doch alle verbunden mit Umrissen – Gesichter (ihres), Orte (eine Hütte in den Bergen), Dinge (eine Schale Tee in einem Restaurant in der Nähe eines Bahnhofs, eine Hand, die einen Wasserkessel berührt). Das Gefühl zu wissen und doch noch vieles entdecken zu müssen. Das Gefühl von Plötzlichkeit, die ewig braucht, um sich zu enthüllen.

Das Gefühl von ihr ist ein Wald, der sich unendlich ausdehnt, zumindest seiner Wahrnehmung nach. Und trotzdem verdichtet dieser Wald auch, destilliert Gefühle zu ihren Essenzen. In solchen Momenten fließen die Bilder durch den Pinsel aufs Papier, durch Dunkelheit und zu helles Licht, ohne Worte durch den Morast der Gefühle.

Wenn der Wald sich wieder ausdehnt – er hat keinerlei Kontrolle über den Wechsel –, verdrängen die Gefühle von überwältigender Freude und unerträglichem Verlust die Fähigkeit und das Verlangen, den Pinsel zu benutzen. Nicht wie ein Gewicht, das seinen Arm niederdrückt, sondern das Gegenteil: eine bedrückende Leichtigkeit, eine Lethargie, als könne eine Armee ohne Kampf besiegt, mit einem einzigen, luftigen Wort zu Fall gebracht werden.

Dann Licht. Sie führt ihn aus dem Zug, indem sie ihn leicht am Arm berührt. Weniger führend als Verbindung aufnehmend. Eine Verbindung, die durch unendliche Tiefen reicht.

In jenem Augenblick, als sie einen Pinsel in den Reibstein tauchte, hatte der unendliche Wald sich jenseits seiner grenzenlosen Ränder ausgedehnt.

Ist es möglich
anzuhalten
abzuheben
um zu leben

Tina zog ihr Bahn-Ticket aus dem Entwerter und trat durch den frei gewordenen Gang. Dann beugte sie sich von hinten über die Sperre und schob ein weiteres Ticket in den Schlitz. Als die Sperre sich öffnete, zupfte sie den Sensei am Ärmel. Er ging durch die Öffnung, und hinter ihm schloss sich die Sperre mit einem mechanischen Zischen.

Den ganzen Weg die Rolltreppen hinauf, über die vor Menschen wimmelnden Gehsteige der Powell und der Bush Street bis zur Wohnung ihrer Mutter wich er nicht von ihrer Seite. Sie gingen, als wären sie eins, als würden ihre Bewegungen von einem einzigen Kleinhirn gesteuert, als reagierten ihre Nervenzellen auf ein und denselben Impuls aus dem motorischen Bereich des Kortex. Tina fragte sich, ob sich siamesische Zwillinge, die bestimmte Körperteile gemeinsam nutzten, wohl genauso fühlten. Wie zwei siamesische Zwillingsschwestern mit einem gemeinsamen Arm. Wenn die Hand einen heißen Ofen berührte, würden die Reflexfasern sie automatisch von der Hitzequelle wegziehen, weil diese Art von Reaktion nicht über das Gehirn läuft; dafür ist keine bewusste Handlung nötig. Beide Gehirne würden den heftigen Schmerz der Hitze über getrennte akute Schmerzbahnen wahrnehmen. Und beide würden den dumpfen Schmerz der Verbrennung spüren.

So viele Menschen, so viele Häuser. Das Gefühl überwältigenden Drucks – zu viel, zu groß, zu hoch. Sie bleiben vor einem der Häuser stehen. Das Gefühl von Vertrautheit und Leere. Dann von verlorener Hoffnung, von einem zerstörten Leben. Im Innern des Hauses schwindet die Vertrautheit, wird ersetzt von Möglichkeit, von der Vorstellung eines Raumes. Eines Raumes, der von ihr erfüllt ist.

Seite an Seite
mit denen
die ich nie verstehen werde

»Kiyomi?«, rief Hanako, als sie hörte, wie die Wohnungstür sich öffnete. »Bist du das?«

Hanako war in ihrem Schlafzimmer, einige Zeichnungen des Sensei vor sich auf dem Bett ausgebreitet. Sie hatte Notizen darauf geschrieben.

»Nein, ich bin's«, sagte Tina und führte den Sensei rasch an der Schlafzimmertür vorbei ins Wohnzimmer. Sie brachte ihn zum Sofa, und er setzte sich. Sein Blick wanderte durchs Zimmer, dann zum Fenster hinaus. Tina ging zurück zum Schlafzimmer und steckte den Kopf hinein.

»Wie geht es dir?«, fragte sie.

»*Genki.*«

»Was machst du mit den Zeichnungen?«

»Ich versuche, sie zu verstehen. War das nicht das, was du wolltest?«

»Klar. Wie du magst«, sagte Tina. »Ich möchte etwas in meinem alten Zimmer aufbauen; es stört dich doch nicht, wenn ich ein paar von den Kartons umräume, oder?«

»Dein altes Zimmer?«

»Du weißt schon, der Wandschrank.«

»Ach so. Meinetwegen.«

»Danke. Ich komme gleich wieder. Soll ich dir irgendwas bringen?«

Ihre Mutter schüttelte langsam den Kopf. Tina schloss die Tür.

Sie betrat den Wandschrank und schaltete das Licht ein. Sie räumte die Kartons von ihrem Bett und stapelte sie an der Wand auf. Die übrigen Kartons stellte sie ebenfalls darauf, um Bewegungsfreiheit zu bekommen. Einen der Kartons, der in etwa die Größe vom Arbeitstisch des Sensei hatte, stellte sie in die Mitte des frei gewordenen Raums.

Der Sensei saß noch immer im Wohnzimmer und ließ seinen glasigen Blick von den Stühlen zum Sofa wandern, von dort zum Tisch mit der kleinen Blumenvase, zum Regal mit Büchern und Nippes und zu dem Poster von San Francisco, fotografiert durch die Golden Gate Bridge.

Tina nahm ihren Rucksack und ging damit zurück zum Wandschrank, wo sie sich hinkniete und die *shodô*-Utensilien des Sensei auf dem »Tisch« aufbaute. Den Stapel mit unbenutztem Papier legte sie daneben. Dann ging sie in die Küche, füllte eine alte Teekanne mit kaltem Wasser und stellte sie im Wandschrank auf den Fußboden.

Sie kehrte ins Wohnzimmer zurück und zupfte den Sensei leicht am Ärmel. Er folgte ihr in den Wandschrank. Als er den Arbeitsplatz sah, den Tina ihm eingerichtet hatte, verneigte er sich ehrerbietig, kniete sich davor und legte ein sauberes Blatt Papier auf den improvisierten Tisch.

Tina sah zu, wie er seine Tinte anrührte, und ließ ihn dann allein. Sie schloss die Tür zum Wandschrank und ging zum Schlafzimmer, wo sie sich neben dem Bett auf den Boden setzte. »Ich habe vorhin Tante Kiyomi getroffen. Sie war in der Schule von Zenzen Sensei.«

Hanako schwieg.

»Sie hat ziemlich herumgedruckst. Sagte, sie wolle mal sehen, wie es dem Sensei geht.«

»Ich hatte sie darum gebeten.«

»Warum? Was soll das Ganze?«

Hanako setzte zu einer Antwort an, schüttelte dann jedoch den Kopf und lehnte sich gegen ihre Kissen.

Tina wusste, dass ihre Mutter nichts sagen würde. Sie konnte monatelang dichtmachen, wenn sie über irgendetwas nicht reden wollte. »Ma«, sagte Tina, »ich glaube, ich sollte dir sagen, dass ich einen Gast mitgebracht habe.«

»Einen Gast?«

»Ja, den Sensei. Zenzen Sensei. Ich habe ihn in meinem alten Zimmer untergebracht. Entschuldige, dass ich nicht vorher gefragt habe, aber bei ihm in der Schule ging alles drunter und drüber. Lauter Leute, die alle etwas von ihm wollten. Ich habe ihn mir einfach geschnappt und ihn hergebracht. Keine Sorge, ich kümmere mich um ihn. Ich kümmere mich um euch beide.«

Hanako presste die Hände gegen ihre Schläfen, als habe sie Angst, ihr würde der Kopf wegfliegen.

Nur eine
kleine Ecke
genügt mir
sicher und
still

Die Metapher des Reibsteins **KAPITEL 3**

Tina kniete neben dem Sensei auf dem Boden und sah ihm beim Malen seiner abstrakten Kalligraphie zu. Er war noch nicht entspannt, wirkte durcheinander, wie er es die ganze Zeit gewesen war, seit sie die Schule verlassen hatten. Auch seine Zeichnungen waren anders: freier in der Form, mit dickeren, wilderen Pinselstrichen. Verzweiflung schien seinen Pinsel zu führen.

Er drehte sich um, als wolle er sie ansehen, oder zumindest in ihre Richtung, und reichte ihr den Pinsel. Nach kurzem Zögern nahm sie ihn. Er legte ein sauberes Blatt Papier auf den Tisch und rückte zur Seite, um ihr Platz zum Arbeiten zu lassen. Sie rutschte an seine Stelle, atmete tief durch und hockte sich auf die Fersen.

Der Sensei hielt die Zeichnung hoch, die er gerade fertig gestellt hatte; Tina nahm an, sie sollte sie kopieren. Sie tauchte die Pinselspitze in die Tinte; die feinen Härchen glänzten feucht, als sie den Pinsel über das Papier hielt. Sie versuchte, seine Zeichnung nachzumalen – es hätte ein Fluss sein können oder eine Wolke oder Gottweißwas –, doch sie spürte, wie der Pinsel dabei zitterte. Sie inspizierte das Ergebnis: Die Pinselstriche waren kraftlos und ungleichmäßig in der Breite.

Tina gab dem Sensei den Pinsel zurück und rückte vom Tisch ab. Auf seinem Gesicht machte sich Enttäuschung breit – so erschien es ihr zumindest –, doch er nahm den Pinsel und begann eine neue Zeichnung. Tina stand auf, sah ihm noch eine Weile zu und ging dann hinaus. Sie klopfte leise an die Schlafzimmertür ihrer Mutter und trat ein. Hanako lag auf dem Bett. Sie schien zu schlafen, doch dann öffnete sie die Augen.

»Ich muss in die Uni. Tante Kiyomi müsste jeden Moment kommen. Brauchst du irgendwas?«

»Nein. Kannst du nicht warten, bis Kiyomi kommt?«

»Ich muss die Bahn kriegen. Dir wird schon nichts passieren.«

Hanako nickte leicht.

Wir sind unvollkommen, und so sind Wunder erstaunlich Enttäuschungen niederschmetternd

Als Tina durch den Flur ging, hörte sie, wie die Schlafzimmertür abgeschlossen wurde.

Die Gefühle stürzten auf ihn nieder, eines nach dem anderen. Das stärkste war eine gewaltige Mauer aus Zeit, die erklommen werden musste. Die anderen, kleiner, waren wie Tonscherben, die zusammengesetzt werden mussten. Es gab Scherben des Glücks, Augenblicke von Wohlgefühl, sinnlichem Genuss, Ekstase. Und es gab Scherben des Schmerzes, länger und schärfer, gefährlicher als die des Glücks. Doch auch sie waren offenbar Teil des Ganzen.

Hanako griff hinunter zu dem Stapel mit den Zeichnungen des Sensei und nahm die oberste in die Hand. Mit dem Finger folgte sie dem kraftvollen Pfad, bis sie das Gefühl hatte zu verstehen. Bis der Pinselstrich eine Bedeutung bekam. Sie notierte ihre Interpretation und wandte sich der nächsten Zeichnung zu.

Gibt es nicht
irgendeinen Schutz
vor alldem

ZWISCHENSPIEL

Das Gedicht der fünf Jahre

MÄRZ 1977
KOBE, JAPAN

Der Daizen Sensei hatte Hanako ein paar Stunden zuvor angerufen; der Vater seiner Frau war gestorben, und er würde den Unterricht für mindestens eine Woche unterbrechen müssen. Sie hatte ihm ihr Beileid ausgedrückt. Er hatte sich bedankt, und damit war das Gespräch beendet gewesen.

Die Stille ihres Hauses senkte sich auf sie wie Dunkelheit auf einen Wald. Mit einem raschelnden Geräusch wickelte sie einen neuen Tintenblock aus seinem Papier und rührte sorgfältig ihre

*Die Kunst der Entscheidung
veränderte sich stärker
als mein Geist*

Tinte an. Sie wählte einen Pinsel aus und legte ihn auf den Halter aus Keramik. Dann legte sie einen sauberen Bogen Hadernpapier – die Sorte, die sie zum Üben benutzte – auf den Tisch.

Seit Tetsuo in Hawaii war, arbeitete sie an einem Gedicht, von dem sie hoffte, dass es ihr erstes großes Kalligraphiewerk werden würde, ähnlich dem alten Triptychon, das sie im Museum für Traditionelle Kunst in Kyoto gesehen hatte. Das Gedicht des ersten Sensei der Kurokawa Schule für Kalligraphie erzählte die Geschichte einer Frau, deren Eltern, als sie zwölf gewesen war, in einen Erdrutsch geraten und seither gelähmt waren. Sie hatte sich für den Rest ihres Lebens um sie gekümmert – und sie hatten noch viele lange, bittere Jahrzehnte gelebt. Das Mädchen hatte ihr eigenes Glück für die Eltern geopfert und letzten Endes auch ihre geistige Gesundheit. Als ihre Eltern schließlich starben, hatte sie keine Ahnung, wer sie war und was sie mit ihrem Leben anfangen sollte. Eines Wintertages verließ sie ihr Zuhause und wurde nie wieder gesehen.

Hanakos Gedicht würde von fünf Jahren ihres Lebens handeln, *den* fünf Jahren. Begonnen hatten sie in dem Jahr, als sie am Women's Junior College in Kyoto zu studieren begonnen und ihr Zuhause verlassen hatte, um in einem Internatszimmer zu wohnen. Ihre Zimmergenossinnen waren drei Freundinnen aus Tokio. Hanako bemühte sich, nett zu ihnen zu sein, doch sie beachteten sie kaum. Es war nicht so, dass sie ihr absichtlich die kalte Schulter zeigten, sie hatten nur so viel gemeinsam, dass eine Außenseiterin einfach nicht mithalten konnte. Sie hatten bereits ihre Wahl getroffen, welche Freizeitbeschäftigungen ihnen am besten gefielen: Geschäfte durchstöbern, ins Kino gehen und Süßigkeiten essen.

Sie hingegen ging in ihrer freien Zeit ins Museum. Sie investierte ihr Taschengeld in eine Jahreseintrittskarte für einige der städtischen Museen, unter anderem das Museum für Traditionelle Kunst. Am besten gefielen ihr die Ausstellungsstücke, die eine Geschichte erzählten, zum Beispiel über heldenhafte Krieger oder eine verbotene Liebe. Und vor allem solche wie die Geschichte von dem Mädchen, das ihre Eltern gepflegt hatte.

Nach einem Monat begann sie, mehr als nur ihre freie Zeit in den Museen zu verbringen. Die Schule interessierte sie kaum; der Unterricht war anfangs zu einfach gewesen, dann langweilig, und sie schwänzte mehr, als dass sie teilnahm. Ihre Zimmergenossinnen waren unsichtbar geworden, die Menschen auf der Straße nur noch Geister. Es war, als könne sie außer den Ausstellungsstücken nichts mehr wirklich sehen.

Eines Tages kam ihr Vater zum College; er erwartete sie zusammen mit der Schulvorsteherin. Als Hanako nach einem ruhigen Nachmittag im Nishijin Textilmuseum auftauchte, wurde sie unter den Augen ihrer Zimmergenossinnen ins Familienauto verfrachtet und nach Hause gebracht.

Während der ersten Tage – genau genommen wusste sie nicht, wie lange es gedauert hatte, vielleicht waren es sogar Wochen gewesen – blieb Hanako in ihrem Zimmer. Ihre Eltern gaben den Versuch, sie dort herauszuholen, bald auf. Sie versuchten es mit Zorn, dann mit Schweigen, und schließlich brachten sie ihr sogar einen Tag lang nichts zu essen. Irgendwann riefen sie Dr. Sumita, einen Psychologen, zu Hilfe.

Bei seinem ersten Besuch setzte er sich eine Stunde lang zu ihr. Er sagte kein Wort; sie ebensowenig. Am nächsten Tag spielte sich dasselbe ab, und danach wieder, eine Woche lang. Am ersten Tag der zweiten Woche begann er zu reden – über das Wetter, darüber, was seine Frau am Abend zuvor gekocht hatte, über eine Wandertour in den japanischen Alpen – und hörte während der ganzen Stunde nicht wieder auf. Hanako hätte kein Wort dazwischen bekommen, selbst wenn sie es versucht hätte. Am fünften Tag dieser Woche begann der Psychologe wiederum seinen Monolog, brach jedoch nach einer halben Stunde ab. Die Stille in Hanakos Zimmer wurde so dicht, dass sie die Hände auf die Ohren schlug.

Dann zog Dr. Sumita aus der Innentasche seines Jacketts den Prospekt eines Museums in Osaka. Volle fünf Minuten lang las er ihr daraus vor, blätterte demonstrativ darin herum, um sie auf die Folter zu spannen. Als er damit fertig war, gab er ihn ihr. Gierig starrte sie die Hochglanzfotos einer Ausstellung von *sumi-e*-Tintenmalereien an. Dann lächelte sie.

An dem Nachmittag besuchte Dr. Sumita mit ihr das Museum. Er beobachtete sie, während sie die Ausstellungsstücke betrachtete und jedes Wort der beigefügten Schilder las. Nachdem sie alles gesehen hatten, setzten sie sich ins Museumscafé und tranken zusammen eine Kanne besten Grüntees. Er fragte sie, welches der Bilder sie am interessantesten gefunden habe. Eine ganze Weile sagte sie nichts, dann brach eine Flut von Worten aus ihr heraus. Sie listete ihre Lieblingsstücke auf, erzählte ihm von den Geschichten, die hinter den Bildern steckten, von den Künstlern – alles, was sie an dem langen Nachmittag in sich aufgesogen hatte.

Fast ein Jahr lang besuchten Dr. Sumita und Hanako jede Woche ein Museum. Im Anschluss daran tranken sie Tee und diskutierten über die Ausstellung. Den größten Teil des Gesprächs bestritt sie, er stellte nur hin und wieder eine Frage. Den Rest der Woche hatte Hanako viel zu tun. Ihre Mutter hatte sie zu mehreren Kursen angemeldet: Teezeremonie, Blumenarrangements, die Kunst, einen Kimono zu tragen und einen *obi* zu binden. Die hausfraulichen Künste. Nach Ablauf des Jahres kam Dr. Sumita nicht mehr zu ihr, und die Museumsexkursionen wurden durch einen Kurs in französischer Küche ersetzt.

Nach drei Jahren begann Hanako zu einigen arrangierten Verabredungen mit sorgfältig ausgewählten potenziellen Ehepartnern zu gehen. Ihr war klar, dass die ersten paar jungen Männer nur zum Üben waren; die ernsthaften Kandidaten kamen später. Und der höchste Preis war, in den Augen ihrer Eltern, Tetsuo Suzuki. Nach Ablauf des vierten Jahres war sie mit ihm verlobt, nach Ablauf des fünften lebte sie in ihrem Musterhaus.

Sie hatte die Prüfungen bestanden. Alle.

Doch ihr Gedicht würde nicht nur von diesen konkreten Ereignissen handeln. Es sollte auch ihre Gefühle während dieser Zeit wiedergeben: den geheimnisvollen Schmerz und Trost der Geschichten, die sie in den Museen gefunden hatte. Und sie wollte die Zerstückelung, die Auflösung zum Ausdruck bringen, an der sie beinahe zugrunde gegangen wäre, als sie sich zum Wohle ihrer Eltern opferte.

BERKELEY

Tina klopfte an die Tür von Professor Porters Büro. Sie wollte erklären, warum sie den Sensei entführt hatte, in der Hoffnung, dass sie damit ihre Existenz am Institut retten konnte. Sie würde Professor Porter versichern, dass es nie wieder vorkommen und dass sie es irgendwie wieder gutmachen würde. Doch es konnte gut sein, dass ihre Entschuldigung nutzlos war und ihre Karriere an diesem Institut, die erst wenige Wochen währte, einen unwiderruflichen Schaden davongetragen hatte. Kein anderer Professor – und schon gar nicht Alamo – würde sie annehmen, nachdem sie zwei berühmte Mitglieder der Fakultät gegeneinander ausgespielt hatte.

Da niemand antwortete, ging Tina zurück zu ihrem eigenen Büro. Howard arbeitete an seinem Computer. Als sie hereinkam, hörte er auf zu tippen.

»Tut mir Leid, dass ich mich gestern so klammheimlich davongemacht habe«, sagte sie. »Ich dachte, es wäre das Beste für den Sensei. Zu viele Leute und zu viel Durcheinander, wenn du verstehst, was ich meine.«

»Kein Problem.«

»Du hast nicht zufällig Professor Porter gesehen, oder?«

»Heute nicht«, sagte er und wandte sich wieder seinem Computer zu.

Tina besuchte Wijjie in seinem Büro. Er sah von seinem Buch auf. »Tina, die Sache gestern tut mir Leid. War keine gute Idee, Alamo mitzubringen.« Er tat, als hielte er sich eine Pistole an den Kopf.

Tina setzte sich auf einen freien Stuhl. »Was für einen Ärger habe ich mir damit eingebrockt?«

»Ärger?«

»Na, irgendwelchen Ärger muss es doch geben. Ich habe meine eigene Beraterin und einen weiteren Professor des Studiengangs vor den Kopf gestoßen.«

Wijjie drehte sich mit seinem Stuhl herum und legte das Buch beiseite. »Ich denke, das legt sich von selbst.«

»Das ist eine Möglichkeit. Die andere ist, dass ich hier einpacken kann.«

»Komm schon, Tina. So was darfst du nicht denken.«

Tina zuckte die Achseln. »Tja, ich lasse dich wohl besser weiterlernen.«

»Essen wir nachher zusammen?«

»Ich kann nicht. Muss mich um Ma kümmern.«

»Wie geht es ihr?«

»Schwer zu sagen. Sie redet nicht viel. Ich glaube, sie ist deprimiert. Weil sie nicht zur Arbeit kann und so.«

»Glaube ich gerne«, sagte Wijjie. »Das ist sicher nicht leicht für sie. Und der Stress verstärkt ihre MS wahrscheinlich noch.«

»Ganz bestimmt.«

»Aber sie scheint das alles ziemlich gut zu verarbeiten.«

»Da bin ich mir nicht so sicher.« Tina stand auf. »Danke, Wijjie. Mir geht's schon viel besser.«

»Gern geschehen.«

SAN FRANCISCO

Hanako beugte sich über das Bett und schloss die Tür auf. Kiyomi kam herein. »Was ist los, Hanako? Warum schließt du die Tür ab?«

Hanako lehnte sich wieder zurück; ihr Knöchel pochte von der plötzlichen Blutzufuhr, die die Bewegung ausgelöst hatte.

Kiyomi setzte sich auf die Bettkante. »Ist alles in Ordnung?«

Hanako stöhnte. »Der Sensei ist hier.«

»Hier?«

Hanako nickte. »In Hanas ehemaligem Zimmer. Sie hat ihn hierhergebracht.«

»Das ist meine Schuld. Tina hat mich gesehen, als ich in der Schule war. Ich musste ihr sagen, dass du mich gebeten hattest, nach dem Sensei zu schauen.«

»Nein, es ist nicht –« Plötzlich packte eine Welle von Krämpfen Hanakos Bein.

»Was ist, Hanako?«

Mit verzerrtem Gesicht wies Hanako auf die Küche. »In der Stäbchenschublade.«

Kiyomi lief hinaus. Die Krämpfe waren schmerzhafter als je zuvor.

»Meinst du das hier?«, fragte Kiyomi. Sie schloss die Tür und hielt einen Marihuana-Joint und ein Streichholzbriefchen vom Tempura House hoch.

Hanako nickte. Kiyomi reichte ihr den Joint. Hanako schob ihn sich zwischen die Lippen, und Kiyomi gab ihr Feuer. Hanako nahm einen tiefen Zug, hielt einen Moment die Luft an und atmete dann hustend wieder aus.

»Das habe ich noch nie probiert«, sagte Kiyomi.

Hanako gab ihr den Joint. Kiyomi zog daran, stieß den Rauch schnell wieder aus und gab ihn Hanako zurück. Sie nahm einen weiteren Zug, diesmal ohne zu husten.

Sie hielt ihn erneut Kiyomi hin, die einen zweiten vorsichtigen Zug probierte, schüttelte jedoch den Kopf, als sie ihn ihr zurückgeben wollte.

»Zwei Züge reichen?«, fragte Kiyomi.

Hanako nickte.

Kiyomi drückte den Joint an der Rückseite des Streichholzbriefchens aus. »Mir ist ein bisschen schwindlig.« Sie setzte sich auf die Bettkante.

»Mir auch«, sagte Hanako.

Nach ein paar Minuten begann sich ihr Bein zu entspannen, und die Krämpfe ließen nach.

»Geht's jetzt besser?«

»*Hai. Domo.*«

»Gut«, sagte Kiyomi. »Übrigens, wegen der neuen Kellnerin …«

»Was ist mit ihr?«

»Sie macht ihre Arbeit gut.«

»Schön.«

»Sehr nett zu den Kunden.«

»Freut mich.«

»Natürlich nicht so nett wie du«, fügte Kiyomi eilig hinzu. Dann herrschte Schweigen. Nach einer Weile sagte Kiyomi: »Du musst es Tina sagen. Sie wird es verstehen. Dann bringt sie ihn von hier weg.«

»Das weiß ich, aber da ist so viel ...« Hanakos Stimme erstarb.

BERKELEY

Über den Internetanschluss der Bibliothek suchte Tina nach Informationen über die Daizen Schule. Es gab mehrere Seiten, die meisten auf Japanisch. Eine englischsprachige Website über *shodô* enthielt eine kurze Darstellung der Geschichte »einer der bedeutendsten« Schulen in Japan. Auf einer Zeitleiste waren die Namen der obersten Sensei und die Daten ihrer Amtszeit eingetragen. Außerdem wurden die Ursprünge der Daizen-Kurokawa-Wettkämpfe umrissen und die Sieger aufgeführt.

Der derzeitige, dreißigste Daizen Sensei, Aragaki, war seit 1977 im Amt. Von den Daizen-Kurokawa-Wettkämpfen hatte er fünf gewonnen und zwei verloren. Tina blätterte auf der Seite nach oben. Bisher lag die höchste Siegeszahl bei vier, mit Ausnahme eines Daizen Sensei vom Ende des 18. Jahrhunderts, der sechsmal gewonnen hatte.

Shimano, der neunundzwanzigste Daizen Sensei, war von Juli 1975 bis Juni 1977 im Amt gewesen. Siege: 0, Niederlagen: 0. Neben dem Eintrag stand eine Anmerkung: »Der neunundzwanzigste Daizen-Sensei, Kiichi Shimano, verließ die Schule, bevor er an einem Daizen-Kurokawa-Wettkampf teilnehmen konnte. Zur gleichen Zeit verschwand auch der Daizen Reibstein. Weitere Informationen hierzu finden Sie in der *Geschichte des Daizen Reibsteins.*«

Tina fand das Buch in der sinologischen Abteilung der Universitätsbibliothek, konnte jedoch kaum etwas davon lesen. Andere Titel über den Reibstein oder die Daizen Schule für Kalligraphie gab es nach dem elektronischen Verzeichnis der Bibliothek nicht.

Sie schrieb die wichtigsten Daten und Fakten in ihr Notizbuch für Alamos Seminar und notierte sich die URLs der Websites. Die *Geschichte des Daizen Reibsteins* lieh sie sich aus, bevor sie die Bibliothek verließ.

ZWISCHENSPIEL

Geschichte des Daizen Reibsteins
3. Teil

FRÜHJAHR 1659
EDO, JAPAN

Eines Morgens erwachte Kurokawa Sensei und fühlte sich sehr müde. Ein Jahr nach seinem Sieg florierte die Kurokawa Schule so sehr, dass er die vielen Schüler nicht mehr bewältigen konnte. Die Energie vom Wettkampf mit der Daizen Schule hatte ihn viele Monate wie ein Rückenwind vorangetrieben, doch jetzt ermüdete es ihn, so viele Schüler zu unterrichten, und seine täglichen zehntausend Übungsstriche waren zu einer lästigen Pflicht geworden.

An diesem Morgen fragte er die alte Kurokawa: »Gestatten Sie mir, auf eine kleine Reise zu gehen? Ich muss meinen Geist erneuern.«

Die alte Kurokawa nickte. »Ich habe gespürt, dass Sie müde geworden sind.«

»Aber ich möchte meine Schüler nicht gerne allein lassen.«

»Ein müder Lehrer ist kein guter Lehrer.«

Das war allerdings richtig.

»Wohin wollen Sie gehen?«, fragte sie, als sie sein Geschirr abräumte.

»Ich möchte den Ort sehen, wo der Daizen Reibstein gefunden wurde.«

Kurokawa Sensei ging die Stufen zum Eingang des einfachen Berggasthauses hinauf; ihm taten die Füße weh, und seine Beine waren müde von der langen Wanderung abseits der Hauptstraße. Der Gastwirt, ein alter Mann, begrüßte ihn an der Tür und nahm ihm seine Tasche ab. Er führte ihn in ein Zimmer, das auf den Fluss hinausging, der durch das kleine Dorf Jûzu-mura lief.

Seit er den Wettkampf gewonnen hatte, war in Kurokawa Sensei Neugier auf den Daizen Reibstein und seine Macht wach geworden. Er hatte beschlossen, während seiner Ruhepause eine Geschichte des Reibsteins zu schreiben.

Nachdem er sich in seinem Zimmer eingerichtet hatte, nahm er ein ausgiebiges Bad, aß in aller Ruhe zu Abend und ging zu Bett. Am nächsten Morgen wachte er so erfrischt auf, als sei er bereits ein Jahr von der Schule weg, nicht nur ein paar Tage. Er aß seine morgendliche Mahlzeit, und das Essen war frischer und köstlicher als alles, was er je zu sich genommen hatte. Danach nahm er den Daizen Reibstein aus seiner Reisehülle und rührte die Tinte an. Mit einem schmalen Schreibpinsel und Bögen von bestem Papier begann er:

Der Daizen Reibstein begann sein Leben als ein Berg, der den Mittelpunkt einer inländischen Provinz bildete, in der Nähe des Dorfes Jûzu-mura. Natürlich begann der Daizen Reibstein nicht als ganzer Berg, sondern als ein winziger Teil dieses Berges. Irgendwann in seiner ältesten Vorgeschichte begann der Berg sich aufzulösen, wie es alle Dinge und alle Menschen tun. Ein Splitter des Berges brach ab und befreite sich von dem erdrückenden Gewicht der Gesteinsmasse.

Er fiel hinunter, wobei sich wiederum kleine Stücke lösten. Als er am Fuß des Berges gelandet war, tat er sehr lange gar nichts. Er lag einfach da und sann über sein freies Leben nach.

Nach und nach wurde der Stein vom Wasser fortgeschoben, das vom Berg zum Fluss hinunterrauschte, der durch das Dorf Jûzumura floss – obwohl es das Dorf damals natürlich noch nicht gab. Da er nicht wusste, ob es ihm gefallen würde, in einem Fluss zu liegen, versuchte der Stein, sich festzuhalten, doch diese Kraft besaß er nicht. Er verfügte über andere Kräfte, von denen er jedoch noch nichts wusste.

Irgendwann rutschte der Stein schließlich in den Fluss. Das Gefühl des Wassers war so seltsam, so stark. Die Kraft des Flusses war ganz anders als die statische Kraft des Berges, ganz Bewegung, unablässiges Fließen. Die Kraft des Wassers brach keine Stücke von dem Stein ab, wie es beim Herunterfallen vom Berg geschehen war, sondern glättete langsam, ganz langsam seine rauen Kanten.

Viele, viele Jahre später kam ein wandernder Dichter und Kalligraph an den Fluss und blieb eine Weile in Jûzu-mura. Der Dichter war durch die Gegend gewandert, ohne recht zu wissen, warum; er wusste nur, dass er nach Inspiration für seine Kunst suchte. Er hatte das Gefühl, ausgepumpt zu sein, und musste neue Dinge sehen und spüren. Der Dichter – Jinmai – setzte sich an den Fluss; das Sonnenlicht funkelte auf der Wasseroberfläche wie kleine Feuerblitze.

Plötzlich zog eine dunkle Wolke vorbei und verdeckte die Sonne. Jinmai konnte den Grund des Flusses sehen und bemerkte den rechteckigen Stein, der zwischen zwei Felsen eingeklemmt war. Er sah aus wie gefangen, als wolle er befreit werden, um seine Reise flussabwärts fortzusetzen. Ganz ähnlich wie Jinmai selbst.

Der Dichter sprang ins Wasser und fischte ihn heraus. »Du würdest einen hervorragenden Reibstein abgeben, wenn du nichts dagegen hast.«

Darauf hatte der Stein natürlich nichts zu sagen.

Kurokawa Sensei legte seinen Pinsel weg und blickte nach draußen. Die warme Luft des Spätfrühlings strich ihm um die Nase und lockte ihn, eine Pause einzulegen. Die Berggegend zu genießen war schließlich auch einer der Gründe gewesen, warum er in das Dorf gekommen war; er wollte sich entspannen, seinen Geist mit neuer Lebenskraft füllen und Abstand von der hektischen Hauptstadt haben. Er musste die Geschichte ja nicht an einem Tag vollenden.

Der Sensei räumte seine Arbeit beiseite und reinigte Pinsel und Reibstein. Der Gastwirt beschrieb ihm einen Wanderweg, der am Fluss entlang durch den Wald führte. »Dort gibt es viele schöne Dinge zu sehen, Sensei«, sagte der alte Mann beinahe traurig, als könne er sie nicht mehr selbst genießen, sondern nur noch stellvertretend durch seine Gäste. Kurokawa Sensei dankte ihm und nahm den als Zwischenmahlzeit für den Nachmittag angebotenen Kartoffelkuchen an.

Der Pfad führte ihn am Fluss entlang, und zwar so nah, dass immer wieder Wassertropfen auf seine Haut spritzten. Als er zu einem kleinen Nebenarm kam, folgte er diesem eine Weile. Es war nur ein winziges Rinnsal, doch als er weit genug vom lärmenden Fluss entfernt war, konnte er hören, wie es über einen Felsstein in einen kleinen Teich plätscherte, der sich zwischen einer Ansammlung von weiteren Felssteinen gebildet hatte.

Kurokawa Sensei hockte sich hin und lauschte dem Wasser. Es beruhigte und erfreute ihn, und er lächelte.

»Davon gibt es noch mehr«, sagte eine Frau, deren Stimme ebenso sanft war wie die des Wassers. Kurokawa Sensei drehte sich um. Die Frau, die einige Jahre jünger war als er, trug einen einfachen, locker gebundenen Kimono. Sie sagte: »Überall entlang dieses Rinnsals gibt es solche Orte der Wassermusik, Sensei.«

»Orte der Wassermusik? Die würde ich gerne hören.«

»Wollen Sie mich begleiten?«

»Ja.«

Sie ging langsam, setzte vorsichtig ihre schlichten Strohschuhe auf die moosbewachsenen Steine. Ihre Knöchel blitzten im Sonnenschein auf.

»Woher wussten Sie, wer ich bin?«

Sie schwieg ein paar Schritte lang. »Es ist ein kleines Dorf. Entschuldigen Sie, dass ich so direkt bin.«

»Nein, Sie haben natürlich ganz Recht.«

»Wir haben alle von Ihnen gehört. Wir wissen schon ein bisschen von der Welt, auch wenn wir so abgeschieden leben.«

Die Frau blieb an einer anderen Stelle stehen, wo der Bach über Steine floss. Beide hockten sich hin und lauschten. Das Rinnsal teilte sich, aber ungleichmäßig; der breitere Teil floss schwerer und gleichförmiger und hörte sich tiefer an, während der schmalere Teil hell plätscherte. Beide Klänge vermischten sich wie zwei harmonische Musikinstrumente.

Die Frau sagte: »Es klingt nicht immer so schön. An manchen Tagen passen die Töne nicht zusammen. Heute ist ein besonderer Tag.«

»Klingt die Wassermusik denn immer unterschiedlich?«

Sie lachte leise. »Oh ja. Die Welt ist doch auch jeden Tag anders, oder nicht?«

Eine ganze Weile blieben sie dort und lauschten. »Möchten Sie noch mehr hören?«

»Gerne.«

Sie gingen noch zu drei weiteren Stellen, von denen jede anders klang als die vorige. Bei der letzten machten sie eine Pause und verzehrten seinen Proviant. »Kommen Sie oft hierher, um sich die Wassermusik anzuhören?«, fragte Kurokawa Sensei.

»Sooft ich kann.«

»Ich freue mich, dass ich die Stelle gefunden habe. Und dass Sie da waren, um mir die anderen zu zeigen.«

Sie verneigte sich leicht, sodass er den Ansatz ihres Nackens sehen konnte. Als sie sich aufrichtete, trafen sich ihre Blicke kurz.

Dann stand sie auf. »Ich sollte jetzt besser gehen. Die meisten Menschen kommen hierher, um allein zu sein.«

Der Sensei wollte nicht allein sein, doch sie war schon auf dem Weg nach unten, wobei sie sehr viel schneller und geschickter lief als auf dem Weg hinauf.

Kurokawa Sensei schrieb jeden Morgen an der Geschichte, die sein Sensei ihm erzählt hatte. Er schrieb sie als einzelne Geschichten, als wäre er über die Generationen hinweg dabei gewesen, während der Kriege und gesellschaftlichen Umschwünge, während der persönlichen Triumphe und Tragödien, die mit dem Reibstein zusammenhingen. Zugegebenermaßen schmückte er die Tatsachen aus, zumindest bei den Ereignissen, die ihm sein Sensei erzählt hatte. Je mehr er schrieb, desto mehr schmückte er aus, bis er schließlich eins wurde mit der Geschichte jedes einzelnen Sensei und deren Verbindung mit dem Daizen Reibstein.

Jeden Tag, nachdem er sein Schreiben beendet hatte, nahm er etwas Proviant mit und folgte dem Pfad entlang des schmalen Baches, um an den verschiedenen Orten der Wassermusik zu lauschen. Ihr Klang veränderte sich tatsächlich jeden Tag. Und jeden Tag fand er sie, die Wassermusikfrau, an einer der Stellen. Sie lauschten eine Weile still, dann spielten sie, noch immer schweigend, aufeinander wie auf lebenden Musikinstrumenten. Und es war, genau wie die Welt, jeden Tag anders.

Schließlich kam Kurokawa Sensei zum Ende der Geschichte des Reibsteins, seiner eigenen Geschichte. Dieser Teil war am schwersten zu schreiben, da er zu nah dran war. Oder vielleicht wollte er auch nicht, dass die Geschichte ein Ende hatte, dass er nie wieder mit der Frau der Wassermusik lauschen würde.

Er hätte den Daizen Reibstein dafür gegeben, in Jûzu-mura bleiben zu können, aber er wusste, dass er zur Kurokawa Schule zurückkehren musste. Er hatte jetzt so viel Verantwortung, so viele

Schüler, eine ganze Tradition, die sterben würde, wenn er nicht zurückkehrte.

An dem Tag, als er die *Geschichte des Daizen Reibsteins* beendete, fragte er den Gastwirt beiläufig nach der Wassermusikfrau; er erzählte, er sei ihr eines Tages begegnet, und sie habe ihm einen anderen Weg gezeigt, den er gehen sollte. Er sagte, er wolle sich bei ihr bedanken und ihr ein kleines Geschenk geben, wie er es allen Einwohnern von Jûzu-mura gegeben hatte, die seinen Aufenthalt so angenehm gemacht hatten.

»Sie meinen sicher Yamano-*san*. Sie wandert immer in den Bergen herum, wenn sie sich nicht um ihre verunglückten Eltern kümmert.«

»Verunglückt? Was ist denn passiert?«

»Eine tragische Geschichte. Ihre Eltern sind bei einem Erdrutsch schwer verletzt worden. Sie können nicht mehr gehen. Und sie ist die Einzige, die sich um sie kümmern kann.«

»Das ist ja schrecklich.«

Der Sensei kehrte in sein Zimmer zurück und malte eine letzte Kalligraphie: die Zeichen für »Wasser«, »Musik«, »Ort« und »Freude«. Die Striche flossen aus seinem Pinsel wie noch nie zuvor, mit einer zarten Kraft, als lenke sie jemand anders.

Er packte seine Sachen zusammen und gab dem Gastwirt eine Kalligraphie, die er zum Dank angefertigt hatte. Außerdem bat er ihn, Yamano seine letzte Arbeit auszuhändigen. Der Gastwirt versicherte ihm, er werde es mit Freuden tun. Kurokawa Sensei dankte ihm und ging dann eilig den Hang hinunter, fort von Jûzumura, als befürchte er, wenn er noch länger bliebe, würde er niemals mehr gehen.

»Musik« – *ongaku* – ist eine Kombination aus zwei Schriftzeichen, *on*, »Geräusch«, und *gaku*, das sowohl »Musik« als auch »Vergnügen« bedeutet. *On* hat sich aus den Zeichen für »Mund« und »Zunge« entwickelt. *Gaku* ist eine nicht mehr nachvollziehbare Ableitung von »Fäden an einem Eichenbaum«, was sich möglicherweise auf Seidenraupen und die Freude, sie zu finden, bezieht (vielleicht, weil man vor Freude singt?). Die Striche dieser Zeichen müssen vor Freude strahlen, als habe man eine wahre Liebe gefunden, die zwar ungebeten erschienen ist, aber nicht verleugnet werden kann, sosehr man auch versucht, sie beiseite zu schieben.

SAN FRANCISCO

Tina öffnete die Tür zum Wandschrank. Der Sensei arbeitete noch immer an seinen Zeichnungen. Der Stapel mit fertigen Zeichnungen neben dem improvisierten Tisch war gewachsen. Tina trat leise einen Schritt vor und nahm ihn mit.

Sie schloss die Tür und legte den Stapel auf den Küchentisch. Dann ging sie zum Schlafzimmer ihrer Mutter und klopfte leise. »Ma?« Sie drückte auf die Klinke, stellte jedoch fest, dass die Tür abgeschlossen war.

Kiyomi öffnete ihr. Ein leichter Geruch nach Marihuana hing in der Luft. Hanako lag auf dem Bett, den Knöchel auf ein Kissen gestützt.

Tinas Blick fiel auf den angerauchten Joint. »Nanu?«

»Pure Neugier«, sagte Kiyomi. »Ich muss jetzt zur Arbeit, bin schon spät dran.«

Tina ging mit ihr durch den Flur. »Wie geht es ihr?«, fragte sie.

»Jetzt wieder ganz gut.«

»Hat sie was über den Sensei gesagt?«

Kiyomi nickte. »Sie ist darüber nicht glücklich.«

»Das dachte ich mir schon. Ich hoffe, er muss nicht mehr lange bleiben.«

»Entschuldige, aber ich muss los.«

»Danke, dass du gekommen bist, Tante Kiyomi. Damit hast du mir sehr geholfen.«

»Lass mich mal sehen, was dein Knöchel macht«, sagte Tina zu ihrer Mutter. Sie zog das Handtuch weg, das unter dem Eisbeutel lag. Die Schwellung war zurückgegangen, aber der Knöchel war in schauerlichen Blau-, Schwarz- und Grüntönen angelaufen. »Ich glaube, den sollte Wijjie sich lieber noch mal ansehen.« Sie legte Handtuch und Eisbeutel wieder auf das Bein. »Hattest du heute Schmerzen von deiner MS?«

所

»Ort« – *tokoro* – ist entstanden aus den Zeichen für »Tür« (im phonetischen Gebrauch) und »Axt« oder »hacken«. Es ist unklar, warum das Geräusch des Hackens »Ort« repräsentiert. Vielleicht werden die spezifischen Geräusche jedes Orts benutzt, um ihn zu definieren. In der Tat sind Geräusche ebenso mit einem Ort verbunden wie Bilder oder Gerüche. Die Striche müssen solide wirken, da »Ort« etwas Festes in unserer Erinnerung darstellt, etwas, woran unsere Gefühle sich festhalten können, so wie eine Wand Kunstwerke hält.

»Freude« – *yorukubu* – ist abgeleitet von »Mund« und »Pflanze« und »Essensgefäß«, wie beispielsweise für gekochtes Gemüse. Alles zusammen bedeutet »essen« und als Folge davon »Genuss«. Es ist seltsam, dass ausgerechnet das Essen, also der Geschmackssinn, ausgewählt wurde, um Genuss darzustellen. Warum nicht das Sehen? Warum wird Freude nicht durch den Anblick eines blühenden Kirschbaums repräsentiert? Oder durch die Berührung eines Geliebten?

Lehrbuch der Zenzen Schule für japanische Kalligraphie

»Ja, aber sie sind wieder weggegangen.«

Tina fühlte sich plötzlich so müde, dass sie im Stehen hätte einschlafen können. »Soll ich dir was zu essen machen?«

»Ja, ich bin ein wenig hungrig.«

Tina nickte und stand auf. Bevor sie hinausging, sagte sie: »Es tut mir Leid, dass ich den Sensei hergebracht habe. Mir war nicht klar, dass es so ein Problem sein würde. Mach dir deswegen nicht zu viel Stress. Ich werde mir etwas überlegen.«

Nachdem sie das Geschirr abgewaschen hatte, setzte Tina sich an den Küchentisch und betrachtete die letzten Zeichnungen des Sensei. Sie waren abstrakter als die davor, sehr viel wilder als die traditionelle Kalligraphie, die Mr. Robert gemalt hatte. Sie ordnete die Bögen in Reihen an, sortierte sie in zwei Gruppen: solche mit einzelnen Zeichnungen und solche mit mehreren. Andere unterscheidende Merkmale konnte sie nicht ausmachen.

Sie fragte sich, warum der Sensei den Daizen Reibstein mitgenommen hatte, als er Japan verließ. Wenn er wirklich so wertvoll war und eine so lange Geschichte hatte, war es eine ziemlich drastische Tat. Vielleicht half ihr die *Geschichte des Daizen Reibsteins* weiter, falls sie jemanden fand, der sie ihr übersetzte.

Sie schob die Zeichnungen wieder hin und her, ordnete sie diesmal nach Elementen, die eher eckig oder eher rund waren, aber sie hatte nicht den Eindruck, dass sie je begreifen würde, was sie bedeuteten. Nicht einmal, wenn sie den Rest ihres Lebens darauf verwandte, sie zu studieren, und ebensowenig, wenn sie ununterbrochen Aufnahmen von seiner Gehirnaktivität machte. Wie sollte irgendjemand verstehen, was seine Zeichnungen bedeuteten, wenn er selbst nicht in der Lage war, sie zu erklären? Sie hatten keinen erkennbaren Bezug zur Wirklichkeit.

Die Zeichnungen zu verstehen war genauso schwierig, als wollte man die bewussten Wahrnehmungen eines anderen Menschen messen – solange der andere nicht mit Worten beschrieb, was er wahrnahm, war es unmöglich. Man konnte das Objekt oder die Substanz messen, die wahrgenommen wurde, beispielsweise die Menge Licht, die von einem Gebäude reflektiert wurde, oder den Natriumgehalt in einer Suppe. Und man konnte die Gehirnaktivität messen, wenn der Mensch das Gebäude betrachtete oder die Suppe aß. Aber wie der andere die Wahrnehmung erlebte, konnte nicht gemessen werden, solange er es nicht beschrieb. Man konnte es sich nur vorstellen, indem man sie mit der eigenen Wahrnehmung verglich.

Als Tina die Zeichnungen wieder zu einem Stapel zusammenschob, bemerkte sie auf der Rückseite eines Blattes *kanji*. Die hatte sie bisher nirgends gesehen. Sie mussten von ihrer Mutter stammen. Tina betrachtete die beiden Zeichen eingehend, erkannte sie jedoch nicht.

Sie holte das *kanji*-Verzeichnis und das japanisch-englische Wörterbuch aus dem Wohnzimmer. Dann zählte sie die Anzahl der Striche bei den beiden *kanji* und fuhr mit dem Finger an der entsprechenden Liste im Verzeichnis entlang, bis sie sie gefunden hatte: *kôkai*. Sie schlug das Wort im japanisch-englischen Wörterbuch nach: »Bedauern« oder »Reue«.

Als Tina sich im Wohnzimmer schlafen gelegt hatte, schwang Hanako die Beine vom Bett und verlagerte ihr Gewicht auf den gesunden Fuß. Die eine Hand auf das Bett, die andere auf die Kommode gestützt, richtete sie sich auf und bewegte sich langsam zur Tür. Vorsichtig und leise öffnete sie sie und spähte in den Flur.

Gegen die Wand gestützt, hüpfte sie zum Wandschrank. Die Tür war einen Spalt geöffnet; Licht schimmerte hindurch. Sie spähte hinein. Der Sensei wandte ihr den Rücken zu. Hätte sie nicht gewusst, dass er es war, sie hätte ihn nicht erkannt: Er hing in seltsam gekrümmter Haltung über dem Tisch, während er mit dem Pinsel arbeitete, und sein Haar war ganz weiß, lang und zerzaust. Wie bei den Obdachlosen am Union Square.

Sie stieß sich ab und hüpfte zur Küche. Auf dem Tisch lag ein Stapel mit Zeichnungen des Sensei. Hanako ließ sich auf einem Stuhl nieder und begann seine Pinselstriche nachzuzeichnen.

Ich kenne ihn
ich mag ihn
ich liebe ihn
seit Jahren
noch immer bringt er
mein Herz
zum Schmelzen

ZWISCHENSPIEL

Die Quelle

MÄRZ 1977
KYOTO, JAPAN

In der Stunde vor der ersten Lektion nach der Beerdigung seines Schwiegervaters versuchte Daizen Sensei, sich auf Hanakos Besuch in seinem Atelier einzustellen. Die zahllosen Dinge, um die er sich in der Beerdigungswoche hatte kümmern müssen, waren sehr anstrengend gewesen: alles organisieren, die Trauergäste begrüßen, eine passende Rede für die Trauerfeier verfassen. Er hatte mehr tun müssen als üblich, da seine Schwiegermutter vollkommen außer sich gewesen war; der Tod war unerwartet gekommen, sein Schwiegervater schien sich von der Operation, die bereits viele Monate zurücklag, gut erholt zu haben. Yuriko hatte den größten Teil der Woche damit zugebracht, sie zu trösten.

Der Sensei konnte sich nicht recht entscheiden, was er in Hanakos Unterrichtsstunde durchnehmen wollte, und dabei war die zurückliegende Woche nur ein Teil des Problems. Zum einen hatte seine Frau seltsame, beiläufige Bemerkungen gemacht – wie viel er in letzter Zeit arbeitete, und dass seine Schüler sicher froh wären, so viel individuelle Betreuung zu bekommen. Er hatte keine Ahnung, worauf sie damit abzielte, doch ihn überlief ein Schauer, als er begriff, wie gut die Bemerkungen auf ihn und Hanako passten. Vielleicht war er paranoid; vielleicht hatten sie überhaupt nichts zu bedeuten.

Zum anderen fehlte ihm die Motivation, nicht nur zum Unterrichten, sondern auch für seine eigene Kalligraphie, insbesondere für die Vorbereitungen zum ersten Daizen-Kurokawa-Wettkampf seiner Amtszeit. Bis dahin waren noch mehrere Monate Zeit, aber um eine Chance zu haben, musste er anfangen, ernsthaft zu üben. Die Woche ohne Hanako hatte es ihm noch schwerer gemacht, sich zu konzentrieren.

Sein Leben war im Begriff sich aufzulösen.

Er dachte viel an sie und freute sich darauf, sie wieder zu sehen. Schließlich beschloss er, die Stunde nicht zu planen. Sie konnten einfach locker anfangen, darüber reden, wie sie die Woche verbracht hatten. Ein nettes Gespräch, das sie beide wieder voranbringen würde.

Als Hanako zum Unterricht kam, war er ein wenig angespannt. Er bereitete schließlich doch noch etwas vor – einen Block mit

Der Kalligraph, der mehr erreichen will als bloße Fertigkeit, muss eine Quelle der Gefühle finden, aus der er schöpfen kann. Wer versucht, ohne eine solche Quelle große Kunstwerke zu schaffen, wird technisch einwandfreie, aber oberflächliche Kalligraphie produzieren. Der Kunst eines solchen Kalligraphen wird es an Spiritualität, Tiefe und wahrer Bedeutung mangeln.

Lehrbuch der Zenzen Schule für japanische Kalligraphie

sechs Zeichen, den sie üben sollte –, für den Fall, dass ihnen der Gesprächsstoff ausging. Hanako verneigte sich tief, als sie das Atelier betrat, ihr Gesicht voll ernstem Respekt angesichts seines Verlusts. Er erwiderte die Verneigung zum Zeichen des Danks.

Als sie ihre Plätze eingenommen hatten, fragte der Sensei, wie es ihr in der Zwischenzeit ergangen sei.

»Gut, danke. Ich habe den Unterricht vermisst.«

»Ich auch.«

»Aber es gab mir Zeit zum Nachdenken«, sagte sie.

»Worüber?«

Hanako nahm ein kleines Notizbuch aus ihrer Tasche mit den Kalligraphieutensilien. »Es ist nur ein Entwurf«, sagte sie und gab es ihm.

Der Sensei schlug das Notizbuch auf und begann ihr Gedicht zu lesen. Während er las, füllte sich seine Leere zusehends, als nähre er sich aus der tiefen Quelle ihrer Gefühle.

SAN FRANCISCO

»Danke vielmals, dass du mir mit Ma hilfst, Tante Kiyomi«, sagte Tina.

»Du musst dich nicht ständig bedanken. Das macht mir nichts aus.«

»Aber du hast doch bestimmt Besseres zu tun. Vor allem jetzt, wo Ma nicht arbeiten kann.«

»Wir kommen prima zurecht«, sagte Kiyomi.

»Bist du sicher? Wer springt denn für sie im Tempura House ein?«

»Im Moment niemand. Wir versuchen, die Stunden mit den Festangestellten abzudecken. Manchmal wird es allerdings etwas hektisch.«

»Wie wäre es mit mir? Ich könnte die Abendschichten übernehmen.«

Kiyomi lächelte. »Das ist nett von dir.«

»Wirklich, ich würde gerne helfen.«

»Und wer kümmert sich dann um deine Mutter?«, fragte Kiyomi. Dann fügte sie hinzu: »Und den Sensei.«

Tina dachte an ihre »Oma« und schlug sie vor. »Wie geht es ihr denn so?«

»Sie kommt ganz gut zurecht. Ich werde sie fragen. Aber was ist mit der Uni?«

»Ich habe Zeit genug zum Lernen. Um ehrlich zu sein, ich habe das Gefühl, Ma macht sich Sorgen um das Geld. Obwohl ich ziemlich sicher bin, dass sie eine ganze Menge gespart hat. Und das Geld für mein Studium habe ich kaum angerührt.«

»Glaubst du wirklich, dass sie sich Sorgen wegen des Geldes macht?«

»Ich weiß nicht, mit all diesen Gesundheitsproblemen … Sie geht einfach nicht zum Arzt.«

»Ärzte sind teuer. Und ich glaube, sie hat keine sehr gute Krankenversicherung.«

Tina nickte. »Das habe ich mir schon gedacht.«

Kiyomi spähte in das Schlafzimmer. »Solange ich sie kenne, ist sie noch nie länger als ein paar Tage krank gewesen.«

»Ich weiß.«

»Jetzt aber genug davon.« Kiyomi wandte sich zu Tina um und lächelte breit. »Wenn du im Tempura House arbeiten willst, soll es mir recht sein.«

Tina lächelte über Kiyomis plötzlichen Enthusiasmus.

Die Kopien der Gehirnaufnahmen des Sensei waren auf Alamos Schreibtisch ausgebreitet. Er hatte sich zu jeder ein paar Notizen gemacht und die Zettel mit Plastikclips daran befestigt. Die Notizen hielten fest, welche Bereiche aktiv waren und, was noch interessanter war, welche nicht. Auf jedem der Bilder war der große Bereich im linken Temporallappen des Sensei zu erkennen, der durch die geplatzte mittlere Hirnarterie beschädigt worden war. Im Grunde war es ein Wunder, dass der Sensei überhaupt noch etwas tun konnte. Er musste sehr schnell medizinische Hilfe bekommen haben – ein solcher Schlaganfall hätte ihn leicht töten können.

Alamo hatte andere Fälle von Gehirnverletzungen gesehen, wo Teile des frontalen Kortex von den Gefühlsbahnen abgetrennt worden waren. Diese Patienten waren meist ziemlich unberechenbar. Anzeichen dafür waren auch bei dem Sensei zu erkennen. Es war erstaunlich, dass er so gefügig war; normalerweise wiesen solche Patienten starke Stimmungsschwankungen auf, fast wie bei Kleinkindern. Ihr Verhalten, und vermutlich auch ihr Denken, wurde entweder ausschließlich vom Gefühl oder ausschließlich vom Verstand geleitet. Immer mehr Untersuchungsergebnisse wiesen darauf hin, dass wir Entscheidungen aufgrund unserer Gefühle treffen und weniger anhand strikter Logik.

Porter würde widersprechen – die Sprache, so behauptete sie, sei der Schlüssel zum größten Teil des Bewusstseins. Über die Sprache entwickeln wir Konzepte, Metaphern und andere symbolische Mittel, um die Welt zu verarbeiten, was seinerseits wiederum die Art und Weise beeinflusst, wie wir die Welt wahrnehmen. Sie hatte Alamo ihre Theorie erklärt, nachdem sie sich in der Kalligraphieschule begegnet waren.

Als sie entdeckt hatten, dass Tina sich mit dem Sensei aus dem Staub gemacht hatte, war er derjenige gewesen, der Porter einen Waffenstillstand vorgeschlagen hatte. Nicht nur, weil er sich auf dünnem Eis befand – immerhin war Suzuki ihre Studentin –, sondern weil er einen Weg sah, wie sie zusammenarbeiten und beide von den Forschungen an dem Sensei profitieren konnten. Er hatte sie zu einem Kaffee eingeladen. Dieser formlose Austausch würde später möglicherweise einmal als einer der großen Augenblicke der Neurologie in die Annalen eingehen, vielleicht als »Berkeley-Kaffee-Gipfel« oder etwas anderes in der Art. Er hatte die Papierserviette aufgehoben, auf der sie die Nervenbahnen und die zentralen Punkte einer gemeinsamen Forschungsarbeit skizziert hatten.

Alamo wollte gerade die Aufnahmen in eine Mappe räumen, als er auf dem obersten Bild einen kleinen Fleck entdeckte, eine Ausbuchtung wie ein winziger Wurm. Im Schein seiner Schreibtischlampe sah er es sich genauer an. Es könnte ein Aufnahmefehler sein; die Bilder, die Cruz und Suzuki vom Gehirn des Sensei gemacht hatten, waren nicht von bester Qualität. Alamo war kein Mediziner, aber er hielt es für möglich, dass es etwas Ernstes war. Jemand sollte sich den Fleck genauer ansehen.

Er nahm die Mappe mit zu seinem Seminar. Er kam exakt fünfzehn Sekunden vor Unterrichtsbeginn im Seminarraum an und legte seine Unterlagen auf den Tisch. Es waren alle Studenten da, nur Suzuki fehlte.

Genau in dem Moment, als er diese Tatsache registrierte, kam sie herein und setzte sich. »Fangen wir an«, sagte er.

Tina war von der Haltestelle zum Institut gerannt, weil ihre Bahn laut Durchsage des Zugführers wegen eines »Polizeieinsatzes« Verspätung hatte. Die frühere Bahn hatte sie wegen ihres Gesprächs mit Kiyomi verpasst.

Der Unterricht ging vorüber, ohne dass sie ein Wort sagte. Es war keine Absicht, ihr fehlte nur einfach die Energie, sich an der Diskussion zu beteiligen. Je weiter die drei Stunden fortschritten, desto mehr spürte sie, wie ihr Verstand sich zusammenrollte wie ein Tier zum Winterschlaf. Als das Seminar zu Ende war, ging sie mit Gillian hinaus. Wijjie unterhielt sich mit Professor Alamo.

»Na, wie geht's, Tina?«, fragte Gillian.

»Könnte besser sein. Meine Mutter hat sich den Knöchel verstaucht und liegt im Bett. Sie kann nicht arbeiten, deshalb ist sie deprimiert, und das verschlimmert vermutlich ihre MS. Ich habe mich von meinem Freund getrennt. Und ich habe keine Zeit zum Lernen.«

Gillian schüttelte den Kopf, dass ihre Dreadlocks hüpften. »Wie gut, dass meine Mutter nichts von mir wissen will und ich keinen Freund habe. Obwohl ich nichts dagegen hätte, wenn einer auftauchen würde.«

»Und wie läuft's bei dir so?«

»Ganz gut. Ich hänge auch schon ziemlich hinterher. Aber nur, weil ich faul bin.«

»Wir kriegen einfach zu viel Lesestoff.«

»Stimmt. Es ist physisch unmöglich, das alles zu lesen, geschweige denn zu verdauen.«

Tina nickte, dann fragte sie Gillian leise, ob sie noch Gras dabeihätte, für ihre Mutter. Mit einem Grinsen kramte Gillian in ihrer Tasche. Sie nahm eine kleine Zigarettendose heraus und gab sie Tina. »Nimm dir, was du brauchst.«

Tina nahm sich zwei von den Joints heraus. »Ich würde dir gerne Geld dafür geben.«

»Ach was. Das ist mein Beitrag zur Gesundheit deiner Mutter.«

Tina dankte Gillian, die sich verabschiedete, um in die Bibliothek zu gehen. »Muss mal wieder richtig reinhauen.«

Tina ging zu ihrem Büro. Doch als sie den Schlüssel ins Schloss steckte, tat sich gar nichts. Verdutzt kontrollierte sie die Raumnummer und versuchte es dann erneut, doch der Schlüssel ließ sich nicht drehen.

Die haben doch wohl nicht die Schlösser ausgetauscht, dachte sie. Sie klopfte an die Tür. Howard öffnete ihr mit rotem Kopf.

»Tut mir echt Leid«, sagte er.

»Was soll das?«

»Sie haben dir einen anderen Raum gegeben.«

»Wie bitte?«

»Na ja, Karyn hat das angeleiert. Tut mir wirklich Leid. Ich habe versucht, sie davon abzubringen. Aber irgendwie ist sie durchgedreht. Wohl wegen der Sache mit dem Kalligraphielehrer.«

Tina stand im Türrahmen und wusste nicht, was sie sagen sollte.

»Ich habe den Schlüssel für dein neues Büro«, sagte Howard. Er verschwand im Zimmer und kam mit einem Schlüssel zurück, den er ihr gab. Tina hielt ihn in ihrer offenen Hand, als wolle sie ihn wiegen.

»Raum 223, den Flur runter und dann rechts. Wir haben deine Sachen schon rübergebracht. Viel war es ja nicht.«

Tina starrte den Schlüssel an.

Ihr neues Büro war ein langer, schmaler Schlauch mit einer abgenutzten Arbeitsfläche als Schreibtisch. Es hatte nur ein einziges kleines Fenster, das sie öffnete, um den muffigen Geruch loszuwerden. Nachdem sie ihre Sachen ausgebreitet hatte – ihre paar Bücher, Seminarunterlagen und verschiedene BürOutensilien –, rief sie bei Gozen Sensei an. Immerhin gab es ein Telefon und einen Computer.

Als Gozen abnahm, fragte sie, ob sie sich in der Zenzen Schule mit ihm treffen könne. »Ich würde gerne mit Ihnen über den Sensei sprechen.«

»Meinetwegen.«

»Ist der andere Sensei bei Ihnen?«

»Daizen Sensei ist in San Francisco.«

»Gut. Ich möchte mit Ihnen allein reden. In einer Viertelstunde?«

Nach kurzem Zögern sagte er zu.

»Wie geht es dem Sensei?«, fragte Gozen.

»Gut, er arbeitet immer noch die ganze Zeit an seinen Zeichnungen.«

»Wer kümmert sich denn um ihn?«

»Im Moment Kiyomi. Sie haben sie neulich kennen gelernt.«

Gozen nickte. »Wann werden Sie den Sensei wieder herbringen?«

»Wenn sich alles beruhigt hat.« Tina wusste noch nicht, was sie mit ihm machen wollte. »Ich dachte, ich hole dem Sensei ein paar von seinen Sachen. Wir sind ja ziemlich überstürzt gegangen. Können Sie mir dabei helfen?«

Während sie Zahnbürste, Rasierer und Haarbürste aus dem Bad holten, sagte Tina: »Ich würde gerne Kalligraphie lernen, *shodô*. Würden Sie mir Unterricht geben?«

»Sie wollen, dass ich Sie unterrichte?« Gozen sah sie überrascht an.

»Sie sind doch Lehrer, oder nicht?«

»Ja, ich bin Lehrer der Zenzen Schule. Aber Zenzen Sensei müsste dazu sein Einverständnis geben.«

»Das kann er doch jetzt nicht.«

»Nein, im Moment nicht.«

»Was passiert mit der Zenzen Schule, wenn der Sensei nicht länger als Sensei tätig sein kann?«

»Dann übernimmt normalerweise der oberste Lehrer die Leitung.«

»Sind Sie das nicht?«

Gozen runzelte die Stirn und kaute auf seiner Unterlippe. »Ja, schon, aber …«

»Mir Unterricht zu geben, wäre vielleicht Ihr erster offizieller Akt.«

»Ich weiß nicht. Der Sensei ist immer noch der Sensei. Darüber muss ich erst nachdenken.«

Als sie in das Schlafzimmer gingen, um ein paar Kleidungsstücke herauszusuchen, blieb Tina im Türrahmen stehen. Die

Schlichtheit des Raumes, in dem nur eine Kommode, ein Schrank, ein aufgerollter Futon und eine Stehlampe standen, weckte den Eindruck, als sei der Sensei nur vorübergehend hier, obwohl er seit über zwanzig Jahren in diesem Haus wohnte. Als Gozen die Schubladen der Kommode aufzog, bemerkte sie die Kalligraphierolle an der Wand. Sie ging gerade darauf zu, da sagte Gozen: »Hier sind seine Sachen. Was wollen Sie ihm mitbringen?«

Tina wandte sich von der Rolle ab und half Gozen, ein paar Kleidungsstücke auszuwählen und sie in ihren Rucksack zu packen. Gozen schloss die Schubladen, und sie gingen ins Atelier, wo er ebenfalls ein paar Dinge heraussuchte – eine Schachtel Tintenblöcke, das geschnitzte Siegel des Sensei, ein Fass rote Tinte – und sie Tina reichte. »Die Sachen wird er sicher auch haben wollen.« Tina nahm sie und packte sie zu den anderen in den Rucksack.

Als sie zum vorderen Teil des Hauses zurückgingen, sagte Tina: »Ich habe vor kurzem ein Buch gefunden, das mich sehr interessiert, die *Geschichte des Daizen Reibsteins.*«

»Ja, ich habe davon gehört«, erwiderte Gozen beiläufig. »Und?«

»Ich brauche jemanden, der mir hilft, es zu übersetzen.«

»Tut mir Leid, das Übersetzen aus dem Japanische ins Englische liegt mir nicht besonders. Andersherum geht es einigermaßen.«

»Ich glaube, Sie wären genau der Richtige. Sie kennen sich mit Kalligraphie aus, und Sie wissen etwas über die Daizen Schule.«

Gozen versuchte sie davon zu überzeugen, dass jemand anders dafür sehr viel besser geeignet wäre.

SAN FRANCISCO

Nachdem Tina gegangen war, fuhr Gozen zum Miyako Hotel, wo er sich in der Lobby mit dem Daizen Sensei und Mr. Robert traf. Gemeinsam gingen sie in ein kleines Restaurant in Japantown, das neben einem asiatischen Antiquitätenladen lag. Nachdem sie sich gesetzt und eine Runde Sapporo Lager bestellt hatten, berichtete Gozen von seinem Treffen mit Tina. Er erzählte ihnen, dass sie sich plötzlich sehr für den Daizen Reibstein interessierte und ihn sogar gebeten hatte, ihr die *Geschichte des Daizen Reibsteins* zu übersetzen.

»Ich habe ihr immer gesagt, sie hätte Japanisch lernen sollen«, sagte Mr. Robert, der die Sprache selbst ausgezeichnet beherrschte.

Aragaki gab ein schnalzendes Geräusch von sich. »Wie ich befürchtet hatte. Wir müssen möglichst bald unsere Maßnahmen ergreifen.«

»Was für Maßnahmen?«, fragte Gozen.

»Je mehr Tina Suzuki weiß, desto wahrscheinlicher wird sie den Daizen Reibstein selbst behalten wollen«, sagte Aragaki. »Kando soll sich einen Plan ausdenken.« Er griff nach einer Flasche Sapporo und schenkte den anderen ein.

ZWISCHENSPIEL

Früher Abend

JULI 1977
KYOTO, JAPAN

Es war am frühen Abend eines schwülheißen Tages. Kando wünschte sich nichts sehnlicher, als in ein kühles Bad zu steigen, ein Bier zu trinken und eine Portion kalte *soba*-Nudeln zu essen. Als er die Berichte über die Aktivitäten des Tages wegsortierte, flog krachend die Tür zu seinem Büro auf. Er fuhr herum. Er erkannte Tetsuo Suzuki sofort, da er ihn schon oft auf Fotos gesehen hatte.

Die beiden bulligen Kerle, die ihn begleiteten, kannte er nicht, aber er wusste, zu welcher Sorte sie gehörten und warum sie hier waren.

»Ich bin Tetsuo Suzuki. Aber das wissen Sie ja sicher.«

»Ja, in der Tat«, sagte Kando, überrascht, dass seine Stimme ihn nicht im Stich ließ.

»Kluges Kerlchen«, sagte Suzuki zu seinen Gorillas. Sie sagten nichts, sondern fixierten nur Kando.

Suzuki schlenderte durch das Büro, betrachtete die billig gerahmten Blumenfotos, die Kando von einem früheren Mieter übernommen hatte. Vor Kandos Detektivlizenz hielt er inne. »Sie sind also ein echter Privatdetektiv.«

Kando schwieg.

Zu der gerahmten Lizenz gewandt, sagte Suzuki: »Wenn Sie ein echter Privatdetektiv sind, müssten Sie wissen, warum ich hier bin.«

»Ja, das weiß ich«, sagte Kando.

Suzuki wandte sich um. »Dann erzählen Sie es mir.«

»Das erscheint mir unnötig.«

Suzukis Augen verengten sich zu Schlitzen. »Erzählen Sie es mir.«

Kando holte tief Luft und sagte: »Ich habe einige Untersuchungen durchgeführt, die möglicherweise Ihre Privatsphäre verletzt haben.«

»Nicht ›möglicherweise‹.«

Kando nickte. »Stimmt. Und das gefällt Ihnen nicht. Was ich vollkommen verstehen kann. Sagen Sie mir, was Sie wollen.«

Suzuki grinste. Er hatte sehr ebenmäßige, weiße Zähne. »Sehr vernünftig. Bringen wir's hinter uns. Als Erstes will ich Ihre gesamten Informationen über meine Frau sehen.«

»Das ist mir nicht so recht«, sagte Kando. »Aber wenn ich mich weigere, werden Ihre Freunde mich wahrscheinlich kräftig in die Mangel nehmen, dann das Büro auf den Kopf stellen und die Unterlagen trotzdem finden.«

Suzuki nickte kurz. »Wie ich schon sagte, kluges Kerlchen.«

Mit einem Achselzucken wandte sich Kando zu seinem Aktenschrank um, holte die Berichte heraus und gab sie Suzuki. Er setzte sich auf einen Stuhl und blätterte sie kurz durch.

»Sehr professionell«, sagte Suzuki und stand auf. »Die hier nehme ich mit.«

»Natürlich«, sagte Kando. »Ich nehme an, ich werde jetzt trotzdem in die Mangel genommen?«

»Wenn Sie das gerne möchten.«

»Nicht unbedingt.«

»Ich mache Ihnen einen Vorschlag. Ich verzichte ein für alle Mal darauf, Sie in die Mangel zu nehmen, wie Sie es nennen, wenn Sie etwas für mich tun.«

»Und das wäre?«

»Wenn ich einen Auftrag habe, der Ihre Fachkenntnisse erfordert, werde ich Sie anrufen, und Sie werden diesen Auftrag, ohne zu zögern, übernehmen. Selbstverständlich werde ich Sie bezahlen; ich fordere keinen kostenlosen Service. Aber falls Sie je einen Auftrag ablehnen, ist Ihre Schonzeit vorbei.«

SAN FRANCISCO

Einen Kimono zu tragen, hatte noch nie zu Tinas Lieblingsbeschäftigungen gehört. Als kleines Mädchen hatte sie einen bei einer Schulaufführung tragen müssen; worum es dabei gegangen war, wusste sie nicht mehr. Tante Kiyomi hatte ihr und Hanako geholfen, in dem Laden für Kinderkimonos in Japantown einen für sie auszusuchen. Der *obi* war das Schlimmste daran, so festgezurrt, dass sie kaum atmen konnte. Auch das Gehen in dem Kimono war schwierig – sie musste winzige Tippelschritte machen und durfte dabei kaum die Knie beugen. Ganz zu schweigen von den hübschen, aber unpraktischen Sandalen und den Socken mit Zehentrennung, die sie dazu tragen musste.

In einen Kimono gekleidet, tippelte Tina im Tempura House zu einem ihrer Tische. »Entschuldigen Sie bitte, dass Sie warten mussten. Möchten Sie bestellen?«

Die vier waren vermutlich eine Familie aus Japan, Vater und Mutter mit Sohn und Schwiegertochter. Vielleicht feierten die Eltern ihren dreißigsten Hochzeitstag mit einer Reise nach Amerika. Wahrscheinlich hofften sie darauf, dass ihr Sohn ihnen gleich verkünden würde, er und seine Frau erwarteten endlich ein Baby.

Zu Tinas Erleichterung sprach die Schwiegertochter sehr gut Englisch. Nachdem sie die Bestellung aufgenommen hatte – offenbar waren sie hungrig von den Besichtigungstouren, denn sie wollten die komplette *tempura*-Auswahl, ein großes *sushi*-Boot und zusätzlich noch einige einzelne *sushi*-Gerichte –, tippelte sie zurück zur Küche, um die Bestellung abzugeben.

»Wie läuft's?«, fragte Kiyomi, einen Stapel Speisekarten in der Hand.

»Tut mir Leid, dass ich so langsam bin.«

»Bist du doch überhaupt nicht.«

Tina schob die *tempura*-Bestellung auf den Tresen des Kochs und die *sushi*-Bestellung durch ein Fenster nach nebenan in die *sushi*-Bar. »Danke, dass du uns aushilfst«, sagte Kiyomi. »Ich weiß, dass du viel zu tun hast.«

»Du hast Ma doch nichts davon erzählt, oder?«

»Oh, hätte ich das nicht tun sollen?«

»Schon gut, macht nichts.«

Tina belud ein Tablett mit vier Schalen *wakame*-Algen-*miso*-Suppe, garniert mit grünen Zwiebelringen, und vier kleinen Schälchen mit Eisbergsalat, Möhren- und *daikon*-Raspeln und Ingwerdressing. Wie viele Male hatte ihre Mutter wohl die Tabletts mit Suppe und Salat beladen? Während Tina vorsichtig aus der Küche schlurfte, überschlug sie die Zahlen im Kopf: dreiundzwanzig

Jahre à zweiundfünfzig Wochen, sechs Abende in der Woche, vielleicht vierzig Tische am Abend – das machte etwa dreihunderttausend Tabletts mit *miso*-Suppe und Salat. Die Zahl ließ sie straucheln; beinahe wäre sie gefallen.

Die Zahl war unglaublich, geradezu erdrückend. Allein bei der Vorstellung wurde ihr Tablett mit jedem Schritt schwerer. Mühsam schaffte sie es bis zum Tisch, wo sie der Familie, die keine Ahnung davon hatte, wie viele Tabletts ihre Mutter zwischen Küche und Tisch hin und her getragen hatte, ihre Suppen und Salate servierte.

Kando wurde wieder von der jungen Kellnerin mit der Tätowierung bedient. Sie brachte ihm ein Bier und einen Teller *edamame*, gekochte Sojabohnen in ihren Hülsen. Sie erkannte ihn wieder und fragte, ob ihm sein Aufenthalt gefalle, was er bestätigte.

Er war nicht überrascht, dass Hanako an diesem Abend nicht arbeitete; Tinas Freund hatte ihm gesagt, dass sie sich den Knöchel verstaucht hatte. Aber er wunderte sich, die Tochter arbeiten zu sehen. Er hatte nicht gewusst, dass sie im Restaurant aushalf.

Er hatte beschlossen, noch einmal im Tempura House zu essen, um mehr über Hanako herauszubekommen – wie lange sie bei der Arbeit fehlen würde, ob sie ihre Wohnung mal für längere Zeit verließ und wie lange sie Shimano bei sich behalten wollten.

Seine Kellnerin konnte ihm nicht viel sagen, als er sie beiläufig nach Hanako fragte. Stattdessen wies sie auf Tina. »Das ist ihre Tochter. Ich kann sie herüberholen.«

»Danke, aber sie ist so beschäftigt. Es ist nicht wichtig.«

Am Ende des Abends – sie hatten reichlich zu tun gehabt –, setzte Tina sich zu Kiyomi an den Tisch. Ihre Beine waren taub und taten zugleich weh. Sie lockerte ihren *obi*, aber dann fühlte es sich so an, als würde ihr der Kimono vom Körper rutschen. Nachdem sie ein wenig an dem Essen geknabbert hatte, das für die Angestellten zubereitet worden war (sie hatte überhaupt keinen Hunger, nachdem sie den ganzen Abend zugesehen hatte, wie die Leute sich vollgestopft hatten), ging sie ins Büro und zog sich wieder Jeans, Pullover und Turnschuhe an. Noch nie zuvor hatte sich etwas so bequem angefühlt.

Sie zählte ihr Trinkgeld und stellte fest, dass sie einhundertzehn Dollar eingenommen hatte, mehr als zwanzig Dollar pro Stunde. Ihre Mutter verdiente gar nicht übel, zwar kein Vermögen, aber doch gutes Geld. Aber bei der Vorstellung, am nächsten und übernächsten Abend wieder zu arbeiten, stöhnte Tina. Sie konnte sich nicht vorstellen, es zwei Abende hintereinander zu tun, aber als Kiyomi sie fragte, ob sie am nächsten Tag wieder kommen könne, sagte sie zu.

Auf dem Heimweg ging sie im Double Rainbow Eiscafé vorbei, das ebenfalls kurz davor war zu schließen, und holte sich eine Kugel Zitronensorbet in einer Zuckerwaffel. Das hatte sie früher als Kind immer als Nachtisch bekommen, wenn sie im Tempura House gegessen hatte. Unterwegs fragte sie sich, wie ihre Mutter sich wohl jeden Abend fühlte, wenn sie sich müde die Bush Street hinaufschleppte und wusste, dass sie dasselbe am nächsten Tag wieder vor sich hatte.

Während sie auf das Mietshaus zuging, leckte sie mit der Zunge einmal um die ganze Waffel, damit das schmelzende Eis nicht herunterkleckerte, und wünschte, sie könnte in ihrem alten Wandschrankbett schlafen anstatt auf dem Sofa.

Hände

Juli 1977
San Francisco, Kalifornien

Hanako fuhr mit dem klapprigen Aufzug in den fünften Stock und ging an dem breiten Treppenaufgang vorbei, der einst elegant gewesen sein musste, dessen Geländer nun jedoch abgeplatzt war und seinen Glanz verloren hatte. Sie schloss die Tür zu ihrer Wohnung auf, ging hinein und schlüpfte aus ihren Schuhen. Direkt zur Linken war das Badezimmer, geradeaus die Küche. Nach rechts ging der Flur ab, der zum Schlafzimmer und zwei großen Wandschränken führte. Am Ende des Flurs war das Wohnzimmer mit den Erkerfenstern.

Sie zog den Mantel aus, hängte ihn in einen der Wandschränke und ging ins Wohnzimmer. Sie setzte sich auf das durchgesessene Sofa, das unter dem einen Erkerfenster stand und zur Einrichtung der möblierten Wohnung gehörte, und zog die Beine unter sich. Während sie sich die Füße massierte, sah sie zu, wie die Lichter der Stadt vom hereinrollenden Nebel verschlungen wurden.

Als ihre Füße aufgehört hatten zu schmerzen, zählte Hanako das gesammelte Trinkgeld, ihren Lohn und das, was von dem Geld noch übrig war, das Tetsuo ihr gegeben hatte. Sie wollte sicher sein, dass sie genug hatte, um sich nach der Geburt um das Baby kümmern zu können, vor allem in den Wochen, in denen sie nicht arbeiten konnte.

Als sie ihre Ersparnisse wegräumte, klingelte es an der Tür. Vielleicht war es Kiyomi. Sie war schon öfters spontan vorbeigekommen, um ein wenig zu plaudern. Hanako drückte auf den Türöffner und ließ die Wohnungstür einen Spalt offen. Dann lief sie eilig durch die Wohnung, um zu sehen, ob irgendwo etwas herumlag, das sie wegräumen musste.

Beruhigt kehrte sie in den Flur zurück. Als sie zur Tür kam, erstarrte sie mitten in der Bewegung. Draußen stand Daizen Sensei.

Sie wollte weglaufen, doch es gab keinen Fluchtweg.

»Entschuldige, dass ich nicht vorher angerufen oder dir einen Brief geschickt habe«, sagte er.

»Wie hast du mich gefunden?«

Er öffnete den Mund, einen Mund, der traurig geworden war, schloss ihn dann jedoch wieder. Er schüttelte den Kopf. »Das ist unwichtig.«

»Bitte nicht.«

»Was nicht?«

»Bitte.« Hanako merkte, dass ihre Beine wieder gehorchten, und wich einen Schritt zurück. Dann stürzte sie zur Tür. »Bitte lass mich in Ruhe. Es tut mir Leid.« Sie streckte die Hand aus. Der Sensei dachte, sie wolle ihn berühren, doch sie griff nach der Tür. Ihre Hände glitten an seiner ausgestreckten Hand vorbei, der Hand, die ihr gezeigt hatte, wie sie den Pinsel halten sollte, griffen nach der Klinke und drückten die Tür ins Schloss.

SAN FRANCISCO

Es klopfte an Hanakos Schlafzimmertür. »Ja?«

»Ich bin's«, sagte Tina.

Hanako beugte sich vor und schloss die Tür auf. Tina kam mit einem Frühstückstablett herein, das sie auf der Kommode abstellte. »Guten Morgen.«

»*Ohayo*«, erwiderte Hanako.

Tina klappte die Beine des Tabletts aus und stellte es ihrer Mutter auf den Schoß. »Wie war es gestern Abend mit Oma?«

»Sie war keine große Hilfe. Hat die ganze Zeit nur vor dem Fernseher gesessen.«

»Immerhin war sie da, falls du etwas gebraucht hättest.« Tina schenkte ihr Tee ein.

»Sie ist so gut wie taub. Sie hat den Fernseher auf volle Lautstärke gedreht.«

»Sie hätte dich bestimmt gehört.«

Hanako dankte ihr für den Tee und das Frühstück. »Du musst nicht für mich im Tempura House arbeiten.«

»Es macht mir nichts aus.«

»Aber du solltest lieber studieren.«

»Das tue ich doch.« Tina rückte ihrer Mutter das Kissen zurecht. »Wo soll ich das Trinkgeld hintun?«

Hanako wies auf die Kommode. »Unterste Schublade.«

Tina zog die Schublade auf. Darin lag eine kleine feuerfeste Geldkassette.

»Der Schlüssel ist an einer Kette, unter der Schublade darüber.«

Tina ertastete ihn und legte das Geld in die Kassette. »Willst du das nicht lieber zur Bank bringen?«

»Wenn sie voll ist, gehe ich zur Bank.«

»Gut.«

Hanako beugte sich vor und trank einen Schluck Tee. »Ich will einfach nur, dass alles wieder wie vorher wird.«

»Ich weiß, Ma. Ich weiß.«

Hanako stellte das Teeschälchen ab. Sie stocherte an dem Toast mit Ei herum, aß einen Bissen und spülte ihn mit einem weiteren Schluck Tee herunter. Dann lehnte sie sich zurück in ihre Kissen und schloss die Augen.

Tina spülte das Geschirr ab und sah kurz nach dem Sensei. Bevor sie ihrer Mutter etwas zu essen gebracht hatte, hatte er sein Frühstück hastig verspeist, jedoch nicht so, als sei er besonders hungrig, sondern eher als habe er es eilig. Er arbeitete wieder an seinen

Zeichnungen. Tina öffnete ihren Rucksack und nahm die Sachen heraus, die sie aus dem Atelier mitgebracht hatte. Die Kalligraphieutensilien legte sie ihm auf den Arbeitstisch, die Kleidung auf das Bett, das vollkommen unbenutzt aussah.

Sie setzte sich auf den Boden und sah ihm eine Weile bei der Arbeit zu, beobachtete seine Bewegungen, versuchte herauszufinden, ob es irgendeinen Zusammenhang zwischen seinem Gesichtsausdruck und den Zeichen gab, die er malte. Doch die meiste Zeit war seine Miene ausdruckslos, als sei er ganz weit weg.

Als er ein Blatt beendet hatte, griff er nach dem Siegel, das Tina ihm mitgebracht hatte, befeuchtete es mit der roten Tinte und signierte seine Zeichnung. Die Bewegungen wirkten mechanisch, als hätte er sie schon mindestens genauso oft ausgeführt, wie ihre Mutter die Tabletts mit *miso*-Suppe getragen hatte.

Der Sensei hielt die Zeichnung hoch, als überlege er, wo er sie aufhängen sollte. Tina dachte an das einzelne gerahmte Werk, das sie in seinem Schlafzimmer in der Zenzen Schule gesehen hatte. Es hatte zwei Stempel gehabt, den kunstvollen des Sensei und einen kleineren, schlichteren, einen einfachen Signaturstempel, wie ein *hanko*. Und jetzt, wo sie darüber nachdachte, fiel ihr auf, dass ihr an dem kleineren Stempel etwas vertraut vorgekommen war. Tina kannte die *kanji* für Suzuki, und es war möglich, dass der kleinere Stempel diese Zeichen enthalten hatte. Aber die Zeichen waren stilisiert gewesen, und sie hatte sie nur ganz kurz gesehen.

Tina setzte sich an den Küchentisch und versuchte zu lernen, doch sie konnte sich nicht auf den Aufsatz konzentrieren. Sie massierte sich die Stirn, dann die Waden, die noch von ihrem Einsatz als Kellnerin schmerzten.

Gerade als sie den Aufsatz noch einmal von vorne beginnen wollte, klingelte es. Mit dem Aufsatz in der Hand stand sie auf und drückte auf den Türöffner. Für Kiyomi war es noch ein wenig zu früh.

Tina wartete an der Tür und überflog noch einmal die Einleitung des Aufsatzes, bis sie Mr. Robert die Treppe hinaufkommen sah. Er hatte eine Plastiktüte dabei, die er ihr reichte. »Post. Und ein paar andere Sachen.«

»Danke«, sagte sie und nahm ihm die Tüte ab.

Sie standen an der Wohnungstür, Tina gegen den Türrahmen gelehnt, Mr. Robert in seiner vollkommenen, durch jahrelanges Training erworbenen Haltung. Schließlich fragte Tina: »Möchtest du zu Ma?«

»Gern. Und zum Sensei, wenn du nichts dagegen hast.«

»Meinetwegen.«

Mr. Robert klopfte an die Tür zu Hanakos Schlafzimmer.

»*Konnichiwa,* Robert-*san*«, begrüßte ihn ihre Mutter.

Tina kehrte in die Küche zurück und begann erneut, den Aufsatz zu lesen.

Als Mr. Robert schließlich in die Küche kam, um sich zu verabschieden, hatte Tina es geschafft, den Aufsatz zu lesen und das Wesentliche zu begreifen, wenn ihr auch noch viele Einzelheiten unklar waren.

»Danke«, sagte Mr. Robert vom Türrahmen aus.

»Kein Problem.«

Flüsternd sagte er: »Sie wirkt deprimiert.«

»Ist sie auch.«

»Es geht ihr bestimmt besser, wenn sie wieder auf den Beinen ist«, meinte Mr. Robert. »Der Sensei wirkt genau wie vorher. Malt er immer noch die ganze Zeit?«

Tina nickte.

»Wann willst du ihn wieder nach Hause lassen?«

»Ich halte ihn hier nicht gefangen.«

»Aber er kann es dir nicht sagen, wenn er nach Hause will.«

Um das Thema zu wechseln, sagte Tina: »Sag mal, könntest du dir das hier mal ansehen?« Sie holte das kopierte Buch aus ihrem Rucksack. »Es ist die *Geschichte des Daizen Reibsteins.*«

Er nahm es und betrachtete die erste Seite.

»Meinst du, du könntest es mir übersetzen? Nur das Wichtigste natürlich, nicht das ganze Buch.«

Aufmerksam blätterte er die Seiten um und hielt an einigen Stellen mit verwirrter Miene inne. »Das wird schwierig. Das hier ist Altjapanisch.«

»Du musst es nicht tun.«

»Oh nein, das mache ich gerne«, sagte er voller Enthusiasmus. »Es dauert bestimmt nicht lange, die wesentlichen Dinge für dich herauszuschreiben.« Er überflog noch ein paar Seiten, und während er das tat, wurde Tina klar, dass sie nie wieder zusammenkommen würden. Nicht nach dem, was sie gesagt hatte. Denn er musste begriffen haben, dass es die Wahrheit war.

Nachdem Mr. Robert gegangen war, sah Tina ihre Post durch – es war nichts dabei, was seinen Weg hierher gerechtfertigt hätte. Sie las ein Kapitel in Professor Porters Buch über die Sprache, klappte es dann zu und ging zum Wandschrank. Der Sensei nahm ihre Gegenwart mit kurzem Fokuswechsel seiner Augen zur Kenntnis und wandte sich wieder seiner Zeichnung zu. Sie würde ihm bald neues Papier besorgen müssen, dachte sie, als sie sich neben ihn auf den Boden setzte.

Im Schlafzimmer kämpfte Hanako gegen die krampfartigen Schmerzen an, die sie in Wellen überkamen. Ihr Geist sehnte sich danach, ihren Körper zu verlassen, davonzufliegen. Aus ihren Augen strömten Tränen – vor Trauer bei dem Gedanken, vor Schmerz, vor Sehnsucht.

Könnte man je das Bewusstsein eines anderen Menschen erleben, wäre es die wunderbarste und zugleich erschreckendste Sache der Welt – einander wahrhaftig zu verstehen, die Ängste und Freuden des anderen zu spüren, zu wissen, was der andere wirklich von einem denkt. Wäre es schlichtweg damit getan, Neurochemikalien oder Nervenbahnen zu vermessen und die Muster in einem anderen Gehirn zu reproduzieren?

Notizen zur Neurologie
Christina Hana Suzuki

Werde ich verletzt
muss ich mich fügen
um zu vernarben

ZWISCHENSPIEL

Hanako und Tetsuo

APRIL 1977
KOBE, JAPAN

Hanako öffnete die Fenster und begann ihren neuen Tagesablauf mit einem leichten Frühstück und einer Schale Tee, bevor sie mit der Arbeit an ihrem langen Gedicht begann. Auf die Anregung von Daizen Sensei hatte sie es in mehrere Abschnitte unterteilt, die jeweils aus einer Reihe von Schriftzeichen bestanden. Jeden Tag übte sie einen Abschnitt. Nach und nach breiteten sich die Übungsbögen über das ganze Haus aus.

Sie arbeitete bis zum Mittag, aß eine Kleinigkeit und fuhr dann zum Unterricht, wobei sie die beste Arbeit des Morgens mitbrachte. Der Sensei war, entgegen ihren anfänglichen Zweifeln, überaus angetan. Sie wusste, dass ihr Vorhaben für eine Anfängerin recht ehrgeizig war.

Der Sensei arbeitete eng mit ihr zusammen, und sie nahm seine Anregungen bezüglich Inhalt und Ausführung stets positiv auf. Begeistert äußerte er seine Vorschläge, als wäre es sein eigenes Projekt – vielleicht sogar ein wenig zu sehr für ihren Geschmack. Manchmal veränderte sich sein Gesichtsausdruck auf subtile Weise, wenn er ihr Gedicht las, als wäre er tief in Gedanken.

Eines Tages, als sie vom Unterricht nach Hause kam, war Tetsuo unerwartet aus Hawaii zurückgekehrt. Er saß auf einem Stuhl im Wohnzimmer, ihre Übungsblätter zu seinen Füßen ausgebreitet.

»Hallo, Frau«, sagte er. Seine Stimme war schneidend vor Kälte.

»Willkommen zu Hause«, sagte sie, bemüht, sich nichts anmerken zu lassen. »Ich wusste nicht, dass du kommen würdest, sonst hätte ich das alles natürlich weggeräumt.«

Er hob eines der Kalligraphieblätter auf. »Was ist das?«

»Ich habe angefangen, *shodô* zu lernen.«

»Du bist ein echtes Naturtalent.«

»Danke.« Sie kniete sich auf den Boden und begann, die Bögen aufzuheben. »Wie geht es mit dem Hotel voran?«

Tetsuo hob ein weiteres Blatt auf und betrachtete es. »Es ging sehr gut, bis ich einen Anruf bekam.«

»Einen Anruf? Einen Telefonanruf?«

Er begann, das Blatt zu zerreißen; Hanako zuckte zusammen. »Ja, einen Telefonanruf. Von jemandem, der mir mitgeteilt hat, dass du eine Affäre mit deinem *shodô*-Sensei hast.« Das Blatt riss in zwei Teile. Er griff nach dem nächsten. »›*Shodô*?‹, sagte ich. ›Meine Frau praktiziert kein *shodô*.‹«

Schweigend sah Hanako zu, wie er das zweite Blatt zerriss, dann ein drittes.

»›Meine Frau nimmt keinen *shodô*-Unterricht‹, sagte ich«, wiederholte Tetsuo. »Aber du *nimmst shodô*-Unterricht.« Ratsch. »Und du *hast* eine Affäre.«

Hanako zitterte.

»Ich weiß alles über dich und deinen Sensei«, sagte Tetsuo und stand auf. Er ging in die Küche, wo ihre Kalligraphieutensilien ausgebreitet waren. Sie erhob sich und folgte ihm.

Er nahm einen ihrer Pinsel und brach ihn in der Mitte durch. »Das werde ich auch mit den Pinseln deines Sensei machen.« Er nahm ihren Reibstein und warf ihn voller Wucht gegen die Tischkante, wobei er zerbrach. »Und das –«

Hanako schnappte nach Luft. Tetsuo warf die beiden Hälften des Reibsteins auf den Boden. Polternd schlugen sie auf die Holzdielen.

Fassungslos fiel sie auf die Knie und hob den zerbrochenen Reibstein auf. Sie versuchte, die beiden Teile wieder zusammenzusetzen, doch es gelang ihr nicht. Wieder und wieder versuchte sie es, doch sie wollten nicht zusammenpassen. »Nein«, flehte sie. »Bitte nicht. Ich tue alles, was du willst.« Sie blickte zu Tetsuo auf, der sie voller Abscheu betrachtete.

»Wenn du ihn jemals wiedersiehst, werde ich das hier mit ihm tun, und noch viel mehr.«

Hanako nickte.

»Ich will, dass du dieses Haus verlässt. Du wirst das Land verlassen, damit ich dich niemals wiedersehen muss.«

Wieder nickte sie.

Tetsuo packte ihr Handgelenk und zog sie hoch. »Und bevor du verschwindest, werden wir deinen Eltern einen Besuch abstatten, damit du ihnen erzählen kannst, was du getan hast.«

Im Haus der Familie Iida kniete Hanako vor ihren Eltern, die auf dem *tatami*-Boden saßen. Tetsuo saß in einigem Abstand daneben, den Rücken steif durchgedrückt und die Arme vor der Brust verschränkt. Hanako ließ den Kopf hängen.

»Sieh deine Eltern an«, befahl Tetsuo.

Sie hob den Kopf ein winziges Stück, damit sie die Gesichter ihrer Eltern sehen konnte. Ihr Vater hatte die Zähne fest zusammengepresst, und seine Augen schienen aus den Höhlen zu treten. Ihre

Mutter starrte sie entsetzt und mit rotem Gesicht an. Hanako schloss die Augen.

»Sag es ihnen«, bellte Tetsuo.

Doch Hanako brachte kein Wort hervor; sie war wie gelähmt.

BERKELEY

Nach dem Neuroanatomie-Seminar, in dem sie die Hinterstrangbahn vom Kleinhirn bis zu verschiedenen Muskeln verfolgt hatten, besuchte Tina Wijjie in seinem Büro. Er arbeitete an seinem Computer.

»Hi, Tina«, sagte er. »Wie geht es deiner Mutter?«

»Es sieht nicht so aus, als ob ihr Knöchel besser wird. Ich versuche, sie zu einem Arzt zu kriegen, aber sie will nichts davon hören.«

»Besser wäre es aber«, sagte Wijjie. »Soll ich es mir noch mal ansehen?«

»Ja, wenn sie sich weiter sträubt.« Tina setzte sich auf einen Stuhl und stellte den Rucksack auf ihren Schoß. »Aber das Schlimmste ist ihre Stimmung.«

»Hat sie Depressionen?«

»Ich denke schon.«

»Das ist verständlich. Sie ist ihr ganzes Leben lang aktiv gewesen, dann ihre Krankheit, und jetzt noch der Knöchel. Eine heftige Veränderung.«

»Ich weiß.«

»Ich werde mit ihr reden.«

»Danke.«

Wijjie schüttelte den Kopf. »Ich habe gehört, sie haben dich aus deinem Büro verjagt. Was ist denn passiert? Ist Porter sauer auf dich?«

Das wusste Tina auch nicht so recht; sie dachte, sie hätte die

Das *taku*-Radikal ist das letzte der *eiji happô*. Es hat den gleichen Namen wie das siebte Radikal, ist aber vollkommen anders. Dieses *taku* wird in vielen *kanji* verwendet, obwohl es zu den schwierigeren gehört. Gegen Ende des Strichs verändert sich die Richtung des Pinsels ein wenig. Außerdem wird der Druck verstärkt, während der Pinsel von oben links nach unten rechts geführt wird. Das Ende des Strichs ist dicker als der Anfang, muss jedoch in der Proportion bleiben.

Lehrbuch der Zenzen Schule für japanische Kalligraphie

Wogen geglättet. Vielleicht sollte es eine Botschaft sein. »Wahrscheinlich.«

Wijjie stand auf und streckte sich. Er sagte ihr, das Angebot von Alamo sei immer noch gültig – falls sie interessiert sei.

»Danke, aber fürs Erste nicht.«

Wijjie setzte sich auf die Tischkante. »Es könnte hier bald einige Veränderungen geben. Alamo steckt in letzter Zeit viel mit Porter zusammen. Seit wir uns neulich alle in der Kalligraphieschule getroffen haben.«

»Was?«

»Ich kapiere es auch nicht«, sagte Wijjie kopfschüttelnd.

»Was wollen Sie über *shodô* wissen?«, fragte Gozen. Tina war zu ihrer ersten Unterrichtsstunde gekommen. Sie saßen einander gegenüber an einem der Tische im vorderen Raum der Zenzen Schule.

»Vielleicht erst einmal die grundlegende Philosophie.«

»Wir fangen meist mit einer kleinen Einführung an – wäre Ihnen das recht?«

»Ja.«

Nach kurzem Überlegen sagte Gozen: »Zunächst einmal verlangt *shodô* eine strenge Disziplin.«

»Mehr als ein kreatives Talent?«

»Kreativität ist wichtig, aber ohne Disziplin geht es nicht. Es hängt davon ab, was für eine Art *shodô* Sie praktizieren wollen. Und was Sie unter Kreativität verstehen. Selbst in der traditionellsten Form von *shodô* lassen die besten Arbeiten eine kreative Persönlichkeit erkennen.«

»In welcher Hinsicht?«

Gozen sah gequält aus. »Nun ja, das ist schwer in Worte zu fassen. Es gibt ein paar Grundprinzipien, denen man folgen muss – zum Beispiel Ausgewogenheit und Gewichtung –, aber die besten *shodô*-Arbeiten zeichnen sich durch eine einzigartige Anwendung dieser Prinzipien aus.«

»Könnte man die Zeichnungen des Sensei als kreatives *shodô* bezeichnen?«

Nachdenklich fuhr sich Gozen mit der Hand über die Wange. »Nein.«

»Welche Veränderungen muss ich in meinem Leben vornehmen, um eine gute *shodô*-Schülerin zu werden?«, fragte sie.

»Veränderungen? Nun, natürlich muss man sehr viel üben, um gut zu werden. Zehntausend Striche am Tag, zehntausend Tage lang, so sagt man.«

Das sind hundert Millionen, rechnete Tina. Verteilt auf etwa dreißig Jahre.

Was
wer
bin ich
geworden

Gegen Ende der Stunde, als Gozen ihr gerade eine Ausgabe vom Lehrbuch der Schule zeigte, erschien einer der Schüler an der Tür. Während Gozen sich mit ihm unterhielt, ging Tina in den hinteren Bereich, zum Schlafzimmer des Sensei. Sie betrachtete das Siegel auf der Kalligraphie und kopierte es auf ein Stück Papier.

SAN FRANCISCO

Bevor sie zur Arbeit ins Tempura House ging, schaute Tina zu Hause vorbei. Kiyomi war bereits im Restaurant, dafür war Oma da und sah fern. Sie begrüßte Tina mit einem Lächeln.

In einem der Kartons ihrer Mutter, die sie aus dem Wandschrank geräumt hatte, um dem Sensei Platz zu machen, wühlte Tina sich durch Stapel von alten Rezepten, Schulzeugnissen und anderem Krimskrams, bis sie ganz unten den kleinen Stoffbeutel fand, in dem ein hölzernes japanisches Siegel – ein *hanko* – und ein kleines Stempelkissen lagen. Als sie in der Grundschule war, hatte sie oft damit gespielt und das Siegel auf ihre Hand oder ihre Hausarbeiten gedrückt.

Tina holte das Stück Papier heraus, auf dem sie das Siegel von der Kalligraphie des Sensei kopiert hatte. Sie klappte das Stempelkissen auf – es war noch immer feucht – und drückte das *hanko* erst darauf und dann auf das Papier. Sie wusste nicht, wie oft es vorkam, dass Siegel sich ähnelten, aber diese beiden schienen identisch zu sein.

ZWISCHENSPIEL

Ein Blick

April 1977
Kyoto, Japan

Der Daizen Sensei betrachtete die Kalligraphie, die Hanako angefertigt und die sie mit ihren Signaturen versehen hatten. Er hatte sie in seinem Atelier aufgehängt, an die Stelle, wo zuvor eine seiner eigenen Arbeiten gehangen hatte – unendlich leblos im Vergleich zu ihrer.

Als Hanako nicht pünktlich zum Unterricht kam, dachte er sofort, dass etwas passiert war, denn sie war noch nie zu spät gekommen. Vielleicht steckte sie im Verkehr fest. Vielleicht hatten die Züge Verspätung. Als es immer später wurde, dachte er an schlimmere Dinge: ein Unfall, eine Krankheit.

Als sie am nächsten Tag wieder nicht kam, wählte er mit pochendem Herzen ihre Telefonnummer. Nach dem zwanzigsten Klingeln legte er auf. Er erwog, zu ihr nach Hause zu fahren, doch er kannte ihre Adresse gar nicht; er wusste nur, dass sie in Kobe lebte. Unruhig lief er im Studio auf und ab und malte sich aus, dass sie womöglich schwer krank war, oder, in einem Anfall von Hysterie, dass ihr Mann von ihrer Affäre erfahren und sie ermordet hatte.

An diesem Nachmittag konnte er keinen Pinsel in die Hand nehmen, konnte sich nicht auf seine Schüler konzentrieren, konnte an nichts anderes denken als an die bodenlose Leere in seinen Eingeweiden und an sein Herz, das so schleppend schlug, als rinne alles Leben aus ihm heraus. Als die letzte Stunde vorüber war, fiel er vor ihrer Kalligraphie auf die Knie.

Yuriko kam mit kühlem, unbeteiligtem Blick ins Atelier. Und da wusste er es. Er wusste, dass seine Frau der Grund dafür war, dass Hanako nicht mehr zum Unterricht kommen würde.

Das *enso* ist ein gemalter Kreis – kein *kanji* –, der im Zen das Konzept der Unendlichkeit repräsentiert. Das Zeichen zu malen erfordert einen hohen Grad von Einheit zwischen Körper und Geist, da es blind gemalt wird. Genauer gesagt blockiert die Hand des Kalligraphen während des Malens die Sicht auf den Kreis.

Beginnen Sie das *enso* mit kräftigem Druck auf den Pinsel und reduzieren Sie diesen dann nach und nach, während Sie den Kreis vervollständigen. Der Strich darf nicht abrupt enden, vielmehr sollte das *chi* des Kalligraphen die Kreisbewegung fortführen, selbst wenn das *enso* beendet ist.

Lehrbuch der Zenzen Schule für japanische Kalligraphie

SAN FRANCISCO

Tinas zweiter Einsatz als Kellnerin im Tempura House war weniger anstrengend. Während einer ruhigen Phase hatte sie Zeit, Kiyomi beim Serviettenfalten zu helfen.

»Na, wie ist dein zweiter Abend?«, fragte Kiyomi.

»Ziemlich ruhig.«

Kiyomi lachte. »Langweilst du dich etwa?«

»Gestern hatte ich überhaupt keine Zeit zum Nachdenken. Es lief einfach immer weiter.«

»Das ist am besten. Ich liebe Abende, an denen viel zu tun ist.« Mit schnellen und geschickten Bewegungen falteten ihre Hände die Servietten.

»Ich habe eine Frage, Tante Kiyomi. War meine Mutter früher eine Schülerin vom Sensei? In seinem Schlafzimmer habe ich eine Kalligraphie gesehen, deren Siegel aussieht wie das von meiner Mutter.«

Kiyomis Hände hielten mitten in der Bewegung inne. »Ich glaube, sie hat mal erwähnt, dass sie Kalligraphie gelernt hat. Aber danach solltest du sie selbst fragen.«

Kando traf sich mit Aragaki, Gozen und Mr. Robert in der Bar des Miyako Hotel. Sie bestellten sich etwas zu trinken.

Kandos erste Frage war: »Sind Sie sicher, dass es der Daizen Reibstein ist?«

Aragaki warf Gozen einen Blick zu. »Ja, ich denke schon. Ich habe ihn gesehen.«

»Ist es nicht schon recht lange her, dass Sie ihn zuletzt gesehen haben?«

»Ich verstehe, was Sie meinen«, sagte Aragaki.

»Sie müssen hundertprozentig sicher sein, bevor wir uns die Mühe machen, ihn zurückzuholen.«

»Wie soll das vor sich gehen?«, fragte Gozen.

»Haben Sie eine Abbildung oder eine Beschreibung?«

»Ich habe eine Beschreibung und eine Zeichnung davon, aus einem Buch«, meldete Mr. Robert sich zu Wort.

»Aus der *Geschichte des Daizen Reibsteins*?«, fragte Gozen.

»Ja, genau.«

»Dann dürfte es nicht allzu schwierig sein«, sagte Kando und wies mit dem Kopf auf Mr. Robert. »Er hat Zugang zu der Wohnung und ist imstande, den Reibstein zu identifizieren.«

»Ich verstehe«, sagte Aragaki. »Und wenn es der Daizen Reibstein ist, kann er ihn direkt mitbringen.«

»Dass müssen Sie drei entscheiden«, sagte Kando. »Ich kann Ihnen nicht vorschreiben, was Sie tun sollen.«

Sie nippten eine Weile schweigend an ihren Getränken, bis Kando sich an Gozen und Mr. Robert wandte. »Ich muss Sie beide etwas fragen. Was haben Sie davon, wenn der Daizen Reibstein nach Japan zurückkehrt?«

Gozen warf Aragaki einen Blick zu, worauf dieser sagte: »Das kann ich beantworten. Als Dank für ihre Hilfe habe ich beiden den Rang eines leitenden Lehrers an der Daizen Schule versprochen.«

Kurz nach acht begann im Tempura House starker Betrieb, der etwa eine Stunde anhielt. Als Tina die letzte *mochi*-Eiscreme an einen Tisch brachte, bemerkte sie Mr. Robert im Eingang des Restaurants.

»Bist du zum Essen gekommen?«

»Nein, ich habe die Übersetzung, die du wolltest.«

»Die ganze?«

»Zumindest das Wichtigste. Ich habe den ganzen Tag daran gearbeitet.« Er winkte Kiyomi zu, die sich im hinteren Teil des Restaurants mit einer der anderen Kellnerinnen unterhielt. »Ich hatte Hilfe. Einer von den anderen Lehrern, der aus Japan stammt, kennt sich mit der klassischen japanischen Schrift aus. Ich habe eine Menge Notizen gemacht. Ich könnte sie dir vorlesen und dir erklären, worum es in dem Buch geht.«

»Gut, ich frage Tante Kiyomi, ob sie mich eine Weile entbehren kann.«

»Ich hab's nicht eilig«, sagte er.

»Möchtest du ein Bier oder Tee?«

»Einen Tee, danke.«

Tina bediente ihre Tische zu Ende und setzte sich dann zu ihm. »Vieles von dem, was in dem Buch erzählt wird, ist nicht einfach zu erklären«, sagte Mr. Robert. »Etliche Wörter haben im heutigen Japanisch keine direkte Entsprechung. Die meisten Japaner würden sie nicht verstehen.«

»So, als ob man Chaucer im Original lesen würde?«

Mr. Robert legte den Kopf schräg. »Ja, vermutlich.«

Tina schenkte sich einen Tee ein. Anhand der Notizen, die er in seiner präzisen Handschrift gemacht hatte, beschrieb Mr. Robert die wichtigsten Elemente des Buchs: die Anfänge der Daizen Schule, wie der erste Sensei den Stein gefunden hatte und wie daraus der Daizen Reibstein geworden war.

»In der zweiten Hälfte des Buchs«, sagte Mr. Robert, nachdem er einen Schluck Tee getrunken hatte, »wird hauptsächlich die Gründung der Kurokawa Schule beschrieben, ein Ableger der Daizen Schule, und wie der Reibstein zur Trophäe der Daizen-Kurokawa-Wettkämpfe geworden ist. Interessanterweise ist die zweite Hälfte auch eine Art Liebesgeschichte.«

»Eine Liebesgeschichte?«

Er blätterte in seinen Notizen. »Während Kurokawa Sensei in den Bergen war, in einem Dorf namens Juzû-mura, ist er an einem Fluss entlanggewandert und dabei einer Frau begegnet, die ihm Stellen gezeigt hat, wo das Wasser bestimmte Geräusche machte, wenn es über die Steine floss, als wären es von der Natur geschaffene Wasserskulpturen.«

»Wie in japanischen Gärten.«

»Er verliebte sich in sie, aber sie konnte nicht mit ihm kommen – ein familiäres Problem –, und er konnte nicht dort bleiben.«

Sie saßen schweigend da und tranken ihren Tee. Der Rest in ihrer Schale war kalt geworden.

»Das war's mehr oder weniger«, sagte Mr. Robert.

»Danke, das war sehr nett von dir.«

Mr. Robert blätterte weiter, bis er zu der Zeichnung des Daizen Reibsteins kam. Er hielt sie Tina hin. »Ist das der Reibstein, den der Sensei benutzt?«

»Ja.«

»Bist du sicher? Vielleicht sollte ich mitkommen und ihn mir selbst ansehen.«

Tina stand auf. »Meinetwegen.«

In der Wohnung herrschte Stille. Kiyomis Mann hatte Oma bereits abgeholt und nach Hause gebracht. Tina sah zuerst nach dem Sensei; er arbeitete wie immer an seinen Zeichnungen. Mr. Robert betrat den Wandschrank, während sie zu ihrer Mutter ging. Hanako saß auf dem Bett, einen Stapel Zeichnungen des Sensei neben sich.

»Hat Oma sich um dich gekümmert?«

»Während der Werbepausen.«

»Na, immerhin. Soll ich dir irgendwas bringen?«

»*Iie, sumimasen.* Wie war es im Tempura House?«

»Anfangs ruhig, dann voller.« Tina kniete sich hin und öffnete die Schublade mit der Geldkassette. Sie fischte nach dem Schlüssel. »Ich habe mich ein bisschen über *shodô* informiert und dabei herausgefunden, dass der Sensei – Zenzen Sensei – der neunundzwanzigste oberste Sensei der Daizen Schule für Kalligraphie in Japan gewesen ist.«

In der Kassette lag ein dickes Bündel Geldscheine und ein Haufen Kleingeld; noch ein paar Abende, dann würde sie es zur Bank bringen müssen. »Der Reibstein, mit dem er arbeitet, ist sehr berühmt, es ist der so genannte Daizen Reibstein. Er ist Hunderte von Jahren alt.« Tina wandte sich um und sah ihre Mutter an. Hanako wich ihrem Blick aus.

Tina verschloss die Geldkassette und setzte sich aufs Bett. »Du wusstest das die ganze Zeit, nicht wahr? Weil du mal seine Schülerin warst.«

»Wie hast du das herausgefunden?«, fragte Hanako leise.

»Im Atelier des Sensei hängt eine Kalligraphie mit deinem Siegel.«

»Mit meinem Siegel?«

»Ja, ich bin ganz sicher. Ich konnte die *kanji* nicht lesen, aber es sah wunderschön aus.«

Hanako nickte langsam. »Ja, ich war in Japan seine Schülerin.«

»Warum hast du mir nie erzählt, dass du *shodô* gelernt hast?«

Hanako seufzte. »Es war nur für eine kurze Zeit.«

»Du musst sehr talentiert gewesen sein. Warum hast du nicht weitergemacht?«

»*Doshite?* … Warum? … Ich bin hierher gezogen. Also war Schluss mit dem Unterricht.«

»Aber der Sensei ist auch nach Kalifornien gekommen«, sagte Tina. »Warum?«

»*Wakarimasen.*« Ich weiß es nicht. »Frag ihn.«

»Du weißt doch, dass er nicht sprechen kann«, sagte Tina verärgert. Dann ergriff sie eine der Zeichnungen. »Aber du verstehst, was er malt, oder?«

Hanako drückte sich in eine aufrechte Haltung, als wolle sie aus dem Bett klettern und davonhumpeln. »Ich bin nicht sicher. Ich habe nur Vermutungen.«

»Und, was vermutest du?«

»Er …«, setzte sie an. »*Wakarimasen.*«

Tina drehte die Zeichnung um, die sie in der Hand hielt; sie konnte die *kanji* darauf nicht lesen. »Was heißt das?«

Hanako blickte darauf. »Auf Englisch«, sagte sie so leise, dass Tina sie kaum verstehen konnte, »bedeutet es ›Was, wer bin ich geworden‹.«

Tina dachte über die Worte nach und betrachtete die Zeichnung. Die Worte, die ihre Mutter auf die Zeichnung geschrieben hatte, waren keine Interpretation, sondern Ausdruck dessen, was ihre Mutter empfand, aber nicht sagen konnte.

Tina öffnete die Tür zum Wandschrank. Mr. Robert kniete neben dem Sensei und sah ihm bei der Arbeit zu. Sie flüsterte Mr. Robert zu: »Ich gehe jetzt ins Bett. Du kannst noch bleiben, wenn du willst.«

»Gut. Danke.«

»Und vielen Dank noch mal für die Übersetzung.«

»Keine Ursache. Gute Nacht.«

»Gute Nacht.«

Hanako nahm die letzte Zeichnung des Sensei und legte sie vor sich aufs Bett. Die Muster wurden nicht klarer, aber zumindest hatte sie eine Ahnung, was sie bedeuteten. Ihr Gefühl erzählte ihr eine Geschichte von Verlust, Schmerz, Bedauern und Missverständnissen. Sie hätte nicht erklären können, wie sie darauf kam; vielleicht bildete sie sich alles auch nur ein. Nachdem sie die selt-

Ich wünsche ich hoffe
ich flehe ich bete
niemand hört
auf mich
außer mir

samen Pinselstriche so lange betrachtet hatte, redete sie sich möglicherweise nur ein, dass sie sie verstand. Vielleicht wollte sie, dass die Zeichnungen ihr diese Dinge sagten. Vielleicht war es das, was sie dem Sensei sagen wollte.

Nachdem er eine Weile keine Geräusche mehr in der Wohnung gehört hatte, nahm Mr. Robert einen Reibstein aus seiner Tasche. Kniend wartete er, bis der Sensei seinen Pinsel mit Tinte befeuchtet hatte und eine weitere Zeichnung begann. Er tauschte die beiden Reibsteine aus und goss die Tinte aus dem Daizen Reibstein in den anderen. Dann stand er auf und trat zurück. Im harten Licht des Wandschranks verglich er den Daizen Reibstein mit der Zeichnung aus dem Buch. Er sah genauso aus.

Den Reibstein an sich gedrückt, lief Mr. Robert aus der Wohnung.

Ich mag dich nicht und ich mag dich und mich nicht

Hier sitze ich und spreche und sprühe andere sitzen und starren

Hanako schwang die Beine vom Bett und versuchte, ihren verstauchten Knöchel zu belasten; ein stechender Schmerz schoss ihr durchs Bein, aber nicht so schlimm wie zuvor. Auf die Kommode gestützt, humpelte sie zur Tür und drehte leise den Schlüssel. Langsam öffnete sie die Tür; sie gab kein Geräusch von sich. Sie trat hinaus in den Flur und bewegte sich vorsichtig auf den Wandschrank zu.

Der Sensei lag zusammengekrümmt auf dem Boden.

Hanako kniete sich neben ihn und berührte ihn an der Schulter. Sie drehte ihn ein kleines Stück, damit sie sein Gesicht sehen konnte. Sie suchte nach Hoffnung, nach Vergeben, nach Verständnis, nach all den Gefühlen, die sie einst in sich selbst gesehen, aber dann so tief vergraben hatte, dass sie verwelkt und gestorben waren.

Tiefste Dunkelheit. So dunkel wie sumi *in einem Reibstein, der tiefer ist als der Ozean. Die Dunkelheit war friedvoll, ruhig. Nichts existierte außer Gedanken, und auch die nur für einen kurzen Moment, wie Funken, die in den Nachthimmel fliegen. Doch für diesen Bruchteil einer Sekunde war alles klar: Sie fürchtete sich vor dem Reibstein, nicht vor ihm. Die Macht des Reibsteins hatte ihr geholfen herauszufinden, wer sie war, hatte ihr geholfen, ihr wahres Ich zu finden. Aber sie hätte es vorgezogen, dieses Ich nicht zu entdecken …*

Treiben im Dunkel, frei. Die Gedanken losgelöst, ungebunden. Alles gesagt.

ZWISCHENSPIEL

Letzte Begegnung

JULI 1977
SAN FRANCISCO, KALIFORNIEN

Er sah sie ein paar Wochen später, als sie aus dem Restaurant kam, doch diesmal kam sie auf ihn zu. Sie hatte ihn ebenfalls gesehen. Er konnte nicht weglaufen; es hätte so ausgesehen, als ob er ihr nachschlich.

»Wie ich sehe, bist du immer noch in Kalifornien«, sagte sie.

»Ich unterrichte in Berkeley, am East Bay Center for Japanese Arts.«

»Berkeley … Da bin ich noch nicht gewesen. Was ist mit der Daizen Schule?«

»Die habe ich aufgegeben, um hierher zu kommen.«

»Du solltest zurückgehen.«

»Das kann ich jetzt nicht mehr. Was ist mit dir? Wirst du nach Japan zurückkehren?«

Ein Cable Car ratterte an ihnen vorbei. Als der Lärm verklungen war, sagte sie: »Ich muss hier bleiben.«

»Vielleicht sollten wir uns treffen. Hast du *shodô* geübt?«

»Nein. Nicht ein einziges Mal.«

»Möchtest du irgendwann wieder Unterricht nehmen?«

Sie schüttelte den Kopf. »Nein.«

»Aber ich habe den Reibstein. Den Daizen Reibstein.«

Wie erstarrt sah sie ihn an. Dann lief sie ohne weiteres Wort davon.

SAN FRANCISCO

Der Arzt sprach im Wartezimmer mit Hanako und Tina. »Er hatte einen schweren Schlaganfall aufgrund einer Hirnblutung. Er atmet, aber sämtliche höheren Gehirnfunktionen sind ausgefallen.«

Tina sah zu ihrer Mutter hinüber, die stocksteif auf einem der Plastikstühle saß. »In welchem Bereich war die Blutung?«

»Genau können wir es noch nicht sagen, aber in der rechten Gehirnhälfte.«

»Er hatte vor gut einem Monat schon einmal einen Schlaganfall«, sagte Tina.

»Das dachte ich mir schon, es gab Anzeichen dafür.«

»Im linken Temporallappen, zum Teil auch im Präfontallappen. Er konnte weder sprechen noch schreiben, und ich vermute, dass er auch nichts verstanden hat. Agraphie und Aphasie.« Tinas Stimme klang unbeteiligt, als läse sie aus einem Lehrbuch vor.

»Studieren Sie Medizin?«, fragte der Arzt.

»Neurologie.«

Er nickte.

»Hätte es etwas geändert, wenn er schneller hier gewesen wäre?«, fragte Tina. »Der Aufzug im Haus war kaputt. Die Notärzte mussten fünf Stockwerke zu Fuß laufen.«

»Sie waren bestimmt begeistert. Aber ich glaube nicht, dass es etwas geändert hätte.«

»Hing dieser Schlaganfall mit dem vorigen zusammen?«

»Schwer zu sagen. Ein Schlaganfall kommt selten allein.«

»Hätte es jederzeit passieren können?«

»Ja. Warum fragen Sie?«

»Nur so.«

Mit einem Blick auf sein Klemmbrett sagte der Arzt: »Entschuldigen Sie, wenn ich so direkt bin, aber er wird sich nicht wieder erholen. Wir müssen wissen, welche Maßnahmen wir im Notfall ergreifen sollen. Ich nehme an, Sie sind seine nächsten Verwandten?«

Hanako warf Tina einen Blick zu. »Ich bin seine Tochter«, sagte Tina und blickte dabei ihre Mutter an. Hanako nickte.

Der Arzt notierte sich etwas. »Gut. Kommen Sie bitte mit, Sie müssen einige Unterlagen ausfüllen.« Zu Hanako sagte er: »Ihr Knöchel sieht übel mitgenommen aus. Lassen Sie ihn doch mal untersuchen, wo Sie schon hier sind.«

Hanako setzte zu einer Entgegnung an, nickte dann jedoch nur.

Nach dem kurzen Beerdigungsgottesdienst im buddhistischen Tempel in Japantown gingen sie gemeinsam ins China Seas Restaurant: Hanako und Tina, Tante Kiyomi und Onkel Shinichi, deren Kinder James und Annie, Oma und ein paar Kolleginnen aus dem Tempura House. Wijjie und Gillian waren auch dabei. Sie saßen in einem separaten Festsaal und hatten ein Menü bestellt, abgesehen natürlich von Hanakos und Kiyomis Lieblingsspeise: gewürzte Garnelen, gedämpfter Weißfisch mit leichter Knoblauchsauce und gemischtes Gemüse.

»Probier doch mal die Garnelen«, sagte Kiyomi zu Tina. »Deine Mutter und ich haben sie fast jede Woche gegessen, seit sie zum Tempura House gekommen ist.«

»Gerne«, sagte Tina und rechnete sich aus, dass sie etwa zwölfhundert Portionen gewürzte Garnelen gegessen haben mussten.

Kiyomi tat ihr eine Portion auf, dann auch Hanako, die zu ihrer anderen Seite saß, ein wenig schräg, damit ihr Knöchel, der jetzt einen Zinkleimverband trug, bequem lag. Hinter ihr an der Wand lehnten zwei Krücken.

Tina kostete. »Mmh, köstlich.«

Kiyomi lächelte Hanako zu. »Ja, nicht?«

Tina war hungrig. Sie hatte in der letzten Zeit nicht viel gegessen, und was sie gegessen hatte, wusste sie nicht mehr. Während der vergangenen Tage hatte sie die Beerdigung organisieren, den Zeitpunkt für die Verbrennung festlegen und die Angehörigen des Sensei informieren müssen – seine Mutter und sein Bruder waren die Einzigen, die noch lebten. Der japanische Konsul hatte Tina geholfen, sich mit ihnen in Verbindung zu setzen. Er hatte als Vermittler fungiert und am Telefon mit ihnen gesprochen. Tinas neu entdeckte Großmutter und ihr Onkel wollten nichts mit ihr zu tun haben. Sie ließen lediglich über den Konsul ausrichten, sie wünschten, dass die Asche des Sensei nach Japan übergeführt und dort im Familiengrab bestattet würde.

Für sie hatte Tina keine Bedeutung.

Tina hatte zunächst nicht bemerkt, dass der Reibstein ausgetauscht worden war. Als es ihr auffiel, fragte sie ihre Mutter, ob sie ihn weggenommen hätte. Da sie verneinte, konnte es nur Mr. Robert gewesen sein.

Mr. Robert rief am nächsten Tag an, als er vom Tod des Sensei erfahren hatte. Er drückte ihr sein Beileid aus und erzählte ihr dann, dass er nach Kyoto gehen würde, um dort zu studieren und an der Daizen Schule zu unterrichten. Tina gratulierte ihm und fragte ihn dann nach dem Reibstein. Er versuchte, ihr sein Verhalten zu erklären, doch sie sagte, seine Gründe interessierten sie nicht. Sie fragte ihre Mutter, ob sie mit ihm sprechen wollte, doch sie schüttelte den Kopf.

Der erste Bissen von den gewürzten Garnelen weckte ihren schlafenden Hunger. Gierig verschlang sie die Garnelen, den Weißfisch, das knackige Gemüse und die übrigen Gerichte. Nach dem Essen

Wann ist etwas köstlich? Wenn die verschiedenen Formen der sinnlichen Wahrnehmung – Schmecken, Riechen, Tasten, Sehen und Hören – gemeinsam aktiviert werden und über ihr Nervensystem eine subjektive, positive Erfahrung schaffen. Obwohl jeder Mensch seine eigenen Vorstellungen davon hat, was köstlich ist, gibt es dennoch gewisse allgemeingültige Übereinstimmungen. Für sich genommen, hat der Daizen Reibstein keine Bedeutung, höchstens in dem Moment, wenn er bei dem Prozess, Bedeutung zu vermitteln, bewusste und unbewusste Erfahrungen weiterzugeben, eingesetzt wird. Der Reibstein enthält die Tinte, saßen sie ungezwungen beieinander, unterhielten sich und lachten, wie sie es bei anderen Familienfeiern getan hatten.

Wijjie war mit Tinas »Kusine« Annie ins Gespräch vertieft, während Gillian mit gelangweiltem Gesicht »Cousin« James zuhörte. Tina gesellte sich zu ihnen und fragte James, wie es ihm ging.

»Bin entlassen worden. Das Risikokapital war aufgebraucht.«

»Oje, so ein Pech.«

Doch James grinste. »Ich habe schon wieder einen neuen Job. Mit doppelt so hohem Gehalt. Diesmal halte ich mich von der Börse fern.«

»Herzlichen Glückwunsch.«

»Danke«, sagte James. »Annie und ich haben uns überlegt, dass wir im Sommer für zwei Wochen oder so nach Japan wollen. Hast du Lust mitzukommen?«

Im ersten Moment wollte Tina einwenden, sie müsse bei ihrer Mutter bleiben, doch dann sagte sie: »Ja, gerne.«

»Prima.«

Tina fragte Gillian, ob sie mal mit ihr reden könne, und sie suchten sich eine ruhige Ecke. »Bei unserer ersten Begegnung hast du gesagt, du hättest von IGB zu Neurologie gewechselt, stimmt's?«

»Ja.«

»Verrätst du mir, wie du das gemacht hast?«

»Das ist nicht ganz einfach. Als Erstes musst du jemanden aus dem anderen Forschungsbereich finden, der bereit ist, dich anzunehmen. Warum?«

»Ich überlege, das Fach zu wechseln.«

»Im Ernst? Wohin denn?«

»Zellbiologie. Eventuell Multiple-Sklerose-Forschung.«

»Verstehe, damit du großartige Entdeckungen machen und deiner Mutter helfen kannst«, sagte Gillian. »Klar helfe ich dir zu wechseln.«

»Danke.«

»Als Nächstes lässt du dich womöglich tätowieren.«

die am Pinsel haftet, der auf das Papier gesetzt wird. Die Objekte und Prozesse sind Platzhalter für Bedeutung. Bewusste Erfahrungen sind untrennbar mit solchen Platzhaltern verbunden. So zum Beispiel die gewürzten Garnelen, die nicht nur aus Eiweiß, Öl und Gewürzen bestehen, auf die die Sinneszellen reagieren, sondern auch Bedeutung enthalten. In diesem Fall die Bedeutung, die sich im Lauf von zwölfhundert gemeinsamen Abendessen ansammelt.

Der Daizen Reibstein hat Jahrhunderte von Bedeutung angesammelt. Der Stein als solcher hat keine Bedeutung, er bekommt sie durch seine Benutzung, durch sein Begehrtsein, durch seine Wertschätzung. Und genauso ist es mit bewusster Erfahrung; sie ist gesammelte Bedeutung.

Notizen zur Neurologie
Christina Hana Suzuki

Tina grinste. »Stimmt, danach wollte ich dich auch noch fragen.«

Aragaki und Kando warteten in der Lobby des Miyako Hotel auf Gozen, der Aragaki zum Flughafen bringen sollte. Nach dem Tod des Sensei hatte Gozen beschlossen, in Kalifornien zu bleiben und die Zenzen Schule für japanische Kalligraphie zu leiten. Tina, die das Haus erben würde, hatte ihn gebeten zu bleiben. Er hatte eingewilligt, allerdings nur unter der Bedingung, dass sie Unterricht nahm. Sie hatte zugestimmt.

Kando sagte zu Aragaki, er wolle noch ein paar Tage in San Francisco bleiben, um sich die Sehenswürdigkeiten anzusehen. Ein Hoteldiener kam auf sie zu. »Entschuldigen Sie, Sir«, sagte er zu Aragaki, »da ist ein Anruf für Sie, von Ihrer Fluggesellschaft.«

Aragaki stand auf.

»Ich passe auf Ihr Gepäck auf«, sagte Kando.

Aragaki folgte dem Hoteldiener zum Telefon. Der Anruf, den Kando arrangiert hatte, war genau im richtigen Moment gekommen. Aragaki würde zwei bis drei Minuten beschäftigt sein.

Sobald der Sensei außer Sichtweite war, griff Kando in Aragakis Bordtasche, nahm die Kiste mit dem Daizen Reibstein heraus und tauschte sie gegen eine zweite, identische Kiste aus, die er in seiner eigenen Tasche bei sich trug.

Das Essen im China Seas neigte sich dem Ende zu, als der stoische Kellner Hanako eine kleine Holzkiste aushändigte.

»Für Sie«, sagte er.

Hanako nahm die Kiste entgegen. »Oh, ist die schwer«, sagte sie, als ihre Beine plötzlich von einem Krampf gepackt wurden.

Tina und Hanako fuhren mit dem reparierten Aufzug in den fünften Stock. »Ist das nicht schön?«, sagte Tina.

»*Sugoi*«, sagte Hanako.

Nachdem er sanft angehalten hatte, öffneten sie die Tür und gingen zu ihrer Wohnung. Hanako bekam allmählich Übung mit den Krücken.

Als ihre Mutter in die Küche humpelte, um Tee zu kochen, sagte Tina: »Ich würde gerne noch mit James und Annie und Wijjie und Gillian was trinken gehen. Kommst du allein zurecht?«

»Natürlich. Danke, dass du dich um die Beerdigung und alles andere gekümmert hast.«

»Das mit dem Sensei tut mir Leid.«

Hanako senkte den Kopf. »Mir tut es Leid wegen deinem Vater.«

Tina strich ihrer Mutter über den Rücken. »Warum hast du Japan verlassen? Warum bist du nicht mit ihm zusammengeblieben?«

Sie spürte, wie ihre Mutter sich versteifte. »Das kann ich nicht erklären. Nicht mit Worten. Vielleicht irgendwann einmal.«

»Schon okay, Ma.«

An diesem Abend ging Hanako in den Wandschrank, nahm sich den Daizen Reibstein, einen von den Pinseln des Sensei, einen Stapel Papier und einen Tintenblock und humpelte, auf eine ihrer Krücken gestützt, mit den vier Schätzen in die Küche.

Sie legte Papier, Reibstein und Pinsel auf dem Tisch zurecht. Dann gab sie ein wenig Wasser in den Reibstein, rieb den Tintenblock hin und her und sah zu, wie sich die Tinte langsam auflöste. Als die *sumi* genau den richtigen Schwarzton hatte, blickte sie in die Quelle, als versuche sie hindurchzusehen.

Ein Wirbel von Krämpfen fuhr durch ihre Beine. Sie überlegte, ob sie ihr Medikament einnehmen oder ein wenig von dem Marihuana rauchen sollte, das Hanas Freundin Gillian ihr gegeben hatte. Doch stattdessen ließ sie den Schmerz fließen, durch ihren Körper und ihren Geist. Je länger sie in den Reibstein schaute, desto schärfer und stechender wurde der Schmerz. Aber es war nicht mehr nur ein körperlicher Schmerz; der Reibstein war das Symbol der überwältigenden Schande, die die Affäre über sie gebracht hatte, der unendlichen Enttäuschung, die ihre Eltern dazu veranlasst hatte, sie zu verabscheuen.

Durch den Reibstein hatte sie ihr wahres Ich gefunden, ihr emotionales und irrationales Ich. Was sie gefunden hatte, war nicht grundsätzlich schlecht gewesen. Sie hatte entdeckt, dass sie *fühlen* konnte, dass sie lieben konnte, dass sie das Leben auf ihre eigene Weise erfahren konnte, nicht nur auf die, die ihre Eltern und ihr Mann ihr vorschrieben. Und der Reibstein hatte ihr Hana gegeben. Er hatte sie nach San Francisco gebracht, wo sie ihr eigenes Leben führen konnte. Er hatte ihr die Dienstagabende mit Kiyomi im China Seas gegeben.

Der Reibstein war die Tür zu jenem friedvollen, tröstlichen Raum in ihrem Innern gewesen, jenem Raum, wo sie in sich selbst hineintauchen konnte, in den Ozean, in dem ihr Bewusstsein trieb. Jenem Raum, nach dem sie sich sehnte, aus dem sie jedoch, falls sie zu weit ging, nie wieder zurückkehren würde.

Nein, was geschehen war, war nicht die Schuld des Reibsteins; er konnte nur hervorlocken, was bereits in ihr war. Und es war ebenso wenig die Schuld des Sensei. Er hatte sich ihr ganz hingegeben, hatte auf alles verzichtet, was ihm wichtig war. Sie wünschte, er wäre noch am Leben, damit sie ihm sagen konnte, dass es nicht seine Schuld war. Dass sie ihn geliebt hatte, aber den Schmerz, den sein Anblick in ihr auslöste, nicht ertragen konnte.

All dies hätte sie gern Hana gesagt, doch sie wusste, dass die Worte nicht kommen würden. Vielleicht gab es dafür keine Worte.

Sie hielt den Pinsel unerschütterlich mit all ihrem *chi* und spürte, wie aus ihrem Unterbewusstsein die Woge von Kraft, Fülle und Leben aufstieg, die in ihr aufgewallt war, als sie den Daizen Reibstein zum ersten Mal benutzt hatte. Als sie den Pinsel in den Reibstein tauchte, wurde ihr Schmerz, ihr ganzer Schmerz davongespült.

So sei es
nicht wie ich will
aber so
wie es ist

Anhang

DANKSAGUNG

Der Autor dankt den Lesern der frühen Fassungen, die viele wertvolle Anregungen gegeben haben: Marylin Colter, Tracy Ekstrand, Teresa Funke, Jean Hanson, Kathy Hayes, Luana Heikes, Paul Miller, Karla Oceanak und Linda Shimoda. Ohne das Verständnis und den Ansporn von Sean McDonald würde ich immer noch damit ringen, der Geschichte und den Figuren Gestalt zu geben.

Die folgenden Titel haben mir sehr geholfen, über die Kunst und die Wissenschaft zu schreiben, die in diesem Buch vorkommen; jedwede Fehler, was die Fakten betrifft, sind durch meine Fehlinterpretation entstanden.

KALLIGRAPHIE UND JAPANISCHE SCHRIFTZEICHEN

Davey, H. E.: *Brush Meditation, A Japanese Way to Mind and Body Harmony.* Stone Bridge Press, 1999.

Earnshaw, Christopher J.: *Sho: Japanese Calligraphy.* Charles E. Tuttle Publishing Company, 1988.

Henshall, Kenneth G.: *A Guide to Remembering Japanese Characters.* Charles E. Tuttle Publishing Company, 1988.

Japan Foundation Japanese Language Institute: *Basic Japanese-English Dictionary.* Bojinsha Company, 1986; Oxford University Press, 1989.

Yamaguchi, Momoo and Setsuko Kojima (eds.): *A Cultural Dictionary of Japan.* Japan Times, 1979.

Für interessierte deutschsprachige Leser:
Klopfenstein-Arii, Suishû Tomoko: *Schrift und Schriftkunst in China und Japan.* Peter Lang, 1992.

NEUROLOGIE

Burt, Alvin: *Textbook of Neuroanatomy.* W. B. Saunders Company, 1993.

Carter, Rita: *Mapping the Mind.* University of California Press, 1998. (dt.: *Atlas Gehirn.* Übs. v. Hartmut Schickert. Schneekluth 1999.)

Damasio, Antonio: *The Feeling of What Happens: Body and Emotion in the Making of Consciousness.* Harcourt Brace and Company, 1999.

Diamond, Marian, Arnold Scheibel and Lawrence Elson: *The Human Brain Coloring Book.* HarperPerennial, 1985.

Greenfield, Susan (ed.): *The Human Mind Explained.* Henry Holt and Company, 1996.

Moonen, C. T. W. and P. A. Bandettini (eds.): *Functional MRI.* Springer, 1999.

National Institutes of Health: *Mind Over Matter: The Brain's Response to Drugs.* 1997.

Veggeberg, Scott: *Medication of the Mind.* Henry Holt and Company, 1996. (dt.: *Pillen fürs Bewußtsein.* Übs.: Martin Rometsch. Knesebeck, 1997.)

Die Künstlerin dankt Hugh Davey, Leiter der Sennin Foundation, der ihr geduldig den Gebrauch eines *shodô*-Pinsels beigebracht hat, ohne zu ahnen, dass sie die Grenzen dieser wunderbaren Kunst arg strapazieren würde.

»Authentisch und poetisch zugleich«
Hamburger Morgenpost

Fünf Monate verbrachte die Autorin bei der Familie des Buchhändlers Sultan Khan in Kabul, lebte ihren Alltag und sammelte ihre Geschichten. Was sie in der Hauptstadt, auf Reisen nach Peschawar und Lahore, auf Bazaren, Hochzeiten und in den Hamams beobachtet und gehört hat, fügt sie zu einer Familiengeschichte der besonderen Art zusammen. Und sie zeichnet das Porträt eines Buchhändlers mit Charisma, der Bücher über alles liebt – und dabei doch das klassische Oberhaupt einer islamischen Familie bleibt.

Åsne Seierstad

Der Buchhändler aus Kabul

Eine Familiengeschichte

ISBN-13: 978-3-548-60430-5
ISBN-10: 3-548-60430-7

List Taschenbuch

L122